글로컬리즘과 독일문화논쟁

글로컬리즘과 독일문화논쟁

초판 1쇄 발행 2013년 6월 28일

지은이 장희권
펴낸이 강수걸
펴낸곳 산지니
편집 양아름 권경옥 손수경 윤은미
디자인 권문경
등록 2005년 2월 7일 제14-49호
주소 부산광역시 연제구 거제1동 1498-2 위너스빌딩 203호
전화 051-504-7070 | 팩스 051-507-7543
홈페이지 www.sanzinibook.com
전자우편 sanzini@sanzinibook.com
블로그 http://sanzinibook.tistory.com

ISBN 978-89-6545-220-1 94850
      978-89-6545-194-5(세트)

*책값은 뒤표지에 있습니다.
*본 도서는 2013년 부산문화재단 학예이론도서발간지원사업의
 일부지원으로 제작되었습니다.
*이 도서의 국립중앙도서관 출판시도서목록(CIP)은 e-CIP 홈페이지
 (http://www.nl.go.kr/ecip)에서 이용하실 수 있습니다.
 (CIP 제어번호: CIP 2013009000)

크리티카 & 05

글로컬리즘과 독일문화논쟁

장희권

산지니

| 머리말 |

　이 책은 크게 두 부분으로 구성되어 있다. 제1부는 본인이 지난 몇 년 동안 관심을 쏟았던 지역 연구의 결과들이다. 1990년대 후반기를 지나며 한국 사회는 산업연수생 제도, 외국인 노동자, 결혼이주여성 등이 지속적으로 사회적 이슈가 되면서 다문화 사회의 양상을 보이기 시작했다. 같은 생김새, 같은 언어의 사람들끼리만 살다가 낯선 모습의 사람들이 한국 사회의 한 구성원들로 등장했을 때, 타인에 대한 편견과 몰이해로 인해 적잖은 부작용들이 생겨나기도 했다. 삶이 가장 밀착된 현장에서는 피부색과 언어가 다른 '이방인'이 '우리' 곁에서 함께 일하고 함께 지내는 것에 대해서만 주로 갈등을 일으켰지만, 이러한 노동 인력의 이주 현상이 전 지구화 시대의 대표적인 양상이고 한국 사회 역시 전 지구화 흐름에 깊숙이 개입되어 있으니 피해 갈 수 없는 현상이었다. 그렇다고 혼종성의 사회로 변모해가는 한국 사회가 우리가 마지못해 받아들여야만 하는 어쩔 수 없는 선택이라는 말은 아니다. 오랜 역사 동안 '단일민족'이라는 가공된 이미지와 이념 속에 살아왔던 한국 사회가 다양한 역사적, 문화적, 에스닉 배경을 지닌 구성원들로 조금씩 혼재되어가고, 이들과 함께 한 국가를 이루는 것은 다양성이 갖는 장점임에 틀림없다. 비록 그 과정에서 익숙하지 못한 변화들로 인해 다소 부작용이 노출된다고 해도 충분히 겪어낼 일이다.

　이 글은 제1세계에서 시작된 글로벌 체제하에서 한국 사회의 새로운 풍경을 살펴보고 있지만, 또 다른 시선 하나는 글로벌 체제하에서 국가 단위가 아닌 지역 단위에서, 특히 중앙집중화가 극도화된 한국이라는 국가에서 지역이 당면한 현실은 어떠한가에 고정되어 있다. 중앙이라는 우월적 지위에서 글로벌 체제에 대응하는 것과, 중앙에 예속된 지역이 국가 단위를 넘어선 글로벌 체제에 대응하는 방식이 같을 수 없다고 보기 때문이다. 1990년대 이후 급속히 진행된 전 지구화 상황을 지역(민)의 입장에서 다양한 영역에 걸쳐 관찰하고 이를 이론화하며, 전 지구화 과정이 가져온 글로컬리즘(glocalism)이 중앙이 아닌 지역(주변부)에게는 기회이자 위기임을 지역(민)의 실제 삶의 모습들을 예로 들어가며 관찰하고 있다. 이러한 관점의 출발점은 한국에서 지역불균형으로 인해 나날이 피폐해져가는 비수도권 지역들에 대한 두둔과 심정적 연대에서 비롯되었다. 그래서 이 글에서는 서울(수도권) 대(對) 지방, 중심 대(對) 주변, 국가와 로컬이라는 대립쌍 개념들이 주요하게 등장한다.

이 책의 제2부는 유럽, 특히 독일 사회에서 1990년대 이후에 활발히 전개된 지식인, 작가들의 문화(권력)논쟁을 한 사회의 보수 대(對) 진보의 대립이라는 틀 속에서 살피고, 이를 통해 사회적, 정신사적, 문화적 패러다임이 어떻게 변화해가는지를 보고자 했다. 1968년을 전후한 68운동기, 1970년대, 그리고 1989년 독일 재통일 이후 지식인들 사이에 생겨났던 문화(권력)논쟁, 그리고 지식인들의 전후 역사인식 등을 되짚어보았다. 필자는 현재 독일 지식인들의 진보, 보수 논쟁의 연원을 바이마르 공화국 시기까지 끌어올려 과거와 현재 간의 연속성을 파악하고자 했다. 독일 지식인들의 사상적 지형도가 우리 한국 사회에 하나의 비교 및 유추가 될 것으로 본다. 한국 사회는 주변 국가들과의 과거사 인식의 차이, 혹은 한국인들이 보이는 문화상대성에 대한 몰이해 등, 어떤 특정 사안들이 문제화되었을 때에 지나칠 정도로 여론이 급속히 달구어지거나, 아니면 언제

그랬냐는 듯 하루아침에 관심에서 멀어져버리는 경향이 있다. 이런 현상의 반복은 한 사안에 대해 차분하고도 심도 있는 접근과 분석, 그리고 대비를 어렵게 만든다. 다만 성급한 여론몰이와 감정적 대응만이 앞설 뿐이다. 동북아시아에 위치한 힘없는 작은 국가였던 예전과는 달리 세계무대에서 점차 비중이 커져가고 있는 한국의 구성원들에겐 세계 역사에 대한 관심도 많이 필요하고, 또 보다 총체적 개념으로서의 타인들의 문화, 문화상대성 등에 대한 인식과 관심이 더욱 요구되고 있다.

이 책을 준비하는 기간은 내게 의미 있는 작업이었다. 지난 몇 년간 품었던 관심사들이 한눈에 드러나는 계기가 되었고, 앞으로의 연구 향방을 고민할 근거가 되어주었다. 아무리 좋은 글이라 해도 그것이 제대로 옷을 갖추지 못하면 담고 있는 내용마저도 볼품 없게 되어버린다. 본인의 원고에 매무새를 갖추어준, 그래서 나름 덜 부끄러운 모습으로 독자들 앞에 나서게 해준 출판사 〈산지니〉에 감사드린다.

2013년 6월
장희권

| 차례 |

2부

1부

글로벌 세계의 혼종성과 민족주의
전 지구화 과정 속의 타자와 그들의 공간
문화연구와 로컬리티
로컬의 현실과 재현의 문제
세계화와 에스닉 갈등

글로벌 세계의 혼종성과
민족주의

　2006년도 중반 무렵, 장가 못 간 한국의 농촌 총각들을 외국 여성들과 결혼시켜주는 국제결혼중개소의 광고가 여성의 인권을 무시하고 상품화하며, 인종차별적 내용을 담고 있다는 이유로 시정을 요구하는 여성단체의 비판이 국내의 일부 언론에 실린 적이 있었다. 그 광고의 내용은 "베트남 처녀와 결혼! 장애인·재혼·노총각 얼마든지 가능. 100% 환불. 숫처녀" 혹은 "준비된 베트남 신부, 마음만 먹으면 가능"하다는 식이었다. 이러한 국제결혼광고는 인종차별적이다 못해, 퇴폐적이기까지 하다. 숫처녀임을 보장하고 숫처녀가 아닐 시 환불해준다고 한다. 반면 한국인 남성은 재혼이거나 장애인이어도 무방하다고 나와 있다. 그 일이 사회적으로 큰 이슈가 된 이후에도 동남아 여성과의 결혼을 바라보는 시각은 거의 변하지 않았다. 일 년이 지난 2007년 6월, 미국 국무부가 전 세계의 인신매매 실태보고서에서 "베트남. 절대 도망가지 않습니다"라는 한국의 결혼중개소 현수막이 인권침해 사례라고 지적함으로써 국제적인 망신을 당하게 되었다.(〈미 국무부 인신매매 보고서〉 2007. 6. 12; 〈SBS 8시뉴스〉 2007. 6. 13; 〈중앙일보〉 2007. 6. 14; 〈매일경제신문〉 2007. 6. 13) 이에 대

해 국제 사회에서 한국에 대
한 부정적인 이미지가 확산되
는 것을 우려한 한국의 행정
자치부와 경찰청은 그와 같은
문구를 내건 국제결혼광고 현
수막을 전국적으로 단속하겠
다고 하였다.

변두리 도로변의 국제결혼 광고 현수막

　전북대 설동훈 교수 외 8인의 연구자료 「국제결혼 이주여성 실태조사
및 보건·복지 지원정책 방안」(2005년 보건복지부 연구보고서)에 따르
면 2005년 한 해 동안 한국에서 정식으로 신고된 결혼 중 13.6%가 국제
결혼이고, 그중 72.2%가 한국인 남성과 외국인 여성의 결혼이라 한다. 현
재 한국에서 10% 이상이 국제결혼이라면, 늦어도 10~15년 이후엔 이들
에게서 태어난 자녀들이 우리 사회에서 간과할 수 없는 한 축으로 등장
하게 될 것이다. 1990년대 중반 이후 조선족을 비롯한 베트남, 필리핀, 파
키스탄 등 동남아시아계인들이 더 나은 삶과 일자리를 찾아 한국으로 이
주해왔다. 이주민들의 숫자가 유럽 국가에 비하면 아직은 미미하지만, 한
국 사회는 이주민들의 증가와 더불어 여태 겪어보지 못했던 새로운 문제
들에 당면하게 되었다. 이주민들의 언어 문제라든가, 국제결혼 부부의 자
녀들이 정체성 혼란을 겪지 않은 채 우리 사회의 일원으로 잘 성장해나
갈 수 있도록 정책 방안을 강구하는 등, 앞으로 한국 사회는 증가 추세에
있는 이주민들과 조화롭게 지내는 방법들을 배워야 될 필요성이 생겼다.
우리 사회의 타자(他者)들인 이주민을 상대로 종종 지배자적 태도를 스
스럼없이 드러내고 있는 것도 현재 우리 한국 사회의 한 단면임은 부정
할 수 없다. 2007년 무렵 매스컴을 비롯해 학자들의 글에서조차 '코시안
(Kosian; Korean+Asian)'이라는 용어가 마치 하나의 학술적 개념인 듯 아

무렇지 않게 사용되었다. 한국인과 동남아인의 국제결혼 가정에서 태어난 아이들을 일컫는 '코시안'이라는 합성어는 원래 의도가 어땠을지는 모르지만 분명 인종차별적인 뉘앙스를 담고 있다. 게다가 이 당시의 국제결혼 비율이 십 년만 지속되어도 이른바 '코시안'은 크게 증가할 것이고, 그때도 한국인을 순혈 한국인, 코시안 등으로 구별하는 게 의미가 있을까?[1]

다른 예이다. 2006년도 독일에서 열린 월드컵의 최대 관심사는 아이러니컬하게도 세계 축구의 전술 변화도, 또 차세대 축구계의 선수들에 관한 문제도 아니었다. 그해 월드컵의 최대 이슈는 단연 '지단의 박치기' 사건이었다. 프랑스 축구 국가대표팀의 주장 지네딘 지단(Z. Zidan)이 결승전 경기에서 이탈리아 수비수 마테라치(M. Materazzi)에게 인종차별적인 욕설을 들었고, 이에 대해 박치기로 응수한 게 바로 그 사건이다. 마테라치가 지단에게 실제로 무슨 말을 했는지 그 정확한 내용은 당사자들만이 아는 일로 남겠지만, 언론에 보도된 바처럼 마테라치가 지단에게 '테러리스트 창녀의 자식'이란 말을 했다고 하자. 만일 그가 다른 백인 선수에게 이 말을 했다면 이는 '별난' 욕으로 취급되었겠지만, 프랑스령 식민지였던 알제리 출신의 지단에겐 '이슬람 테러리스트의 자식'이라는 비아냥은 곧 심한 모욕이 되었다.

비록 지단이 프랑스 축구 국가대표팀의 주장이지만, 이탈리아 선수가 지단을 가장 모욕하고 싶은 순간 그는 지단을 프랑스인이 아닌 식민지령 출신의 이주민으로 취급했다. 그가 건드린 것은 바로 지단의 정체성이었다. 평상시에는 제1세계의 문화를 풍성하게 해줄 다양성으로 존재하

---

[1] 이 글의 초고는 2007년도 한국독일어문학회 춘계학술대회에서 발표되었다. 그때 나는 '코시안'이라는 용어의 인종차별적 성격을 지적하고, 한국 사회에서 빠르게 이주민 수가 증가하던 초기 단계에서 무심코 생겨난 이 용어가 빨리 소멸되어야 할 것이라 주장한 바 있다. 다행히 이 용어는 요즘에 들어서는 잘 사용되지 않는다.

던 혼종성이 나/우리의 보호본능이 작용할 때에는 제아무리 프랑스 국가 대표팀 주장이라 할지라도 그는 한낱 식민지 출신 이주민의 자녀이고 또 제1세계에 유입된 이질성일 수밖에 없었다. 위의 두 가지 사례는 내/우리 안에 들어와 있는 타자(성)들에 대한 나/우리의 편견과 불편이 은연중에 혹은 특정한 목적을 위해 의도적으로 드러난 경우이다. 결국 우리 안에 들어온 타자(성)의 동화(Integration)는 제1세계인의 동의 여하에 달린 것으로 보인다.

혼종성을 말할 땐 그것의 대립 개념인 순수성이 함께 논의 대상이 된다. 보는 시각에 따라 혼종성이 문화적 다양성, 타문화에 대한 이해와 관용으로 읽힐 수 있다면, 순수성은 자국 문화의 정체성을 지키려는 노력으로 비치게 된다. 후자의 경우를 지나치게 강조하면 민족주의와 보수주의가 반드시 언급될 수밖에 없다. 독일을 예로 들자면, 독일 국적을 취득한 이슬람계 이주민 여성이 두건을 쓴 채 교단에 설 자격이 있는가를 놓고 벌어진 이른바 '두건 소송(Kopftuch-Prozeß)'을 들 수 있다. 이는 독일에서 문화의 다양성 수용이라는 측면과 정체성 수호라는 측면이 정면으로 법정에서 충돌한 경우이다.(Das Kopftuchverbot ist rechtmäßig, *Spiegel*, 2004. 6. 24; Jochen Leffer, Muslimische Lehrerin will ins Ausland, *Spiegel*, 2004. 8. 17) 이 소송을 계기로 유럽 문화와 비유럽 문화, 즉 이슬람 문화 간의 대립이 표출되었다는 점에서 '두건 소송'은 독일에서 큰 상징성을 띤다. 서유럽 국가들에 역외 이주민들의 유입이 증가하면서 이 현상에 우려스런 목소리를 내는 지식인들의 반응이 예전보다 더욱 빈번해졌다.

독일의 대중적 작가인 보토 슈트라우스(Botho Strauß)가 1993년 2월 8일자 〈슈피겔〉(Spiegel)에 문화비평적 에세이 「커져가는 염소의 울음소리」(Anschwellender Bockgesang)를 발표함으로써 외국인 증가로 인한 독일 정체성의 상실 위기를 이슈화시키고, 연달아 마르틴 발저 또한 독일에 극우파가 생겨나는 까닭이 독일적인 것을 배척하거나 소홀히 한 결과이고, 또 넘쳐나는 난민들 때문에 외국인 폭력사태가 빚어졌다고 주장하게 된다.

> 우리는 모두 우리에게로 와서 사는 이 사람들한테서 이익을 보았다. 이익을 보는 동안에는 항의하지 않았다. 이제 위기가 닥친 지금, 우리가 지난 수년 동안 탐닉했던 것들이 원인이 되어 끔찍스러운 사건들이 발생했다.(Martin Walser, Deutsche Sorgen, *Spiegel*, 1993. 6. 28)

한때 좌파 지식인들의 대부였던 엔첸스베르거는 에세이집 『내전에 대한 전망』(Aussichten auf den Bürgerkrieg, 1993)에서 독일에서 이주민들이 증가하면 언젠가는 내전이 일어날 것이라고 예견하기도 했다. 비록 앵글로-아메리칸 문화권보다는 (타당한 이유로) 뒤쳐지긴 했지만, 독일어권에서도 혼합문화/혼종성 등에 대한 논의가 활발해지고 있다. 독일 지식인들은 나와 타자 간의 혼합의 조건들을 대체로 무시하고 잡종문화를 새로운 문화현상으로 조화롭게 그려내는 경향이 있으나, 보토 슈트라우스나 마르틴 발저와 같은 비관적 견해 역시 반만치 않아 보인다.

본 글에서는 유럽의 예를 보며, 특히 독일 문화권을 위주로 해 잡종문화의 사회적 용인(容認)과 민족주의의 대립, 에스닉 상의 소수민들의 문화적 정체성을 관찰해보려 한다. 본 글에서는 다루지 않지만 터키계 독일인 파티 아킨(F. Akin) 감독의 영화 〈미치고 싶을 때〉(Gegen die Wand, 2004)는 남녀의 사랑 이야기이지만, 그보다는 독일과 터키 문화의 경계에 선 자들의 정체성 갈등과 혼재된 의식을 잘 보여주는 작품이다. 독일의 경우를 보면, 이제 다문화사회로 진입한 셈인 한국에서도 그들이 겪었던 비슷한 일들이 발생할 것임을 짐작하기란 어렵지 않다. 한국이 아직은 다인종 국가의 대열에 들어서진 않았다. 그러나 현재의 높은 국제 결혼율이 말해주듯 혼합문화는 가까운 미래에 어떤 식으로든지 우리 사회의 주요 이슈가 될 것이다. 혼종성이 우리 사회에 다양성이라는 긍정적 측면으로 다가올지, 아니면 한국의 정체성 유지를 어렵게 만드는 이질적 요인으로 남을지, 이는 우리의 준비 여하에 달린 것이 아닐까 싶다.

1. 글로벌화와 포스트식민주의 담론

에드워드 사이드(E. Said)에 의해 제기된 포스트식민주의 담론은 자아와 타자(성) 간의 문제, 복합문화로서의 혼종성, 그리고 제1세계가 생각하는 문화적 정체성을 살피는 데 큰 도움을 준다. 이질적인 타문화를 접한 제1세계 국가에서는 일종의 자기보호작용으로서 민족주의나 보수주의가 대두하게 되는 경우가 흔하다. 혼종문화가 문화적·민족적 정체성을 지키려는 세력과 충돌할 때 생기는 문제점들을 한번 살펴보자.

우리는 도심 상가의 진열장이나 거리에 나붙은 맥도널드, 버거킹, 스타벅스, 디즈니 스토어 등 세계적인 브랜드의 광고에서, 또 텔레비전에서 1980~90년대와는 너무나 다른 다양한 문화의 혼합현상을 보게 된다. 문화가 서로 혼합하고 개인들의 삶의 방식들이 복합성을 띠고 그 경계가 허물어지는 데에는 여러 가지 원인이 있겠으나, 그중 몇 가지를 꼽는다면 우선 대중매체의 확장을 들 수 있다. 텔레비전를 비롯해 점점 더 광범위하게 연결망을 확장시켜가고 있는 인터넷(www)은 공간적 거리를 뛰어넘고 아주 다른 문화에서의 삶들을 동시에 실시간으로 접할 수 있게 해준다. 오늘 한국에서 일어난 사건이, 또는 뉴욕에서 발생한 사건이 아주 짧은 시간 내에 지구 정반대 편에 살고 있는 사람들에게 생생하게 전달되는 게 일상적인 일이 되어버렸다. 둘째, 이주는 이주국과 출신국의 영토를 지금까지 우리가 알고 있는 것과는 전혀 다른 방식으로 초국가적으로 만들어버렸다. 즉, 이주민들이 양국을 빈번히 오고감으로써 기존의 영토 개념이 무색해지게 된 것이다. 셋째, 빈번해진 해외여행은 타국 및 타문화에 대해 예전과는 다른 의미를 갖게 하였다. 이 경우는 상대적으로 부유한 국가로 옮겨가는 노동 이주와는 달리 대개 제1세계 거주민들이 역외로 나간다.

이처럼 새롭게 나타난 문화의 혼합현상을 이론적으로 파악하려는 다양한 개념들이 생겨났다. 앞서 말한 '혼종성'을 비롯해 울프 한네르츠(U. Hannerz)는 '크레올화(Kreolisierung)'를, 마시모 카네바치(M. Canevacci)는 '문화혼용(cultural syncretism)', 그리고 샐먼 루시디(S. Rushdie)는 '멜란쥐(Melange; 혼합물)'라는 용어를 사용했다. 문화의 혼종을 두고 이를 문화가 고유한 특성을 상실한 채 동질화되어간다고 비판적으로 보는 경우도 있지만, 이를 긍정적으로 바라보는 학자들 사이에선 문화혼합이 새로운 형태의 문화적 다양성을 가져오고 나아가 창의적이기까지 하다고 강조한다. 가령, 사이드는 주저(主著)인 『오리엔탈리즘』(Orientalism)의 후편에 해당하는 『문화와 제국주의』(Culture and Imperialism)에서 "부분적으로는 제국으로 인해 모든 문화가 서로 연결되어 있다. 그 어느 문화도 단일하거나 순수할 수는 없고, 모든 문화는 혼혈이며, 다양하고, 놀랄만큼 변별적이며, 다층적이다"라고 말하는가 하면, 자신이 추구하는 최종 목표가 분리가 아닌 연결이라고 말한다. 그 말은 문화가 본질적으로는 혼종적/혼합적이고, 순수하지 않음을 강조하는 것에 다름 아니다.[2] 이런 입장을 통해 사이드는 샐먼 루시디와 같이 다양한 문화 요소의 결합을 긍정하는, 이른바 '혼합적 지식인'이 된다.

문화의 혼합현상이 분명 새로운 기회인 것은 인정하지만, 이 같은 혼합

---

2) 정정호, 『탈근대와 영문학』, 태학사, 2004, 264~265쪽에서 재인용.

을 전적으로 낙관할 수만은 없다. 왜냐하면 이른바 '크로스오버(Cross-over)'가 일반적으로 '자아(성)(das Eigene)'과 '타자(성)(das Fremde)'의 관계에서 그 경계를 뛰어넘는다 하지만, 전 지구적으로 불평등하게 힘이 분배된 상황을 극복하는 일은 결코 없을 것이라고 생각하기 때문이다. 문화의 '크로스오버' 현상에도 불구하고 중심과 변방이라는 기본적인 틀은 결코 해체되거나 변화되지 않을 것이다. 다만 훨씬 복잡해지고 미묘한 양상을 띠게 됨으로써 쉽게 알아차리지 못할 뿐이다.

글로벌화는 아프리카나 남미, 아시아 국가들이 제1세계 국가들과 서로 긴밀하게 엮일 수 있도록 하였다. 그러나 사람들이 모이게 되는 곳은 자본이 풍부하고 노동기회가 많은 곳, 즉 제1세계이다. 이 점에서 이른바 인종전시장이 형성되는 곳도 제1세계이다. 에드워드 사이드나 호미 바바(H. Bhabha)가 말하는 포스트식민주의 및 다문화주의 담론은 본래 앵글로-아메리칸 문화권을 염두에 두고 생겨난 관찰이다. 따라서 식민지배가 끝난 이후 그 경험들이 현재에까지 미치는 지역에 우선 적용되지만, 그와 유사한 역학관계가 있는 곳이라면 모두 해당될 수 있다. 독일의 경우 인구의 약 12.5%가 외국인 및 이주민들로 채워졌고, 대규모의 이주민들이 모여 살면서 그들이 빚어내는 다양한 문화, 상품, 정보들이 독일인의 일상에 영향을 끼치고 있으므로 포스트식민주의 담론을 독일에 적용하는 데는 별 문제가 없어 보인다. 물론 한국 사회 역시 이미 다문화 사회로 접어들었고, 이로 인한 적잖은 부작용이 벌써부터 생겨나는 것을 볼 때, 확장된 의미에서의 탈식민주의 담론을 우리 사회에도 적용할 수 있을 것이다.

엘리자벳 브론펜(E. Bronfen)은 『혼종문화』(Hybride Kulturen, 1997)에서 혼종은 "다양한 담론과 기술을 서로 결합시키고, 또 콜라쥬, 샘플링, 조합 등을 통해 생성된다"[3]고 기술한다. 혼종성이란 개념이 다양한 맥락 속에

---

3) Elisabeth Bronfen, *Hybride Kulturen*, Tübingen 1997, 14쪽.

서 자신만의 내용을 채워간다는 말인데, 이는 미하일 바흐찐(M. Bakhtin)이 혼종화를 "하나의 표현방식에 두 종류의 사회적 언어들이 섞인 상태"[4]라고 규정한 것과도 비슷하다. 호미 바바는 오늘날에는 속하지 않는 자들을 배제하는 것이 아니라, 사회 구성원 내부의 차이에서 비롯되는 생산성이 더 중요하다고 보았다. 이런 식의 '혼합' 및 '잡종'이라면 이주민, 즉 타자들은 포스트모던 시대의 새로운 문화유형의 주체가 될 것이다.

독일어권에 포스트식민주의 담론을 초기에 소개한 파울 미하엘 뤼첼러(P. M. Lützeler)는 이주노동자들이 일자리를 찾아서 몰려다니는 현상이 노마드적 성격과 유사하며, 이는 포스트모더니즘의 특성에 딱 들어맞는다고 강조한다.[5] 그는 지금의 사회가 개인들에게 특정한 정체성을 강요하거나 제시할 수 없게 변화하고 있으며, 인간들은 자신을 규정짓기 위해, 즉 남들과의 차이를 부각시키기 위해 주변의 문화적인 특성들 중에 자신이 정말 필요로 하는 것들을 고를 수 있다는 것이다. 게다가 사회는 더 이상 이전처럼 무언가를 규정하는 기구가 아니라, 차이를 만들어내는 기계라고 한다. 그는 혼종문화를 매우 긍정적으로 보았다. 그러나 그 뒤에 숨겨진 또 다른 차별은 간과되고 있는 게 아닐까?

논을 벌려고 제1세계로 들어온(게다가 불법체류자 신분인 경우가 많은) 노동자들이 뤼첼러가 생각하듯 혼종문화를 이끌어갈 주체가 될 수 있을지 의문이다. 이들 이주노동자들은 말 그대로 '낯설고(fremd)', 또 대개 언어가 통하지 않아 '침묵하는' 타인들(die Fremden)로 머물 수밖에 없기에 혼종문화의 주체라는 이미지와는 어울리지 않는다. 독일을 비롯한 유럽에서 혼종문화를 옹호하는 이들에게 바람직한 이주민 상(像)

---

4) Michael Bachtin, *Die Ästhetik des Wortes*, Frankfurt am Main 1979, 244쪽.

5) 참조, Paul Michael Lützeler, Nomadentum und Arbeitslosigkeit-Identität in der Postmoderne, 913쪽, K. H. Bohrer/ S. Scheel (Hg.), *Postmoderne-Eine Bilanz*, Berlin 1998(Sonderheft Merkur).

은 식민지령 출신의 작가나 지식인들일 것이다. 이들이야말로 주변부(=제3세계)와 중심(=제1세계)을 중재해줄 수 있는 문화의 매개자 역할을 하기 때문에 충분히 긍정적인 의미에서의 노마드족이다. 사이드는 지식인의 재현에 대해 말하는 중에 (20세기의) 가장 전형적인 지식인은 자신의 문화에 대해 내국인이면서 외국인일 수 있는 자들, 즉 포스트식민주의(탈식민주의)를 실천하는 실제적인 혹은 은유적인 의미의 망명 지식인이라고 보았다.[6] 여러 조건들을 볼 때 사이드 자신은 이 범주에 해당한다. 엘리자벳 벡-게른스하임(E. Beck-Gernsheim)은『세계 사회의 전망』(Perspektiven der Weltgesellschaft, 1998)에 기고한 글에서 "삶의 불안성이 근대의 전형적인 특징, 다시 말해 사회의 가장 기초적인 경험"이라며 포스트식민주의적인 작가들을 "세계 마을의 새로운 원주민"이라고 찬양하고, 이들을 "포스트식민주의적인 영혼을 지닌 새로운 인종"이라고 표현하였다.[7] 그런데 여기서 한 가지 의문이 생긴다. 글로벌화를 몸소 실천하는 자들이 대개 이주노동자들인데, 이들 가운데 혼종문화의 형성에 능동적으로 참여하고 이를 주도적으로 이끌 만한 자들이 과연 얼마나 될까 하는 의문이다. 경제적인 이유로 이주를 한 노동자들과 사이드가, 또 엘리자벳 벡-게른스하임 등이 설정하고 기대한 지식인 상(像) 간의 거리는 꽤나 커 보이기 때문이다.

2. 만들어진 타자(성), 왜곡된 혼종성
-오리엔탈리즘 담론과 문명의 충돌

혼종성이라는 개념은 무엇보다 제1세계인들이 이방인에 대해 그들의

---

6) 피터 차일즈/패트릭 윌리암스, 김문환 역, 『탈식민주의 이론』, 문예출판사, 2004, 235쪽.
7) Ulrich Beck (Hg.), *Perspektiven der Weltgesellschaft*, Frankfurt am Main 1998, 163쪽 이하.

정체성을 구성하는 데 쓰이곤 한다. 19세기 유럽의 인종 혼합 현상에 대한 논의에서 혼종성을 상세히 연구했던 로버트 영(R. Young)은 이 개념을 사용하는 자들은 자신도 모르게 인종이론에 동조하고, 또 이를 당연시하게 될 위험이 있다고 경고한 바 있다.[8] 19세기 후반 이후로 활발해진 우생학, 혼종성 그리고 민속학 연구는 인종 혼합을 열린 태도로 대하자는 뜻도 있지만, 그만큼 이 현상을 경계하려는 의도도 다분히 담겨 있다. 제국주의의 팽창과 더불어 식민지 국가의 다양한 인종들이 유럽에 모이게 되자, 유럽인들은 다양성의 옹호보다는 역외 이주민들로부터 유럽의 정체성을 지키는 쪽에 더 무게를 두었다. EU 회원국들이 유독 터키의 EU 회원국 가입 부여를 놓고 진통을 겪는 것도 결국은 EU의 정체성과 연관되기 때문이다. 구공산권 진영이었던 헝가리, 루마니아, 불가리아 등의 동유럽국과 구소련 지역이었던 발트 3국 라트비아, 리투아니아, 에스토니아는 기존 회원국들의 비토 없이 순차적으로 EU의 회원국이 되었지만, 정작 그전부터 EU 가입 승인을 애타게 기다려온 터키는 번번이 퇴짜를 맞고 여전히 후보국에 머무르고 있다. 기존 EU 회원국들과의 관계로 볼 때, 터키가 경제나 군사적으로 앞서 말한 신생회원국들보다 더 큰 비중을 갖고 있음에도 불구하고 쉽사리 EU 회원국이 되지 못하는 이유는, 인권 문제 등의 여러 표면상의 이유에도 불구하고 결국은 유럽/비유럽이라는 EU의 정체성 문제에 귀결되는 것으로 보인다. 구소련 지역의 국가도, 루마니아도 크게는 유럽이라는 공통분모로 수렴되지만, 터키는 이들 유럽인들이 볼 때 쉽게 '나(우리)' 속에 포함될 수 없었다.

오리엔탈리즘 담론에서 보듯이 타자성은 '나(우리)'의 정체성을 선명히 하고, '우리'의 결속을 다지기 위해 설정된다. 즉, 나의 필요에 따라 타자

---

8) Robert Young, *Colonial Desire-Hybridity in Theory, Culture and Race*, London and New York 1995.

의 모습이 만들어진다는 것이다. 노라 래첼(N. Räthzel)은 한 사회의 구성원들이 여러 부류로 분열되면 될수록 사회적 결속을 위해 타자의 모습을 강조하게 되는 경우가 있다고 기술한 바 있다.[9] 복합문화에서 타자에게는 무언가 이국적이고 신비하며, 기이한 역할이 부여된다. 엘리자벳 브론펜은 앞서 언급한 『혼종문화』에서 오늘날 주류들이 자신들의 정체성을 형성함에 있어 이전의 식민지 시기와 마찬가지로 여전히 주체적 서구인과 복종적 타자라는 위계적 관계를 바탕으로 '나'의 정체성을 확보해간다고 주장한다. 뉴욕이나 로스엔젤레스, 베를린 같은 메트로폴리스에서는 혼종문화가 얼핏 평등하게 구현되는 듯하지만, 내부의 차이—예컨대 주류와 비주류, 또는 원주민과 이주민의 차이—가 사라지진 않을 것이다. 아니, '내부의 차이'는 주류들에게 매우 중요하다. 그것은 이를 통해 주류가 그들만의 정체성(das Eigene)을 확보하기 때문이다. 19세기 유럽 국가들이 전통과 고유 사상, 언어 등을 내세워 자신들의 정체성을 주장하고 확보했다면, 21세기 글로벌 세대의 주류들은 자신들이 살고 있는 사회 속에 전개된 혼종문화에 직면해 어떤 식으로라도 자아와 타자의 차이/차별성을 만들어내야 했다. 이런 점에서 자아성과 타자성의 위계적인 대립은 사실 크게 변하지 않았다. 다만 변화된 사회적 환경 때문에 새로운 틀로 바뀌었을 뿐이다.

그렇다면 다인종 사회에서 문화적 정체성이 가장 뚜렷이 드러나는, 혹은 차별되는 영역은 무엇일까? 그것은 아마 소비영역일 것이다. 자본주의 사회에서 정체성의 차이를 소비의 주체와 대상으로 나누어보는 것은 상당히 효과적인 관찰로 보인다. "누가 소비하느냐?"(소비 주체)와 "누가 소비되느냐?"(소비 대상)의 차이를 자아와 타자의 관계에 적용시켜보자.

---

9) Nora Räthzel, *Gegenbilder-Nationale Identität durch Konstruktion des Anderen*, Opladen 1997, 257쪽.

제1세계에서 타자들의 문화가 소개될 때는 상투적인 이미지들이 동원된다. 한국 사회에서도 고급자동차나 값비싼 명품 옷 등을 선전하는 모델은 거의 대부분 백인이다. 황인종인 우리가 구매자인데도 불구하고, 옷을 걸치고 있는 모델은 백인인 것이다. 결코 흑인이나 동남아시아, 아프리카인이 모델로 나오지 않는다. 프랑스나 독일, 영국, 스위스 등과 같은 제1세계 국가의 문화는 우리에게 낯설지라도 우아하고 세련된 문화로 소개된다. 반면 뭔가 '특이'한—이 점에서 우리 역시 이미 또 다른 형식의 '오리엔탈리즘'을 실천하고 있다—문화체험을 소개하고 싶을 땐 중남미 국가나 동남아시아 등지로 소위 '지구탐험대'를 보낸다. 이와 같은 상투적 이미지는 얼마든지 그 예를 찾을 수 있다.

1990년대 초반 무렵, 독일의 커피 회사 〈멜리타〉(Melitta)가 자사(自社) 커피를 선전하는 유명한 문구로 "중요한 건 혼합이죠!(Die Mischung macht's!)"를 내세웠다.[10] 이 커피의 텔레비전 광고에서는 독일인으로 추정되는 백인이 검은 피부의 사람들에게 둘러싸여 담소를 나누는 모습이 나오는데, 검은 피부의 사람들은 아마도 커피 생산지인 아프리카나 남미의 원주민들을 상징할 것이다. 이 커피 광고는 제1세계인(독일인)을 중심으로 라틴계 혹은 아프리카계의 주민들이 격의 없이 어울리는 모습을 보여주며, 이 커피를 마심으로써 마치 경계 없는 혼합문화를 체험하게 되고 그를 통해 새로운 정체성이 생겨난다는 메시지를 전달하고자 하는 듯했다. 여기서도 중심은 언제나 유럽인이다. 그를 둘러싼 그 밖의 인종들은 중심부에 있는 제1세계인에게 갖가지 다채로운 문화를, 예컨대 길들여지지 않은 거친 야성미와 자연의 순수함, 라틴의 관능미 등을 전달하는, 그

---

10) 국내의 한 가전제품 광고에서 어느 여배우가 "여자라서 행복해요"라는 말로 그 문구가 유명세를 탄 것처럼, 이 커피회사 역시 "Die Mischung macht's!"라는 광고 문구로 매우 유명해졌다.

럼으로써 유럽 문화를 풍요롭게 해주는 기능만 수행할 뿐이다. 이때 제1세계인은 정작 혼종문화의 형성에는 아무런 기여를 하지 않고, 다양한 타자들이 만든 혼합물(=혼종문화)을 소비할 뿐이다. 즉 소비의 주체가 되고, 또 혼합문화의 주체가 된다. 소비의 중심에 있으면서 혼종성 속에서 자신의 정체성을 자유롭게 선택하는 제1세계인들과는 달리, 타자들은 제1세계인들의 정체성 형성을 위해 특정한 이미지들로만 고착되고 또 그렇게 기여할 뿐이다. 이 광고는 얼핏 보면 다양한 문화와 인종에 대해 열린 태도를 지향하는 것을 강조하는 듯 보이지만, 여기엔 미묘한 차원의 인종편견적인 생각들이 깔려 있다. 또한 소비 사회를 부추기기 위해서 이런 인종편견적인 클리쉐(Klischee)들이 문화적 융합이라는 슬로건 아래 세련되게 동원되고 있다.

소니 사(社)가 네덜란드 전역에서 대대적으로 펼쳤던, 게임기 플레이스테이션(PSP)의 신제품 옥외 광고는 기존의 검은색 기기 대신 흰색 모델을 출시한 것을 홍보하고 있다. "흰색이 몰려온다(White is coming)"라는 문구를 담은 이 광고는 시작과 동시에 곧바로 인종차별적이라는 거센 비난에 직면하게 되었다. 결국 소니 사는 광고를 거둬들이고 공개적인 사과를 했다. 흰옷을 입은 백인 여성이 흑인 여성의 턱을 거머쥔 채 위협적인

소니 플레이스테이션 광고. 2006년 7월 5일

자세를 취한 장면에서, 우리는 도도하고 위협적인(제국주의적인) 백인의 상(像)과 노예와 같은 굴종적인 흑인 이미지가 재현되고 있음을 볼 수 있다. 상품의 마케팅의 전략 면에서 흑인보다는 백인이 소비 주체가 될 가능성이 많

으니, 굴욕적인 백인의 모습보단 도도한 백인의 이미지가 더 적합했을 것이다. 만일 검은색 모델의 출시를 홍보하는 광고였다고 했을 때, 위 사진에서 흑인과 백인이 역할만을 바꾸어놓는 컨셉 설정이 과연 가능할까 생각해보면 쉽게 그렇다고 말할 수 없을 것이다.

3. 검은 피부의 하얀 가면 되기, 검은 피부에 하얀 가면 씌우기?

독일에서 발생한 두 차례의 두건 소송(Kopftuch-Prozeß)은 복합문화와 문화적 정체성이 공존하기가 결코 녹록치 않음을 보여준 일종의 상징적 사건이다. 지난 1990년대 후반 독일에서 벌어진 이 두건 소송의 전말은 다음과 같다. 1995년에 독일 국적을 취득한 아프가니스탄 출신의 여성 페레샤 루딘(F. Ludin)이 실업학교 교사로 임용되기 직전, 바덴-뷔르템베르그 주(州) 교육청은 두건을 쓴 채 수업하는 것을 허락할 수 없다며 그녀에 대한 교사 발령을 거부했다. 물론 루딘이 학교에서 두건을 착용하지 않겠다면 교사 발령에는 아무런 문제가 없다고 밝혔다. 이에 루딘은 이 문제를 법정으로 끌고 갔고, 결국 2003년 9월 칼스루어의 헌법재판소는 두건착용금지가 법에 위배되지 않는다고 판결함으로써 바덴-뷔르템베르그 주(州) 교육청의 손을 들어주었다. 이 사건으로 슈트트가르트가 속한 바덴-뷔르템베르그 주(州) 정부가 독일 연방 중에 처음으로 교사임용에 관한 규정에 두건착용금지 조항을 삽입시켰다.

이후 비슷한 사례가 또 발생했다. 이번에는 이만 알자에드(I. Alzayed)라는 여성이 낸 소송이었다. 그녀는 독일에서 태어나 사범대를 졸업하고, 1999년에 니더작센 주(州)의 한 초등학교에 임용될 예정이었다. 학교장은 그녀를 정식 임용해줄 것을 교육청에 추천하였고, 이미 담당할 학급까지 배정한 상태였다. 그러나 관할 교육청 역시 두건착용을 이유로 교사

발령을 거부했다. 이에 법정싸움이 벌어
졌고, 알자에드는 2000년에 지방법원의
1심 판결에서 승소하였다. 그러나 불복
한 교육청이 항소했고, 2년 후 상급법원
이 지방법원의 결정을 파기하고 교육청
의 손을 들어주었다. 알자에드는 이 결

〈슈피겔〉, 2004년 6월 29일

정에 승복한다고 말했고, 니더작센 주는 그녀를 교육공무원으로 임용하
겠다고 말했다. 이것으로 사건은 일단락된 듯했으나 알자에드가 2004년
에 공무원 임용을 포기하고, 그 대신 두건을 벗지 않은 채 독일이 아닌 다
른 유럽국가에서 교사직을 수행하겠다고 선언했다. 이로써 두건 소송은
결국 합일점을 찾지 못한 채, 독일 속에 들어온 타문화와 독일적 정체성
이 첨예하게 대립한 첫 법정 싸움이 되었다.[11]

페레샤 루딘의 경우, 그녀의 교육공무원 발령을 거부했던 바덴-뷔르템
베르그 주(州) 교육부장관 안네테 샤반(A. Schavan)은 루딘의 두건 착용
을 두고 "문화적으로 경계를 가르는 행위"로서 독일의 관용정신을 가르
치고 대변해야 하는 교사의 직무에 부합하지 않는다고 말했다.

이 사건은 결코 단순치 않다. 교육의 장(場)이 엄정한 중립지대로 남
아야 한다는 교육청의 주장도 설득력 있어 보인다. 게어하르트 슈뢰더
(G. Schröder) 전 독일 총리는 재임 중인 2004년 11월 21일에 독일의 한
방송사와 인터뷰를 하면서 "한 젊은 여성이 우리 사회에서 이슬람 전통
의 두건을 쓰는 것은 받아들일 수 있지만, 그 여성이 우리 사회에서 공직
임무를 해야 하는 지위를 갖게 된다면 나는 '안 된다'라고 대답할 것"이라
고 말한 바 있다. 그런데 이 여성들이 두건 착용한 사실을 인지하고도 여
태 금지하지 않고 있다가 왜 모든 필요조건을 다 갖춘 후 공직 발령을 받

---

11) Neutralität im Klassenraum, *Spiegel*, 2002. 3. 14.

으려는 그 순간 굳이 두건 착용을 차단하느냐고 항변하는 입장도 잘못된 주장은 아닌 것 같다. 독일인들에게 두건을 착용한 무슬림 여성이 교사로 있는 학교에 아이를 보낼 것인지 물어본 통계조사에 따르면 539명의 응답자 중 28.3%는 절대 보내지 않겠다, 31.8%는 보내지 않을 것 같다고 답함으로써 60.1%가 거부감을 드러낸 데 비해, 기꺼이 보내겠다는 15.3%, 그래도 보낼 것 같다는 24.5%에 그쳤다.[12]

법정에서 다뤄지는 주장은 논리와 논리 간의 대립이다. 이 두 개의 사건에서는 법정의 변론 논리로서는 추상적이겠지만, 문화 간의 충돌이 더 크게 작용하고 있다. 기독교 문화권의 중심으로 들어오겠다는 이질성에 대한 반감이 분명 있을 것이다. 필자는 이것이 이 사건의 근본 쟁점이라고 생각한다. 만일 이 아프가니스탄 출신의 여성이 독일의 교육공무원이 되겠다고 하지 않았더라면 그 여성의 두건은 신비하고 이국적인 이슬람 문화로, 또는 타자들이 자신들의 정체성 형성에 필요한 것으로 받아들여질 수 있겠지만, 이 이주민(타자)이 '나'와 공통된 정체성을 요구하며 독일 사회의 중심부에 들어오는 것은 독일인들(제1세계인들)에게는 용인될 수 없는 일이었다. 두건 쓴 교사는 독일의 문화적 정체성에 방해가 될 뿐더러, 지금껏 소비 주체들이 느꼈던 타자의 이미지—즉, 신비한 베일 속에 가려진 이국적인 무슬림 여성—와도 전혀 맞지 않는 것이었다. 두건을 쓴 여성이 그 정체성을 지닌 그대로 독일 사회의 주체로 들어오는 게 가능하다면, 그때는 완전한 혼종문화 사회라 말할 수 있을 것이다. 그러나 타자는 타자로서의 역할에만 충실히 머물러 주길 바라는 게 나/너 간의 정체성을 규정하는 주도권을 지닌 자의 솔직한 입장이 아닐까 싶다. 이런 맥락에서 본다면 혼종문화는 제1세계의 정체성을 위협하지 않는 범위 내

---

12) Jürgen Leibold/ Steffen Kühnel, Islamophobie. Differenzierung tut not, Heitmeyer, Wilhelm (Hg.), *Deutsche Zustände IV*, Frankfurt am Main 2006, 135~155쪽.

에서 주종(主從)관계는 그대로 유지한 채 실현되고 있는 셈이다.[13]

두건 착용과 관련한 갈등은 비단 독일의 경우에만 국한된 것은 아니다. 북아프리카 출신의 이슬람 이민자들이 절대적으로 많은 프랑스의 경우—2003년 미 국무부 기준 598만 명—이 문제에 더욱 민감하다. 2004년 프랑스는 학교 내 히잡 착용을 금지시키는 법률을 통과시켰고, 2006년 3월 영국은 이슬람 전통 복장인 질밥(부르카)의 학교 내 착용을 금지한 조치가 합법이라고 했으며, 네덜란드는 2006년 11월 이슬람 여성이 거리, 학교, 기차, 버스, 법원 등 공공장소에서 베일이나 부르카, 혹은 얼굴을 덮는 망토를 착용하는 것을 일체 금지하는 법을 승인하였다. 독일은 현재 공공장소에서의 두건 착용을 금지하지는 않는다. 위에 언급한 네덜란드에서 통과된 법은 2004년 프랑스의 히잡 착용금지조치 이후 가장 강력한 반(反) 이슬람 조치로

차도르 쓴 인어공주, 코펜하겐, 2007년 5월 22일

이슬람 첨탑 금지 홍보 벽보. 첨탑이 미사일 탄두 모양으로 묘사됨. 〈바디쉐 짜이퉁〉, 2010년 10월 12일

---

13) 참조, Elisabeth Beck-Gernsheim, *Wir und die Anderen*, Frankfurt am Main 2004, 59쪽 이하.

평가받는다.[14) 영세중립국인 스위스는 2009년 10월, 이슬람사원의 첨탑을 금지하는 법안을 두고 국민투표로 찬반 의사를 물었고, 57.5%의 유권자들이 첨탑 금지안에 찬성하였다.[15)

조금 다른 시각에서 관찰해보자. 사실 이들 유럽 국가들이 이슬람 복장에만 거부반응을 드러낸 것은 아니다. 스스로가 기독교 문화권임에도 불구하고 독일 바이에른 주(州)에서는 이른바 헌법재판소의 '십자가상 판결(Kruzifix-Beschluß)'(1995. 5. 16)에 따라 거센 반대 여론에도 불구하고 바이에른 주 내의 학교 교실 벽에 걸린 십자가상을 제거하게 되었다. 프랑스나 영국에서는 십자가 목걸이에 대해 제한적인 조치를 내린 바 있다. 바덴-뷔르템베르그 주(州) 교육부장관 안네테 샤반의 입장은, 교실은 절대적 중립 공간이어야 하기 때문에 두건 같은 종교/문화적 상징이 허용될 수 없다는 것이다. 무슬림 여성의 두건 착용은 공공연하게 자신의 종교와 정치적 신념을 시위하는 것이고, 이는 오히려 관용 정신에 위배된다는 것이다. 그러나 두건 소송을 제기한 두 여성은 이 '중립성'을 중립이 아닌 무슬림에 대한 차별로 받아들였다. 인종적으론 다르지만 독일에서 태어났거나 정당하게 독일 국적을 취득한 사람이 자신의 전통 문화를 고수한다는 이유로 공직 취득이 거질당한 데서 일종의 '하얀 가면' 되기를 강요당했다고 여겼을 것이고, 두건 소송을 통해 이 부당함을 환기시키고자 했을 것이다.[16)

---

14) 참조, EBS 〈지식채널ⓒ〉 제작팀, 『지식ⓒ』, 북하우스, 2007, 72~73쪽; 그 밖에 〈중앙일보〉 2006. 11. 20.

15) 참조, 스위스, 회교첨탑 금지안 국민투표 가결, 〈한겨레〉 2009. 11. 30.

16) 본문의 궤도를 다소 벗어난 말이지만, 파농(F. Fanon)의 『검은 피부, 하얀 가면』을 『황색 피부, 하얀 가면』으로 대치하고, 그가 책에서 기술한 관찰들을 한국을 비롯한 아시아 국가의 백인 및 영어 콤플렉스에 적용시켜도 큰 무리가 없을 것이다.

4. 자아와 타자의 갈등
-민족주의 및 보수주의의 강화

이제 타문화 간의 조화로운 혼합보다는 대립하는 면들을 관찰해봄으로써, 문화 간의 공존이 상호 깊은 신뢰와 이해 없이 얼마나 힘든지를 논의해보자. 이념의 차이에 따른 냉전 체제가 종식된 후, 이념적 갈등의 자리에는 문명 간의 대립이 생겨났다. 아프가니스탄 전쟁, 걸프전을 비롯해 9·11 테러까지 1990년을 전후로 시작된 국제분쟁의 양상들은 대부분 기독교 문명권과 이에 대적하는 이슬람 문명권 간의 충돌에서 비롯되었다. 새뮤얼 헌팅턴(S. P. Huntington)은 『문명의 충돌』(The clash of civilizations and the remaking of world order, 1996)에서 현재의 전쟁 양상은 단층선 전쟁(Fault-line War)이라 명명했다. 집단 전쟁에서는 볼 수 없었던 단층선 전쟁만의 특징이라면 종교와 문화가 중요하게 작용한다는 점이다.[17] 이는 문명을 결정짓는 데 종교가 핵심 역할을 한다는 인식에 기반을 둔 관찰로서, 단층선 전쟁은 특정 두 당사자 집단만의 전쟁이 아니라 같은 종교나 문화를 지닌 주변 집단들이 여기에 개입하게 된다. 문명 간의 싸움인 단층선 전쟁에서는 그 문명권에 속하는 많은 나라들이 일종의 연대의식과 동질감으로 전쟁에 동참할 수 있기 때문에 그 세력범위가 추정할 수 없을 정도로 넓게 확산된다.

그런 이유 때문에 비록 뉴욕에서 9·11 테러가 일어났다 할지라도 프랑스나 영국인들이 자국에 살고 있는 이슬람 이주민들에게 경계의 눈초리를 거두지 못하는 것이다. 미국에서, 그리고 중동 지역에서 벌어지는 단층선 분쟁은 유럽의 제1세계인들로 하여금 자신의 의지와는 상관없이 이슬람계 이주민들을 공존하기 힘든 이질적 집단으로 바라보게 만들고 있

---

17) 새뮤얼 헌팅턴, 이희재 역, 『문명의 충돌』, 김영사, 1997, 342쪽 이하.

다. 제1세계에서 문화적 차이에 기인한 주류와 비주류 간의 대립이 종국에는 폭력을 동원한 정치적 갈등으로 비화하는 경우가 얼마나 빈번한지는 다음의 사례들에서 확인된다.

우선 첫째로, 지난 2002년에 네덜란드 영화감독 테오 반 고흐(Th. van Gogh)가 무슬림이기도 한 독일계 모로코인에게 살해당하는 사건이 발생했다. 살인 동기는 고흐 감독이 이슬람 세계에서 일어나는 여성 학대를 다룸으로써 이슬람 국가들을 모욕했다는 것이다. 사실 이슬람 여성들의 인권침해 사례는 서구의 언론들을 통해 자주 알려졌기 때문에, 반 고흐 감독이 처음으로 이 문제를 건드린 것은 아니었다. 게다가 고흐는 실제 이슬람 사회에서 공공연히 자행되는 여성 학대를 영화라는 수단을 통해 공론화했을 뿐이다. 이 사건으로 네덜란드가 받은 충격은 대단히 컸다. 그 여파는 2006년 11월에 제정된, 공공장소에서 일체의 이슬람 복장 착용금지라는 급진적인 법안으로 가시화되었다. 평소 우리에게 네덜란드는 마약과 매춘, 안락사, 동성 간의 결혼 및 입양 등을 허용하는 상당히 자유방임적인 국가로 알려졌지만, 이 법안의 통과에서 보듯 우파 성향의 네덜란드 연합 정부는 이슬람에 대한 초강경 태도로 방향을 틀었다.

둘째, 2005년 9월 덴마크의 우파 성향 일간지인 〈율란츠 포스텐〉(Jyllands-Posten)은 자살테러를 조장하는 마호멧트의 캐리커쳐를 게재하였고, 이를 2006년 초에 프랑스, 독일, 이탈리아, 스페인 등 여타 유럽 국가에서 신문들이 다시 게재함으로써 이슬람 세계의 격렬한 분노를 자아냈다. 이른바 '만평 파문'은 동남아시아의 이슬람 국가인 인도네시아에까지 반(反) 덴마크 시위를 불러일으켰다. 테헤란과 요르단을 위시하여 자

터번을 폭탄으로 묘사한
마호멧트 그림. 〈율란츠 포스텐〉

카르타, 그리고 파키스탄의 카라치에서도 덴마크를 규탄하는 과격시위가 일어났다. 특히 카라치에서는 덴마크 총리를 본뜬 인형을 불태우기까지 하였다. 덴마크 신문사 편집장이 공식으로 사과하고, 코피 아난 국제연합 사무총장까지 나서서 화해를 중재함으로써 파문이 겨우 진정되었지만, 이 사건은 유럽 국가들이 평소 이슬람에 대해 품은 속내를 드러낸 경우로, 거의 문명 충돌 직전까지 갔던 것이다.

셋째, 2005년 7월 영국의 런던 지하철에서 자살 폭탄테러가 일어나 시민 52명이 죽고, 700여 명이 부상당하는 참사가 일어났다. 이슬람 근본주의자들이 배후에 있다고 하는 이 테러가 영국인들에게 특히 큰 충격으로 다가온 것은 자살폭탄테러를 일으킨 청년이 영국에서 나고 영국에서 자란 파키스탄계라는 점이었다. 달리 말해, 영국의 국가 이념의 세례를 받으며 자라고 교육받았을 청년으로부터 테러를 당한 게 믿을 수 없다는 것이다. 이들이 9·11 테러를 기획한 알카에다 조직으로부터 훈련을 받고 몰래 영국에 잠입한 외부인이라면 차라리 나았을 것이다. 적어도 영국 내부의 결속은 신뢰할 수 있다고 보기 때문이다. 그러나 이들 테러리스트들이 알카에다 조직과 연관 없이 영국 내에서 자생적으로 생겨난 테러조직이라는 점이 영국인들을 더욱 두렵게 만들었다.

현재 영국에는 160만 명의 이슬람 이민자들이 살고 있다. 이들은 대개 파키스탄이나 말레이시아인 등으로 힌두계인 인도인과는 구별된다. 영국은 사회적 소외 계층이나 유색인종들의 기회균등을 보장한다는 차원에서 대학 진학이나 직장 취업에서 일정 비율로 이들을 선발할 것을 권고한다고 한다. 그럼에도 불구하고 이들 이주민들은 슬럼화된 집단거주지를 벗어나지 못한다. 런던 동부에 무슬림들이 많이 사는 지역을 '런더니스탄'이라고 부르기도 한다. '스탄(stan)'은 페르시아어로 땅이라는 뜻이다. 이 사건을 두고 영국 정부는 영국 시민권을 지닌 한 파키스탄 청년이 왜

자기 이웃들을 다 죽이고자 했는지, 영국의 이주민 정책이 실패했는지 이를 되짚어보는 계기로 삼을 것이다.

넷째, 앞서 말한 2006년 월드컵의 '지단과 마테라치 사건'이다. 지단의 박치기로 인해 '친구 만들기'란 월드컵의 슬로건이 무색해져버렸다. 프랑스령 식민지 알제리 출신인 지단은 제1세계에 충분히 동화된 걸로 믿었고, 비유럽인들의 시각에서 그는 분명 프랑스인이지만, 정작 그 영역 내에 있는 사람들의 의식 속에서 지단은 여전히 이주민의 후손일 뿐이었다. 프랑스의 여론은 그 일부만이 지단의 박치기에 대해 비신사적이었다고 말할 뿐, 대다수는 지단을 다양성을 근간으로 하는 '프랑스 정신의 상징'으로 추켜세웠다. 스포츠용품 기업 광고는 물론이고 방송 토크쇼에서, 또 정치인들까지 가세해 뒤질세라 지단을 프랑스의 새로운 영웅으로 만들었다.

프랑스 축구국가대표팀은 언젠가부터 '외인부대'라는 조롱을 들어야 했다. 선수 대부분이 아랍 및 아프리카계 출신들로 구성되어 있기 때문이다. 프랑스의 여론이 적극적으로 나서서 성공적인 아랍계 이주민으로 상징되는 지단을 영웅으로 만든 것은 어쩌면 인종 간의 통합 문제가 그만큼 프랑스의 현안임을 역으로 대변하는 것으로 보인다. 이민노동자들에 대한 정부의 정책들에 불만이 팽배한 상태에서 이런 스포츠계의 사건을 계기로 최소한 표면적으로는 프랑스가 똘레랑스와 다양성이 보장되는 나라임을 강변한다는 것이다.[18]

위에서 제시된 네 가지 사례는 앞 장에서 언급한 독일의 두건 소송과 더불어 여러 서유럽 국가에서 일어난 문화적 갈등 상황들이다. 이들 사건들은 모두 '나(우리)'와 '너'의 갈등이 불거진 경우로, 거칠게 보면 "다양한 인종이 섞인 복합문화 속에서 문화적 정체성이 어떻게 규정될 것인

---

18) 프랑스가 지단 영웅 만들기에 나선 이유는?, 〈조선일보〉, 2006. 8. 1.

가?" 하는 문제로 수렴될 수 있다. 위에서 언급한 사례들은 발생 배경이 조금씩 다르지만 적어도 복합문화와 문화적 정체성이 공존 가능한 것인지, 아니면 선택 사항인지를 고민해보는 계기는 될 것이다.

5. 위협적 타자(성)에서 동반자적 타자는 가능한가

독일 빌레펠트대학교 교육학과의 빌헬름 하이트마이어(W. Heitmeyer) 교수를 주축으로 한 연구자들은 1989년 통독 이후 독일에서 일어나는 다양한 갈등의 양상과 그 원인들에 대한 광범위하고도 체계적인 연구를 진행하였고, 그 결과물인 『독일의 상황들』(Deutsche Zustände, 2002/2006) 네 권은 이러한 갈등 문제를 사회적으로 크게 공론화시켰다. 이들의 연구 영역은 외국인 적대 행위, 사회 속의 편견과 차별, 이슬람 문화권과 기독교 문화권의 대립, 노동이민자 자녀들의 정체성 혼돈 등 매우 다양한데, 이 갈등 요인들은 대체로 독일 사회가 다문화사회이기 때문에 비롯되는 문제들이다.

이 책들의 한 부분에선 베를린의 외국인 밀집지역인 크로이츠베르크 (Kreuzberg)의 일상을 묘사한 부분이 나온다. 이곳은 터키인이 절대 다수로 거주하고 있기 때문에, 학교에서도 수업시간만 제외하곤 거의 터키어만 사용한다. 그런 환경으로 인해 이곳에 살 수밖에 없는, 경제적으로 취약한 독일인 가정의 청소년들은 제대로 독일어를 구사하지 못하며, 또 주변에 터키인 학우들만 있다 보니 정작 다른 지역의 독일인들에게 소외를 받는 반쪽 외국인이 되었다는 사례가 나온다.[19] 그런 예는 수두룩하다. 비교적 집값이 저렴한 도시 외곽지대에 외국인들이 돈을 모아 집을

---

19) Annette Ramelsberger, Alltag in der Parallelwelt. Über den alltäglichen Kampf um die Integration, 219쪽 이하, Heitmeyer (Hg.), *Deutsche Zustände IV*, Frankfurt am Main 2006.

사서 하나둘씩 이사를 오면, 언젠가 거주자 비율이 역전되고 이전부터 살았던 독일인들은 자녀의 교육문제나 사회성, 또는 나빠진 거주환경 등을 이유로 서둘러 집을 팔고 다른 곳으로 이사를 떠나는 경우가 빈번하다.

이런 일이 규칙적으로 반복되고, 언론에서 우려스럽게 다뤄지다 보면 주류 사회가 자기보호본능을 갖게 된다는 게 대체로 우리가 아는 순서이다. 1997년 무렵에 독일의 〈슈피겔〉은 「위험스러운 타인들: 실패한 다문화사회」라는 커버스토리를 내건 적이 있었다. 표지에는 분노한 터키 여성들이 터키 국기를 손에 든 광신적인 모습과, 두건을 쓴 젊은 무슬림 여교사들이 길게 앉은 학생들 앞에서 코란을 가르치는 모습, 그리고 칼을 든 이슬람 소년들의 모습이 실려 있었다. 보토 슈트라우스, 마르틴 발저, 엔첸스베르거 등을 위시한 독일 지식인들이 증가하는 이주민들을 보며 계속 문화적 정체성, 민족성 등을 강조하는 것도 이러한 배경에서 연유한다.

2005년 11월에 프랑스에서는 경찰의 불심검문을 피해 달아나던 아랍계 청소년 두 명이 당황한 나머지 변전소 담을 넘어 도망치다 고압선에 감전되어 죽는 일이 발생했다. 평소 프랑스 정부의 각종 정책에서 소외감과 차별을 느꼈던 아랍계 이주민들은 이 사건을 계기로 분노를 표출하였고, 삽시간에 프랑스 전역에 걸쳐 차량 방화를 비롯한 소요사태를 일으켰다. 이 폭동은 주변국의 무슬림들에게도 모방심리를 불러일으켜 독일과 벨기에 등지에서 비록 작은 규모이긴 하지만 이와 비슷한 사태가 벌어지기도 했다. 당시 프랑스 내무부 장관이었던 니콜라 사르코지(N. Sarkozy)는 불안해하는 프랑스 중산층들에게 소요사태의 중심에 있는 아랍계 청년들을 가리켜 '쓰레기'라고 말하며 이들을 청소해주겠다고 발언하였다.[20] 사르코지의 이른바 '쓰레기' 발언은 불에 기름을 부은 격이 되

---

20) 유럽의 이슬람 이민자들, 시한폭탄이 될 것인가?, 〈KBS스페셜〉, 2005. 11. 20.

어 아랍인들을 더욱 격분시켰다. 그런 그가 2007년 프랑스 대선에서 좌파인 사회당의 후보 세골렌 루아얄(S. Royal)을 여유 있게 제치고 대통령이 되었다. 정치적으로 보수 우파인 사르코지는 이슬람 이주민들에게 큰 반감을 샀지만, 프랑스의 침묵하는 다수는 그를 택한 것이다.

이주민들은 위협적 존재로 남을 것인가, 아니면 동반자로 인정받을 것인가? 유럽인들이 특히 이슬람인들에 대해 갖는 이슬람 공포증(Islamphobie)은 근거가 있는가? 유럽 내에 거주하는 다수의 이슬람인들은 이슬람 근본주의를 어떻게 생각하는가? 혹자들은 이슬람 국가들에서 과격한 근본주의가 득세하는 것은 이들이 빈곤에서 헤어나지 못하기 때문이라고 분석하며, 서방국가들이 경제적인 도움을 주어야 이슬람 근본주의가 힘을 잃을 것이라고 역설한다. 그리고 이슬람인들 중에도 과격파 근본주의자와 일반 시민으로 살아가는 이슬람인들은 명백히 구분되어야 한다고 말한다. 독일 대통령 호르스트 쾰러(Horst Köhler)의 말이다.

> 우리는 선량한 시민들과 충실한 납세자들이(=이슬람계 이주민들을 지칭; 필자) 단지 기독교인이 아니라는 이유만으로 이들을 테러의 동조자로, 심지어 테러리스트로 간주해서는 안 된다.[21]

런던의 테러가 발생한 지 얼마 되지 않아 독일의 이슬람 연합회에서는 폭력을 비난하는 성명서를 발표했다.

유럽의 이주민들은 그들대로 완전한 주체가 되지 못하는 데 대해 주류 사회에 불만을 품는다. 자신들이 영국, 프랑스, 독일 등 제1세계 사회의 구성원으로 인정받지 못하고, 오로지 국가 행정의 관리 대상일 뿐이라고 말한다. 사실 독일의 경우는 식민 통치의 역사를 지닌 영국, 프랑스

---

21) Jürgen Leibold/ Steffen Kühnel, Islamophobie. Differenzierung tut not, 135쪽.

와는 차이가 있다. 혼종성 논쟁은 원래 영국에서 이주민 지식인들 사이에서 시작되었고, 식민주의와 인종편견에 대항하는 투쟁의 일환으로 발전해나갔다. 이주민들은 완전한 하나의 주체가 되지 못하면서, 동시에 모방(Mimikry)을 통해 지배자들이 자신에 대해 갖는 기대에 부응하려고 노력하기 때문에 두 개체로서의 삶을 산다고 한다. 타자들이 '하나이지 못하면서 둘인 존재'라는 말은 이러한 이중화(Verdoppelung)를 염두에 두고 한 말이다.[22] 어떻게 하면 이주민들이 문화적 정체성의 상실을 우려하는 제1세계인의 우려를 불식시키고, 또 제1세계인은 타자들에 대한 거만과 두려움 대신에 그들로 인해 생겨난 혼종성/잡종문화를 기꺼이 수용하게 될지, 이 갈등 상황이 자연스럽게 해결될 수 있는 접점은 어디일지 많은 고민이 필요한 때다.

6. 복합문화 속의 문화 정체성

20세기 후반 들어 시작된 글로벌화는 21세기를 맞아 더욱 가속이 붙었다. 글로벌화된 세계의 특징은 단연코 혼합이다. 탈식민주의 담론가인 호미 바바는 혼합을 혼종성이라고 표현하기도 하는데, 일상적인 삶에서 매우 조화롭게 구현되는 듯이 보이는 혼종성 속에는 위의 '두건 소송'이나 '지단 사건'에서 보듯 실상은 전혀 그렇지 못한 대립적인 모습들이 내재한다. 탈식민주의 담론은 소수 민족/이주민들을 관찰의 중심에 두고, 그들의 문화 및 문화적 정체성을 이슈화시켰다. 1990년대를 전후로 등장한 신자유주의 경제체제하에 글로벌화가 진행되면서 일자리를 찾아 국가의 경계선을 넘나드는 이동이 빈번해진 것도 탈식민주의 담론을 더욱 활성화시키는 계기가 되었다. 이 담론은 한 사회의 혼종성 및 복합문화

---

22) Homi Bhabha, Die Frage der Identität, E. Bronfen, *Hybride Kulturen*, Tübingen 1997, 110쪽.

가 안고 있는 문제점들에 주목하고 있다.

글로벌 시대에는 국가의 속성이 영토국가(territorial state)에서 가상국가(virtual state, 리차드 로즈크랜스)로 변하였다. 국경 간의 구분이 뚜렷한 시대에는 노동이민자들의 제1세계 진입이 일단 국경선에서 까다로운 입국심사절차를 거치며 일차적으로 '저지'되었다. 국경을 통해 보호받는 제1세계인들은 적어도 자국 영토 내에서는 외부인들로 인해 크게 걱정하지 않아도 되었다. 그러나 국경선의 개념이 예전에 비해 상당히 느슨해진 글로벌 시대에는 제1세계인이 보기에 너무 많은 제3세계의 이주민들이 들어와 있기 때문에, 이들은 자신들 문화의 고유한 정체성의 유지를 위해 내부적인 결속의 필요성을 느낀다. 여러 국가 출신의 이주민들과 섞여 살 수밖에 없는 경제 시스템 때문에 제도적으로는 평등, 통합, 관용 등을 보장하는 장치를 마련하지만, 사람의 생각까지 제도로 규정할 수는 없을 것이다. 이런 배경하에서 제1세계인들이 보수주의와 민족주의를 지지하는 게 아닌가 한다.

본 글은 이미 다문화사회에 깊이 들어가 있는 유럽 국가와 이제 이 단계로 진입하려는 한국 사회에서 '나'와 '타자'의 관계를, 그리고 혼종문화가 어떤 식으로 펼쳐지고 있는지, 어느 정도 대립/융화되고 있는지를 거칠게 관찰하였다. 혼종문화가 많이 진행될수록 한국 사회에서도 민족적 정체성을 전면에 내세운 보수주의가 목소리를 크게 낼 가능성이 높다고 보기에, 현재 유럽에서 벌어지는 사례를 살피는 것은 우리에게 분명 타산지석이 된다. 어떻게 해야 다인종 사회의 최대 장점을 살릴 수 있는지, 또 어떤 구체적인 정책들을 시행해야 에스닉 차이에서 비롯되는 갈등을 해소할 수 있는지 거기까지는 이 글에서 제시할 수 없다. 인문학적 연구가 정치, 사회 및 문화를 배경으로 주어진 현상을 관찰하고 그 원인을 분석해 들어가는 것이라면, 그에 대한 구체적인 정책의 입안이나 실천방안을 제시하는 일은 행정 당국의 과제라고 본다. 다만, 복합문화에 대한 연구들이—그것이 긍정적 측면을 부각시키는 것이든, 아니면 부정적 측면을 보여주는 것이든 간에—다인종 사회의 전 단계에 와 있는 한국 사회에 자주 반복적으로 이슈가 되고, 그 결과 우리가 그 현상과 문제점들을 꾸준히 접하게 된다면, 그리고 그 과정에서 자연스럽게 혼종문화의 사회를 준비해갈 수 있다면 이는 바람직스러운 일이겠다.

전 지구화 과정 속의 타자와
그들의 공간

1. 전 지구화, 중심/주변의 이분법

지금의 학문적 이슈는 확실히 전 지구화이다. 분명히 어느 시점부턴가 탈근대(성)에 대한 언급이 점차 잦아들고, 대신 그 자리를 '전 지구적(global)'이라는 용어가 계속 밀치고 들어오기 시작했다. 전 지구화가 탈근대(성)의 속성들에서 비롯되기도 하지만, 탈근대성의 범주만으로는 제대로 담아낼 수 없는 전혀 새롭고, 복잡한 양상들을 띠기 시작했다는 점에서 '포스트모던'과 '전 지구적'은 그 의미영역이 겹치면서도 분명히 구분된다. 근대와 탈근대를 구분 짓는 가장 큰 잣대는 거칠게 보아 시공간에 대한 인식의 전환일 것이다. 근대성의 출발이 단일화/표준화된 시간에서 시작되었다면, 탈근대는 공간 개념의 전환에서 비롯되었다. 전 지구화는 바로 공간 개념의 혁명에서 시작된다. 이 혁명에 기여한 것은 기술과 정보의 혁신적 발전, 금융시장의 개방 등 여러 가지가 있다. 여기서는 문화연구의 입장에서 전 지구화의 진행방식과 양상들에 주목하되, 전 지구화가 불러온 새로운 중심/주변의 관계를, 그리고 이 구도를 따라 움직이는 인간들의 삶의 방식을 살피고자 한다. 이는 곧 주류와 소수, 혹은 '우리'와 '너희'/'타자'로 나눠지는 에스닉 차원의 논의가 된다.

　전 지구화를 주도한 제1세계와 그 외 주변부 국가들, 예컨대 아시아와 중남미, 그리고 아프리카의 국가들의 관계는 더욱 복잡한 양상을 띠게 되었다. 전 지구화는 '지구는 하나'라는 동질적 규범의식을 생성하고 확산하지만, 실제로 전 지구화가 정치, 경제, 문화에서 하나의 단일한 힘으로 구성되어 진행되지는 않는다. 이는 단선적이고 하향적으로 지도되는 경로를 따르기보다 쌍방적으로 각 힘들이 교차하면서 진행된다. 한편, 전 지구화의 과정 속에서 주변부로 취급받는 지역(로컬)—국가도 넓게는 지역이다![1])—이 마치 완성된 퍼즐을 만들 듯이 지역의 특성을 잘 살려냄으로써 전체의 꼴(shape)을 더 풍부하고 다양하게 만든다든지, 또는 전 지구화가 결락한 것들을 보완하는 대안적 힘으로 기능할 수 있을 것이다. 또 전 지구화는 트랜스내셔널/트랜스로컬 차원에서 탈영역화, 탈지역화를 가속화시킴으로써 '사람과 물자, 이념, 자본 등이 국경을 초월해 자유로운 이동'을—이것이 전 지구화의 가장 기본적인 정의이다—가능케 하는 등[2]) 다양한 양상이 발생한다. 그런데 이 현상이 더욱 가속화된다고 할 때, 이는 중심에 편입되지 못한 (반) 주변부 국가에는 부정적인 영향을 끼칠 소지가 크다. 왜냐면 이 경우 전 지구화는 국제적인 헤게모니를 갖는 자본주의의 또 다른 얼굴로 작용할 수 있기 때문이다.

　전 지구화의 신자유주의 경제는 마치 세계시민주의(Kosmopolitisierung, U. Beck)의 이념을 실현하기라도 하듯 장밋빛 청사진을 설파했지만, 우리가 잘 알다시피 이미 수차례 삐걱거렸다. 1997년엔 한국을 비롯한 아

---

1) 'area', 'region', 'local' 모두 '지역'이지만, 그 뜻과 범위를 구별한다. 참조, 장희권/류지석/이상봉, 「지역학 연구의 새로운 패러다임-문화연구와 사회과학적 시각에서 고찰함」, 『독일어문학』 46, 한국독일어문학회, 2009, 405쪽.

2) Robertson-von Trotha, Carolina Y, *Die Dialektik der Globalisierung*, Karlsruhe 2009, 46쪽.

시아 국가들을 채무불이행(모라토리움)과 IMF 체제로 내몰았는가 하면, 지난 2008년 아이슬란드의 국가경제 파탄 역시 초국적 자본이 몰려다니면서 빚어낸 결과이기도 하다. 아이슬란드는 인구 30만 명의 소국으로, 한때 1인당 국민소득이 6만 달러 이상으로 1인당 평균소득 세계 5위를 기록했다. 아이슬란드는 금융활성화를 위해 EU로부터 적극적으로 자본을 유치했고, 은행들은 이렇게 빌린 돈으로 다시 자국민과 EU국민들에게 대출함으로써 껍데기만 부풀렸다. 심지어는 대학생들에겐 컴퓨터 구매비용 대출상품까지 있었다고 한다.

그러나 아이슬란드는 어업 외에는 중공업 생산설비가 전혀 없는 나라이다. 외국의 자본을 이용한 금융파생상품으로 윤택한 생활을 누리면서 세계 최고 수준이라며 경제 부국을 꿈꿨던 이 나라는 2008년 9월에 세계 금융위기로 국가 부도를 맞았다. 국가 빚이 GDP의 8배가 되고, 결국 이들은 빚잔치로 살았던 것이다. 높은 이자율을 약속하며 유럽 기업들의 돈을 아이슬란드 은행으로 끌어들였고, 이를 다시 유럽 기업들에게 대출해주는 식의 과정에서 결국 아이슬란드 역시 신자유주의적 경제가 빚어낸 희생물이라고 볼 수 있다. 중공업 같은 실제 생산력이 없이 단지 금융파생상품만을 가진 채 폭탄의 뇌관 위에 앉아 빚잔치를 벌였던 아이슬란드에게 먼저 그 책임을 물어야 하겠지만, 이 역시 신자유주의적 경제가 빚어낸 예견된 결과가 아닌가?

미국이라고 신자유주의 경제체제로부터 자유로운 것은 결코 아니었다. 지난 2008년 9월에 미국에서 시작되어 반 년 이상 세계를 불안케 한 금융 및 경제위기가 그 예이다. 〈리먼 브라더스〉의 파산을 시작으로 GM, Ford 등 자동차 산업의 빅3를 비롯해 CITY BANK, AIG 보험회사 등 재무구조의 건전성을 아무도 의심치 않았던 미국의 간판기업들이 방만한 경영으로 하나둘씩 무너지거나 위기를 겪었다. 당시 신자유주의의 전도사를 자청했던 경제이론가들은 미국의 경제위기에 직면해 아무런 의견을 내놓지 못하고 숨죽이고 있었을 뿐이다. 미국의 금융위기를 경험한 지금 신자유주의의 무한경쟁체제의 한계와 문제점을 지적하고, 어떤 식의 경제체제가 제1세계만이 아니라, 제3세계 인간들의 삶에도 더 나은 것인지, 전 지구화/신자유주의에 대한 반성적 성찰이 있어야 할 것이다.

2. 전 지구적 문화, 혹은 문화의 전 지구화

2.1. 전 지구적 문화는 양방향인가 일방향인가?

전 지구화 담론이 문화에 적용된 것이 '글로벌 문화(global culture)'이다. 현재 500여 개가 넘는 위성들이 매일 지구 위를 돌며 뉴욕과 마이애미에서, 혹은 런던과 베를린에서 유행하는 최첨단 스타일과 드라마들을 거의 실시간으로 세계 각국에 송출하고 있다. MTV의 pop music, 〈섹스 앤 더 시티〉(2008), 〈그레이 아나토미〉, 〈스파르타쿠스〉(2010), 'CSI 시리즈'(2010) 등의 미국, 일본의 드라마들이 한국의 TV채널에서 이미 마니아들을 형성하고 있다. 지리적 · 물리적 거리는 종전과 그대로이지만, 교통수단과 통신기술의 진전은 멀리 떨어진 장소들을 적어도 심리상으로나마 가까이 있는 듯이 바꾸어놓았다. 그런데 여기서 문화의 방향이 쌍방향(bidirektional)이기보다는 일방향(unidirektional)으로 흐르고 있음을 우선 염두에 둘 필요가 있다. 글로벌 문화는 예의주시하지 않으면 정치 · 경제의 패권주의처럼, 에드워드 사이드(E. Said)가 『문화와 제국주의』에서 지적했듯 결국 초강대국이 자국의 이데올로기를 생산 · 전파하는 수단으로 기능할 것이다. 국제 표준화라는 그럴싸한 구호 아래 개별적인 특성들이 희생되어야만 하는 '글로벌 스탠다드(global standard)'의 속성을 직시할 필요가 있다.

그런데 문화 차원에서 벌어지는 전 지구화는 정치·경제 영역의 전 지구화와는 다르다고 낙관론을 펼치는 이론가들이 많다. 아르준 아파두라이(A. Appadurai), 울프 한네르츠, 스튜어드 홀 등이 이에 속한다. 아파두라이는 다섯 가지의 전경 모델, 즉 에스노스케이프(ethnoscape), 테크노스케이프(technoscape), 파이낸스스케이프(financescape), 미디어스케이프(mediascape), 이데오스케이프(ideoscape)을 사용해 일방적인 동질화의 힘과 이에 대한 반작용으로서 지역에서 생겨나는 이질화 세력이 상호작용한다고 본다.[3] 아파두라이가 다섯 가지 전경 모델을 사용했다면, 스웨덴의 사회인류학자인 울프 한네르츠는 '흐름들(flows)'이라는 개념으로 문화잡종성을 설명한다.[4] '흐름'이란 개념은 사람을 포함해 자본, 문화, 상품 등 '움직이는 상태에 있는 것'을 기술할 때 사용된다. 한네르츠는 문화가 특정 지역에만 한정되지 않고 흐름들의 양상을 띠어 초국가적 혹은 전 지구적 움직임을 보인다고 말한다. 항상 새로운 문화가 생겨나고, 그 과정에서 변화와 맞닥트리게 되는 방식으로 문화적 창조가 가능해진다. 만일 한 문화가 더 이상 흐르지 않고 한 지역에서 멈추거나 그곳에서만 맴돈다면 그 문화는 곧 소멸될 것이다.

여기서 '흐름들'이 복수임을 주목해야 한다. 만일 단수로서의 '흐름'이라면 문화의 확산(Diffusion)은 가능할 수 없다. 그는 오늘날의 문화는 뉴욕이나 할리우드, 또 세계은행 같은 곳에서 비롯되지만, 만일 한 '흐름'만이 있어 이것이 여기저기로 유입된다면 획일화된 문화만 존재할 거라고 말한다.

랄프 린튼(R. Linton)은 '100% 미국인'이라는 예를 든 적이 있다. 스스

---

3) 아르준 아파두라이, 차원현/채호석/배개화 역, 『고삐 풀린 현대성』, 현실문화연구, 2004, 60~61쪽.

4) Ulf Hannerz, Flows, Boundaries and Hybrids:Keywords in transnational Anthropology, *Transnational Communities Programme*, University of Oxford, 2002.

로 100% 미국인이라고 믿는 사람의 일상에서 먹고 마시고 입고 향유하는 모든 것들이 전적으로 미국에서 생겨난 것은 없음을 보이기 위함인데, 이를 설명하자면 미국인이 아침에 일어나 신문을 보면서 중동에서 일어난 전쟁을 접하고 남미산 커피를 끓이고, 한국산 전자렌지에 토스트를 데우며, 인도산 셔츠를 걸치면서 미국이 전쟁터가 아님을 인도유럽어로 히브리의 신에게 감사드리고, 도요타를 타고 출근하는 모습이 아닐까? 한네르츠 역시 중심/주변 모델은 옳지 않다는 것을 주장했다. 그 대신 중심들과 주변부들이 존재한다는 것이다. 소득이 많은 할리우드(Hollywood)가 있다면, 소득은 이에 못 미쳐도 적잖은 사람들에게 영향력을 끼치는 발리우드(Bollywood)가 있다는 것이다.

이에 대한 나의 비판은 '흐름'이 과연 수평적이며 양방향 이동일 수 있을까 하는 점이다. 작은 지류가 큰 강에 흡수되듯, 거대 자본이 뒷받침되는 문화는 그렇지 못한 문화들을 장악해간다고 보는 게 옳지 않은가? 문화가 자본의 영향력을 무시한 채 흐를 수 있는 것일까? 오히려 자본의 개입을 축소하고 문화만을 놓고 말하는 게 너무 '순수한' 발상 아닐까? 제1세계에서 만나는/향유되는 제3세계의 문화는 기호를 충족시키고 좀 더 세련된 문화인을 만들어주는 선택사항일 뿐이다. 자본이 있는 곳에 문화 또한 집중되기 마련이다. 이처럼 실제 삶으로서의 잡종성과 문화적 교양과 기호로서의 잡종성은 구별되어 분석되어야 하는 게 아닐까?

2.2. Think globally, act locally!

아리프 딜릭(A. Dirlik)은 지역/타자와 전 지구적 자본/문화의 관계에서 다소 신중하다. 문화의 '이동배치'나 로컬의 혼종성 등이 초국적 문화 지배에 저항의 힘으로 작동한다며 지역과 타자의 비판적 힘을 말하지만, 지역을 조작이 행해지는 장소로도 바라본다. 그는 아이러니컬하게도 지역/타자들이 자신의 정체성을 버리고 전 지구적 자본과 문화에 동화(assimilation)될 때, 즉 굴복할 때 로컬이 해방된다고 본다. 전 지구적 문화는 지역을 균질화시키는 그 순간에도 지역(로컬)이 자본에 저항하는 장소라고 말하며 저항의 대상을 흐리게 하는 것이다.[5] 최근 들어 세계화와 지역을 말할 때면 "전 지구적으로 사고하고, 로컬적으로 행동하라(Think globally, act locally)"라는 슬로건이 꼭 등장하다시피 한다. 이것이 인용되는 맥락은 대개 전 지구적인 사유의 틀 속에서 지역의 요구에 부합하는 실천을 하자는 다짐이다. 하지만 이 문구를 즐겨 내세우는 초국적 기업들에게 이 슬로건은 현지화(localization) 전략의 일환이다. 가령, 초국적 자본구조를 갖춘 기업이 현지화라는 이름 아래 한국 소비자들의 문화와 기호, 습관에 눈높이를 맞춘 상품을 개발해 판매망을 더욱 확장해 나가려 하고, 한국의 소비자들은 한국적 문화를 더 강조하는 듯한 초국적 기업들의 노회(老獪)한 전략 앞에서 판단력이 흐트러지는 경우가 그러하다.

르노삼성자동차 부산공장 고사에 참여한
장 마리 위르티제 사장. 〈동아일보〉(2009년 5월 21일)

초국적 기업들의 현지 공략 전략의 예로써 〈동아일보〉 2009년 5월 21일자 기사는 "외국인 사장님이 양반다리 고집한 까닭?"이라는 표제어 아래 장 마리 위르티제 르노삼성자동차 사장이 "취임 초기에는 임원들과 만나는 자리에서 몇 시간 동안 고지식하게 '양반다리' 자세를 고집하다 다리가 저려 부축을 받고" 일어설 정도로 정성을 기울였고, 부산

5) Arif Dirlik, The Global in the Local, 35쪽, R. Wilson/W. Dissanayake (ed.), *Global/Local: Cultural Production and the Transational Imaginary*, Duke Uni. Press, 1996, 21~42쪽.

공장에서는 "생산 성공과 무재해를 기원하는 고사를 지낼 때에는 직접 두루마기를 차려입고 나와 돼지머리에 큰절을 올리"는 등(그림 참조) 한국 고유문화 체험 수업에 판문점을 방문한 일까지, 또 회식 때에는 폭탄주도 마다하지 않는다고 적고 있다. 이들은 한국 기업인들 사이에서 오히려 없애야 되는 기업문화로 꼽기도 하는 회식문화 등을 굳이 따라하며, 그 사진들을 언론에 배포한다. 2010년 3~5월 경, 현지화에 앞장섰던 GM 대우의 철수설과 더불어 곧 구조조정이 닥칠 거라는 우려가 팽배했었다.(〈헤럴드경제〉, 2010. 4. 16) 기업이 잘될 수도 있고 망할 수도 있지만, 파산으로 인한 고통이 초국적 자본가들에겐 부과되지 않는다. 이들은 자본을 빼내어 또 다른 투자처로 옮겨갈 것이고, 다시 그곳에서 토종기업 못잖게 현지화를 과시할 것이다.

일본 홋카이도의 아이누(Ainu)족 사례는 전 지구화의 진행 과정에서 자본 논리로 인해 주변화된 타자들로 보인다. 아이누족은 현재 인구가 25,000명 정도로, 홋카이도를 중심으로 생활하며 근대까

아이누족 전통마을(ainu-museum.sakura.ne.jp)

지 일본인과 다른 독자적 외모와―전통적인 아이누인의 외관은 눈이 깊고 코가 오똑하며, 얼굴의 윤곽이 뚜렷하다. 그리고 몸과 얼굴에 털이 많다는 것이 주요한 특징이다―언어, 문화를 지녔으며 수렵채집 생활을 하고 살았다. 소수민족인 이들이 문화상품 정도로 간주되고 있음은 1981년의 외국인 관광객 유치 광고 "홋카이도에 가면 그 유명한 털복숭이 아이누족을 만날 수 있다"[6]에 잘 나타난다.

---

6) 成田得平他編, 『近代化の中のアイヌ差別の構造』, 明石書店, 1985, 1~2쪽. 이 부분은 박

1990년대 들어, 일본은 자국 내에서 이국적인 문화에 주목하기 시작하고, 이 와중에 그동안 동화정책으로 말살하고자 했던 존재인 아이누족을 자연주의자이면서 환경의 수호자인 수렵채집 민족으로 격상시켰다. 지역 정체성 찾기가 강조되면서, 문화적 자원이 달리 없는 홋카이도는 아이누족의 역사와 문화 전통을 홋카이도의 정체성으로 내세우고, 아이누족의 상징을 산업, 교육, 문화 부분에 이용하고 있다. 홋카이도 역시 도(道) 차원에서 〈아이누문화연구센터〉를 설립하고, 삿포로 시(市) 자연사박물관 내에 아이누관을 기획한 것, 또한 행정상 최하위 단위인 시쵸손(市町村)에서 아이누족 관련 관광단지를 조성하고 아이누족 공예품을 수요에 맞추어 고급화시켜 대량 생산하고 있는 것 등이 그 예이다.[7]

일본은 소수민족을 인정하지 않는다는 공식 입장을 견지해왔다. 소수민족 지위를 인정받는다는 것은 적어도 법률상으로 차별받지 않고, 참정권을 갖게 되며 생활지원금을 받게 됨을 의미한다. 아이누족은 자신들의 토착문화를 계속 알리고 민속촌 같은 마을을 형성하는가 하면, 관광상품 등을 개발해 판매하는 식으로 자신들의 지위를 인정받고자 싸웠고, 결국 1998년에 일본 정부로부터 소수민족으로 인정받게 되었다.[8] 소수민족의 지위를 인정받은 게 에스닉의 권리회복으로 보일 수도 있겠지만, 그 대신 삶이 관광상품화 됨으로써 '진정한 삶'은 상실되는 상황이 전 지구적 문화 속에서 타자들이 정체성을 잘 살려낸 적절한 모델로 간주할 수 있는지는 의문이다. 왜냐하면 이러한 아이누족 정체성의 근간이자 문화적 재

　수경이 자료를 제공해주었다.

7) 정병호, 「민족국가 이데올로기의 변화와 소수민족 아이덴티티의 부활-일본 홋카이도의 선주민 아이누민족의 사례를 중심으로」, 『민족학연구』 1, 한국민족학회, 1995, 312-314쪽. 이 부분 또한 박수경이 자료를 제공해주었다.

8) Joana Breidenbach, Global, regional, lokal-Neue Identität im globalen Zeitalter, 59쪽, Karin Hanika/ Bernd Wagner(Hg.), *Kulturelle Globalisierung und regionale Identität*, Bonn 2004, 56~63쪽.

탄생의 전략으로 작용하는 자기생산과 소비의 전략의 이면에는 여전히 자본이 강력하게 작동되는 '지구적 변형이 가져온 지역사회의 고유한 산물'이라는 기제가 놓여 있기 때문이다.[9]

3. 새롭고도 오랜 그 이름 타자

3.1. 타자가 되는 방식

여기서 논의되는 타자는 역사적으로 오래전부터 있어왔던, 존재론적인 푸코식의 비동일성의 주체가 아니라, 전 지구화 과정에서 생겨나는 새로운 유형의 타자들이다. 타자를 수용하지 못하고 배척하는 일은 역사적으로 언제나 있어왔다. 지금껏 역사는 다수가 오히려 수적으로 열세인 타자들을 두려워하고 이들을 억압했음을 보여준다. 우리가 에스닉의 차원에서 다수와 소수로 구별하는 구분은 엄밀히 보면 채 백여 년도 안 되었다. 국민국가의 탄생과 더불어 에스닉의 구분, 재현 등이 강조되면서 여기에 수렴되지 못하는 에스닉들이 타자로 규정되었다.[10] 전 지구화 속에서 누구를 타자로 규정할 것인지는 사실 쉽지 않다. 우리가 타자를 일의적으로 규정할 수 있을 만큼 타자의 존재방식이 한 개념으로 환원될 수 없기 때문이다. 그렇지만 이주민, 소수자, 주변인, 경계인 등은 전 지구화 과정에서 특히 두드러진 현상이고, 이들을 전 지구화가 촉발시킨 새로운 유형의 타자라고 해도 무방해 보인다. 지그문트 바우만(Z. Bauman)이 "지구화가 생산한 쓰레기들"(『쓰레기가 되는 삶들』)이라 명명한 피난민, 망명자, 이주민 등 국경 밖으로 내몰린 자들도 이들 집단에 속한다. 전 지구적 세계에서 타자가 계속 문제시되는 것은 이들을 적극적으로 수용하

---

9) 조나단 프리드먼 지음, 오창현/차은정 역, 『지구화 시대의 문화정체성』, 당대, 2009, 210쪽.
10) Arjun Appadurai, *Fear of Small Numbers*, Duke University press, 2006, 49쪽.

지 못할 경우 고립된 타자들이 결국은 사회의 불안세력이 될 수밖에 없는 배경이 있다. 주류가 타자의 등장을 보는 입장은 내부적 결속력의 약화에 대한 두려움과 혼란감이다.

타자의 출현은 지금까지 불변하다고 여겼던 집단적 정체성을 송두리째 흔드는 요인인가 하면, 주류들이 잡종화된 사회에 새롭게 적응해야 하는 압박감으로 표현할 수 있다. 타자들, 이주민들, 경계인들의 입장에서는 새로운 편입한 사회에서 차별과 배제의 기제가 제도적·심리적 차원에서 작동함을 느끼게 되고, 또 무엇보다 재현주체의 권리를 인정받지 못한다는 점을 들 수 있다. 미국의 히스패닉 이주자들처럼 이민자들은 우선 불평등한 사회적·법적 구조에 직면하고, 사회적으로는 교육시스템에 편입되기 위해 많은 난관들을 극복해야 한다. 또 노동시장에서 절대적으로 불리한 조건에 놓여 있다. 둘째로, 이들은 자신들의 사회문화적, 에스닉의 배경에 관계없이 상호문화적(interkulturell) 혹은 트랜스문화적인(transkulturell) 소통을 갖추고서 동화해야 하는 어려움이 있다. 다양한 층위의 혼종성을 인정하지 않은 채 통문화적 소통만을 강조하는 과정은 중심과 주변, 주체와 타자의 관계를 공고히 할 뿐이다.

타자가 되는 방식에서 공간의 차별과 에스닉의 차별 중 어느 것이 우선하는가는 한번 진지하게 고민해볼 문제이다. 먼저 국가, 지역 내에서 차별화된 공간이 존재하고 있고 그곳에 모여 살면 그들이 타자가 되는 것인가? 아니면 에스닉/문화의 차이로 소외된 주변인, 소수자, 경계인들이 함께 모여 살며 그들만의 공간을 이루었을 때 그 집주지역이 이른바 타자화된 디아스포라 공간이 되는가? 전자의 경우는 자본주의 경제의 재구조화 및 세계화의 회로 안에서 이해할 수 있다. 자본의 위기 극복과 새로운 공간관계의 형성과정[11]에서 공간의 몰락과 부상이 진행된다. 후자의

11) 최병두, 「장소의 역사와 비판적 공간이론」, 『로컬의 문화지형』(부산대학교 한국민족문

경우 이미 이주 자체가 자본의 흐름에 따라 이동하는 것이고 현재 이주의 현실이 '이주의 빈곤화'로 압축되고 있는 현실에서 이주현장을 가늠할 수 있다. 여기서 우리는 공간은 결코 중립적일 수 없다는, 즉 공간의 정치성을 강조한 앙리 르페브르를 떠올릴 필요가 있다.

> 공간은 언제나 정치적이고 전략적이었다. (…) 공간은 역사적, 자연적 요소로부터 형성, 주조되어 왔지만 이것은 정치적 과정이었다. 공간은 정치적이고 이데올로기적이다. 그것은 글자 그대로 이데올로기로 가득 찬 산물이다.[12]

공간 혹은 장소에는 그 장소를 재현해내는 힘들 간의—곧 주체/객체, 중심/주변, 언표(행위)주체의—역학관계가 함의되어 있다. 그러므로 여기에는 일상적 경험과 생활세계, 실천과 의미화 그리고 주체 형성의 과정을 통해 만들어지는 의식의 변화 등의 측면들이 복합적으로 고려되어야 한다.

3.2. 디아스포라 공간

최근 들어 한국에서는 우리 사회의 이주민 증가 현상과 관련해 디아스포라(Diaspora)에 대한 논의가 확대되고 있다. 디아스포라라는 용어는 매우 다의적이다. 탈식민주의 이론가들이 말하는 노마드적 경계인 혹은 노동이주와 같은 이동은 앞서 말한 바대로 전체 디아스포라 현상의 2퍼센트 대에 불과하다. 이 2퍼센트가 국경을 빈번히 넘나들며 노동이주를 하

화연구소 편), 혜안, 2010, 80~81쪽.

12) Henri Lefebvre, Reflections on the Politics of Space, 31쪽 Antipode 8, 1976; 에드워드 소자, 이무용 역, 『공간과 비판사회이론』, 시각과 언어, 1997, 107쪽에서 재인용.

거나 결혼이주를 한 디아스포라인 데 비해, 나머지는 한 곳에 오랜 기간 정주하는 이주민들이다. '디아스포라의 디아스포라'라는 말처럼 너무 흩어진 디아스포라의 개념을 거칠게 정리해보면 다음과 같다. '흩어짐', '퍼져나감'을 뜻하는 그리스어 디아스포라는 본래의 의미에서 "물질적인 흩어짐과 파편화의 과정, 전체가 서로 아무런 연관성 없이 여러 부분으로 해체되는 것"[13])을 뜻하며 단연코 부정적인 함의였다. 이후 이 용어는 팔레스타인 외부에 사는 유대인들의 삶의 상황과 연관되어 사용되었다. 어원적으로 볼 때 디아스포라는 타의에 의해 이방인들 사이에서, 망명지에서, 혹은 유배지에서 살아야 하는 부정적인 경험을 일컫는 말이었다.[14]) 오랜 동안 신학적인 의미로 사용되던 이 용어에 문화와 사회과학 분야에서의 연구가 새로운 의미를 부여하기 시작했다. 디아스포라가 종교사적인 맥락에서 현대의 이론적 담론들로 옮겨가며 이 용어는 이주, 트랜스문화, 트랜스내셔널리즘 현상을 다루는 사회과학과 문화연구 및 문예학 영역에서 중요한 의미를 갖게 되었다. 이미 미국과 영국에서는 이미 정착한 '젠더연구(Gender Studies)'처럼 '디아스포라 연구(Diaspora Studies)'라는 말을 할 정도가 되었다.[15])

문화연구와 사회과학에서는 a)원래의 중심에서 최소 두 곳 이상의 주변으로 흩어진 자들, b)원래의 고향의 기억과 비전 혹은 신화를 간직하고 있는 자들, c)자기가 현재 살고 있는 지역에서 전적으로 인정받지 못한다고 믿는 자들, d)조상의 고향을 언젠가 때가 오면 최종적으로 돌아가야

---

13) Ruth Mayer, *Diaspora*, Bielefeld 2005, 8쪽.

14) Matthias Krings, Diaspora: historische Erfahrung oder wiessenschaftliches Konzept? Zur Konjunktur eines Begriffs in den Sozialwissenschaften, *Paideuma. Mitteilungen zur Kulturkunde* 49, 2003, 137~152쪽 및 139쪽.

15) 참고 Jana Evans Braziel/Anita Mannur: Nation, Migration, Globalization. Points of Contention in Diaspora Studies, dies. (ed.) *Theorizing Diaspora*, London: Blackwell 2003, 1~22쪽.

할 장소라고 여기는 자들, e)이와 같은 고향의 보전과 재건설을 위해 헌신하는 자들, f)고향과의 지속적인 관계를 유지하는 데 있어 집단의식과 집단의 연대감이 두드러진 자들이[16] 디아스포라의 범주라고 정의한다.

디아스포라 공간이 주목받는 이유는 이곳이 타자들이 집주하는 경계공간이자 주변부이고, 또 혼종성(Hybridity)이 발현되는 공간이기 때문이다. 그런데 디아스포라 담론에서 조심스러운 점은 이것이 슬그머니 신민족주의 담론으로 이어지는 경우이다. 2000년 이후로 국내연구자들 사이에서 디아스포라 연구를 한다는 명분하에 중앙아시아 한인 네트워크를 구축한다거나, 재일조선인들의 정체성이나 세력을 파악해보고, 연변조선인학자들과 공동학술대회를 하는 경우가 많았다. 그런데 이 움직임들은 많은 경우 우리의 시선/관심사에 따라 그들의 삶과 그들이 그곳 본토 주민들과 갖는 관계를 재단하고 설정, 이해하려는 한국판 오리엔탈리즘을 행사한 것이 아닌가 하는 우려가 든다. 그들에겐 디아스포라가 담론이 아닌 냉혹한 삶이였음을 절대 소홀히 여겨서는 안 될 것이다. 그렇지 않고서는 우리의 디아스포라 담론은 정작 해외 한인들에겐 생채기만 남겨놓을 것이다.

타자들의 공간으로 사업상, 학업상 일정 기간 머물다 때가 되면 돌아가는 일시적 체류의 공간과 이곳에 뿌리를 내리고 사는 정주(定住)의 공간은 구분되어야 한다. 체류의 목적에 따라 동화 의지가 다를 것이고, 주류 측에서도 이들을 바라보는 시선이 각기 다를 것이다. 한국에서 혼종성의 공간이라 하는 안산이나 성남, 혹은 김해의 일부 지역은 디아스포라 연구에서 보는 의미의 혼종의 공간은 될 수 없을 것이다. 왜냐면 이들은 처음부터 산업연수생으로 와서 일정기간이—2002년 이후 연수 1년, 취업 2

---

16) William Safran, Diasporas in Modern Societies. Myths of Homeland and Return, *Diaspora* 1.1, 1991, 83~89쪽.

년으로 전체 3년임—지나면 돌아가야 하고, 그렇지 않으면 불법체류자 신분으로 전락하기 때문이다. 물론 이들 중 일부가 결혼 등을 통해 국적을 취득하는 경우, 또 이들 연수생 신분의 외국인노동자들이 이곳에서 국적을 얻은 동향 출신의 이주자들과 교류를 한다는 점에서 노동이주자들과 정주이주자들 간의 경계를 확실하게 긋기도 쉽지는 않을 것이다. 한국은 디아스포라의 사회의 초기 진입단계 정도이다.

연구자들 사이에서 이주자, 경계인, 주변인들이 이룬 디아스포라 공간을 문화적 다양성이 실현되는 혼종의 공간이라고 가치를 부여하며 '낭만적'으로 보는 경향이 있는 것도 사실이다. 아리프 딜릭은 개체들의 차이가 제거된 혼종성에 대해 '더 이상 해체적이지도 않고 묘사적이지도 않은 대신 규범적'이라는 역설을 통해 역사적, 사회적 맥락들이 제거되고 추상화된 혼종성에 대해 경계한다. 나아가 이러한 담론은 오히려 지배권력을 공고히 하는 데 전유된다고 강조하였다.[17] 그런데 실제 직접적인 접경지에서 사는 주류들은 혼종화된 공간에 대해 거부감을 드러내는 경향이 높은 데 비해, 그로부터 멀리 떨어진, 즉 중간에 일종의 완충지대/경계지대를 두고—이는 공간적, 사회계층적 의미이다. 주류사회의 하층민, 그리고 직업상 이주노동자들과 직접적인 경쟁을 해야 하는 직업군들이 이에 해당된다—보호받고 있는 주류들은 문화의 다양성을 말하곤 한다. 이때의 혼종은 집단거주지역 주민들이 실제 삶에서 부딪히는 배제와 질시, 차별의 차원이 아닌, 일종의 다양한 문화체험의 차원에서 말하는 혼종이다. 주류의 삶을 더욱 풍부하게 해주는 이국적인 것으로서. 그러나 내 삶의 일정 영역을 양보해달라는 공생의 요구의 목소리가 커지는 순간에도 이 다양성을 옹호하는 관용이 그대로 유지될 지는 좀 더 지켜보아야 한다. 우리는 디아스포라적 공간이 경계지로서 새로운 역동과 창의적 공간

---

17) 참조, 아리프 딜릭, 황동연 역, 『포스트모더니티의 역사들』, 창비, 2005, 337~380쪽.

이 될 것이라 말하지만, 정작 이곳에 머물러야 하는 자들에겐 배제와 차별, 질시의 시선과 맞닥뜨리며 힘겨운 삶을 살아야 하는 곳인 것이다.

또 다른 디아스포라 혼종성의 사례로 오사카 한인집주지역인 이쿠노 (Ikuno)를 예로 들 수 있다. 이쿠노 지역은 오사카의 구 단위로서 전체 15만 명의 인구가 있고, 이 중 약 1/3 내지는 1/4인 5만 명 정도가 재일조선인들이다.[18] 이들은 1920년대 이쿠노의 히라노강 개수공사의 노동력으로 동원되다 해방 후 귀환하지 못한 소수자이며 약자로, '투명인간'으로 살아온 존재들이다. 재일코리안 사회는 1983년에 더 이상 '투명인간'이 아닌 '보이는 존재'임을 주장하며, '이쿠노민족문화제'를 개최한다. '이쿠노민족문화제'는 2002년 20회를 끝으로 막을 내렸지만, 재일코리안들이 자신들의 존재를 드러내는 계기가 되었다.

일본인들은 이에 대한 반작용으로 이쿠노 지역에 재일코리안을 배제하는 커뮤니티를 형성하였다. 예컨대 전통적이며 실질적인 지역자치조직인 '초나이카이(町内会)'와―오사카에서는 이를 '신코초카이(振興町会)'라 부른다―'학부모회(PTA)'라는 조직이 그 경우이다.[19] 전자는 소학교 단위로 모인 '연합 초나이카이'로 다시 구성된다. 이쿠노 지역에는 19개의 '연합 초나이카이'가 존재하지만, 재일코리안이 회장직을 맡고 있는 곳은 단 한 군데도 없다, 즉 모두가 일본인이다. 특히 재일코리안 밀집지역에

---

18) 재일한인은 60만가량이다. 총련계 조선인, 민단계 한국인, 어느 쪽에도 속하지 않는 재일한인(在日韓人)들, 지난 세기의 역사를 제대로 알지 못하면 재일조선인에 대한 접근은 피상적 관찰에 머무를 것이다. 재일(在日, 자이니치)이란 용어에는 이미 등급화가 담겨있다. 자이니치 오키나와인, 자이니치 조선인, 자이니치 중국인 등 '자이니치' 말에는 차별적 의도가 담겨 있다. 그래서 이 정치적 함의를 희석시키지 않기 위해 일부러 자이니치라는 용어를 쓰는 연구자들도 있다. 일반적으로 재일코리안의 출신지는 경상남도가 많으나, 이쿠노의 경우 1923년 제주도-오사카 간 직항 정기항로가 개설되어, 제주도 출신이 많다.

19) 이상봉, 「디아스포라와 로컬리티 연구: 재일코리안을 보는 새로운 시각」, 『한일민족문제연구』 18, 한일민족문화학회, 2010, 130~131쪽.

서 일본인들의 유대관계와 배타성은 다른 어떤 지역보다 강하다. 그 대표적인 예가 〈이쿠노보존회〉로서,[20] 이 모임은 이쿠노의 전통축제를 주관하는데 젊은이들의 '지기 싫어하는 기풍'과 '강력한 결속력'을 모토로 하고 있다. 이런 모토는 그들의 전통축제의상에서 그대로 드러난다. 이카이노(猪飼野)[21]의 이(猪)와 모두가 이어지기를 바라는 염원을 상징하는 쇠사슬모양이 소매 부분과 등판 아래쪽 부분에 새겨져 있다. 이러한 전통축제를 부각시킴으로써 이쿠노가 조선적인 색채를 띠는 공간이 되려는 것에 제동을 거는 것이다.

이쿠노 전통축제의상

학부모회(PTA)에 대해 말하자면, 이쿠노에는 소학교, 중학교를 합쳐 28개가 있으며 평균 30.5%의 재일코리안의 재적률을 보인다. 대표적으로 이쿠노 내 미유키모리소학교는 학생의 75%가 재일코리안임에도 불구하고, 학교의 학부모회 위원으로 재일코리안이 선출되는 일은 거의 없다.[22] 이주자들과 일상적 삶의 공간을 공유하는 경계지대의 주민이 방어본능으로 인해 더 보수적이고 민족주의적인 성향을 띠든지, 아니면 이주자들과 공생하며 지내는 유형으로 나뉜다고 할 때, 오사카 한인집주지역인 이쿠노는 일본인 토착민이 더 보수적이고 민족주의적이 된 사례에 해당된다.

위의 사례들을 보면, 디아스포라 공간에서 상호주체성, 다문화, 동화,

20) 이상봉, 앞의 논문, 133쪽.

21) 이카이노(猪飼野)라는 지명은 조선인부락이라는 부정적 이미지를 연상시킨다 하여 일본 주민들의 요청에 의해, 1973년 주거표시제도시행 후 없어진 지명이다. 참조, 박수경, 「재일 코리안 축제와 마당극의 의의-生野民族文化祭를 중심으로」, 『일본문화학보』 45, 2010, 273쪽.

22) 박수경, 「재일 코리안 축제와 마당극의 의의-生野民族文化祭를 중심으로」, 『일본문화학보』 45, 한국일본문화학회, 2010, 275쪽.

통합 등을 키워드로 내세우면서 이들을 관통하고 있는 것은 '국가/국민'의 문제임을 알 수 있다. 국가의 경계가 확고하게 설정된 테두리 내에서의 혼종/복합문화는 상호 인정을 강조한다 하더라도 영역(territory)의 문제에서 안/밖의 위계성은 유효하게 작동하게 되는 문제가 여전히 남는다.[23]

3.3. 우리 안의 타자를 보는 시선들

한국 사회가 다문화사회의 양상들을 보이기 시작한다고 말할 수는 있지만, 서구에서 말하는 다문화사회와는 일단 구분해서 관찰되어야 한다. 한국의 다문화사회는 미국, 캐나다, 호주 등 이민정책을 통해 생겨난, 또는 제국주의적 식민지배라는 과거로 인해 이주민들이 살고 있는 프랑스, 영국, 그리고 독일 등의 서유럽국가들과는 다르다. 이들 경우에는 나름대로 다문화(multiculture)가 체계를 갖추었지만, 우리는 적어도 현재로선 관 주도하에 다문화를 홍보하는 '정책'이 우세하다. 한국 역시 전 지구화의 흐름에 편입되면서 불과 십여 년이 조금 넘는 기간 동안 농촌 남자들의 결혼문제, 3D 업종의 일자리 문제 등에 대한 자구책으로 생겨난 탈국가/탈경계적인 노동이주, 결혼이주는 아직 다문화에 대한 경험과 이해가 뒤따르지 못한 탓에 많은 문제들을 낳고 있다. 예로써 특정 가정, 특정인들을 '다문화가정', '다문화'라고 부르는 것이 실제 그들이 맞닥트리는 현장에서는 차별적 용어로 받아들여지고 있다. 다문화 출신이란 용어가 일종의 구별적/차별적 의미를 갖는다면 이마저도 곧 소멸되어야 할 것이다. 아이들 사이에서 "쟤는 다문화 출신이에요"라는 말은 곧 "쟤는 혼혈이에요", 혹은 "동남아시아 쪽이에요"라는 함의가 되어버리기 때문이다. 1960~70년대 '혼혈', '튀기', '아이노코'라고 칭했던 차별적 용어들이 약간

---

23) 문재원, 「이주의 서사와 로컬리티」, 『한국문학논총』 40, 한국문학회, 2010, 306~307쪽.

은 교양과 관용성이 반영된, 점잖아 보이는 용어인 '다문화'로 바뀌었다면, 현재 한국 사회에서 외국인과의 결혼률이 10%가 넘어가는 것을 고려할 때[24] 이 용어적 구별/차별은 곧 무의미해질 것이다.

이주여성의 인권을 헤드라인에서 다룬 〈부산일보〉(2010년 3월 5일)와 그 신문에 끼워진 국제결혼 광고 전단지

좌측의 사진은 인도여성과의 결혼광고를 알리는 전단지 광고이다. "인도여성은 남편을 하늘같이 섬기고 받든다", "한번 결혼하면 절대 가출은 꿈도 꾸지 않는다"는 식의 젠더적 폭력은 물론이고, "인도가 영어사용국이라 아이들의 영어교육 효과"로 적격이라는 우리 사회의 속물성까지 광고에 동원되고 있다. 그런데 더욱 아이러니컬한 것은 이 광고전단지가 신문 속에 끼워진 채 집에 배달된 날, 우연하게도 이 신문의 1면 헤드라인 기획기사는 무분별하고 대책없이 난무하는 국제결혼중개업으로 인해 한국 측 남자나 외국여성 모두가 큰 폐해를 입고 있음을 다룬 내용이었다. 이러한 국제결혼광고는 결혼이주라는 우리 사회의 새로운 현상에 배제와 차별의 메커니즘이 깊숙이 개입되어 있음을 여실히 보여준다.

최근 국제결혼을 통해 부산으로 이주했다가 불과 8일 만에 정신병력이 있는 남편에게 피살된 베트남 여성 고(故) 탓티황옥 씨의 경우는 현재 결혼이주가 안고 있는 문제의 단면을 집약적으로 드러낸다. 결혼 이주가 안고 있는 상품화, 폭력성에 대한 논의는 오래전부터 지적되어온 사항이다.

---

24) 앞의 글에서 '코시안'이 인종차별적 용어라 지적했다. 주류사회의 행정 관료들과 학자들에 의해 분류편의상 만들어진 이 신조어가 다행히 이제는 사용되지 않는 것처럼, '다문화가정'이란 용어도 그 소임을 다하고 곧 사라져야 할 것이다.

이는 자본, 국가, 개인의 욕망들이 서로 얽혀 있는 문제이고, 이를 풀어나가는 해법은 이들을 함께 올려놓은 지점에서 바라봐야 함에도 사건이 발생하자 남편의 정신병력이 전면화되면서 개인의 문제가 우선시되었다. 당시 일간지 사설을 보면 '양국 정부는 결혼정보회사의 설립 요건을 강화하고 감독을 철저히' 하거나 '신랑·신부에 대한 소양교육 강화 등 출입국 관리를 보다 엄격히 할' 것 등이 제기되었다. 또한 보다 근본적인 처방으로 '국제결혼에 대한 당사자들의 인식전환'을 제시했을 뿐이다.(〈부산일보〉, 2010년 7월 15일)

한편, 캄보디아 정부는 한국인들과의 국제결혼을 잠정적으로 중지시켰다.(〈연합뉴스〉, 2010년 3월 20일) 그 이유는 2009년 9월 국제결혼 중개업자가 캄보디아 여성 25명을 모아 한국인 1명에게 맞선을 보인 게 당국에 적발됐고, 재판 결과 캄보디아인에게 10년 징역이 선고됐으며, 2008년에도 여성 35명을 한국인 1명에게 맞선을 보게 한 캄보디아인에게 징역을 선고했다고 한다. 캄보디아는 이런 결혼중개업 형태가 인신매매성이라고 판단한 것이다. 이는 '인생의 반려자'를 찾는 자리에서 한국의 왜곡된 문화가 되풀이된 것으로서, 씁쓸한 블랙코미디라고 치부하기에는 제국주의적인 무례함이 보이는 장면이다.

4. 타자의 공간(Other Space)
-저항적 대안공간, 차별과 배제의 공간?

홀은 전 지구적 문화에서 특정 공간들의 정체성이 파괴되고, 익명성과 몰개성화가 진행될수록 주변부 및 타자의 공간[25]은 전 지구화에 대한 대

---

25) 푸코적 이종(異種)공간인 '헤테로피아(Heteropia)'를 타자의 공간이라고 보는 경향이 있다. 이 글은 그 관점으로부터 거리를 둔다. 대신 오히려 소자나 하비 같은 정치사회학적

항마로서 더더욱 중요하게 부각될 수밖에 없음을 역설한 바 있다. 여기서 로컬은 곧 주변부(marginality)의 의미이고, 그곳이 전 지구적 질서 재편에서 타자들의 공간으로 해석될 수 있다. 그는 주변부의 언어와 문화에 중심에 결핍된 창조적인 잠재성이 내재되어 있다고 보는데, 그 중요한 근거가 그곳에 발화하는 종족(ethnic)들이 살아 숨쉬고 있기 때문이다. 전 지구적 문화의 균질화 속에서도 차이에 대한 매력은 여전하고, 종족성과 타자성을 마케팅에 이용하게 될 것이기에 이들의 존재감은 그대로 남을 것으로 본다. 우리가 타자(들)의 정체성과 그들의 공간에 주목하는 것은 곧 그들의 목소리의 발현(가능성)에 주목하기 때문이다. 이는 곧 타자의 주체적 재현에 대한 관심이기도 하다. 여기서 자연스럽게 떠오르는 문제는 타자가 스스로를 재현할 수 있는가(스피박)의 문제와 재현투쟁의 양상들이다. 타자가 처한 가장 큰 문제는 재현의 주도권을 쟁취하는 싸움에 있다. 재현이 특정 종족(성)의 형성 및 문화의 관철과 연관되고, 재현 주체가 누가 되느냐의 문제가 곧 에스닉 담론을 지배할 자와 타자로 진영을 양분하는 일이다.

그렇다면 타자들이 자신의 공간을 차별과 배제의 공간에서 대항/대안적 공간으로 만들어가는 작업은 어떻게 이루어질까? 타자들 스스로 대안적인 공동체 운동을 기획한다든지, 국가단위를 넘어서 다른 주변부들과의 트랜스로컬적인 연대는 네트워킹을 통해 타자들(이주민, 경계인, 소수자 등) 간의 결속력을 분명히 강화시킬 것이다. 이러한 움직임들 속에서 반드시 놓쳐서는 안 될 것은 타자들이 적극적으로 스스로 재현주체가 되기를 도모하는 일이다. 그 방식은 첫째로 기존 주류사회의 문화적 코드

이데올로기가 반영된 공간개념에서 더 근접성을 본다. "헤테로피아를 위한 헤테로피아"(David Harvey)를 말하는 푸코적인 개념의 추상성과 모호함은 담론에는 유용해도, 적어도 문화연구적인 관점에서는 크게 도움이 되지 않아 보인다.

와 가치체계로 재현되는 기제에 대한 비판적 거리를 확보하는 일이다. 즉 '우리'와 '그들'로 양분되는 대립적 차이를 전복시키는 일이다. 이는 '타자들은 다 어떠하다'라는 종족적, 문화적 차원의 섣부른 규정짓기를 거부하는 것이다. 이는 주류의 시선으로 만들어진 타자의 규정화가 마치 흑인(성), 동양(성), 제3세계(성) 등처럼 주류의 폭력적 담론에서 비롯되었음을 폭로하는 일이다. 타자들이 획일적 규정을 거부하고 나설 때 제1세계 주체들은 불편해진다. '우리'가 규정한 클리세(Klischee)와 '내'가 대변해주는(vertreten) 재현(Representation)의 틀 속에 머무르지 않고, 오히려 '내' 정체성의 일부를 나눌 것을 요구하는 타자는 제1세계를 상당히 불편하게 한다.

> 서양의 인류학자는 '문명화'되거나 인류학자 자신처럼 스스로의 문화를 구축하는 (…) '토착민'을 보면 불편해진다.[26]

지구촌에는 국가적 단위의 힘, 지역적 단위의 힘, 지구적 단위의 힘들이 서로 다른 층위에서 창발되고 대립하면서 권력의 새로운 지도가 그려지고 있다. 에드워드 소자(E. Soja)는 지리적 지역 간 틈새와 융합의 공간들의 생성을 사이공간(in-between space)의 생성으로 설명한다. 나아가 그는 타자적 위치에 있는 존재들의 급진적인 차이의 공간을 탈식민주의, 여성주의를 통해 발견한다. 반(反)헤게모니적이고 비동질적인 집단의 제3공간화는 새로운 문화 생산의 프로젝트가 될 수 있다는 것이다. 이때 제1공간이 서구 식민주의, 제국주의의 동질적 확산에 닫힌 공간이고, 제2공간은 다문화적 차이에 갇힌 공간이라면, 제3공간은 차이를 급진적이고

---

26) 레이 초우, 장수현/김우영 역, 『디아스포라의 지식인-현대문화연구에 있어서 개입의 전술』, 이산, 2005, 51쪽.

생산적으로 만드는 공간이다.[27] 바로 이 지점에서 우리는 전 지구화과정
에서 발생한 타자들의 공간을 배제와 차별의 공간에서 차이와 생성의 공
간으로 전회할 수 있는 단초를 발견한다. 이는 스튜어트 홀이 전 지구화
에 대한 대항마로 발견하고 있는 주변부 공간(marginality)의 가능성 및
잠재성과도 상통된다.

5. 전 지구화라는 과제

전 지구화와 주변부의 타자들 간의 관계는 일의적으로 설명될 수 없다.
혹자는 이런저런 측면들을 고려할 때 전 지구화가 결국 차별 공간에서
살아가는 타자들의 정체성의 위기를 초래할 것이라고 진단하는가 하면,
혹자는 오히려 지역의 가능성을 발현할 수 있는 기회로 간주하기도 한
다. 어느 방향으로 논의가 전개되든 간에, 우리가 전 지구화를 둘러싼 논
의에서 반드시 짚어둘 것은 전 지구화가 근원적으로는 서구화가 확장된
양상이라는 점이다. 또한 그 과정에서 제국주의적 팽창, 서구의 타자들에
대한 식민화가 수반되었다는 사실이다.

그러나 오늘날 전 지구화가 가져온 공간의 압축에 따라, 공간/지역에
대한 우리의 시선은 하나의 폐쇄된 공간으로서 지역 연구의 차원을 넘어,
지역들 간의 정치, 사회적 위상 연구로 그 지평을 넓혀가고 있다. 이러한
과정에서 전 지구화는 문화적, 정치적 혹은 경제적 동질화의 측면에서 이
해되어서는 안 된다. 전 지구화는 정체성과 차이의, 즉 동질화와 이질화
의 생산체제로 이해되어야 한다.[28]

전 지구화 과정에서 발생하는 타자들의 공간은, 이 글의 2장에서 기술

---

27) 참조, Edward Soja, *Third Culture*, Blackwell, 1996.

28) 안토니오 네그리·마이클 하트, 윤수종 역, 『제국』, 이학사, 2001, 82쪽.

한 아리프 딜릭의 지적처럼 해방과 조작이 모두 가능한 이중적 공간이다. 다만 여기서 문제는 전 지구화 과정에서 드러나는 배제의 역학을 어떻게 읽어낼 것이며, 이것을 어떻게 차이와 생성의 공간으로 전유할 것인가의 전략들은 여전히 풀어야 할 과제이다. 특히 전 지구화의 자본체제 안에서 탄생한 공간에 대해 잡종성을 다루는 프레임들인 차이와 차별의 다중적 축 사이의 상호교차성, 관계성, 연관성을 강조하는 장황한 수사 안에 부지불식간에 지워지는 착취의 메커니즘을 예의 주시해야 할 것이다.

문화연구와 로컬리티

-실천과 소통의 지역인문학

지난 1980년대를 기준으로 급격하게 변화한 세계의 환경은 우리들에게 이전과는 완전히 다른 사고와 대응방식을 요구하고 있다. 소비에트 연방을 위시해 동유럽의 현실사회주의 국가들이 연이어 몰락하자, 미국은 유일 초강대국으로서 초국가적 지위를 획득하게 된다. 미국의 패권주의는 국가의 경계를 자유롭게 넘나드는 초국적 자본가들에게 유리하도록 국지적인 정치 분쟁들을 물리적으로 혹은 이데올로기적으로 해결함으로써 정치 영역에서 세계화(Globalisation)를 가속화시켰다. 1970년대 말 영국의 대처 정부와 1980년대 미국 레이건 정부는 신보수주의 정책의 기조하에 시장의 자유경쟁을 유도하였다. 자유주의적인 시장경제는 약육강식의 원리에 따른 경쟁체제 속에 자본의 축적 및 최대 이윤의 창출을 최상의 가치로 여기는 자본의 세계화로 이어진다. 초국적 금융자본이 더욱 팽창하고 외국 기업들 간의 인수합병이 용이해지며, 무역보다는 투자를 통한 수익을 노리는 식의 공격적인 자본 이동은 정치 환경의 변화가 뒷받침되었기에 가능하였다.

세계화 담론이 문화에 적용된 것이 이른바 글로벌 문화이다. 정치, 경제의 패권주의처럼 글로벌 문화는 초강대국이 자국의 이데올로기를 생산, 전파하는 통로가 될 것이다. 세계화 담론에서 '글로벌 스탠다드 (global standard)'가 자주 강조되고 있다. 세계가 이제 하나의 지구촌이고,[1] 이 안에서 함께 살아가기 위해선 세계적으로 통용되는 하나의 표준이 필요함을 뜻하는 말이다. 이 말에는 모두가 평등하고, 상호이해 속에 다원성, 복합문화가 전제되어 있는 듯하다. 그런데 정작 본뜻은 한 개인이, 한 지역이, 한 국가가 지니는 독특함과 다양성이 국제 표준화를 위해 소멸되어야만 한다는 의미다. '맥도널드화(MacDonaldization)'(Georg Ritzer) 혹은 '코카콜라 세계화(Coca-Cola-Globalization)'와 같은 표현들은 단일 코드의 문화를 우려하는 말이 아니겠는가? 글로벌 스탠다드는 한 국가가 글로벌 경쟁시대에서 살아남기 위해 취할 수 있는 선택사항이 아니라, 생존의 절대 조건으로 인식되고 있다. 신자유주의가 가져온 세계화의 흐름에서는 단지 산업기술만의 국제표준이 아니라, 한 국가의 기업이나 시민들의 문화, 법, 제도, 라이프스타일 등도 글로벌 스탠다드를 요구받고 있다. 내가 속한 사회와 환경, 그리고 개인 주체로서의 내 생각과 행동들이 곧 세계적인 레벨로 업그레이드 되는 것 같아 '글로벌'이 주는 어감은 일단 고무적이다. 그러니 이 밀의 방점은 아무래도 '스탠다드'에 있다. '스탠다드' 앞에서 개인 주체는 그만 설 자리를 잃고 만다. 한 개인이, 한 지역이, 한 국가가 지니는 독특함과 다양성은 국제 표준화를 위해 소멸되어야만 한다. 자본과 기술을 앞세운 힘센 문화가 약한 문화를 흡수하는 식의 표준화를 글로벌 문화로 이해할 때 로컬문화는 존재의 근거를

---

1) 마샬 맥루한(M. McLuhan)이 『구텐베르크의 은하계』(The Gutenberg Galaxy, 1962)에서 '지구촌(global village)'이라는 말을 처음 썼을 때, 그는 인터넷 같은 정보망을 통해 세계가 마치 한 마을처럼 사람들이 세계 각처의 사람들과 자유롭게 접촉하게 될 것으로 보았다. 맥루한은 집단의 정체성을 위해 개성이 소멸될 수 있다고 경고함으로써, '지구촌'을 부정적 맥락에서 사용하였다.

잃는다.

그런데 문화영역에서 벌어지는 세계화는 정치·경제영역의 세계화와는 차원이 매우 다르다. 우선 글로벌 문화에서는 생산 주체와 수용자의 구분은 물론이고, 중심과 주변, 지배와 피지배 관계가 모호하다. 국적이 불분명한 라이프스타일이나 월드뮤직, 퓨전음식 등이 잡종교배를 통해 혼종성을 띠고, 이것이 다시 한번 국지성으로 변형되고 윤색되는 과정을 거침으로써 글로벌 문화는 문화제국주의가 아닌 '글로컬 문화(glocal culture)'가 된다.[2] 아파두라이가 오늘날에는 문화가 전 지구적으로 미국화와 같은 동질화와 지역 현지에서 다양성을 갖는 이질화를 오가며 긴밀하게 상호작용하고 있어 문화를 더 이상 현존하는 중심/주변 모델들의 용어로는 설명할 수 없는, 복합적이고 중층적이며 이동배치(displacement)[3]되는 질서로 간주하는 것 역시 같은 맥락이다.

아파두라이가 이동배치(탈구)를 예로 들며 로컬 문화들이 전 지구적 압박을 벗어날 수 있고, 개인이 국민국가의 간섭과 포획으로부터 벗어나는 공간형성이 가능하다고 낙관론을 펼치지만, 비판적 탈식민주의자인 아리프 딜릭은 그보다는 신중한 입장을 취한다. 딜릭은 로컬이 해방과 조작이 동시에 발생하는 이중적 장소임을 강조한다. 로컬 차원에서 진행되는 문화의 이동배치가 오히려 글로벌 문화자본의 유연한 침투와 축적을 가능케 하고, 글로벌 자본주의의 부상과 함께 비판적 로컬리즘도 부상해 저항과 해방의 기능을 한다고 함으로써 로컬리티의 잠재력과 역동성에 대해서도 반쯤은 그 가능성을 열어두고 있다. 이들과 달리 스튜어트 홀(S. Hall)은 바로 포스트모던 시대의 전 지구화 현상 속에서 근대성의

---

2) 이동연, 『아시아 문화연구를 상상하기』, 그린비, 2006, 28쪽.

3) 'displacement'에 대해서는 '재배치', '장소이탈', '이동배치', '탈구' 등 여러 가지로 번역이 되고 있으나, 본 글에서는 '이동배치'로 쓰겠다.

산물인 국민국가의 틀이 약화되고, 포스트모던적 다양성이란 구호 여러 특정 공간들의 정체성이 파괴될수록, 또 익명성과 몰개성화가 진행될수록 로컬은 세계화에 대한 대항마로서 더더욱 중요하게 부각될 수밖에 없음을 역설한다. 홀은 로컬을 능동적이고 주체적인 생성공간으로 격상시키며, 전 지구화가 야기한 문제점과 모순들을 중심이 아닌 로컬의 관점에서 해결해나갈 수 있다고 본다.

> 로컬로 돌아가는 것은 종종 전 지구화에 대한 대답이다. (…) 그 중간 지대에 작은 틈새에 해당하는 약간의 영역들이 존재한다. 좁은 틈새 공간이지만, 그 안에서 내가 일할 수 있다. (…) 역설적이게도 우리 세계에서는 주변부가 강한 힘을 지닌 공간이 되었다. 그것은 비록 미약한 힘을 지닌 공간이지만 힘의 공간임은 분명하다.[4]

한편, 문화연구는 사회적, 정치적 맥락과 유리된 별도의 실체로서 문화를 연구하는 게 아니라 문화를 둘러싼 정치사회적 맥락을 분석한다. 문화실천(cultural practices)과 권력의 관계 속에서 권력관계를 노출시키고, 이 관계들이 문화실천에 어떤 영향을 미치는지를 검토하는 것이다.[5] 어느 특정 로컬의 문화를 논할 때, 우리는 그곳의 역사와 지리, 사상, 구성원들을 고려하는데, 이 구성요소들은 서로 독립된 채 존재하는 것이 아니라, 마치 상품과 인구가 이동하듯이 상호 침투하며 밀접한 관계성을 맺는다. 로컬문화의 경계를 어디로 보느냐는 쉽지 않아 보인다. 중앙과 대

---

4) Stuart Hall, The Local and the Global, Globalization and Ethnicity, A. D. King (ed.), *Culture, Globalization and the World-System*, London 1991. 33~34쪽.

5) Ziauddin Sardar/Borin V. Loon, *Introducing Cultural Studies*, Oxford 1999; 정정호, 「인문학의 미래와 "문화연구"의 가능성」, 『영미문화』 6권 2호, 한국영미문학학회, 2006, 324쪽에서 재인용.

비되는 관계에서 보면 분명 중심(내부)/지역(외부)라는 경계가 존재하지만, 어느 기준으로 구획되는가에 따라 내부/외부, 중심/주변이 유동적이고, 또 내부 역시 더 큰 단위의 중심에서 보면 다시 외부가 되어버리는 식으로 중심/반(半)주변부/주변부의 관계는 모호하다.

본 글은 문화연구와 로컬 및 로컬리티의 관계를 파악하고자 한다. 문화연구가 태생적으로 실천을 지향하는 학문임을 천명한 것처럼, 문화연구와 로컬리티는 로컬이라는 현장에서 일어나는 복잡하고 다층적인 제 문화현상들을 함께 관찰하며, 글로벌(global), 권역(region), 로컬(local)이 서로 교차하는 복합성과 중첩성을 인정하는 가운데, 로컬 및 로컬리티(locality)를 부각시킴으로써 중앙과 지역의 분절성을 회복하고 나아가 소통의 차원까지 끌어올려보자는 실천적인 지역인문학을 표방한다. 기존의 문학연구 방법만으로는 글로벌화된 지구촌에서 서로 얽히고 설킨 채 합종연횡하는 문화현상을 읽어내지 못할 뿐만 아니라, 하위주체(subaltern), 소수자, 젠더, 페미니즘, 디아스포라, 다문화 등 사회의 제(諸) 관계성들을 읽어내기에는 역부족이다. 문화연구와 로컬리티의 관계를 고찰하려는 시도는 이런 문제의식에서 글로벌 문화가 갖는 이중적 현상을 직시하고, 그 속에서 로컬과 로컬문화가 어느 정도의 역동성과 자기 정체성을 관철시키고 있는지, 나아가 로컬의 나아갈 길을 모색한다.

1. 문화로의 전환, 새롭게 떠오른 관계들, 문화연구

1.1. 문화의 전면배치

우리 사회에서는 언젠가부터 '문화', '문화적 마인드', '문화시민', 스크린쿼터와 관련한 '문화주권'과 '문화전쟁', 영화산업의 부흥에 따른 '영상문화', '문화콘텐츠', 지역의 경쟁력 강화를 위한 '지역(로컬)문화' 등 문화와 관련된 용어들을 방송과 같은 언론매체에서 흔히 접하게 되었고, '문화○○학회', '○○문화학회'처럼 문화라는 단어를 합성한 각종 학회들이 많이 생겨났다. 현재 인문학에 조금이라도 걸쳐 있는 연구 영역에서 '문화'라는 용어를 쓰지 않는 경우는 거의 없다고 할 정도로 이제 '문화'는 마치 전가의 보도(寶刀)처럼 모든 현상과 문제들을 포착하거나 일시에 해결해주는 핵심어가 되었다. 그런데 여기서 말하는 문화는 기존의 문학연구에서 말하곤 했던 문화와는 제법 다른 개념이다. 본 글에서 논의하게 될, 문화실천을 지향하는 문화연구(Cultural Studies)의 관점에서 다루려는 문화를 문화학(Kulturwissenschaft)이나 문화이론, 그 밖에 고전적인 의미의 문화 및 문학 개념과 구분할 필요가 있다.

예전에 말했던 문화는 주로 '전통이라는 맥락 속에서 인문주의적이고 관념적인 공통의 그 무언가'를 지칭하는 개념에 더 가까웠고, 고급문화를 뜻하는 '교양(Bildung)'의 다른 표현이기도 했다. 물론 그 '문화'조차도 상이하게 이해되었다. 문화는 역사, 종교, 인종적 배경에 따라 달리 이해되고, 또 영국과 호주, 미국처럼 같은 언어권이라 할지라도 문화를 달리 바라본다. 독일이나 프랑스가 보는 문화가 앵글로색슨 국가들과 동일하지는 않다. 미국의 학자들이 이해하는 문화는 프랑스의 문화개념인 '보편적 문화개념'과는 일치하지 않는다. 프랑스인이 생각하는 문화는 상징적이다. 문화라는 것은 개인에 앞서 먼저 존재하는 그 무엇으로서, 개인으로 하여금 프랑스인이 되게 하고 또 프랑스인이라는 큰 공동체에 속하게 만든다. 프랑스인은 문화와 관련해 언어에 우월한 지위를 부여하고, 프랑스 정신을 중시한다. 이에 반해 미국인들에게 문화는 개별적인 영역이다. 그들에게 있어 문화는 어떤 선험적인 문화에 구속되지 않은 개인들이 각각 겪는 경험 속에서 생겨난다. 미국은 다양한 인종이 섞인 국가로 중세, 근대를 지나며 굳혀진 미국의 정신이라는 게 애당초 없었기 때문이다. 이런 관점에서 미국식의 복합문화가 가능하다. 다시 말해 미국인들에게 문화란 인종, 성별, 성 정체성 등이 함께 섞인 채 의식적으로 동일화된 과정이다.

독일어권에서 문화연구를 대하는 입장은 프랑스와는 또 다르다. 1990년대 중반 무렵까지도 독일에서는 문화연구에 대한 입문서조차도 드물었다. 그렇다고 독일이 문화에 대해 무심한 것은 전혀 아니다. 지난 2000년도 독일 매스컴에서 가장 많이 오르내린 '올해의 단어'는 단연코 '문화'였다고 〈프랑크푸르터 룬드샤우〉(Frankfurter Rundschau)는 발표한 적이 있다.[6]

> 가는 곳마다 항상 문화 얘기뿐이다. 어느 단체나 모임에 가서 강연이나 기념축사를 들을 때, 그 주제가 학술적인 것이든 예술에 관한 것이든, 혹은 교통이나 산업에 관한 것이든, 학교 문제나 사회 개혁을 말하는 자리든, 어디서나 문화를 말한다. 도무지 끝이 없다.[7]

위 인용문은 무려 120년 전에 씌어진 글이다. 문화 및 문화학의 오랜 역사를 가지고 있는 독일은 19세기 초반 훔볼트(W. v. Humboldt)가 대학은 문학, 역사, 사회, 철학, 사회사 등을 함께 연구하는 전인교육(全人敎育)의 장이 되어야 한다고 제창했을 때의 그것이 곧 문화학의 정신이라고 본다. 독일에서는 그 밖에 '경험적 문화학(empirische Kulturwissenschaft)'이란 용어가 있다. 이는 민속학(Volkskunde)의 현대

---

6) Peter Körter: Klammergriff. Wort des Jahres: 'Kultur', *Frankfurter Rundschau* 272 (2000년 11월 22일)

7) Robert von Nostitz-Rieneck, *Das Problem der Cultur*, Freiberg, 1888; Britta Herrmann, Cultural Studies in Deutschland: Chancen und Probleme transnationaler Theorie-Importe für die (deutsche) Literaturwissenschaft, 37쪽에서 재인용.

적인 표현인데, 굳이 이런 용어를 쓰게 된 데는 나치에 의해 비틀어진 전통과 단절하고 새로운 민속학으로 거듭날 것을 다짐하는 의지가 배어 있다. 민속학이 종족(ethnic), 민족(nation), 풍습(customs)을 함께 연구하는 문화인류학으로 혹은 문화연구로 발전할 수 있었지만—노베르트 엘리아스(N. Elias)의 『문명화과정』(Prozeß der Zivilisation, 1939)처럼—, 독일의 민속학은 나치시대를 거치면서 민족주의를 강조하였고, 결과적으로 이념의 도구로 전락해버렸다.[8] 유럽중심주의가 당연시되던 시절, 문화는 곧 유럽이고 유럽은 곧 문화라는 견해가 지배적이었다. 폴 발레리(P. Valéry)는 유럽의 정신이 진보, 과학, 예술, 문화 등 인간의 보편적인 꿈들을 실현시켰다고 보았다.[9] 이와 같이 오랜 전통을 지닌 유럽적 문화에 대해, 미국식 영어의 영향을 받은 인류학자나 사회학자들이 한 사회의 가치관, 표현양식, 사고방식, 생활방식 전체를 뜻하는 말로 '문화'라는 단어를 쉽게 사용하기 시작하였다.

레이먼드 윌리엄즈(R. Williams)는 『기나긴 혁명』(The long Revolution, 1961)에서 문화를 세 영역으로 분류하였다.[10] 첫째, 이상적/관념적 범주로서 문화를 어떤 절대적, 보편적 가치를 따르는 인간의 완벽성의 상태 또는 과정이라고 보는 것이다. 이는 고전적 의미로서 교양인이 지니는 인문주의적 가치관이 이에 해당된다. 두 번째, 기록적 범주이다. 문화를 인간의 사상과 경험이 세부적으로 다양하게 기록된 지적 상상적인

---

8) 참조, 하르트무트 뵈메/페터 마투섹/로타 뮐러, 손동현/이상엽 역, 『문화학이란 무엇인가』, 성균관대학교 출판부, 2004, 36~38쪽.

9) 이미 데리다에 이르면 '유럽이 아닌 것, 유럽이 아니었던 것, 앞으로도 유럽일 수 없는 것', 즉 타자성을 인식하고 그것을 수용하고 통합시켜야 함을 역설하게 된다. 앙투안 콩파뇽, 「문화, 유럽의 공통된 언어」, 『문화란 무엇인가 Ⅰ』(이브 미쇼 외), 시공사, 2003, 387~408쪽.

10) Raymond Williams, *The long Revolution*, 1961, 57~58쪽; 정정호, 「인문학의 미래와 '문화연구'의 가능성」, 『영미문화』 6권 2호, 한국영미문화학회, 2006, 311쪽에서 재인용.

작업체로 보는 견해다. 세 번째는 사회적 범주이다. 문화는 예술과 학문에서뿐 아니라, 제도권과 일상적 행위에서 어떤 의미와 가치들을 표현하는 특정한 삶의 방식을 설명하는 것이다. 최근 활발하게 논의되는, 그리고 문화연구의 입장에서 보고자 하는 문화는 세 번째 범주인 문화사회학에 가깝다.

문화운동 진영의 사람들은 문화가 변하고 있는 문화예술 생산방식을 제대로 반영하지 못하는 까닭이 전통적인 예술개념과 장르론에서 매몰되어 있기 때문이라며, 공간과 환경, 여성 등으로 문화운동의 외연을 확장시킬 것을 강조하고 있다.[11] 기존의 문학연구나 문화는 문학예술작품의 심미성을 관찰하는 데 치중한 나머지, 텍스트 혹은 예술작품의 생산과 소비 과정이 자본과 권력구조에 어떤 영향을 받는지에 대한 고민은 상대적으로 소홀했다. 주어진 예술작품에 해석을 가하고 그것의 심미적 가치를 평가하는 방식에선 계급투쟁, 인종차별, 성차별에 대한 저항 등 반체제적인 사상들이 충분히 관찰되지 못하고, 또 기존의 제도와 권력관계들이 무비판적으로 수용될 가능성이 높다. 앤소니 이스트호프(A. Easthope)의 『문학연구에서 문화연구로』(Literary into Cultural Studies, 1991)는 이런 맥락에서 심미성으로 대변되는 문학, 예술의 가치가 현실을 변화시키는데 별다른 역할을 수행하지 못한 데 대한 자기비판이다. 1990년대 초부터 우리 사회에 꾸준히 소개된 서구의 문화이론들 역시 우리 현실과 동떨어진 내용들을 나열하거나 한국 사회가 갖는 구체성과 역사성을 제대로 반영하지 못하는, 그래서 결과적으로 학문적 '식민성'에 그친 경우가 많았다는 자성의 목소리도 제기되었으며,[12] 이를 바꿔보고자 문화연구에 관심을 돌리게 되었다.

---

11) 이성욱, 「문화운동은 바뀌어야 한다」, 『문화과학』, 1997년 겨울호, 95쪽.

12) 권경우, 『신자유주의 시대의 문화운동』, 로크미디어, 2007, 93쪽.

1.2. 문화연구와 로컬

문화연구의 시초가 1930년대 독일의 '프랑크푸르트 학파(Frankfurter Schule)'라는 데는 크게 이의가 없어 보인다. 1924년 프랑크푸르트 대학 부설 〈사회문제연구소〉에서 시작된 이 학파는 대중매체의 정치·경제학이라든가, 텍스트의 문화적 연구, 독자의 수용 관계 등을 연구함으로써 후기 산업사회에서 대중문화가 대중에게 끼치는 사회적, 이데올로기적 영향을 연구하였다. '문화산업(Kulturindustrie)'이라는 주요 키워드는 이 맥락에서 생겨났다. 다만 '프랑크푸르트 학파'는 문화를 저급문화와 고급문화라는 이분법적 사고로 이해하였고, 서구중심적 사고를 깨지 못했으며 경제적 관계에서 기인한 모순들의 분석에 소홀했다는 한계가 있다.

본격적 문화연구(Cultural Studies)는 1960년대 영국에서 리처드 호가트(R. Hoggat)나 레이먼드 윌리엄즈 등이 중심이 되어 학문이 사회변화에 능동적으로 대처하지 못한 데 대한 자기반성에서 비롯되었다. 이들은 매튜 아놀드나 T. S. 엘리엇, I. A. 리처드, F. R. 리비스 등으로 대표되던 영국 문학비평의 전통을 계승 확장하되, 특히 문화에 대한 민주적 사고를 새롭게 강조하였다. 이른바 '고급문화' 대신 영국 사회 내부의 문화적인 다양성을, 예컨대 인권운동, 평화운동, 소수자 권리보호, 페미니즘 운동, 하위문화, 대중문화, 종족성, 환경생태 등을 주목하였다. 이와 같은 시각 변화는 무엇보다도 제2차 세계대전 이후 영국의 사회적 구조가 급변한 데서 기인했다. 사회적으로는 복지정책이 확대되고, 노동자계급이 시민계층으로 진입하게 되었고, 정치면에서는 노동당(Labour Party) 정부가 몇 차례 집권을 하고 대영제국의 몰락이 가속화되었다. 그리고 문화적으로는 교육기회의 균등이 이루어지고, 성큼 다가온 '다문화 사회'를 사회적으로 어떻게 수용할까 하는 문제들이 놓여 있었다. 영국의 문화연구는 영국의 사회, 정치, 문화적 요인들이 상호작용한 결과이고, 문헌연구에 치중하는 기존의 문학비평으로는 위와 같은 현상들을 포착하는 실천 학문을 진행할 수 없다는 위기감의 발로이다.

영국 문화연구의 발전과 이것이 하나의 제도로서 뿌리를 내리게끔 결정적 영향을 끼친 연구로는 호가트의 『읽고 쓰는 능력의 유용성』(The Use of Literarcy, 1957), 윌리엄즈의 『문화와 사회』(Culture and Society 1780-1850, 1958), 『기나긴 혁명』 그리고 E. P. 톰슨의 『영국 노동계급의 형성』(The Making of English Working Class, 1963)을 손꼽는데, 이들 저서들은 전후 영국 사회의 변화를 새롭게 이해하고자 노력한 산물이다. 이와 더불어 1964년에 호가트가 버밍엄대학에 설립한 〈현대문화연구센터〉(Centre for Contemporary Cultural Studies)는 이론과 경험을 기반으로 구체적인 사회 문제들을 연구함으로써 역시 문화연구의 발전에 초석을 다졌다. 〈현대문화연구센터〉는 호가트가 초대 소장으로 있던 기간에는 문학사회학 및 문화사회학적인 현상에 집중하였다면, 스튜어트 홀이 제2대 소장으로 재임한 기간(1968~1979)에는 미디어 이론 및 이데올로기 이론, 대중문화, 노동자문화, 청소년 하위문화, 페미니즘 문제들로 관심의 폭을 넓혀갔고, 특히 종족(ethnic)의 정치학, 인종차별주의에 대한 저항, 문화 정치학 등 종족성을 집중 부각시켰다. 그의 재임 10년의 기간은 영국 문화연구의 이론적 기반이 탄탄히 다져진 시기였다.

영국 문화연구에 영향을 끼친 이론들은 다양하다. 레이먼드 윌리엄즈가 『맑스주의와 문학』(1977)에서 견지한 문화유물론(Cultural Materialism)[13])의 관점은 문화사회학의 초석을 놓았고, 소쉬르, 레비-스트로스, 롤랑 바르트로 이어지는 프랑스의 구조주의 연구와, 루카치, 알튀세르, 그람시 계보의 맑시즘 연구, 그리고 1960년대 말과 70년대 초 영어

---

13) 문화유물론에 관해서는 송승철, 「문화유물론: 맑스주의와 탈구조주의의 갈등」, 『전환기의 문학론』(남송우/정해룡 편), 세종출판사, 2001, 219~238쪽 참조.

권에 처음 소개된 〈프랑크푸르트 학파〉의 주요 연구물들은 영국의 문화연구를 가능케 한 중요 전제 조건들이었다. 이들 연구물들은 대부분 잡지 〈신좌파〉(New Left Review)에 실렸으며, 패트릭 브랜틀링거의 표현을 빌면 영문학을 '풍비박산'나게 하였다.[14] 여러 학문들이 문화연구의 발전에 영향을 준 것에서 알 수 있듯이, 문화연구는 처음부터 학문 간 경계를 무시하였다. 성격이 다른 학문들이 혼합, 해체되고, 정치, 경제, 사회적 관점들이 문화현상의 분석을 위해 서로 녹아듦으로써 기존의 학제 간 체제가 무력화되었다.

문화는 각 나라마다 자신만의 독특함을 띤다. 이 문화를 향유하고 이해하는 방식이 다르듯이 그 연구방법에서도 자기의 방식을 가지는 것이다. 결국 문화연구자가 어느 문화권에 속해 있는가에 따라 문화연구의 비중과 시각이 달라지고 또 그래야 마땅할 것이다. 문화연구가 애초 영국 사회의 특수한 맥락에서 나온 것이고, 영연방 국가인 호주에서조차 '영국적 과거/아시아적 미래'라는 구호 아래 호주가 처한 지역적 특수성과 토착민들의 고유문화(aboriginal culture), 아시아 이민자들로 인한 복합문화주의 등이 반영된, 그로 인해 영국 문화연구와 제법 다른 '호주 문화연구'를 수행하고 있다. 미국 역시 마찬가지다. '미국 문화연구'는 원래 영국 문화연구의 핵심이었던 정치성과 현실 비판성을 탈색시켜버리고 대중성을 중시함으로써 하나의 유행하는 학문으로 전락할 위험이 있다. 미국의 문화연구는 다민족국가에서 비롯된 복합문화주의(multiculturalism)가 특징이다. 또 미국 문화연구는 특히 탈정전화(decanonization)를 강조하는데, 여기에는 유럽 문화가 종래에 누렸던 헤게모니를 거부하고 문학사를 재편하고자 하는 동기도 분명 작용했을 것이다. 또 미국은 '대중문화(mass-culture)'를 중시한다. 대중문화는 '글로벌문화'의 얼굴을 하고,

---

14) 패트릭 브랜틀링거, 김용규/전봉철/정병언 역, 『영미문화연구』, 문화과학사, 2000, 67쪽.

로컬문화와 민족문화의 다양성을 획일화시키고 있다.

상황이 이럴진대 전혀 다른 언어문화권인 한국이 영국 사회의 고유 맥락에서 비롯된 방법들을 그대로 따라하거나 적용하려는 것은 무의미하다. 단지, 그 문화연구의 발단과 배경, 그 방법론에서 우리가 얻을 것이 있다면 우리 방식대로 취할 것이다. 호주가 주체적이고 자신들에게 맞는 문화연구를 만들어갔듯이 우리도 한국이 처한 상황에 맞는 문화연구를 만들어가야 할 것이다. 우리 사회에서 문화연구가 관심을 끈 것은 아무래도 1990년대의 신보수주의 정치와 신자유주의 시장경제라는 환경과 무관하지 않다. 1970~80년대만 해도 문화운동은 정치변혁을 위한 사회운동의 일부였다. 이때의 문화는 정치, 경제, 사회의 제 현상을 아우르는 총체적인 현상이라기보다는 전통적으로 문학에 대해 지녔던 관념에 가깝다. 즉 문화를 시문학(Poesie)을 중심으로 그보다는 조금 더 확장된 의미로 보았다.

로컬의 문화연구를 지향하는 우리에게 리처드 존슨의 글[15]은 우리가 로컬에서 무엇을 살펴야하는가를 분명하게 제시해준다. 그는 "문화적 과정들은 사회관계, 특히 계급관계와 계급구성, 성별분리와 사회관계의 인종적 구조화, 종속의 형태로서 연령차에서 비롯되는 억압과 밀접한 관계를 맺는다"고 말한다. 이는 문화연구의 대상을 말한 것으로, 문화연구가 젠더, 페미니즘, 종족성 및 피지배층에 대해 관심을 기울여야 함을 의미한다. 둘째로, "문화는 권력과 관련이 있고, 개인과 사회집단은 그들이 필요한 것을 정의하고 인식하기 위해 능력의 불균형을 만들어낸다"고 하였다. 이는 문화연구의 목표로 간주해도 될 듯하다. 문화의 생산과 소비 체제 속에 이미 권력관계가 내재되었고, 이 불균형 관계를 깨트리는 게 곧

---

15) Richard Johnson, *What is Cultural Studies Anyway? Social Text: Theory/Culture/Ideology*, 39쪽; 정정호, 「인문학의 미래와 '문화연구'의 가능성」, 321쪽에서 재인용.

문화연구의 목표이다. 셋째로, "문화는 사회적 차이와 투쟁의 장이다"라고 기술하고 있다. 이는 문화연구의 현장성을 말한다. 문화연구가 단지 학문적인 담론에 머무른다거나 심지어 제도권의 권력과 결탁해서는 안되고, 정치적으로 실천하고 저항하는 학문임을 천명하고 있다. 스튜어트 홀은 이론 작업의 최전방에 배치되어 싸우고 실천하며, 자신의 사상과 지적 작업들을 전문지식인 계급들로부터 배제된 일반인들에게 전달하는 책무를 떠맡은 지식인을 "유기적 지식인(organic intellectual)"(안토니오 그람시)이라 규정했다. 이론의 최전방이라 함은 학술대회장이 아니라 이론이 실제 현실과 만나는 곳, 즉 현장이다. 현장에서 실현되는 이론, 현장성을 담은 연구가 되기 위해서는 현장의 실제 거주인들, 다시 말해 로컬인들의 행동범위와 특성을 파악하되, 그 접근 시각이 지배자의 담론이 아닌, 로컬인이 주체가 되는 관점이어야 할 것이다. 그러기 위해서는 서발턴 연구(subaltern studies)와 같은 탈식민주의적인 시각의 도움을 받을 수도 있다. 인도의 역사가들이 중심이 된 서발턴 연구가 서구중심담론인 민족주의나 맑스주의가 포착하지 못한 인도 기층 농민들의 의식을 역사발전의 중요한 추동력으로 밝혀낸 것처럼,[16] 로컬에서 역동성과 새로운 가능성을 모색해볼 수 있지 않겠는가?

문화연구는 중심/주변의 고착과 그 차이가 심화된 사회 구조 속에서 사는 인간의 삶이 왜곡되는 상황을 개선시키고자 하는 의지를 지니고

---

16) 1982년에 인도의 역사학자들을 중심으로 결성된 서발턴 연구는 라나지트 구하(R. Guha), 파르타 차테르지(P. Chatterjee), 기얀 프라카시(G. Prakash), 가야트리 스피박(G. Spivak) 등이 주요 구성원이다. 서발턴 연구는 식민지 시기 인도에서 식민권력과 토착 지배세력에 저항한 농민 봉기를 전근대적이고 후진적인 농민의식으로 혹은 전(前)정치적 운동으로 폄하한 민족주의 역사학이나 맑스주의 역사학에 반발해, 거기에는 농민들의 의식이 중요하게 작용했음을 강조하였다. 인도의 농민봉기는 기층민들의 종족의식, 종교의식, 영토의식, 카스트 의식 등이 결합하여 작동했기 때문에 가능했다고 봄으로써, '하위 주체(subaltern)'에 대한 폭넓은 연구를 이끌어냈다.

접근하기 때문에, 중심 대(對) 주변이라는 배제와 차이의 원리가 현장, 즉 로컬에 존재하는 구체적인 현상들인 로컬인의 의식구조, 로컬 문화, 로컬의 정치·경제, 로컬의 혼종성 등에 어떤 영향을 끼치고 있는지를 관찰한다. 문화연구는 권력관계의 불평등으로 인해 현장에서 생겨나는 문화적인 온갖 '차이들'에 간섭하는 것이다. 지역민/로컬인의 일상을 문제삼기 때문에 지역민의 삶을 직접적으로 규정하는 제도와 법, 정책 등 문화를 형성하는 물질적이고 구체적인 조건들 역시 포함한다. 문화연구가 로컬의 문화행정, 문화정책, 문화예산 배분 실태 등에 관심을 기울이는 것도 이 때문이다.[17] 이것이 한국적 맥락을 반영한 로컬리티의 문화연구가 아닐까? 로컬리티에 대한 문화연구는 궁극적으로는 로컬인의 보다 나은 삶을 앞당기는 것을 목표로 한다는 점에서 희망을 퍼트리는 일이다. 한낱 메타이론적 관념과 추상성에 머무르는 막연한 희망이 아니라, 진보적인 미래를 위해 로컬의 실제 현실의 개선을 추구한다는 점에서 에른스트 블로흐(E. Bloch)의 말처럼 '낮꿈(Tagtraum)'[18]을 퍼트리는 일이다. 문화는 이제 소수 기득권층만이 고를 수 있는 선택옵션이 아니라, 누구나가 향유할 수 있는 권리이다. 그러기에 문화행위 및 문화운동에 참여하는 지역민의 주체행위는 곧 지역 문화의 정체성을 가늠하는 척도가 된다.

---

17) 문화연구가 지닌 정치성 및 현장성을 말한다. 강내희는 페미니즘이 이론적 층위로서의 페미니즘, 연구 및 교육실천으로서의 여성연구, 사회운동으로서의 여성해방과 같이 세 층위를(Ellen Rooney의 견해) 갖는 것처럼, 문화연구 역시 대학의 지식생산 역할을 하는 문화연구, 이론적 층위로서의 문화이론, 사회실천운동으로서의 문화운동 세 단계로 구분한다.(참조, 강내희, 『한국의 문화변동과 문화정치』, 2003, 206쪽)

18) Ernst Bloch, *Das Prinzip Hoffnung*, Frankfurt am Main 1990, Bd. 1, 98쪽 이하.

2. 세계(화) 속의 로컬, 그리고 로컬리티

2.1. 세계(화)와 로컬

오늘날 전 지구화된 세계에서 국가의 정체성이란 모호한 개념이 되어 버렸다. 국가와 민족, 민족문화는 어차피 타고난 것이 아니라, 근대의 국민국가 형성기에 역사, 문학, 매체 같은 서사물을 비롯해 '전통만들기(E. Hobsbawm)', 허구의 건국신화 등과 같은 문화적 재현(representation)과 상징체계들을 통해 만들어진 구성체에 불과하다는(S. Hall) 견해가 지배적이다.

민족 문화라는 것들은 확실히 근대의 형태이다. 전(前)근대나 옛날 사회에서 부족이나 민중, 지역 혹은 종교에 부여됐던 충성심과 정체성 형성이 서구 사회에서는 점차 민족 문화로 옮겨갔다. 지역적, 종족적 차이들은 겔너(Gellner)가 국민국가의 '정치적 지붕'이라고 명명한 것에 점차 종속되었다. 이것들을 통해 국민국가는 근대의 문화정체성 형성에 강한 의미를 부여하는 원천이 되었다."[19]

베네딕트 앤더슨(B. Anderson)이 말한 '상상된 공동체(imagined communities)' 역시 민족담론이 지닌 작위성을 염두에 둔 말이다.[20] 이처

---

19) Stuart Hall, Die Frage der kulturellen Identität, *Rassismus und kulturelle Identität*, Hamburg 1994, 200쪽.

20) 민족이 고안된 질서라는 인식과 관련해 최근의 연구논문들에서 앤더슨의 '상상의 공동체'가 자주 인용되지만, 이미 막스 베버(M. Weber)의 『경제와 사회』(Wirtschaft und Gesellschaft, 1922)에서 이 견해가 자세히 기술되었다. 베버는 이 책 2권의 III.4「민족주의, 민족, 문화의 위엄」의 끝부분에서 'national', 'nation'이라는 복합적 용어가 완성된 개념도 아니지만 굳이 단일한 개념으로 엮는다면, 공통의 정치적 기억들과 종교, 언어, 관습 혹은 운명공동체로 엮인 사람들로 구성된 것이라고 기록하고 있다. "Offenbar

럼 민족과 국가가 근대의 산물에 지나지 않는다고 본다면 탈근대의 시대 엔 근대의 구성물인 국민국가가 붕괴되는 게 오히려 당연해 보인다. 그러나 탈근대화는 1970~80년대를 지나며 기술과 정보의 혁신적 발전, 금융시장의 개방 등 여러 영역에서 지구적 환경의 급격한 변화를 겪으며 곧 세계화의 양상을 갖추게 되었다. 세계화가 진행 중인 현재에는 개인의 일상적인 삶이 거리의 원근과는 아무런 상관없이 자신의 거주지와는 전혀 다른 지역으로부터 발생한 경제적·문화적 현상에 쉽게 노출되고 또 영향을 받게 되었다. 세계화가 내 집안까지 밀치고 들어온 지금, 자신이 살고 있는 지역의 정체성을, 나아가 문화적 정체성을 구별해내기란 힘든 일이 되었다.

세계화는 인적, 물적 교류에 있어 거리라는 장애물을 쉽게 뛰어넘음으로써 이질적인 문화 간의 융해와 섞임을 촉발시켰다. 세계화의 특징 중 하나인 문화의 혼종성을 보여주는 대표적인 사례가 샐먼 루시디(S. Rushdie) 사건이다. 이슬람권에서 신성모독죄로 단죄(Fatwa)한 루시디의 『악마의 시』(The Satanic Verses, 1988)를 둘러싼 사건은 소설이라는 문학 작품이 지닌 표현의 자유에 대한 논쟁을 넘어, 서구적 가치 대(對) 이슬람적 가치, 자유주의 대(對) 근본주의 간의 충돌이 표면화된, 비교적 초기의 갈등 사례이다. 혼종성에 대한 루시디의 적극적 두둔은 세계화라는 새로운 시대의 패러다임은 혼종의 문화일 수밖에 없음을 미리 내다본 것이었다.

『악마의 시』는 인류와 문화, 사상, 정치, 영화, 노래의 새롭고 기대하지

---

ist also 'national' (⋯) eine spezifische Art von Pathos, welches sich in einer durch Sprach-, Konfessions-, Sitten- oder Schicksalsgemeinschaft verbundenen Menschengruppe mit dem Gedanken einer (⋯) politischen Machtgebildeorganisatuion verbindet."

않았던 조합으로부터 유래하는 혼종성, 불순함, 서로 뒤섞임, 변형을 찬양하고 있다. 그것은 잡종화를 기뻐하고 순수함의 절대주의를 두려워한다. 혼합물, 뒤범벅된 잡동사니, 이런저런 것이 약간씩 뒤섞여 있다는 것은 새로움이 세계로 들어오는 방법이다. 대량 이주(移住)가 세계에 가져다주는 커다란 가능성이며 나는 그것을 포용하려고 노력해왔다.[21]

혼종성의 시대에는 역설적으로 이에 대한 반작용으로서 자신의 고유한 정체성에 대한 강한 의구심이 생겨날 수 있다. 국가와 민족 단위의 구분이 느슨해진 전 지구적 공간에서 개인의 정체성과, 개인이 살고 있는 로컬의 위상 그리고 로컬의 문화적 정체성이 문제시된다. 이러한 정체성의 위기는 곧 '지금 내가 어디에 있으며, 어디를 향해 가고 있는지?'를 묻는 일종의 존재론적인 위기이기도 하다. 나의 정체성을, 로컬의 가치를 되묻는 질문에는 '전체'—그것이 국가였든, 민족이었든 간에—라는 대의명분 아래 함몰되었던 개인과 로컬의 고유성, 즉 정체성을 다시 복원해내자는 의지가 담겨 있다. 그렇다면 세계화는 로컬의 문화적 정체성에 어떤 영향을 끼쳤을까? 또한 이 질문에 제대로 답하기 위해서는 로컬이라는 개념(의 변화) 역시 같이 고려되어야 할 것이다. 본 글에서 말하고자 하는 로컬은 중앙권력의 하부단위인 지방의 개념만이 아니라, 사회학에서 규정하는, 매개물을—그것이 공유하는 기억이나 재현의 방식이든—통해 일정한 소속감을 심어줌으로써 사회적·집단적 정체성의 형성을 가능케 하는 일정한 물리적·지리적 공간에 조금 더 가깝다. 그렇다고 꼭 물리적인 공간에만 한정 지을 수 없는 게, 굳이 지리적인 형태를 갖추지 않았더라도 일정한 매개물로 인해 구성원들이 서로 공통의 정체성을 느낀다면 이것

---

21) Salman Rushdie, *Imaginary Homelands*, London 1991, 394쪽.

도 로컬의 범주에 포함시켜서 봐야하지 않을까 한다.[22]

다시 세계화와 로컬의 관계에 대한 논의로 돌아가, 국민국가의 역할
이 약해지고 초국가적 공간이 출현함으로 국가 단위의 정체성은 약해질
지라도, 기존의 국가를 구성했던 하부단위인 지역의 정체성마저도 초토
화되지는 않는다는 것이 다수의 견해이다. 아파두라이는 오늘날의 글로
벌 환경은 에스노스케이프(ethnoscape), 미디어스케이프(mediascape), 테크
노스케이프(technoscape), 파이낸스스케이프(financescape), 이데오스케이프
(ideoscape)와 같이 새롭게 펼쳐진 전경들(scape)로 인해 개인과 지역이 국
민국가의 간섭을 벗어나는 공간 형성이 가능하다고 한다. 에스노스케이
프는 국제 자본주의의 이해관계에 따라 국가 간의 경계를 넘어 이동하
는 이주민, 피난민, 탈출자, 임시노동자, 여행자 등이 생겨나는 현상이다.
테크노스케이프는 기술의 전 지구적 배치를 의미한다. 고도의 기술, 저
급한 기술, 기계기술, 정보기술 등이 견고한 여러 경계들을 아주 빠르게
가로질러 움직이는 현상이다. 파이낸스스케이프는 국제 자본시장에서
통화나 주식, 현물들이 거대한 규모로 빠르게 유통되는 것을 말한다. 미
디어스케이프는 정보들을 생산하고 확산시킬 수 있는 전자미디어들과
이런 미디어에 의해 생산된 세계의 이미지들과 관련되어 있다. 이데오스

---

22) 소자(E. Soja)나 하비(D. Harvey)식의 역사지리유물론의 입장에선 물리적 공간과 사
회적 주체 간의 관계를 중시한다. 인간은 사회적 존재이자 동시에 공간적 존재이며,
사회는 공간적으로 생산되고 공간은 사회적으로 생산된다는 '시간-공간-사회의 삼변증
법(trialectics)'이 이에 해당한다.(참조 이무용,『공간의 문화정치학』, 논형, 2005, 32
쪽) 르페브르에게서도 역시 공간은 역사적, 자연적인 요인들로 인해 형성되었을지라
도 결코 이데올로기나 정치로부터 분리될 수 있는 과학적 대상이 아니었다. "공간은
언제나 정치적이고 전략적이었다. (…) 공간은 역사적, 자연적 요소로부터 형성, 주
조되어 왔지만 이것은 정치적 과정이었다. 공간은 정치적이고 이데올로기적이다. 그
것은 글자 그대로 이데올로기로 가득 찬 산물이다."(Henri Lefebvre, Reflections on the
Politics of Space, 31, Antipode 8, 1976; 에드워드 소자, 이무용 역,『공간과 비판사회이
론』, 시각과 언어, 1997, 107쪽에서 재인용)

케이프는 국가 이념이나 국가 권력 등에 대항하는 자유, 행복, 권리, 주권, 표상 등 민주주의를 구성하는 일련의 관념들과 용어 및 이미지들을 뜻한다.[23]

세계화와 로컬의 관계는 일의적으로 설명될 수 없다. 혹자는 이런저런 측면들을 종합적으로 고려할 때 세계화는 결국 로컬 정체성의 위기를 초래할 것이라고 진단하는가 하면, 혹자는 오히려 로컬의 가능성을 발현할 수 있는 기회로 간주하기도 한다. 특히 스튜어트 홀이 후자에 속하는데, 그는 세계화가 민족의 정체성, 민족문화의 결속성을 약화시키고 마침내는 지역 간 차이를 균질화시켜버릴 것이라는 두려움은 기우에 지나지 않는다고 말한다. 탈중심적인 주변부나 로컬의 문화적 권력이 강해지면서 오히려 주류 사회의 권력담론들을 위협한다는 것이다.

> 여태껏 문화적 재현의 주요한 형식들로부터 배제되었고, 중심에서 멀리 떨어져서 또는 하위주체로서 겨우 존재할 수 있었던 주변부적 주체들과 젠더들, 종족들, 지역 및 공동체들이 새롭게 부상했고, 자신들만의 아주 주변화된 방식을 통해 처음으로 스스로를 대변할 수 있는 수단들을 쟁취하였다.[24]

케빈 로빈스(K. Robins)의 논리에 따르면, 전 지구적인 균질화의 흐름 속에서도 차이에 대한 매력은 여전하고, 종족성과 타자성을 마케팅에 이용하게 될 것이기에 지역성(locality)은 그대로 남을 것이다. 실제 글로벌 마케팅의 전략은 유연성을 갖춘 전문화와 틈새시장 공략이란 형태로 로

---

23) 아르준 아파두라이, 차원현/채호석/배개화 공역, 『고삐 풀린 현대성』, 현실문화연구, 2004, 60~66쪽.

24) Stuart Hall, The Local and the Global: Globalization and Ethnicity, 34쪽.

컬 간의 차이들을 이용하고 있다.[25]

이에 해당하는 대표적인 사례로 일본 홋카이도의 아이누(Ainu)족과 중앙아메리카의 소국 벨리즈(Belize)를 들 수 있겠다. 아이누족은 짐승을 사냥하며 사는, 일본 내의 소수민족이었다. 얼마 전까지도 일본의 공식 입장은 예외적인 소수민족을 인정하지 않았다. 25,000명 정도의 아이누족 대다수는 정치·경제적인 차별 속에 주변적 존재로 살았다. 그런데 1970년대에 미국의 시민운동의 영향을 받아 자신들의 문화적 정체성을 국가가 인정해줄 것을 요구하는 투쟁을 펼쳤다. 이들은 일본 정부에 영향력을 행사하기 위해 자신들의 토착문화를 대대적으로 알렸다. 관광객들을 유치하기 위해 아이누족 전통마을이 생겨났고, 그들의 전통음식을 먹었으며 전통공예품을 만들어 팔았다. 아이누족의 지역성을 관광상품화하면서, 동시에 자신들의 정체성을 되찾으려는 노력은 마침내 일본 정부가 1998년에 아이누족을 소수민족으로 인정하게 됨으로써 결실을 맺게 된다. 소수민족의 지위를 얻는다는 건 곧 자신들의 구체적인 정치적 요구들을 관철시킬 수 있는 권리를 얻게 되었음을 의미한다.

벨리즈의 경우, 1970년대만 해도 벨리즈의 원주민들은 고유한 벨리즈 문화의 존재를 부정했다. 아프리카-유럽계 주민들과 노예의 자손들이 뒤섞인 인구 구성은 그저 크레올(Kreole)이라고 불렸을 뿐, 이들은 어떤 문화도 자신들의 문화라고 주장하지 않았다. 관광객들에게는 벨리즈의 요리나 상품들, 그리고 그들의 문화가 특이해 보였겠지만, 정작 원주민들은 이에 대해 아무런 관심이 없었다. 벨리즈가 자신들의 정체성에 눈을 뜨게 된 계기는 역설적이게도 세계화의 흐름이었다. 오늘날 벨리즈는 자신들의 민족적, 종족적 특수성에 자부심을 지닌다. 또, 그들의 전통의상이나

---

25) 참조, Stuart Hall, Die Frage der kulturellen Identität, 213쪽.

인형, 조미료 등을 마케팅하였다.[26] 이 두 사례는 글로벌 공간에서 오히려 민족문화에 대한 의식과 종족성이 형성된 경우이다. 예전 같으면 열등한 것으로 간주되던 소수 종족들의 정체성과 문화가 특수성이란 새로운 의식을 거치면서 자긍심으로 변화되었다.

  공간과 정체성, 그리고 이동성 간의 관계를 이론적으로 파악하기 위해 아킬 굽타/제임스 퍼거슨(A. Gupta/J. Ferguson)은 '글로벌 공간(global space)'이라는 용어를 제안함으로써 공간의 개념을 확장시켰다. 이들에 따르면 세계는 불평등한 수많은 권력관계들로 이루어진 '글로벌 공간'의 시각에서 이해되어야 하며, '글로벌 공간'에서는 명확히 규정된 '장소(place)'가 존재할 수 없다는 것이다.[27] 이는 세계가 탈영토화(deterritorialization)된 수많은 공간들로 이루어져 있다는 견해나 (A. Appadurai, G. Canclini, Morley & Robins), 탈지역화(delocalization, J. B. Thompson) 혹은 이동배치(displacement, A. Giddens)라는 용어들과도 서로

---

26) Joana Breidenbach, Global, regional, lokal-Neuc Identitäten im globalen Zeitalter, K. Hanika/ B. Wagner (Hg.), *Kulturelle Globalsierung und regionale Identität*, Bonn 2004. 57쪽 이하.

27) Akhil Gupta/James Ferguson, Beyond Culture: Space, Identity, and the Politics of Difference, *Cultural Anthropology*, 7, 1992, 6~23쪽. 탈영토화된 문화의 한 단면으로 '비장소(non-places)' 논의는 고려할 만하다. 유기적인 사회 상호작용의 일상적 반복이 거주자들을 지역의 역사와 묶어주면서 문화정체성과 기억을 제공하는 곳이 인류학적 장소라면, 공항의 출발 라운지, 슈퍼마켓 계산대, 거리 모퉁이의 현금인출기 앞 등은 관계적이거나 역사적이지 못하고, 또한 정체성과 관련해 딱히 정의할 수 없는 '비장소'이다. 그러나 '비장소'는 현대 사회의 인간들의 실제 삶 속에서 점점 증가하고 있고, 심지어는 필수적이기까지 하다. 시골장터 같은 곳에서 삶의 진정성을 찾으려 한 기존의 문학이나 사회학, 인류학의 관점이라면 '비장소'는 피상적인 한낱 소외의 공간일 뿐이다. 그러나 이러한 '비장소'에서 살거나 일하는 사람들에겐 '지역성(locality)'이라 할 수 있는 독특한 문화적 특성이 생겨난다.(참조, 존 톰린슨, 김승현/정영희 역, 『세계화와 문화』, 나남출판, 2004, 157~163쪽)

맞닿아 있다.[28] 이들의 입장을 전체적으로 요약해보면 장소들이란 문화적인 구성의 결과일 뿐, 지리적인 경계구분에 따른 장소가 더 이상 개인들의 정체성을 입증하는 명확한 버팀목이 될 수 없다.[29]

장소(place)와 로컬(local)의 구분을 좀 더 명확히 이해하기 위해 아파두라이의 글을 계속 살펴보자. 세계가 탈영토화된 에스노스케이프에서는 정체성의 장소(place of identification)가 실제 삶의 장소들인 로컬 앞에서 의미를 상실하게 된다. 국민국가의 약화와 마찬가지로, 전통적으로 고향이나 조국이라는 개념이 표상하던 것들은 점차 가상적인 성격을 띠게 되는 것이다. 그는 로컬리티의 개념을 명확히 하기 위해 '동네(neighbourhood)'라는 개념을 도입한다. '동네'는 실제로 존재하는 사회적 형태이고, 그 속에서 로컬리티는 하나의 공간 혹은 가치로서 여러 방식으로 실현된다. 동네는 공간적(spatial)이건 혹은 가상적(virtual)이건 간에 장소에 근거한 실재의 공동체로서, 사회적 재생산의 잠재력을 가지고 있다. 반면 로컬리티는 규모나 공간적인 것이 아니라, 관계적이고 맥락적이다. 또 사회적인 현안에 대한 감각, 상호작용의 기술들, 그리고 여러 맥락들의 상대성, 이들이 서로 만들어내는 일련의 관계들로 구성되는, 복잡한 현상학적인 성질을 지닌다고 본다.[30]

탈식민주의자들은 글로벌 자본주의 체제라 할지라도 문화의 이동배

---

28) 존 톰린슨, 앞의 책, 154쪽. 탈영토화, 재영토화(reterritorialization)는 들뢰즈/가타리의 「안티 외디푸스」(1977)에서 비롯되었다.

29) David Morley/Kelvin Robins: *Spaces of identity: global media, electronic landscapes and cultural boundaries,* London, 1997, 87쪽.

30) "I view locality as primarily relational and contextual rather than as scalar or spatial. I see it as a complex phenomenological quality, constituted by a series of links between the sense of social immediacy, the technologies of interactivity and the relativity of contexts."(A. Appadurai, The production of locality, Richard Fardon, *Counterworks. Managing the Diversity of Knowledge,* London 1995, 204쪽)

치나 로컬의 혼종성 등은 초국적 문화지배에 저항의 힘으로 작동한다며 로컬의 비판적 기능을 말하지만 로컬은 조작이 일어나는 장소이기도 하다. 아이러니컬하게도 로컬인들이 자신들의 정체성을 벗어던지고 글로벌 자본에 동화될 때, 즉 굴복할 때 로컬은 해방된다. 글로벌 자본은 로컬을 균질화시키는 그 순간에도 로컬이 자본에 저항하는 장소라고 말하며 저항의 대상을 흐리게 하는 것이다.[31] 최근 세계화와 로컬에 대한 글에 거의 예외 없이 등장하는 슬로건으로 "전 지구적으로 사고하고, 로컬적으로 행동하라(Think globally, act locally)"는 말이 있는데, 이를 인용하는 대개의 글은 대략 전 지구적인 사유의 틀 속에서 로컬(지역)의 요구에 부합하는 실천을 하라는 의미를 전달하고자 한다. 하지만 이 문구를 내세우는 초국적 기업들은 기업들의 현지화 전략(localization)으로서 이 슬로건을 즐겨 인용한다. 예로써 초국적 자본구조를 갖춘 식품회사나 금융회사, 유통업체들이 현지화라는 이름 아래 한국 소비자들의 문화와 기호, 습관에 눈높이를 맞춘 상품을 개발해 판매망을 더욱 확장해나가려 하는데, 정작 한국의 소비자들은 한국식 문화를 오히려 더 강조하는 초국적 기업들의 노회(老獪)한 전략 앞에서 판단력이 흐트러지는 경우가 그러하다.

국민국가의 위기가 처음으로 로컬리티를 위협한 것은 아니다. 로컬리티는 사회적으로 달성된 결과물이기에, 속성상 늘 쉽게 와해될 수 있는 가능성이 있다. 그런데 문제는 모든 사회가 로컬 주체(local subjects)의 형성에 큰 가치를 둔다고 하면서도 정작 학자들이 지금까지는 로컬리티를 생성하는 방법에 대해선 큰 관심을 기울이지 않고, 그 대신 에스노그래피(Ethnographie)에 근거한 '기술(description)'에—클리포드 기어츠(C.

---

31) Arif Dirlik, The Global in the Local, R. Wilson/W. Dissanayake (ed.), *Global/Local, Cultural Production and the Transantional Imaginary*, Duke Uni. Press 1996, 35쪽.

Geertz)[32]의 '심층기술(thick description)'처럼—집중해왔다는 점이다. 이런 관점에서 아파두라이는 기존의 에스노그래피를 새롭게 읽어야 한다고 강조하는 것이다. '동네'의 역사로서의 에스노그래피의 역사는 곧 로컬리티의 생성을 위한 단초가 될 수 있을 것이다. 로컬리티는 이미 주어진 소규모 사회, 혹은 복잡한 사회 형태를 수용하는 것이 아니다. 글로벌 세계에서 이동 배치된 수많은 종족 집단은 결과적으로 일종의 정서의 구성물인 로컬리티의 형성에 부단히 관여하게 된다. 집중된 사회 형태인 '동네'가 사라지고 실제적인 로컬의 의미들이 줄어들게 될수록 이 과정은 더욱 두드러질 것이다.

2.2. 로컬리티 찾기의 양면성

세계화는 국가 간의 경계가 없이 보편적인 이미지와 패턴들로 이루어진 글로벌 문화를 탄생시켰다. 여기에는 특히 대중문화의 영향이 크다. 현재 지구 위로는 무려 500개가 넘는 위성들이 떠다니며 똑같은 그림과 영상, 팝뮤직을 지구촌의 구석구석으로 송출하고 있다. 이른바 '세기의 대결'이라는 빅매치나 월드스타들의 콘서트는 동시에 각국의 안방에 전달됨으로써 지구촌의 소비자들은 거의 동일한 방식으로 문화를 소비하며 부지불식간에 표준화된—혹은 맥도널드화(McDonaldization) 된—문화코드에 젖어들고 있다. 미국 드라마들은 뉴욕이 마치 서울이나 동경, 뉴델리의 어느 지역인 양 시청자를 동일화시키고, 또 스타벅스가 마치 세계 시민으로 나아가는 글로벌 코드인 양 착각하게 만든다. 그 결과 세계의 여러 지역들과 그곳에서 향유되는 문화가 상당 부분 획일화되고 있다. 이탈로 칼비노(I. Calvino)가 처음 방문한 도시의 집들과 거리, 도로표지

---

32) 기어츠는 *The Interpretation of Cultures*(1973), *Local Knowledge*(1983), *Works and Lives, The Anthropologist as Author*(1988) 등의 주요 저서를 집필하였다.

판, 상점 간판, 심지어 사람들의 대화 소재까지 이미 익숙하다고 묘사한 것처럼,[33] 이 로컬이 저 로컬과 차별성을 보이지 못하고 있다.

로컬(지역)의 정체성은 "지역을 이루는 물리적 배경으로서 공간과 삶의 주체인 인간, 그리고 인간들이 이루는 집단인 사회"[34] 이 세 가지가 구성 요소가 된다. 이 세 요소가 섞이고 누적되어 만들어지는, 인간 사유의 결과인 구성체가 바로 로컬리티인 것이다. 로컬이 균질화의 위협을 불식시키고 차별성을 보이려면, 그럼으로써 앞서 언급한 스튜어트 홀의 말처럼 중심에 결핍된 잠재력을 갖추기 위해서는 로컬의 정체성을 유지하거나 새롭게 만들어가야 할 것이다. 만일 로컬의 정체성이 로컬 고유의 주체성과 독자성은 고려되지 않은 채 세계화라는 전체의 퍼즐에 꿰맞추는 식으로 구현된다면, 이는 철저히 자본의 논리에 종속되는 것 이상은 아닐 것이다.

'글로벌 스탠더드' 구호 속에는 제1세계가 상대적으로 주변부에 해당하는 국가 혹은 지역들을 자신들의 경제와 정치에 맞게 편성하거나 유지시키려는 전략이 있듯이, 문화는 자본과 분리되어 논의될 수 없다. 그렇다면 로컬리티의 정체성 논의의 핵심은 로컬이 글로벌 자본의 지배를 (완전히 벗어니는 긴 근본석으로 불가능하니) 비교적 덜 받는 방안을 강구해내는 것이고, 그 해결책 중 하나가 로컬 간의 연대일 것이다. 가령 한국의 한 로컬이 필리핀이나 일본, 중국의 특정 로컬과 연대하는 방식처럼 구체적이고 지리적인 실체로서의 로컬들끼리 서로 연대하는 것은 물론이고, 각국의 로컬리티 연구자들 간의 학문적 연대도 같이 포함된다. 이것은 곧 트랜스로컬리티(translocality) 연구로서, 국가의 경계를 넘어서는

---

33) 이탈로 칼비노, 이현경 역, 『보이지 않는 도시들』(Le città invisibili), 민음사, 2007, 163~164쪽.

34) 남송우, 「지역문학 연구에 나타나는 탈근대성의 양상」, 『한국문학논총』 제50집, 한국문학회, 2008, 48쪽.

복잡한 관계성들이 생겨난 현실에서 제3세계 지역들을 서로 엮어주고 이를 통해 상호연대를 가능케 하는 새로운 시각을 확보하자는 데 그 의의가 있다.

어떤 이들은 트랜스내셔널리티(초국가성)와 트랜스로컬리티를 같이 취급하기도 한다.[35] 하지만 트랜스내셔널리티가 국민국가의 존재를 전제하고 국가엘리트의 시각을 우선시하는 데 비해, 트랜스로컬리티는 공간적 질서의 다양함, 사람들의 상이한 공간인식을 강조한다. 이와 같은 것들은 로컬에서 혹은 로컬 간 관계에서 파악되는 움직임이므로 국가의 경계와 영토 개념으로는 드러낼 수 없고, 오직 로컬리티를 통해서만 나타난다. 이렇게 보면 트랜스내셔널리티는 하나의 규범이라기보다는 트랜스로컬리티의 한 특수한 형태라고 보는 게 타당해 보인다.

트랜스로컬리티 연구는 여럿의 로컬 단위들을 산술적으로 나열해 그 결과물들을 더하는 방식으로는 만족해선 안 된다. 대신 사람과 자본, 물자, 이념, 제도, 표상, 상징물들이 규칙적으로 공간적 거리와 경계를 극복하는 가운데, 이것들이 순환되고 상호 이동함으로써 생겨난 현상들을 고려한다. (반)주변부에 해당하는 한국 같은 지역의 로컬연구자가 경계해야 할 점은 트랜스로컬리티 연구의 시각들을 잘 구분해내는 것이다. 제1세계에서 논의되는 트랜스로컬리티 연구는 제1세계의 시각에서 제3세계, 아시아권, 아프리카나 서남아시아, 동북아시아 국가들 간의 관계를 파악하는 것이고, 이를 통해 현재 활발히 진행되고 있는 전 지구화 및 전 지구적 역사를 내용과 방법면에서 더 풍부하게 만들려는 의도가 깔려 있다. (반)주변부 국가들은 제1세계가 전략적으로 힘을 쏟는 트랜스로컬리티

---

35) Peter G. Mandaville, *Transnational Muslim Politics. Reimagining the Umma*, London 2001; Mandaville, *Territory and Translocality. Diskrepant Idioms of political Identity*, Los Angeles 2000.

연구의 시각에 포섭되는 것을 스스로 경계해야 한다. 세계사를 주도해온 서유럽 국가들과 미국이 자신들의 관점을 바꾸기는 쉽지 않을 것이기 때문이다.

현재의 국민국가가 앞으로 어떻게 나아갈 것인지 그 향방을 놓고 서구권에서는 이미 1990년대 중반부터 다양한 방식으로 격렬한 논의들이 오갔다. 지난 20세기에는 아시아, 아프리카의 여러 지역에서 국민국가들이 생겨났지만, 이제는 국민국가 내에서 아니면 국가와는 아예 무관하게 여러 형태의 국경들이 생겨났다. 어떤 경우에는 국가가 아닌 이들 지역 간의 경계 넘나들기가 국민국가의 경계 넘기보다 더 중요해졌다. 물론 정치적인 조절기능이 완전히 무의미해지지는 않았을지라도, 다양한 방식의 정치적 조직체가 생겨났고 꼭 정치적으로 규정되지 않는 경계들이 등장하지 않았는가? 이처럼 트랜스로컬에 대한 연구는 로컬 간의 경계넘기와, 그로 인해 발생하는 긴장감과 거기서 파생된 결과들을 강조한다. 나아가 공간적 이동성과 공간들 간의 교류가 문화적, 사회적, 정치적 구조들의 제도화 및 결속 과정에 어떤 영향을 끼치는가를 연구한다.

위에서 살펴본 세계(화) 속의 로컬리티 담론을 그대로 한국이라는 맥락에 옮겨놓으면 어떤 관찰이 가능할까? 세계화의 흐름에 그대로 노출될 수밖에 없는 동아시아의 한 지역으로서의 한국, 또 그 내부를 들여다보면 중앙(중심)과 지방(주변)이라는 해묵은 이분법 속에 차별과 반목, 위계와 저항이라는 비정상적인 구조가 똬리를 틀고 있는 곳인 이곳 한국에서 로컬 및 로컬리티 찾기는 무엇을 의미할까? 우리 사회에서 로컬리티 찾기는 두 겹에 걸쳐 이루어져야 된다고 본다. 한 번은 제1세계가 주도하는 경제, 금융, 문화의 세계화에서 살아남기 위한 한국적 정체성을 모색하고, 또 한 번은 비정상적인 수도권 집중화로 인해 왜곡된 삶의 모습들이 계속 드러나는 지금, 수도권과 지역이라는 또 하나의 차별적인 위계

공간에서 언표(enunciation) 행위의 주체가 발딛고 사는 로컬의 가능성을 부각시키는 일도 전자의 경우 못잖게 똑같이 중요하다. 우리 사회는 미국이나 서유럽 국가들에 비해 종족성, 소수자, 잡종문화 등의 문제에 상대적으로 관심을 덜 쏟지만, 이미 농촌지역의 수많은 이주여성들과 안산, 부천, 성남, 김해, 양산 등 대도시 외곽에 거주하는 이주노동자들이 만드는 타자적인 삶의 양식들은 로컬리티의 일부로 포함되어야 한다. 종족의 차이를 지나치게 강조하면 인종 간 갈등이 유발될 수 있듯이, 지역의 특수성과 주체성을 너무 부각시키는 것을 두고 지역적인 것의 '성례화(聖禮化)'로, 또 향토주의나 분파주의로 보는 시각도 있다. 그러나 로컬은 전체 속에 있을 때 자신의 역할이 중요해짐을 잘 알고 있기에 전체의 틀을 깨는 극단적인 선택은 하지 않을 것이다. 도리어 자신이 발딛고 있는 지역의 정체성을 인식하지 못하는 사회나 개인들은 스스로를 글로벌화된 세계의 구성원으로 인지하지 못하는 셈이다.

로컬의 구성원이 다양한 만큼 로컬의 정체성은 다중적이다. 때로는 중심을 동경하되 때로는 지역의 독자성을 주장하고, 때로는 단일한 지역공동체나 종족성을 옹호하다 때로는 잡종문화에 대해 개방적 태도를 취하기도 한다. 심지어 한 개인에게서도 정체성은 복합적이고 변증법적이어서, 외부로부터 어떤 동인(動因; movens)이 주어질 때 정체성 구성요소의 일부가 특히 강조되어 부각되는 것이다. 로컬리티에 대한 문화연구적인 접근법으로 지역 토착민들의 정서와 문화활동, 그리고 그 지역에 정치적 혹은 경제적 이유로 유입해 들어온 타지인들이 함께 움직이는 복합적 문화공간을 살피는 일도 필수적인데, 이를 위해서는 예컨대 해당 지역의 동호회나 종교단체, 일간지나 (비)정기간행물들—가령 지역 동호회 차원의 회지, 공적 성격을 띤 기관지, 초중고교의 교지(校誌), 시(市) 단위라면 시사(市史) 등—을 조사, 분석할 수 있을 것이다. 또한 해당 지역의 주목할 만한 사건이나 여론 주도 단체, 박물관, 문학관, 상징조형물, 기념비 등에 대한 지역민들의 실제 정서와 반응을 충분히 반영해야 한다. 그로써 지역의 문화 주체(local subjects)들에 대한 분석이 이루어져야 하고, 이들 글에서 읽어낸 지역의 관심사들이 지역의 정책에 반영되는 과정(언표행위의 주체)도 함께 추적해야 한다.

가령 부산을 예로 들면, 부산은 항구도시로 한때 일본과의 무역을 위한 개항장이 있었던 곳이며, 한국동란 직후에는 피난민들이 내려와 살며 토착민과 외지인이 섞이는 과정을 거쳤고, 1970~80년대 한국의 근대화 시기에는 철강과 조선, 목재, 신발산업 등으로 크게 성장했으며, 1990년대 들어서 경제적인 퇴락의 길로 접어들어 이제 제2의 도시의 위상마저 흔들리고 있다. 대전이나 광주가 아닌 부산의 로컬리티를, 즉 부산성을 찾겠다고 한다면 위의 변천과정들이 해명/해석되어야 할 것이다. 부산을 규정짓는 문화적 특징을 말할 때 개방성, 해양성, 다문화성 등을 언급하는데, 이 특성들이 부산(성)의 형성에 어떤 역할과 기능을 해왔는가도 함께 밝혀져야 한다. 이 작업은 공시대에 드러나는 현상을 통해 이루어질 수 있지만, 보다 심층적이고 객관적인 분석을 위해서는 통시적인 관찰도 병행되어야 한다.

3. 문화정치와 로컬리티

문화연구는 대학과 같은 제도권 내 학문의 현장에서 담론을 생산해 문화연구의 저변을 넓혀가는 것도 중요하지만, 현장에서 실천하는 사회·문화운동으로서의 측면 역시 소홀히 취급되어서는 안 된다. 문화정치, 이 말은 얼핏 보기에 가치중립적일 것 같은 문화영역에 지배/피지배, 소유/무소유, 중심/주변과 같은 위계질서와 역학관계가 관철되고 있음을 전제로 하고 있다. 스튜어트 홀은 "문화의 문제는 단연코 정치적인 문제"[36]라며 문화를 투쟁의 장소로 규정하고, 문화는 사회적 행위와 중재가 일어나는 장소로 이곳에선 권력관계가 안정적으로 확립되어 있으면서 동시에 그 위계질서를 뒤흔들고자 하는 움직임이 있다고 말한다. 강내희의 글 역시 홀의 주장과 크게 다르지 않아 보인다.

> 문화의 장(場)에서 (이데올로기와 국가 개념은) 한편으로는 지배적 '현실효과'를 만들어내려는 세력과 그와는 다른 '현실효과'를 만들고자 하는 세력의 대치를 전제한다. 그동안 문화에 국가주의가 관철되어 왔다는 사실은 근대사회에 들어와서 문화의 주된 관리자가 국가였음을 말해준다. 국가가 사회적 상황, 사태에 대한 공적인 의미를 주조하고 관리하는 힘을 가졌던 것이다. 지금도 문화적 국가주의는 지속되고 있으며, '이데올로기' 개념도 여전히 중요한 분석적 힘을 가지고 있다.[37]

정치의 사전적 의미가 국가의 권력을 획득하고 유지하며 행사하는 활동이라든가, 국민들 상호 간의 이해관계를 조정하며 사회질서를 바로잡는 일과 같이 철저히 국가를 중심으로 이해되고 있지만, 문화연구의 입장에서는 정치를 국가의 문제를 넘어선 일상의 차원으로 확대해서 본다. 정당이나 선거제도와 같은 공적인 정치 영역은 논외로 하고, 사회적 관계가 작용하는 모든 곳에 권력의 불평등 현상이 있다는 사실에서 인간의 모든 사회적 활동이 곧 정치라고 말한다면,[38] 위계질서와 역학관계가 존재하는 문화 역시 정치가 된다. 문화를 생산하는 주체가 되도록 보장하거

---

36) Stuart Hall, 'Subjects in history: making diasporic identities', 1997; 제임스 프록터, 손유경 역, 『지금 스튜어트 홀』, 앨피, 2006, 23쪽에서 재인용.
37) 강내희, 『한국의 문화변동과 문화정치』, 문화과학사, 2003, 153쪽.
38) 강내희, 앞의 책, 96~102쪽.

나, 문화를 누릴 수 있는 권리는 개인의 의지만으로는 되지 않는다. 제도적 장치를 통해 문화는 다수가 향유하는 공공의 자산이 될 수도 있고, 제도가 억압하면 문화행위는 소수만의 독점으로 끝나고 만다. 제도를 통해 대중의 일상은 바뀔 수 있으며, 바뀐 대중의 일상은 다시금 제도의 개선이나 입법에 영향을 끼친다. 이는 문화가 지닌 공공성의 측면이다.[39] 이런 맥락을 고려해보면 문화와 정치가 상보적인 게 더욱 명백해진다. 문화정치는 단순히 문화와 정치를 더한 것이 아니라, 이들의 밀접한 관계를 말하는 것이다.

그렇다면 '문화정치와 로컬리티'란 문화연구의 시각에서 문화를 정치행위로 규정하고, 로컬의 주체들이 마땅히 누려야 할 '문화권리'를 주장하도록 하는 것이다. 로컬의 주체는 주류들로부터 배제된 계급, 성별, 세대, 젠더, 소수자, 종족에 이르기까지 다양한 종류의 사람들이 있다. 이들 주변적 혹은 종속적인 하위주체(subaltern)들이 중심의 지배문화, 주류문화에 대항하거나 그것을 의도적으로 위반하고 일탈하면서 스스로가 언표행위의 주체가 되는 문화공간을 만드는 것, 즉 자신들의 정체성을 재현(representation)할 수 있는 기회를 확보하는 게 문화정치가 달성하고자 하는 목표 가운데 하나이지 않을까? 문화정치의 입장은 로컬 차원에서 문화를 주도하는 계층이 누구인지, 문화의 향유가 어느 정도 분배되고 있는지, 로컬의 하위주체들은 재현의 기회로부터 얼마나 차단되어 있는지를 밝혀내고자 한다.

만일 어느 한 지역을 예로 든다면, 해당 지역의 문화행위는 대체로 문화를 생산하는 집단, 문화와 관련된 정책이나 제도를 시행하는 관료집단, 그리고 이 사이에서 문화를 향유하는 사람들 이렇게 세 부류가 주체가

---

39) 참조, 심광현, 「'문화사회'를 향한 새로운 문화운동의 과제」, 『문화사회를 위하여』(심광현/이동연 편), 문화과학사, 1999, 161~192쪽.

된다. 그런데 지역문화가 마땅히 형성되어 있지 않거나, 있다고 해도 문화생산자들이 외부의 사람들이라면 그 지역문화를 자생력을 갖춘 문화로 보기는 힘들다. 재현의 주체가 되고, 언표행위의 주체가 된다는 것은 외부 자본, 외부 지식인들이 어느 한 지역의 문화를 주도하는 것이 아니라, 해당 로컬인들이 문화담론을 만들어가고 이를 실현하는 주체가 되는 것을 의미한다. 물론 여기에는 자칫하면 지역 이기주의나 배타성이 개입될 여지가 있으므로 이 점은 각별히 유의하여야 한다. '문화 권리'를 지역 차원에서 본다면 지역의 문화예산, 문화정책, 환경정책, 도시계획 등에 대한 지역민의 적극적 의사표명이나 관여를 들 수 있겠다. 가령, 필자가 사는 부산이라면 시(市)가 부산발전을 위해 장기적으로 나아갈 방향을 제시한 〈부산발전 2020비전〉에 제시된 도시재창조 프로젝트, 문화도시 프로젝트와 같은 정책들의 제안 단계부터 로컬 주체들의 의견이 적극적으로 반영되도록 제도와 장치를 만들고, 이 비전들이 실제 구체적으로 행동에 옮겨지는 순간에도 당초의 구상들이 흐트러지지 않도록 공청회나 토론회, 학술심포지움 같은 형태로 시의 정책을 지원하거나 견제하는 것도 로컬 주체의 문화 권리에 속할 것이다.

한편, 지역민이 로컬문화를 주도한다는 명분하에 외부인의 참여를 차단시킨 채, 지역 내의 학연과 지연으로 맺어진 특정인들이 문화를 독점한다면, 이는 폐쇄적 지역주의일 뿐이고 지역 내에서 또다른 중심/주변의 논리를 복제하는 것과 다를 바 없다. 권경우는 문화적 권리의 실현이 정치, 경제적 상황들과 긴밀히 연관되기에, 문화적 권리는 결국 보편적 인권의 차원이라고 적고 있는데,[40] 이는 달리 표현하면, 로컬 및 로컬리티에 대한 인문학적 성찰은 현 상황에 대한 비판적 조명이라 할 수 있는 '사실문제(de facto)'의 규명을 넘어 '권리문제(de jure)'까지 나아갈 수 있어

---

40) 권경우, 『신자유주의 시대의 문화운동』, 로크미디어, 2007, 60쪽.

야 한다는 말로 확대해서 이해해도 무방하지 않을까 싶다. 문화가 권리로 인식되는 순간, 문화는 곧 정치 행위가 되는 것이다.

> 문화정치는 문화의 영역을 협소하게 예술적 생산물로 정의내리거나 정치를 제도적 선거과정으로 단순화하는 것이 아니다. 문화정치는 사람들이 자신들의 일상생활 속에서 의미를 발견하고 창출해가는 모든 영역이 갈등과 힘겨루기의 정치적 권력관계와 관계 맺는 복합적인 과정을 지칭하는 것으로 보다 넓게 정의내리는 것이다.[41]

문화정치는 신자유주의적 세계화에 로컬이 대항하는 방법 중의 하나이다. 세계화가 로컬의 다양한 가치를 균질화하고 몰개성화시키는 쪽으로 몰고 갈 때, 이에 맞서 로컬의 '문화정체성'을 주장하며 문화적 차이를 긍정하고 나아가 그 차이를 수용할 것을 요구하는 것이다. 로컬리티가 장소성(placeness)에 배어 있는 다양한 층위의 관계성이라면, 로컬리티를 대상으로 하는 문화연구는 장소를 지배하는 힘과 더불어 그 장소를 재현해내는 힘의 관계, 장소에서 재현된 표상들 간의 힘의 관계도 관찰 대상으로 삼아야 한다. 그것은 이 힘의 관계에서 곧 주체/객체, 중심/주변, 언표(행위)주체의 역학들이 드러나기 때문이다. "장소의 문화정치는 사회의 권력관계에 의해 장소들이 재현됨과 동시에 그 장소의 재현이 권력관계를 정당화함을 의미한다. 따라서 투쟁의 초점은 재현과정이다."[42]

한편, 문화정치는 로컬의 생태환경에 대한 관심도 소홀히 하지 않는다.

---

41) Angus, I. H. & Jhally, S, *Cultural politics of contemporary America*, 1989; 이무용, 『공간의 문화정치학』, 논형, 2005, 35쪽에서 재인용.

42) Rose, G. The cultural politics of place: local representation and oppositional discourse in two films, *Transaction, Institute of British Geographers*, vol. 19, 46~60쪽; 이무용, 앞의 책, 35쪽에서 재인용.

지역민의 일상이 풍요로워지고 삶의 질이 향상되기 위해서는 환경개선이 절실하기 때문이다. 지역 내의 공단에서 내뿜는 매연과 악취, 대기오염이 그대로 방치되고선 문화권리를 회복했다고 말할 수 없다. 자연친화적인 도심재개발, 강이나 해변을 낀 지역인 경우 친수공간조성, 생태하천 복원 등 생태계의 파괴를 최대한 억제하고 친환경적인 공간조성을 위한 대안적 담론을 제시하는 것 역시 문화연구가 로컬에 기여할 수 있는 부분이다. 로컬리티 연구가 지향해야 할 종착점이 인간이 인간다운 삶을 영위하는 사회와 환경을 실현하는 것이라면, 어메니티(amenity) 운동과 같은 생태환경문제가 문화정치의 주요한 목표 중 하나가 되는 것은 자명하다.

4. 로컬의 권리선언

1990년대 이후 문화연구에서 로컬 및 로컬리티가 주요 이슈가 된 것은 세계의 변화가 원인이기도 하지만, 근대 이데올로기의 산물이었던 국민국가의 역할에 대한 반성도 작용했다. 예컨대 지역이 중심만을 바라보고 거기에 의존할 수밖에 없도록 지배구조를 고착화시키고, 민족, 국가라는 문화적인 재현장치를 통해 지역이나 종족의 차이들을 모두 묻어버렸던 억압적인 이데올로기에 대한 반성이다. 포스트모던 이론은 국민국가의 건설과정에서 억압된 다양한 하위집단들을 주목하고, 민족적 주체에서 배제되거나 소외된 인종, 성, 계급 등을 재인식하고 있다. 현실 사회주의의 몰락이나 이에 따른 한국 정치 현실의 변화에 영향을 받아, 제 학문들과 담론들이 거시 정치, 이념 정치에서 미시적인 일상 속의 문제들로 옮겨갔다. 일상성을 근접한 거리에서 포착하기에는 지역단위의 문화가 연구대상으로 더 부합한다. 국가라는 전체 단위가 아닌, 작은 단위로서 지역을 바라볼 때 종족성, 계급, 여성, 환경, 지역문화, 노동운동 등의 '사소한' 문제들이 시야에 더욱 잘 들어온다.

문화연구에서 로컬리티는 로컬의 문화 및 문화정책, 문화권리가 실현되는, 즉 문화연구가 실천적으로 드러나는 현장성의 또 다른 이름이기도 하다. 글로벌화로 인해 지역과 지역문화가 서로 비슷한 양상을 보이지만, 다른 한쪽에서는 도리어 종족 정체성과 지역문화의 특수성들이 형성되고 강조되는 현실이다. 글로벌 환경 속에서 로컬들은 서로 비슷해지면서도, 다른 쪽에선 자신들만의 특별함을 강조하는 쪽으로 전개된다. 지역적인 것이 세계화이고 또 세계적인 것은 지역적인 것을 창조한다고, 그럼으로써 세계화와 지역화를 상보적인 관계로 보는 시각은 세방화(世方化, glocalization, R. Robertson)라는 단어에 집약되어 있다.[43] 이 과정들에 대한 비판적 기술과 분석은 현재 진행 중인 문화의 재편성이나 여러 문화 간 상호연관성을 보다 더 잘 추적하고 이해하게 해줄 것이다. 문화연구의 입장에서 지역민의 삶과 직결되는 제반 정책을 견제하거나 적극적으로 개입함은 물론, 지역의 정체성을 발견하거나 개발해내고 이를 북돋우는 과정을 통해 지역민들로 하여금 로컬 주체가 되게 하는 것, 또 소홀해진 지역민의 권리를 회복케 하는 것, 이런 목표들을 고려한다면 로컬리티의 문화연구는 곧 로컬인의 정당한 권리 되찾기이고, 로컬의 정체성 회복하기이다.

신자유주의와 세계화라는 드센 파고(波高)는 전 지구적으로 어떤 커다란 계기가 주어지지 않는 한 좀처럼 수그러들지 않을 것이다. 이 파도 속

---

43) 프랑수아 드 베르나르 외, 김창민 외 역, 『세계화 시대의 문화논리』, 한울아카데미, 2005. 86쪽. 글로컬화를 화엄사상인 '일즉다(一卽多) 다즉일(多卽一)'과 비교하면 어떨까? '하나의 형상 속에 다른 많은 형상이 포함되어 있으며, 복잡한 형상일지라도 결국 하나의 형상으로 귀결된다'는 말처럼, 크게 보면 지구촌이 하나의 세계가 되어가지만 그 속에 무수히 많은 로컬리티가 존재하고(혹은 존재함을 인정하고), 각양각색의 로컬리티와 더불어 로컬정체성을 주장하지만 때로는 로컬의 특색을 뛰어넘는 글로벌 문화 역시 존재한다는 세방화(世方化)의 논리라면 서로 비교가 가능하다고 본다.

에서 한국 내의 로컬은 크게는 세계와의 관계 설정, 동아시아 국가들과의 관계 설정, 그리고 좁게는 한국 내에서 중앙과의 관계 설정이라는 삼중고에 처해 로컬의 위상과 정체성을 주장하기가 결코 쉽지는 않을 전망이다. 대외적으로는 지역의 정체성을 모색하고 그것을 관철시킬 과제를, 대내적으로는 다양한 지역구성원들이 풍요로운 삶을 영위할 수 있도록 실천적 문화운동을 전개시켜야 하는 과제를 각각 안고 있다. 문화연구가 로컬에서 맡아야 할 책무가 바로 이 지점이다. 로컬인이 주체가 된 지역문화운동이 활발해지면 문화권리와 문화기회에서 상대적으로 차별을 받았던 지역이 새로운 장소로 부각될 것이고, 나아가 비정상적이고 왜곡된 중심주의를 해소시킬 수 있는 하나의 방안이 될 것이다. 또 지역에 대한 관심과 자긍심은 로컬 정체성의 생성으로 이어질 것이다.

로컬의 현실과 재현의 문제
-전 지구화 국면의 (반)주변부 국가 인도

1. (반)주변부에서 또 다른 (반)주변부 바라보기

아시아 최대의 빈민가라는 인도 뭄바이의 다라비 지역을 배경으로 사회의 최하층 빈민들의 삶과 그곳에 사는 고아 소년의 고난과 성공을 다룬 영국, 인도의 합작 영화 〈슬럼독 밀리어네어〉(Slumdog Millionaire, 2008)가 매스컴에서 크게 이슈가 된 적이 있었다. 이 영화는 2009년 미국 아카데미 시상식에서 8개 부문을 석권한 것을 비롯해 골든글로브 시상식에서 4개 부분, 그 밖에 지난 해 9월 토론토 국제영화제 관객상, 전미비평가협회 작품상 등까지 합하면 각종 영화제에서 받은 상만 무려 88개였다.(참조, 〈경향신문〉, 2009. 5. 20) 혹자는 이 영화가 척박한 빈민가의 삶이라 할지라도 역경 속에서 희망을 놓지 않으면 결국 응분의 보상을 받게 됨을 보여줌으로써 세계의 많은 빈민들에게 꿈과 희망을 주었다고 높이 평가했다. 심지어 할리우드가 '발리우드(Bollywood)'[1]의 진가를 비로

---

1) 봄베이(Bombay, 1995년에 뭄바이로 개칭)와 할리우드(Hollywood)의 합성어. 뭄바이의 자본과 기술력을 바탕으로 성장한 인도의 영화산업을 가리킴.

소 인정하기 시작했다는 성급한 판단들도 눈에 띄었다.

그러나 정작 영화의 배경이었던 인도에서는 영화에 대해 불만을 감추지 않았다. 인도 비하르 주(州)의 파트나(Patna)에서는 빈민가 주민 수백 명이 이 영화의 감독인 영국인 대니 보일(D. Boyle)의 사진을 불태우고, 영화가 상영 중인 극장에 난입해 포스터를 찢는 등 과격 시위를 벌였다. 게다가 영화주제곡을 담당한 작곡가 라만(A. R. Rahman)을 명예훼손죄로 고소하고, 뭄바이를 비롯해 인도 곳곳에서는 영화상영 금지소송이 이어졌다.(참조, 〈조선일보〉, 2009. 2. 24) 앵글로색슨 국가들에서는 〈슬럼독 밀리어네어〉가 인도의 현실을 드러내면서 잔잔한 감동을 준 영화로 마치 빈민가에 활짝 핀 꽃과 같다고 호평하였지만, 당사자인 인도인들은 서구의 영화산업 자본이 인도의 빈민가를 한낱 구경거리로 상품화하였고, 이를 역시 서구 세계의 미디어들이 확산시키고 있다고 분노했다.

이 영화를 둘러싼 세간의 주목과 환호성, 인도에서 벌어진 항의 소동들—그 외 아역배우인 루비나 케레시(9세)를 둘러싼 인신매매 소동, 이스마일(11세)이 무허가 주택 철거로 인해 노숙자로 전락한 사실 등[2]—전체를 두 개의 키워드로 수렴시킨다면, 이는 아마도 '시선의 차이'와 '재현 주체의 싸움'일 것이다. 이 영화의 뒤편에서는 로컬의 '현실'을 놓고 제1세계와 제3세계의 시각들, 좀 더 직접적으로 표현해, 한때의 제국과 식민지였던 주변부의 시각들이 첨예하게 충돌하였다. 분노한 인도인들이 불편해했던 것은 정확히 무엇이었나? 빈부격차와 계급제도, 종교갈등으로 얼룩진 인도의 현실이 내부가 아닌 외부에 비춰졌기 때문일까? 현실의 적나라함은 그대로 은폐되어야 했는지, 주변부의 현실을 말할 수 있는 자는 주변부인 자신들이어야 하는지 등 여기서 재현의 대상과 재현 주체

---

[2] 이와 같은 내용들이 〈조선일보〉 2009. 3. 5, 2009. 4. 21, 〈YTN〉 2009. 5. 16, 〈경향신문〉 2009. 5. 20, 〈연합뉴스〉 2009. 5. 20 등 각종 일간지와 TV뉴스에서 수차례 다뤄졌다.

를 둘러싼 질문들이 생겨
난다.

　인도인들의 불만은 중
심에서 소외된 주변인들
이 이른바 재현(representa
tion) 주체가 아닌 대상(對
象)으로, 혹은 기술(記述)
의 주체가 아닌 대상으로
타자화되고 '소비'되는 현
재의 문화적, 정치적, 경제
적 힘의 관계에 대한 이의
제기가 될 수 있을까? 이
논의는 곧 탈식민주의 담
론의 재현투쟁과 같은 맥
락이다. 로컬로 지칭되는
주변부(periphery)는 대개
자본과 기술, 심지어 주체

〈슬럼독 밀리어네어〉 아역배우 다시 노숙신세.
〈세계일보〉(2009년 12월 31일)

아역배우 루비나의 아버지가 아랍 부호에게 20만 파운드
(약 4억 원)에 딸을 팔려 한 혐의로 경찰에 체포됐다는 기사.
〈The Sun〉(영국, 2009년 4월 20일)

적 자각의식의 부족 등으로 인해 정작 자신들의 현실을 대변/재현하지
못하는 경우가 많다. 이런 열세 속에서 결국 로컬의 현실은 제국으로 대
변되는 제1세계의 시각(카메라)에 의해 관찰의 대상으로 전락된 채 재현
되는 상황이 펼쳐진다.

　여기서 한발 더 나아간다면 과연 무엇이 진정 로컬의 '현실'로 규정될
수 있는지 생각해볼 수 있겠다.[3] 카메라를 쥔 재현 주체는 로컬의 현실

---

3) 현실을 루카치의 리얼리즘론에 기대어 당위적 현실(Sollen-Realität)을 기준으로 삼을 것인
　가, 아니면 왜곡되고 피폐된 있는 그대로의 모습(Sein-Realität)으로 규정할 것인가, 이 문

에서 무엇을 드러내고 무엇을 은폐할 것인지, 또 무엇을 기억하고 무엇을 기억으로부터 추방시킬 것인지를 결정한다. 세계화와 신자유주의 경제체제가 경쟁력이 취약한 주변부 국가와 로컬에 대해 파상공세를 펼치는 현 상황에서, 제3세계의 낙후된 빈민촌을 매개로 그 속에서 휴먼드라마를 보여줌으로써 서구인들의 (자기)비판성을 충족시키는 것이 보는 관점에 따라서는 서구와 제3세계 간의 문화적, 경제적, 정치적 예속 관계를 너무 감상적으로 접근하고 있다는 비난을 면키 어렵다.

본 글을 쓰게 된 최초 동기는 〈슬럼독 밀리어네어〉와 이를 둘러싼 두 문화권 진영의 시각차에서 비롯되었다. 하지만 한 편의 영화로는 제국/식민지의 잔재가 남아 있는, 사회적·경제적으로 열악한 주변부 국가 인도의 현실을 관찰하는 데 충분치 못하다. 1947년까지 약 200년 동안 영국과 인도는 제국과 식민지 관계로 존재했다. 영화를 계기로 드러난 갈등과 시각차는 이 두 진영이—영미(英美)로 대변되는 서구세계 대(對) 인도로 대변되는 주변부의 제3세계—지배/피지배 관계라는 과거를 상기할 때 더욱 선명해진다. 인도는 식민주의 대(對) 탈식민주의, 민족주의의 대립이 선명하게 드러나고, 제국 지배의 편의성이라는 이름 아래 강제적으로 구획한 데서 비롯된 민족/종교 간의 갈등, 문화적 잡종성이 두드러진 곳이다. 게다가 인도는 개발도상국이면서 동시에 제3세계의 모습들을 함께 지니고 있는 아시아 국가로서, 역시 주변부이면서 미국이나 서유럽 국가와 같은 세계의 중심에 편입되고자 하는 (반)주변부인 한국의 상황에 여러모로 시사점이 있을 것으로 보인다.

인도를 통해 세계화와 신자유주의 경제체제에서 국민국가, 그리고 그 하부단위인 로컬이 처한 현실과 대응들을 보되, 로컬이 당면하고 있는 공통의 난제(難題)들—예컨대 GATT 협정 및 FTA 협정을 통한 시장개

제도 로컬을 바라보고 재현하는 방식과 함께 결코 단순치 않다.

방, 다국적 자본에 대한 금융개방, 이로 인한 지역경제의 몰락, 재현투쟁, 하위주체(subaltern), 생태문제 등—이 인도에선 어떤 식으로 표출되고 조정되는지를 살피는 것은 나름대로 의미 있는 작업이라 여겨진다. 다만, 우리처럼 주변부에 속하는 연구자가 또 다른 주변부를 대하는 태도에서 오리엔탈리즘을 재생산하는 모순은 경계해야 할 것이다. 그렇지 않으면 이 글은 반(半)주변부 시각에서 또 다른 주변을 만들어낼 뿐이기 때문이다.

2. 〈슬럼독 밀리어네어〉(2008)와 『Q&A』(2005)

〈슬럼독 밀리어네어〉는 큰 상금이 걸린 퀴즈쇼에 출연한 빈민가 출신의 18세 청년 자말 말릭(J. Malik)의 성공담이다. 뭄바이의 빈민촌에 살며 텔레마케팅 회사에서 차 심부름을 하는 자말은 우연한 기회에 백만장자 퀴즈쇼에 출연하게 되어 예상을 깨고 우승한다. 퀴즈쇼 관계자들은 자말의 부정을 의심하고, 그를 사기죄로 고발한다. 자말은 심문과정에서 자신의 지난 삶을 털어놓으며 그 문제들을 풀 수 있었던 이유를 설명한다. 그의 이야기 속에서 자말과 그의 형 살림(Salim), 자말이 사랑한 라티카 (Latika)의 '개(slumdog)' 같은 삶이 적나라하게 드러나고, 또 그 속에 퀴즈의 정답도 들어 있었다. 자말이 가진 지식은 학교에서 배운 지식이 아니라, 치열한 삶의 현장에서 몸으로 터득한 지식이다.

이 영화는 비카스 스와루프(V. Swarup)가 2005년에 쓴 소설 『Q&A』를 원작으로 한다. 정작 이 소설이 출간되었을 때는 큰 반향이 없었지만, 이것이 영화화되고 세계의 주요 영화제에서 각광을 받기 시작하자 다시 주목을 받게 되었다. 이 소설이 지닌 사회비판적인 요소들은 종교갈등, 계급갈등, 빈부갈등의 세 영역으로 분류될 수 있다. 첫째, 종교갈등의 측면이다. 힌두, 이슬람, 카톨릭 세 종교가 '잡탕'으로 섞인 주인공의 이름 람

모하마드 토머스는 인도가 종교적으로나 민족적으로 평온치 않음을 단적으로 보여준다.

> 람 모하마드 토머스…… 뭔 놈의 이름이 이래? 온갖 종교를 뒤섞어놓았
> 군." (…) 이런 말은 처음 듣는 것도 아니었다. 그런 욕이야 그냥 흘려보
> 냈다. 하도 많이 들어서 귀에 딱지가 앉을 지경이었으니까.(12쪽)

종교 간 갈등은 사소한 빌미만 생겨도 쉽게 인종 간 분쟁으로 비화되
곤 했다. 전후 사정을 불문하고 흥분한 힌두교도들은 칼과 곡괭이로 무
장하고 이슬람교도들의 집을 습격하며 사람들을 불살라 죽이지만, 치안
력은 그곳까지 미치지 못한다. 살림 역시 가족이 몰살되는 와중에 구사일
생으로 살아난 경우이다.

두 번째는 계급 간 차별이다. 카스트제도가 사문화되었다곤 하지만, 아
직도 사회 곳곳에 브라만, 크샤트리아, 바이샤, 수드라, 달리트(=불가촉
천민)로 분류되는 계급제도의 흔적들이 남아 영향을 끼치고 있다. 작품
속에서도 카스트의 잔존을 곳곳에서 확인할 수 있다. 타지마할의 '스와
프나 팰리스'란 저택은 브라만인 스와프나 데비 공주의 소유이다. 그녀는
여전히 계급의식에 사로잡혀 있고, 시동생과 밀애(密愛)를 통해 나은 아
이 샹카르를 버렸다. 샹카르는 세상의 누구도 알아선 안 되는 이 비밀을
가슴에 품은 채 정신적 압박감으로 말을 잃은 자폐아가 되어버린다. 샹
카르가 광견병에 걸린 개에게 물려 신열에 시달리며 죽음을 앞두고 있지
만, 친모인 스와프나 데비는 모자(母子)관계를 인정하지 않으며, 끝내 죽
게 내버려둔다.(398쪽 이하)

세 번째는 빈부격차이다. 고아들을 데려다 장애인으로 만들어 앵벌이
를 시키면서도 대외적으로는 버려진 아이들을 거두어 직업훈련을 시켜

주는 사회사업가 행세를 하는 마만 일당(132쪽 이하)이 있는가 하면, 아이들에 대한 어른들의 성폭행, 성추행은 빈민촌에서는 오히려 일상이었다. 소년원에서 관리인이 사내아이들을 상대로 벌이는 성추행이나(119쪽), 빈민집단주택단지의 계집애들이 친부로부터 성폭행을 당하는 일들은(102쪽) 화젯거리도 되지 못하였다.

> 마누라를 때리고 딸을 강간하는 것은 뭄바이 집단주택 단지에서 흔히 있는 일이야. 그렇다고 말리는 사람은 아무도 없어. 우리 인도 사람은 주변의 고통과 불행을 보면서도 아무런 영향을 받지 않는 고매한 능력을 갖고 있단 말이다. 그러니까 뭄바이 사람답게 눈을 감고 귀를 막아라.(103쪽)

이 소설에서는 인도 하층민들의 비루한 실상이 적나라하게 기술되는데, 특히 사회와 어른들로부터 방치되고 방기된 아이들의 세계가 그 중심에 있다. 굶주림과 아픈 마음을 잊고자, 엄마 얼굴을 보기 위해 본드 환각에 빠진 아이(141쪽 이하), 배가 고파 저녁마다 피자헛 매장의 쓰레기통을 뒤지는 아이들(340쪽), 그리고 실림의 경우처럼 꽉 막힌 현실의 탈출구로서 비현실적인 영화의 세계에 집착하는 일 등이 그 예이다.(113쪽)

『Q&A』가 내용면에서 현재 인도의 실상을 가감 없이 기술하고 있다면, 영화에서는 소설에 비해 내부의 불편함들이 상당 부분 감소된 채 자말과 라티카의 사랑이야기가 전면에 부각된 감이 없잖아 있다. 그럼에도 불구하고 문제가 된 것은 영화였다. 소설 속에서도 인도의 수치심은 충분히 드러나 있다. 도시 빈민들이 모여 사는 집단주택단지는 인간다운 삶이 허락되지 않는 곳으로 묘사되어 있다.

우리는 짐승처럼 살다가 벌레처럼 죽어갔다. 전국에서 몰려든 가난에 찌든 사람들이 아시아에서 가장 큰 빈민가에서 한 줌의 하늘이라도 더 차지하려고 끊임없이 다투었다. (…) 그들은 부자가 되려는 꿈을 안고 (…) 황금의 도시 뭄바이로 찾아왔다. 그러나 그 황금은 납으로 변한 지 오래였다. 가슴이 멍들고 병들대로 병든 낙오자만 남아 있을 따름이다. (…) 뭄바이에서 다라비는 도시의 심장부에 암덩어리처럼 자리 잡고 있다.(195쪽 이하)

생존 그 자체가 불법이고 센서스 조사에서조차 제외되는 도시 빈민들(156쪽), 이런 문제는 소설 속에서 더 심각하게 다루어졌다. 이리 보면 인도인들은 어쩌면 인도 사회의 부조리와 치부를 드러낸 것 그 자체를 문제 삼았다기보다, 이것이 외부인의 시선을 통해 기술된다는 점을 불편해했을 것이다. 이들은 스스로가 영화(=재현)의 주체로서가 아닌, 서구의 영화산업자본과 미디어산업에 의해 상품화(=대상화)된 것으로, 그래서 같은 빈민가 묘사일지라도 서구인의 것에는 진정성이 결여되어 있다고 생각했는지 모른다. 다시 말하자면, 정작 인도의 현실의 주체이면서도 스스로가 재현의 주체임을 관철시키지 못하고, 서구인의 의해 그들의 기준대로 재현되어질 수밖에 없는 현실의 힘의 관계에 동의하지 못한 것일 수 있다.[4]

3. 재현하는 타자, 재현되는 주체

〈슬럼독 밀리어네어〉를 둘러싼 영국과 인도의 갈등의 핵심은 영국으로

---

[4] 이런 점에서 역시 비슷한 방식으로 인도 캘커타의 빈민촌을 배경으로 한 롤랑 조폐 감독의 영화 〈씨티 오브 조이〉(City of Joy, 1992)와는 비교가 된다.

대변되는 서구세계, 제국 대(對) 인도로 대변되는 제3세계, 주변부 간의 재현싸움으로 볼 수 있다. 이질적인 문화들이 최전선에서 만나 부딪히고 섞이기를 거듭하며 문화의 우월을 가리는 갈등 속에서, 문화는 고전적 의미의 교양으로서 가치중립지대에 머물러 있기엔 너무 많은 정치적 관계들을 함의하고 있다. 홀(S. Hall)의 진단처럼, 문화영역에서 지배/피지배, 소유/비소유, 중심/주변과 같은 위계질서와 역학관계가 관철되고 있는 것이다. 홀은 "문화의 문제는 단연코 정치적인 문제"[5]라며 문화를 투쟁의 장소로 규정하고, 문화는 사회적 행위와 중재가 일어나는 장소로 이곳에선 권력관계가 안정적으로 확립되어 있으면서 동시에 그 위계질서를 뒤흔들고자 하는 움직임이 있다고 말한다. 강내희의 지적 역시 홀의 견해의 연장선에 있는 것으로 보인다.

> 문화의 장(場)에서 (이데올로기와 국가 개념은) 한편으로는 지배적 '현실효과'를 만들어내려는 세력과 그와는 다른 '현실효과'를 만들고자 하는 세력의 대치를 전제한다. 그동안 문화에 국가주의가 관철되어 왔다는 사실은 근대 사회에 들어와서 문화의 주된 관리자가 국가였음을 말해준다. 국가가 사회적 상황, 사태에 대한 공식인 의미를 주조하고 관리하는 힘을 가졌던 것이다.[6]

'재현'은 맑스에게서 시작되어, 푸코와 들뢰즈, 스피박, 그리고 홀에 이르기까지 지속적으로 문화와 시대에 따른 맥락화를 거치면서 주체/타자 간의 관계 설정 및 종족 정체성 확립과 연관지어 중요한 키워드로 자리

---

5) Stuart Hall, *Subjects in history: making diasporic identities*, 1997; 제임스 프록터, 손유경 역, 『지금 스튜어트 홀』, 2006, 앨피, 23쪽에서 재인용.
6) 강내희, 『한국의 문화변동과 문화정치』, 문화과학사, 2003, 153쪽.

잡았다. 사이드(E. Said)가 서구의 정전화된 고전들을 읽으며 불편함을 느꼈던 지점들 역시 비서구의 사회와 문화가 오리엔탈리즘의 시선으로 재현된 그곳이다.

인도를 배경으로 한 조셉 키플링의 『정글북』(1894~1895), 『킴』(1901)은 영국 제국주의에 대한 찬양을 통해 모든 영국인, 더 넓게는 모든 백인이 미개한 세계의 야만적인 원주민들에게 유럽 문명을 전파해야 한다는 사명감을 설파하고 있다. 프랜시스 버넷의 『소공녀』(1903, 1905)에서 새러(Sara)의 부모가 식민지 인도에서 갑작스레 죽게 되어 새러가 졸지에 고아가 되는 줄거리 설정에서 인도가 더럽고 음침하며, 비위생적이라든지, 아시아는 질병과 전염병의 온상지라는 사고가 근저에 깔려있음을 고려한다면 이 서구의 고전들이 비서구인들에게도 동일한 감동으로 다가올 수는 없는 것이다. 1930~50년대 작품이지만 수년 전 영화를 통해 널리 알려진 톨킨(Tolkien)의 『반지의 제왕』(The Lord of the rings) 시리즈는 어떠한가? 절대반지를 둘러싼 싸움에서 선한 세력으로 표상되는 백인 코카서스 인종들과(호빗, 아라곤, 로한족, 요정 등) 악의 세력으로 표상되는 오크족들, 맘모스를 탄 군대(코끼리 탄 인도군), 찢어진 눈에 뭉툭한 윤곽의 아시안 인종(뉴질랜드 원주민들)과의 전투, 그리스도교적 세계관과 악의 세력의 대립구조 등에서 아시아의 반(半)주변부 사람들은 악의 세력의 범주로 분류되고 있는 건 아닐까?

스피박이 던진 유명한 질문 '하위주체가 말할 수 있는가?'[7]는 곧 '하위

---

7) Gayatri Chakravorty Spivak, Can the Subaltern Speak?, Patrick Williams/ Laura Chrisman (ed.), *Colonial Discourse and Post-Colonial Theory*, Columbia University Press, New York, 1994, 66~111쪽. 스피박은 이 글의 끝 단락에서 '하위주체는 말할 수 없다'고 말하지만, (그래서 그녀의 의도를 이해하는 데 논란을 불러일으키지만) 훗날 이 문장을 두고 '도움이 되지 않는 표기(inadvisable remark)'였다고 스스로 수정하고 있다.(Spivak, *A Critique of Postcolonial Reason, Towards a History of the Vanishing Present*, 1999, 308쪽)

주체는 스스로를 재현할 수 있는가?'라는 질문과 마찬가지다. 여기서 '하위주체(subaltern)'는 엘리트 지배계급이나 제국, 혹은 중심과 대척점에 놓인 부류의 사람들, 예컨대 가난한 노동자, 하층민, 흑인, 여성, 주변부 및 제3세계의 민중 등을 총칭하는 개념으로까지 나아갔다. 스피박은 「하위주체가 말할 수 있는가?」에서 제3세계의 주체가 서구 담론 안에서 재현되는 방식을 문제 삼는데, 특히 근원적으로 '유럽중심주의를 재생산할 뿐인 무책임한 지식인들'(스피박)인 푸코와 들뢰즈의 수사적인 논리를 비판한다.

〈서발턴 연구집단〉(South Asian Subaltern Studies Group)이 사용한 '서발턴' 용어는 그람시(A. Gramsci)의 『옥중수기』(1929~1935)에서 비롯되었다. 이 글에서 그는 '어떤 지배계급에도 속하지 않고, 정치적으로 조직화되어 있지 않으며, 일반적인 계급의식을 지니지 않은 자들'을 서발턴이라 규정했다. 서발턴 연구자들은 서발턴에게서 혁명을 수행할 수 있는 잠재력을 발견했고, 이를 역사적, 사회적, 경제적 관점에서 맥락화시키며 계속 발전시켜나갔다. 이들 연구자들은 1930년대 이탈리아의 농촌의 하위계급이 식민지 해방 직후의 인도의 농촌의 하층민 및 노동자계급과 유사하다고 보았다. 하위주체들은 인도의 독립 이후에도 여전히 억압받고 주변의 존재로 여겨졌다. 서발턴 연구자들은 역사의 빈 틈새가 인도의 독립운동에 대한 역사기술의 위기로 평가하고, 서발턴에 대한 계속적인 무시는 곧 제국주의적인 획책의 지속이라고 본다. 이들은 민족해방투쟁의 기술에서 역사의 '주인공들' 대신, 주변 인물들에 포커스를 두고 또 투쟁의 장소를 다변화시킴으로써 기존의 역사 기술을 대체하는 이른바 '반(反)역사(writing in reverse)'(R. Guha)를 제시했다.

재현에 대한 스피박의 분석은 『권력과 지식』(Power/Knowledge, 1972~1977)에 나타난 푸코와 들뢰즈의 오해를 지적하는 것에서 시작된다.

> 푸코는 종종 '개인(individual)'과 '주체(subject)'를 혼동한다. (…) 푸코는
> 생산의 사회적 관계들을 재생산하는 이데올로기의 역할을 부인함으로
> 써, 또 다른 추론을 만든다. 즉 아무런 비판의식 없이, 억압받는 사람들
> 을 주체로 (…) 평가하는 것이다. 푸코는 게다가 "대중은 완벽할 정도로
> 명확히 잘 알고 있다고, (…) 그들은 (지식인들보다) 훨씬 더 잘 알고 있
> 으며, 그것을 아주 잘 말한다"고 덧붙인다. (…) 이러한 재현주의자의 리
> 얼리즘은 "현실이란 공장과 학교, 병원, 감옥, 경찰서에서 실제로 일어나
> 는 일"이라 말하는 들뢰즈에 이르러 한계에 봉착한다. 헤게모니에 맞설
> 이데올로기를 생산해야만 하는 어려운 과제의 필요성을 이런 식으로 앞
> 세우는 것은 그리 환영할 바가 못 된다. (…) 지식인의 역사적 역할에 아
> 무런 비판 의식 없이, 억압받는 사람들의 구체적인 경험을 가치 있다고
> 여기는 태도 그 내부에 있는 모순을 인식조차 못한 채, 말장난이 계속되
> 고 있다.(Spivak, Can the Subaltern Speak?, 69쪽)

스피박은 서구 지식인들이 대중은 스스로를 대변할 수 있다고 주장하
며 대중의 잠재력을 평가하지만, 정작 그 이면에는 자신들의 권력을 감
추고자 하는 의도가 숨겨져 있다고 비판한다.[8] 정치적인 재현의 역사적/
구조적인 조건들을 제시한다고 해서, 이것이 하위주체의 이해관계가 인

---

8) Maria Do Mar Castro Varela/Nikita Dhawan, *Postkoloniale Theorie*, Bielefeld, 2005, 70쪽 참
  조. 스피박은 식민주의적 담론을 반(反)식민주의 혹은 탈식민주의적 저항과 동질화시키
  려는 움직임에 저항하지만, 그녀 역시 비판을 받는다. 탈식민주의 비판가인 닐 라자루
  스(N. Lazarus)는 스피박이 식민주의의 엘리트 담론 속에서 억압받은 그룹들의 비재현
  (Nonrepresentation)을 이론화시키는 데 더 관심이 있지, [그리고 탈식민주의적인 저항담론
  으로서 '문학텍스트 오독(誤讀, mistaken reading)'을 중시하고] 행동하는 '민중'의 힘을 관
  찰하는 일에는 소홀하다고 비판한다.

정된 것으로 또 그들의 목소리가 받아들여진 것으로 볼 수 없다는 것이다. 스피박이 볼 때, 푸코와 들뢰즈가 "제국주의의 에피스테메적 폭력 (episthemic violence of imperialism)"(Spivak: 84)을 저지르는 것은 이들의 담론이 근본적으로 유럽중심주의라는 틀을 넘지 못하기 때문이라 본다. 푸코나 들뢰즈가 선호하는 미시정치는 로컬의 저항운동에 집중할 수는 있어도, 거시정치적인 갈등의 진영들을—예컨대 글로벌화된 자본주의와 국민국가들 간의 연합을 통해 야기되는 갈등들을—고려하지 않은 데서 가능한 것이다.

푸코는 이데올로기를 고려치 않고 하위주체들 역시 고전적-인문적 주체로서 구성될 수 있다고 보기에 대중은 자신들을 대변할 수 있는 것이며, 자신들의 상황을 인식하기 위해 지식인들을 필요로 하지 않는다. 보다 중요한 것은 권력체계가 이들 대중의 담론을 금지하고 무가치한 것으로 평가한다는 것이다. 지식인들이 기존의 권력구성의 일부분이므로, 그들의 과제는 자신들을 권력의 대상과 도구로 변형시키는 권력의 형태에 맞서 싸우는 것이라고 본다. 푸코나 들뢰즈는, 스피박에 따르면, 권리를 빼앗긴 자들/억압받는 자들에 대해 지식인들이 지녀야 할 책무를 포기하고 대신 그저 '유토피아적 정치'만을 추구하는 오류를 저지르고 있다.

스피박은 맑스에 근거해 재현을 두 가지로 나누어 관찰하고 있다. 하나는 국가와 정치 영역에서 사용되는, 예컨대 대의민주주의와 같은 대표 (Vertretung)의 의미로서 재현(sprechen für)이고, 다른 하나는 예술과 철학 영역에서 사용하는 묘사(Darstellung)의 의미인 재현(sprechen von)이다. 그런데 스피박이 볼 때 푸코와 들뢰즈는 이 두 개념을 모호하게 혼동해 사용한다는 것이다.

바로 이 점이(소작농들의 이익을 대변한다는 의미의 'representation'은

'darstellen'이 아님-필자) 푸코와 들뢰즈가 슬쩍 넘어가버리는 대조를,
즉 대리/대리인과 묘사 사이의 대조를 명확하게 해준다. (…) 이 둘은 연
관돼 있고 함께 혼동되어 사용되는데, 특히 이 둘을 모두 넘어서는 곳에
서 억압받는 주체들이 스스로 말하고 행동하며 안다고 말할 때 더욱 그
러하다. 이는 본질주의적이고 유토피아적인 정치로 이끈다.(Spivak: 71)

4. 민족(Ethnic) 담론과 문화투쟁

재현의 주도권을 쥐는 싸움은 문화 간의 싸움이다. 재현이 특정 민족
(성)의 형성 및 문화의 관철과 연관되고, 재현의 주체가 누가 되느냐의
문제가 곧 민족 및 문화담론을 지배할 자와 타자로 진영을 양분하는 일
이기에 재현은 문화연구에서 매우 중요하다. 홀은 「새로운 민족성들」
(New ethnicities, 1988)[9]에서 특정 민족(성)과 문화의 형성과정, 재현의
방식과 재현 투쟁, 즉 재현의 정치학을 기술함으로써 주변부로서 제3세
계 문화의 위치와 재현투쟁을 분석하는데 중요한 시각을 제공한다. 홀은
이 글에서 재현을 스피박처럼 예술적 묘사과정에 속하는 재현(darstellen)
과, 위임의 한 형식으로서의 재현(vertreten; 흑인 공동체 전체를 대신하여
'대표자'로서 발화하는 일)으로 구분하고, 이들 간의 긴장 관계를 탐색하
고 있다.

홀은 인종이 생물학적 차이에 기인하는 데 비해, 민족(성)은 가시적
이거나 자연적인 것이 아닌, 사회적 혹은 문화적 차이를 기술하는 용
어로 본다. 그에게 민족성은 반(反)본질주의적 개념으로, 여기서 차이
(difference)란 생물학적/인종적 표지가 아닌 문화적 구성물이다.

---

9) Stuart Hall, Neue Ethnizitäten, *Rassismus und kulturellen Identität*, Hamburg 1994, 15~26쪽.

민족성이라는 용어는, 모든 담론은 배치되고 위치지어지고 놓여지는 것이며, 모든 지식은 문맥의존적이라는 사실, 그리고 주체성의 구성에서 역사, 언어, 문화의 공간을 인정한다.[10]

다시 말해, 영국에서 흑인문화가 주변적이며 열등하게 나타난 것은 미디어와 같은 제도가 선택 또는 '표준화한' 재현의 양식을 통해 주변적이고 열등한 것으로 조성된 결과인 셈이다. 이러한 재현 속에서 흑인의 경험은 부재하고, 설령 있다 하더라도 정형화된 모습으로 비칠 뿐이다. 여기서 흑인은 재현 주체가 아닌 재현 대상으로 존재한다. 흑인의 정체성에 대해 백인 주류는 흑인을 백인 주도의 예술적·문화적 담론에서 타자, 즉 말이 없고 보이지 않는 타자로 규정하게 된다. 재현 담론은 이제 재현을 모방으로, 즉 '있는 그대로를 이야기'하는 소극적 태도에서 재현을 바라보는 '시선'을 적극적으로 문제 삼고, 지금까지의 재현의 구성에서 타자라는 이유로 결락된 내용들을 재현의 구성요소에 진입시키는, 그럼으로써 자신을 드러내는 단계로 이동하고 있다. 이것이 홀이 말하는 재현의 정치학이다.

"전통적인 정체성 징치는, 모든 타자들의 배제를 통해 공동전선을 취하는 특정 공동체에 대한 절대적이고 완전한 헌신 및 그것과의 동일시로 규정"된다는 홀의 지적처럼, 타자성의 설정은 대개 '우리'의 정체성을 선명히 하기 위함이다.[11] 홀이 생각하는, 재현 주체가 되기 위한 투쟁방식은 두 가지이다. 첫째는, "본질적으로 구악인 백인 주체 대신 본질적으로 선량한 흑인 주체를 상정하여"(NE: 444) 대립적 차이를 전복시키는 일이

---

10) 제임스 프록터, 손유경 역, 『지금 스튜어트 홀』, 앨피, 2006, 225쪽.

11) 한 사회의 구성원들이 여러 갈래로 분열되면 될수록 사회적 결속을 위해 타자를 만들어내는 경향이 강해진다. 참조, Nora Räthzel, *Gegenbilder-Nationale Identität durch Konstruktion des Anderen*, Opladen 1997, 257쪽.

다. 이는 '그들은 다 똑같다'라는 인종주의적인 섣부른 규정짓기를 따라 하면서, '그들'/'우리'라는 이분법적인 인종주의 논리에 맞서는 것이다.[12] 둘째는, 외부에서 흑인 하면 떠올리는 통일된 상(像)에 균열을 내는 일이다. 흑인 내부에서도 내적 차이들을 강조함으로써, "모든 흑인은 어떠하다"라는 개념이 허구일 뿐임을 드러내는 것이다. 이는 인종주의가 구성의 과정을 거친 재현에 토대하고 있고, 거기에 어떤 입장/이데올로기가 개입되었는지를 폭로 및 해체하는 작업이다. 나아가 우리 앞에 펼쳐진 많은 다큐멘터리, 영화, 문학작품에서 (서구의 시선으로 걸러진) 흑인(성), 동양(성), 제3세계(성) 등으로 고착된 것들이 특정한 맥락에서 발생했음에도 불구하고, 이를 마치 이 범주하에 있는 모두를 수렴/대변할 수 있다고 간주하는 지배적인 서구 담론의 폭력적인 보편화를 폭로하는 일이다.[13] 홀이 '흑인다움'의 범주가 구성된 산물임을 폭로하는 것처럼, 아시아의 많은 국가들을 '아시아적'이라는 하나의 범주로 묶기에는 너무나 많은 다양성이 존재하고, 이 중 특정 국가나 지역, 특정 현상을 주변부 또는 제3세계로 분류하기가 단순하지 않음은 자명한 일이다.

5. 전 지구화와 신자유주의 경제체제하의 인도

인도에서 전 지구화에 대한 공개적인 논의의 시작은 1991년 출범한 나라싱하 라우(Narasimha Rao) 정부가 추진한 인도 경제개혁정책, 이른바 '신경제정책(New Economic Policy)'에서 비롯된다. 인도는 세계 질서로

---

12) 에메 세제르(A. Césaire), 레오폴드 생고르(L. S. Sengor) 등이 중심이 된, 아프리카 식민지 국가들의 지식인들이 전개한 탈식민주의 담론 '네그리튀드(Négritude)'를 참조하라.(참조, P. Childs/P. Williams, *An Introduction to Post-Colonial Theory*, 김문환 역, 『탈식민주의 이론』, 문예출판사, 2004, 91쪽)

13) 제임스 프록터, 앞의 책, 237쪽.

진입하는 과정에서 다른 비서구권 국가에서와 마찬가지로 (신)자유주의, 민영화, GATT 협정, 그리고 특히 '둥켈 초안(Dunkel Draft)'의 수용 여부에 대해 격렬한 토론이 있었다. '둥켈 초안'이란 당시 GATT 사무총장인 둥켈(A. Dunkel)이 내놓은 중재안으로, 미국과 인도가 GATT의 '우루과이 협정'에 거부하자 이를 중재한 '둥켈 초안'이 통과되어 WTO의 근간이 되었다. 그 밖에 인도가 당면한 현실의 문제점들로 힌두교도와 이슬람교도 간의 종교 갈등(Mandir),[14] 낙후된 카스트들에 대한 처우개선 및 이들의 지위를 향상시키는 정책(Mandal)[15] 등이 당시 핵심 이슈였다. 인도인들 역시 전 지구적 질서의 재편 과정에서 비롯된 상황들, 예컨대 세계은행(IBRD), 국제통화기금(IMF), 그 외 다국적 기업들의 활동이 전면에 등장한 것에 대해선 제국주의 세력의 개입을 비판했지만, 결국은 '전 지구화'라는 용어가 보편성을 얻으며, '신식민주의(neocolonialism)'라는 이념적인 용어를 밀어내기에 이른다.[16]

전 지구화에 대한 가장 단순한 정의가 "상품과 아이디어, 자본, 인간이

---

14) 힌두 민족주의의 부상의 계기가 된 만디르는 인도 독립 이후 잠재되어 있던 힌두교도들과 무슬림 간의 종교 갈등을 야기하면서 정치 영역에 대한 종교의 영향력을 강화시키는 계기를 마련하였다. 만디르는 힌두교도들의 성시 중 하나인 아요디아(Ayodhya)시에 있는 바브리 이슬람사원(Babri Masjid)을 힌두교도들이 신성시하는 왕인 람(Raja Ram)을 기리는 힌두사원으로 재건립하려는 운동으로, 〈인도인민당〉(Bharatiya Janata Party)이 표방하는 힌두 근본주의와 밀접한 관련이 있다.(참조, 고경희, 「인도의 사회균열과 정당체계」, 『한국정치학회보』 제35집, 한국정치학회, 2002, 317~335, 326쪽)

15) 만달이란 낙후된 카스트들의 정치적 위상 신장과 관련된 정책이다. 만달 정책으로 인해 인도 정치에 카스트 갈등이 본격적으로 표출된다. 1979년 〈자나따당〉 정권은 카스트들의 사회적, 정치적 지위신장을 위해 만달(Mandal)을 위원장으로 한 정부위원회를 구성하여, 카스트들의 지위향상을 위한 정책방안을 내놓게 한다. 이 보고서의 주요 내용은 인도 인구의 약 53%를 차지하고 있는 낙후된 카스트에게 정부 관직을 비롯해, 고등교육기관의 입학 및 정부산하기관의 일자리 27%를 할당할 것을 제안하는 것이다.(참조, 고경희, 앞의 논문, 324~325쪽)

16) Gail Omvedt, Die Globalisierungsdebatte in Indien, Rainer Teztlaff (Hg.), *Weltkulturen unter Globalisierungsdruck,* 2000, 174쪽.

국경을 초월해 세계를 이동하는 게 뚜렷해지는 현상"이고, 이 현상이 기술의 진보에 의해 조종되고 가속화된다고 본다면, 이 개념은 적어도 적잖은 지식인들 사이에서는 여전히 부정적인 뉘앙스를 풍긴다. 전 지구화는 곧 국제적인 헤게모니를 갖는 자본주의의 또다른 이름이 되기 때문이다. 인도, 한국 같이 세계화를 요구받는 (반)주변부 국가들이 전 지구화를 바라보는 회의적인 시각은 다음과 같이 크게 네 가지로 유형화해볼 수 있다.

첫째, 글로벌화는 외부의 강요에 의해 진행되었다는 시각이다. 특히 세계은행이나 국제통화기금(IMF) 같은 기구는 세계 제국주의의 첨병으로 간주되고 있다. 글로벌화는 제3세계 지역에서처럼 그 영향력이 닿는 곳마다 구조조정을 관철시키거나, 아니면 사회주의 국가들의 버팀목이 사라지고 미국이 유일의 초강대국으로 남은 현 세계 체제에서 사회주의적인 시스템을 포기하도록 종용한다. 이런 점에서 글로벌화는 신식민주의의 양상을 띠는 측면이 확실히 있다. 이 상황을 인도에 적용시키면 세계은행, IMF 등은 나라의 독립성과 자주성을 위협하는 일종의 '동인도 회사'가 되는 셈이다. 신자유주의 경제체제하의 세계질서 재편성은 국지적인 민족국가들의 삶에, 즉 정치와 경제, 심지어 문화에까지 영향을 끼쳤다. 그런데 지난 2008년 9월에 미국에서 시작되어 반 년 이상 세계를 불안케 한 금융 및 경제위기는 미국식 신자유주의 한계를 보였다. 〈리먼 브라더스〉의 파산을 시작으로 GM, Ford 등 자동차 산업의 빅3를 비롯해 CITY BANK, AIG 보험회사 등 재무구조의 건전성을 아무도 의심치 않았던 미국의 간판기업들이 방만한 경영으로 하나둘씩 무너지거나 위기를 겪었다. 신자유주의의 전도사를 자청했던 경제이론가들은 미국의 경제위기에 직면해 아무런 의견을 내놓지 못하고 숨죽이고 있었을 뿐이다. 미국의 금융위기를 경험한 지금 신자유주의의 무한경쟁체제의 한계와 문제점을 지적하고, 어떤 식의 경제체제가 제1세계만이 아니라, 제3세계의 인간들의 삶에도 더 나은 것인지, 전 지구화/신자유주의에 대한 반성적 성찰이 있어야 할 것이다.

둘째, 전 지구화는 1960~70년대의 종속이론처럼 주변부 국가로 하여금 미국을 비롯한 서구유럽국가에 더욱 종속되도록 만들 것이고, 다수의 국민을 빈곤으로 내몰며, 물가상승과 불안정을 유발해 결국 국민국가의 자립도를 약화시키리라는 견해다. 인구의 다수가 차상위계층으로 전락하는 경우도 뚜렷해질 것이다. 신자유주의 경제체제는 주변부 국가(로컬)의 산업기반을 송두리째 파괴함으로써 노동인구들은 생존 기반을 잃고 고향을 등질 수밖에 없다는 점이 꿈을 찾아 '기회의 땅(Dreamland)'으로 떠났던 20세기 초반의 이주와는 엄연히 다르다. 그렇다고 이주노동자들이 풍요로운 삶을 영위하는 것은 아니다. 이들의 이주는 정착한 국가에서의 경제활동에서 저임금의 하부구조로 편입됨으로써 생산의 중요한 축이 되긴 해도, 현대판 쿨리(Coolie)가 될 가능성이 높다. 게다가 그들이 떠난 고향땅은 청년노동인구가 줄어듦으로써 산업기반이 무너지고 더욱 빈곤의 수렁으로 빠지게 된다. 이는 인도의 좌파 경제학자 미트라(A. Mitra)의 지적이다.

이들은(빈곤 국가들; 필자) 자유로운 시장경제가 목가(牧歌)적인 평온의 상태라 믿으며 글로벌 체제를 수용한다. 이제 투기와 자본 조작을 일삼는 전문가들이 모니터에 등장한다. 이들은 경제의 다방면에 걸쳐 포획 사냥을 나선다. 해당 국가의 은행시스템과 증권가, 그 밖의 여타의 기관들을 마음대로 통제한다. 그러다 적절한 시기가 오면 외국의 금융 권력들은 갑자기 빠져나가 버린다.[17]

---

17) Ashok Mitra, We can still escape the fate that has struck the erstwhile Asian Tigers, *Rediff on*

셋째로, 전 지구화는 정치적으로 국민국가를 상당 부분 약화시키는 면이 있다. 피식민상태를 겪었던 국가들이—가령 영국으로부터 독립한 인도처럼—글로벌 체제 속에서 다시 국가의 독립성을 훼손당할 수 있다는 것이다. 그러나 삶의 공간을 국가단위로만 한정시켜 보지 않는다면, 전 지구화가 오히려 지역의 가능성을 발현할 수 있는 기회가 된다고 보는 시각도 있다. 국민국가체제에서는 정치, 경제, 문화 등이 중앙으로 집중되는 부작용을 보이지만, 국가 간 경계나 느슨해진 세계 구도에서는 지역(로컬) 단위의 특화가 더 중요해질 거라는 입장이다. 국민국가의 해체에 대한 불안감은 로컬이 아직 경쟁력을 가진 단계에 이르지 못한 국가일수록 더욱 강하게 나타날 것이다. 해당 국가의 민주화, 경제 발전 정도, 도시자생력 등에 따라 여기에 대한 판단과 이해관계가 다를 수밖에 없을 것이다.

초국가적 공간의 출현을 강조한 아파두라이는 전 지구화 흐름 속에서 국가 단위의 정체성은 약해질지라도, 기존의 국가를 구성했던 하부단위인 지역의 정체성마저도 초토화되지는 않음을 강조하고, 홀은 전 지구화가 민족의 정체성을 약화시킨 나머지 마침내 지역 간 차이를 균질화시킬 것이라는 두려움은 기우에 불과하다고 말한다.

여태껏 문화적 재현의 주요한 형식들로부터 배제되었고, 중심에서 멀리 떨어져서 또는 하위주체로서 겨우 존재할 수 있었던 주변부적 주체들과 젠더들, 종족들, 지역 및 공동체들이 새롭게 부상했고, 자신들만의 아주 주변화된 방식을 통해 처음으로 스스로를 대변할 수 있는 수단들을 쟁

the Net, January 18. 1998.

취하였다.[18]

　넷째로, 전 지구화를 반대하는 중요한 논리 중의 하나가 생태문제이다. 생태문제야말로 그 효력이 미치는 범위를 볼 때, 전 지구적인 맥락에서 인식되어야 한다. 예컨대, 특정 지역에서 발생한 대기오염, 수질오염, 또는 방사능 낙진이 국경을 넘어 다른 나라의 대기 위를 떠돌아다니는 것을 막을 방도가 없다.[19] 이처럼 우리 모두가 하나의 지구에서 사는 공동 운명체라는 인식에서 생태정치(Biopolicy)는 출발한다. 인도의 에코페미니스트인 반다나 시바(V. Shiva)는 전 지구화를 '북반부가 남반구의 생물자원을 비롯해 그 밖의 자원들에 대해 가하는 지속적인 공격'[20]으로 여긴다. 그녀의 일련의 저서들『물 전쟁』(Water Wars, 2001), 『생태약탈』(Biopiracy, 1997)에서 밝히고 있듯이 전 지구화는 곧 〈무역 관련 지적재산권협정〉(Agreement on Trade-Related Aspects of Intellectual Property Rights: TRIPs)과 밀접하게 연관되어 있다. 이 규정은 1990년대까지는 큰 구속력을 갖지 못했으나, 세계화의 흐름 속에서 다국적 기업들이 특히 유전자를 이용한 생명공학 부분에도 특허권을 적용할 것을 강하게 요구하면서 주변부 국가들을 곤경 속에 몰아넣고 있다.

　멕시코를 위시한 남미나 동남아시아의 국가들은 다양한 동식물종이 사는 열대우림을 지니고 있다. 하지만 기술 우위를 갖는 선진국의 다국적 화학, 의약 기업들이 이들 천연재료를 가져다가 의약품으로 개발하여

---

18) Stuart Hall, The Local and the Global: Globalization and Ethnicity, *Rassismus und kulturelle Identität*, Hamburg 1994, 34쪽.

19) 안토니오 네그리/마이클 하트, 조정환/정남영/서창현 역, 『다중 :「제국」이 지배하는 시대의 전쟁과 민주주의』, 세종서적, 2008, 374쪽.

20) Vandana Shiva. *Biopiracy: The Plunder of Nature and Knowledge*, 1997.(류지한 역, 『자연과 지식의 약탈자들』, 2000); "Die Bestohlenen werden sich erheben", Das Interview mit Vandana Shiva, *Der Spiegel*, 2009년 5월 24일.

이를 지적재산권에 등록시키고 사용권을 독점해버린다. 제3세계의 원주민/농민들은 본래 자신들의 토착적인 민간치료법과 치료제들을 비싼 돈을 주고 되사들이거나—대개는 고비용으로 인해 살 수 없다—, 기존의 쓰던 재료들을 사용하는 '불법'을 저지르게 된다.[21] 더욱 아이러니컬한 것은 〈국제 생물다양성 그룹〉(International Cooperative Biodiversity Group: ICBG)이 오히려 생물다양성을 해치는 첨병 역할을 한다는 점이다. ICBG는 멸종위기에 처한 동식물들을 수집·분류하고, 이를 이용해—유전자 변형을 포함해—의학적으로 이용할 가치가 있는지 연구하는 게 목표이다. 연구결과 의학적 이용가치가 있다고 판단되면 이를 특허등록 해 독점권을 확보한다. 유전자 변형을 통한 새로운 종자(種子)들이 세계 농산물 시장을 점령하면서 제3세계의 농민들은 세계적 거대 종묘업체들에 완전히 종속되어버렸다. 그린피스를 위시한 단체들이 ICBG의 방식을 TRIPs를 앞세운 '생태약탈'로 규정한 것은 바로 이런 연유에서다.[22] 전 지구화 국면의 생태는 생물다양성을 다국적 기업의 통제 아래 두어 체계적으로 관리하려는 제1세계와 그에 대한 지역(로컬)의 꾸준한 대항과 독자적인 활로 찾기가 대립하고 있다.[23]

6. 불화(不和)하는 제국과 로컬의 시선들

인도에서 전 지구화를 반대한 정치세력은 힌두 민족주의를 기치로 한 〈샹 빠리바〉(Sangh Parivar; Sangh Family)이다. 이들은 전 지구화를 성스러운 힌두 문화에 대한 공격으로 간주하였다. 〈샹 빠리바〉가 이론적·정

---

21) 토마스 슈뢰터, 유동환 역, 『세계화』, 푸른나무, 2007, 150~159쪽.

22) 슈뢰터, 153쪽; 「몬산토는 독이 든 종자를 싸게 팔고 있다」, 〈오마이뉴스〉, 2007년 7월 3일.

23) Thomas Wägenbauer, Globalisierung-und Interkulturalität, parapluie, 2000, Nr. 8.

치적으로 표방하는 핵심 개념은 '스와데시(Swadeshi; self-reliance)'로, 이를 직역하면 '내 땅에서'이다. 영국산 직물의 불매 운동과 더불어 스스로 물레를 돌리고 손으로 옷감을 짜는 운동이며, 우리식으로 표현한다면 신토불이나 국산품장려운동 정도가 될 것이다. 20세기 초 인도가 아직 영국 지배하에 있을 당시 마하트마 간디에 의해 제창된 스와데시는—"스와데시가 없는 스와라지(swaraj)는 영혼이 없는 사람, 곧 시체와 같다"(간디)[24]—대규모 반제국주의 투쟁의 핵심 이슈였고, 또 인도인의 의식화를 가져왔다.

전 지구화 시대의 인도 역시 여느 제3세계 국가와 다를 바 없이 아침에 일어나서 저녁에 잠자리에 들 때까지 맥도널드, 카길(Cargil),[25] 켄터키 치킨, 몬산토 등 다국적 기업들이 생산해낸 제품들에 파묻혀 살고 있다. 한때 인도에서 전개되었던 외국계 다국적 기업들의 제품 불매운동은 현대판 스와데시 운동이다. 이 운동이 비록 기대한 만큼의 큰 성과는 거두지 못했을지라도 인도에서 지적재산권의 발효시기를 늦추는 데 기여하였다. 스와데시와 더불어 인도에서 자주 언급되는 또 다른 슬로건이 'micro chips yes, potato chips no(마이크로 칩 예스, 감자칩 노!)'이다.[26] 이는 인

24) 이옥순, 『인도 현대사』, 창비, 2007, 25쪽.
25) 캐나다에 본부를 둔 〈국제환경·인권단체 ETC그룹〉은 2008년 11월에 '누가 자연을 소유하는가?(Who Owns Nature?)'라는 보고서를 발표하였다. 〈ETC〉그룹에 따르면 세계최대의 곡물상 〈카길〉은 2007년 전 세계에서 883억달러(약 123조원)의 매출을 올렸다. 이 회사는 한국 내에 〈카길코리아〉, 사료업체 〈퓨리나코리아〉, 미국 쇠고기 유통업체인 〈엑셀코리아〉 등을 자회사로 두고 한국곡물시장의 60퍼센트를 장악하고 있다. 한국의 식량주권이 실상은 〈카길〉사에 좌우되고 있다.(〈경향신문〉, 2009. 4. 16); 반다나 시바는 WTO 농협협상은 '카길 협상'으로 고쳐 불러야 마땅하다고 주장하는데, 그 이유는 1990년 우루과이 라운드 협상 당시 〈카길〉사의 부회장이 미국 측 대표였기 때문이다.
26) "The finance minister said the BJP slogan 'micro chips yes, potato chips no' was a simplistic presentation to put it in stark contrast. It said "high technology yes, consumer goods no. It was a turn of phrase."('FM bypasses swadeshi, welcomes foreign investment', Rediff, 1998년 4월 6일)

도에 대한 외국인 투자가 단순 소비재가 부문이 아닌, 인도의 인프라를 확충하는 데 실질적 도움이 되는 투자나 하이테크 등 인도가 실제 필요로 하는 부문들에 투자해달라는 입장이다.

제국/식민의 지배/피지배 관계가 시대에 따라 단지 다른 형태로 변형만 되었지, 근본구조가 잔존하는 사회에서는 제국의 지배(방식)에 동의했던 토착지배세력이 지역(로컬)의 자기 재현을 위한 노력에서 더 큰 장애요인으로 작용한다. 제국주의자들로 하여금 식민지배를 용이하게 해준 것은 정작 식민지의 봉건호족, 엘리트, 귀족들이었다. 이들은 민족과 영토를 바친 대가로 자신들의 이권을 불렸고, 외교, 군사권을 제외한 범위 내에서 일정한 지배권까지 위임받았다. 토착지배세력의 일부가, 즉 로컬 부르주아의 일부가 연대정치(alliance politics)를 말하지만, 이는 선진 자본주의 국가에서나 설득력이 있을 저항의 형태라고 라나지트 구하(R. Guha)는 부르주아 역사기술의 엘리트주의 비판에서 지적한다.

로컬 내에서도 상대적 약자인 여성에게는 억압의 정도가 배가된다. 예컨대 여성은 제국의 식민통치의 피지배자이자, 백인 남성과 인도 남성의 타자로, 또 사티(sati)로 대변되는 인도의 가부장적 이데올로기의 희생자로서 세 단계에 걸쳐 대상화되고 타자화되고 있다.[27] 제국지배자의 통치를 담은 역사기술이나[28] 피식민국가의 반식민 해방투쟁, 민족운동 등

---

27) 참조, 이옥순, 앞의 책, 229쪽.

28) 세포이 반란 진압과정에서 동원된 영국 여성의 이미지는 '남성답지 못한 비겁한' 흑인 세포이에 분연히 맞서 장엄하게 죽은 순결한 여성으로 신화화(神話化)되었다. 이 신화는 1857년 세포이 반란을 다룬 첫 소설이 나온 이래 1900년까지 무려 50여 편의 소설에서 재생산된다. 영국 여성이 성적 유린을 당하는 장면은 정치적 효과의 극대화를 위해 거의 포르노에 가깝게 사실적으로 묘사되었다. 이 신화의 목적은 물론 영국제국군대의 무자비한 진압을 정당화시켜 줄 명분 쌓기이다. 제국 대(對) 피식민국가라는 차이는 있을지언정, 여성이 '대의'를 위해 상징적 조작의 도구로 쓰였다는 점에선 '멤사히브(memsahibs, 나리마님)'인 백인 여성 역시 식민지의 인도 여성과 다를 바 없이 한낱 타자일 뿐이다.(참조, 이옥순, 앞의 책, 28~40쪽)

의 역사는 한결같이 남성들의 이야기를 남성의 관점으로 써내려간 것이었다. 아서 그리피스(A. Griffith)의 『제국을 만든 남성들』(Men who have made the empire, 1897), 구스타브 슈트라우스(G. L. M. Strauss)의 『새로운 독일 제국을 만든 남성들』(Men who have made the new German empire, 1875), 휴 팅커(H. Tinker)의 『제국을 뒤집은 남성들』(Men Who Overturned Empires, 1987) 등에서 보듯 제국주의 시기 식민국가의 역사는 언제나 남성의 시각으로 기술되었다.

여성들이 벌였던 투쟁의 성격은 기존의 반(反)제국주의 시각으로는 제대로 의미를 밝혀낼 수 없었다. 예컨대, 사티 역시 철저히 제국과 식민지의 남성들의 (보수적인) 관점에서 기술되고 또 왜곡된 의미를 부여받았을 뿐이다. 식민역사와 반(反)식민투쟁의 역사에서 여성의 부재를 지적하는 페미니즘적 대응을 보인 것은 꾸마리 자야와르데나(K. Jayawardena)의 『제3세계의 페미니즘과 민족주의』(Feminism and Nationalism in the Third World, 1986), 쿰쿰 상가리(K. Sangri)/수데쉬 바이드(S. Vaid)의 『여성을 바꾸기: 식민역사 속의 에세이들』(Recasting Women: Essays in Colonial History, 1989) 등에 와서였다. 이들 연구는 식민주의와 반식민/반제국주의 투쟁에서 남성주의가 여성들의 참여를 얼마나 배제했는지, 또 후대의 역사학은 사료발굴과 역사기술에서 여성의 부재(不在)를 어느 정도 재생산해왔는지에 대해 근본적인 의문을 던짐으로써 여성 주체를 부각시켰다.[29]

사티는 과부 희생으로, 한국식으로 보자면 '열녀 만들기'의 대표적인

---

29) 로버트 J. C. 영, 『포스트식민주의 또는 트리컨티넨탈리즘』(김택현 역, 박종철출판사, 2005)의 25장 '여성, 젠더, 반식민주의'; 우르와쉬 부딸리아, 『침묵의 이면에 감추어진 역사』(The Other Side of Silence: Voices from the Partition of India, 이광수 역, 산지니, 2009) 역시 일반적인 남성 중심의 역사를 탈피하여 소수의 이야기를, 즉 "여성, 아이들, 불가촉민"(9쪽)들의 삶을 다루고 있다.

사례처럼 보인다. 남편의 시체가 타고 있는 장작더미 위에 몸을 던져 남편을 따라 죽는 행위는 1929년 식민정부에 의해 불법으로 규정되었으나, 여성들의 자발적 사티를 미화함으로써 사티가 간헐적이지만 지속되었다. 2006년 4월에는 비하르 주(州)에서 78세의 여성이 남편이 타고 있던 불길로 뛰어드는 일이 또 발생했다고 한다.[30]

　왜 여성들은 법적인 금지에도 불구하고 사티를 행하는가? 1829년에 영국이 이 '야만적' 관습을 폐지할 때의 명분은 '백인 남자가 황인종 남자로부터 황인종 여자를 구해준(White men saving brown women from brown men)' '자비로운' 것이었고, 19세기 영국 선교사들의 기록 이래 미국 페미니스트들에 이르기까지 어떤 백인 여자도 이를 의심치 않았다. 그런데 인도 내에서는 "여성들은 실제로 죽고 싶어 했다(The women actually wanted to die)"(Spivak: 93)고 말한다. "백인 남성이 구해주었다", "실제로 죽고 싶어 했다"라는 두 개의 모순된 문장의 진원지를 찾는 속에서 식민지 내에서 남성들에 의해 한 번 더 타자화된 여성의 모습을 발견하게 된다. 영국 제국주의자들도, 또 이들에게 사티가 여성들의 자유의지에 따른 행동이라고 답했던 18세기 인도의 남성 브라만 학자들도 정작 사티를 행하는 여성들에게 의견을 구한 경우는 없었다. 제국의 지배자나 피식민국가의 브라만은 서로 결탁한 채 규방(zenana)에 갇힌 여성(성)을 자신들의 이해관계에 맞게 '대표(vertreten)'했을 뿐이다. 그 이해관계 중의 중요한 한 가지가 과부의 재산상속권과 관련한 것이다. 벵골지역에서는 과부의 재산 상속이 허용되었고, 과부에게 재산을 실제 물려주지 않으려는 의도가 종교적, 사회적 관습이란 명목하에 '자발적 의지'로 미화되었다는 것이다.

---

30) 「인도 칠순 할머니 남편 화장터에 몸 던져」, 〈연합뉴스〉, 2006년 4월 24일.

7. 다시 문제는 시선이다

프란츠 파농(F. Fanon)은 『검은 피부, 하얀 가면』(Black Skin, White Masks, 1952)에서 '흑인은 백인과의 관계에서만 흑인이다'라는 말을 하였다. 이는 타인을 바라보는 시선을 문제 삼은 말이다. 검둥이(negro)가 식인주의, 지적 결핍, 우상숭배, 인종적 결함, 노예근성 등과 같은 흑인성으로 규정되고 범주화되는 것은 외부의 시선이 작동할 때이다. 흑인/백인/황인, 또는 제국/피식민국가는 각각 따로 떼어놓고 보면 존재론적으로는 서로 차이가 없다. 다만 그것들이 서로 관계 지워질 때 차이가 생겨난다. 벤담의 판옵티콘, 혹은 푸코의 감시체계를 통해 우리는 시선이 곧 권력임을 확인한다. 사람 간의 관계에서 누가 권력을 쥐느냐에 따라 이긴 자의 눈은 '시선(Gaze)'이 되고, 패배한 자는 '눈(Eye)'이라는 대상으로 전락한다. 전자는 자신을 주체로 주장하고 관철시킬 수 있지만, 후자는 주체의 시선에 의해 타자화되고, 재현된다. 시선을 다시 문제 삼는 까닭은 이 판세가 중심과 주변, 제1세계와 제3세계, (이전의) 제국과 피식민국가 간의 상호관계에 여전히 잔존하기 때문이다.

스피박이 '하위주체는 말할 수 있는가?'라고 물었을 때, 우리는 이 하위주체에 제국/중심의 지배논리, 주변부 배제논리에 맞서는 로컬과 로컬주체(local subjects)를 대입시켜볼 수 있다. 일국적 역사기술에 편입되지 못한 자들, 재현의 주체가 아닌 대상으로 간주되는 자들, 스피박은 이런 하위주체들이 발화할 수 있는 기회를(문예학자인 그녀에겐 어쩌면 당연한 귀결이겠지만) 해체적 읽기 전략에서 찾고자 했다. 이를 통해 '제국의 근본 원리(Axiome des Imperialismus)'[31]를 뒤흔들고, 칸트식의 철학과 종교

---

31) Gayatri Chakravorty Spivak, *A Critique of Postcolonial Reason*. Towards a History of the Vanishing Present, Calcutta/New Delhi, 1999, 4쪽.

에 침윤된 유럽 계몽주의에 반격을 가하고자 한다. 그렇기에 주로 유럽 문학의 텍스트를 분석한 사이드와 달리(『문화와 제국』), 스피박은 정전 (正典; Kanon)이 된 식민제국의 '위대한 작품들(grand narratives)'을 비틀 수 있는 정치적, 수사학적인 힘을 가진 탈식민주의적 텍스트를 중시하게 되는 것이다.

이 글은 17세기 초 이래로 1947년 독립 때까지 영국 제국에 의해 350여 년간 수탈 대상이 된 인도를 (반)주변부 국가의 현실과 그 재현방식, 그리고 로컬의 저항이라는 측면에서 살펴본 글이다. 1600년경 인도는 세계 GDP의 22.5%를 차지했으나, '문명국'의 통치가 끝난 직후인 1952년에는 겨우 3.8%에 불과한 빈곤국으로 전락하였다. 제국주의의 대표 주자인 영국의 식민지였던 인도는 경제적 수탈뿐 아니라, 사이드가 분석해 보였듯이 서구 지식인들과 작가들에 의해 제국의 시선으로 기술되고 해석되며 또 전유(appropriation)되는 과정을 겪으며 철저히 타자로, 대상으로 전락하였다. 호미 바바는 식민담론인 오리엔탈리즘의 목표가 영국의 인도 "정복을 정당화하고 행정과 교육제도를 세우기 위해 식민지인을 퇴보하는 인종으로 그려내는 것"[32]이라 적고 있다. 영국 제국과의 관계는 식민지였던 인도로 하여금 탈식민주의 연구(호미 바바)나 혼종성 문화연구(살만 루시디), 서발턴 연구(스피박, 구하) 등이 가장 두드러지게 나타나는 현장이 되게 하였다.

식민지를 벗어난 인도 역시 전 지구화와 신자유주의를 비켜갈 수는 없다. 전 지구화는 1997년 아시아 금융위기를 계기로 문제점들을 노출시키며 그 속도에 다소 제동이 걸렸다. '터보 자본주의(turbo capitalism)',

---

32) Homi Bhabha, The Other Question: Difference, Discrimination and the Discourses of Colonialism, 194~211쪽, Francis Barker et al,(eds), *The Politics of Theory*, 1983; 이옥순, 앞의 책, 18쪽에서 재인용.

'카지노 자본주의(casino capitalism)', '허무 자본주의(nihilo capitalism)' 같은 신조어들은 세계화 과정에서 자본주의의 양상이 너무도 빠르게 변화하였고 그 성장의 속도와 규모가 마치 도박판과 같으며, 초국적 금융자산들의 등장으로 주변부 국가들의 경제, 사회적 구조가 붕괴되고 단순 소비시장으로 전락한다는 의미를 각각 담고 있다. 2001년 스위스의 다보스에서 열린 세계경제포럼에서 '인간의 얼굴을 한 자본주의'를 실현해야 한다는 목소리가 높아진 것은 미국 중심의 신자유주의가 비인간적 속성을 지녔음을, 또 적잖은 폐해를 초래했음을 어느 정도 인정한 것이다.

로컬의 현실을 바라보고 이를 재현하는 방식은 이제 타자에 대한 '속단하기'를 넘어 '더불어 행동하기'로 나아감으로써, 차이들을 인정하고 담아낼 수 있다. 제1세계가 타자로서의 주변부/제3세계/로컬을 자신의 이해관계에 따라 전유하고 간섭하는 비가시적인 폭력은 금방 사라지지는 않을 것이다. 이 폭력의 종식을 조금이라도 앞당기는 방법의 하나가 로컬 간의 연대이고 로컬주체의 확립이다. 그런데 서구/제국의 유럽중심주의에 대한 비판의 방식이 근본주의적 아시아주의를 내세우는 불합리함은 아니어야 할 것이다. 아직은 우리에게 낯선 '탈식민주의 이후(post post-colonialism)'[33]라는 말들이 가끔씩 지면에 등장한다. 서양제국주의의 지배를 받았던 아프리카, 아랍, 그리고 인도 등의 서아시아 국가들, 일본의 지배를 받았던 동아시아 국가들의 역사와 경험을 기술하는 데 탈식민주의 담론은 유용한 이론이었다. 과거의 피식민 국가들이 '아시아주의' 같은 변형된 유럽중심주의에 빠지지 않으려면 어떤 식의 사고가 필요할까? 이제 탈식민주의 담론 이후, 국가들 간의 새로운 관계를 설정할 담론을 '포스트 포스트-식민주의'라 지칭하는 것으로 보인다. 식민 지배를 경험

---

33) 참조, 「문학! 아시아를 말하다」, 〈서울신문〉, 2005년 7월 2일.

한 지역들이 탈(脫)식민주의를 넘어 '그 이후'의 관계들을 어떻게 설정할 것인지에 대한 논의들이다. 탈식민담론이 목표가 아니라, '그 이후'의 관계를 강조하는 말이다.

세계화와 에스닉 갈등

사람과 자본, 물자, 이념 등이 자유롭고도 빠르게 국경을 넘어 국가 간 이동을 하고, 여기에다 인터넷이라는 통신기술이 급속하게 발달하면서 세계의 국가들이 하나의 지구촌(global villiage)으로 엮여지고 있다. 혼종과 융합으로 대변되는, 문화영역에서 벌어지는 세계화의 (얼핏 보기에) 장밋빛 전망과는 달리 정치·경제 영역에서 전개되는 세계화의 모습은 또 다른 모습이다. 1989년을 기점으로 이른바 냉전시대가 종언을 고하자 그간 힘으로 유지되던 세계의 평화에 금이 가기 시작했다. 불안하게나마 핵무기에 의존해 유지되던 평화(Pax atomica)와 균형은 이제 더 이상 예전의 기능을 하지 못하게 되었다. 적어도 일반적인 시각에서는 탈냉전의 시대가 되면 초강대국 미국과 소련이 서로 대치하고, 독일과 한국 같은 분단국가에서 동·서 두 블록이 첨예하게 대치하던 상황이나, 그로 인한 인류의 전쟁에 대한 불안감은 이제 역사가 되는 게 아닐까 하고 기대할 수도 있었다. 그런데 이런 기대와 달리 지구촌 곳곳에서 다른 양상의 갈등 상황들이 생겨나기 시작했다. 각종 갈등들이 내전의 양상을 띠거나 혹은 다른 종족에 대한 집단적 인종 학살의 형태로, 아니면 크고 작은 종족 간 분쟁의 형태로 전개되었다. 이 갈등들에는 다양한 이해관계들이 서로 착종되어 있어 지구촌에서 도대체 정확히 몇 개의 내전과 분쟁이 진행 중인지 파악하기가 힘들 정도이다.

적어도 분쟁에 관한 한 세계화의 시대에는 초강대국들의 전쟁 억제력이 통하지 않게 되어, 지구상에서 크고 작은 분쟁들이 넘쳐나는 시기가 되었다. 1990년대에 이후, 즉 '전 지구화의 절정기(high globalization)'라 불리는 이 시기에 왜 여러 사회와 국가들에서 에스닉 갈등들이 빚어지는 것일까? 어쩌면 '전 지구화의 절정기'는 냉전 종식 이후 많은 국가와 사회, 또 공공 부분에서 활발히 논의되었던 유토피아의 가능성과 희망의 기획들이 실현되는 시기가 되어 마땅치 않은가? 시장개방, 자유무역, 민주적 제도 확산, 그리고 인터넷이 함께 기능함으로써 한 사회 내에서 혹은 여러 사회들 간의 불평등이 줄어들고, 가난하고 소외된 국가에서 자유와 투명성 등이 뒤따르는 정부가 등장해야 되는 것은 아니었던가?[1]

이 글은 세계화 시대를 맞이하여 지구촌 곳곳에서 문화적 혹은 에스닉의 차이가 주요 동기가 되어 발생한 국가 단위의 집단적 분쟁들과 또 종족들 간의 분쟁들을 한번 거칠게 유형화해보고, 왜 세계화가 이들 갈등 상황들과 밀접한 인과관계에 놓여 있는지, 문화적 및 에스닉 차이에 기인한 갈등의 실상이 무엇인지 한번 생각해보려 한다. 나아가 한 사회 집단 내에서 에스닉의 차이에 근거한 소수와 다수의 관계성이 어떤 과정을 겪으며 폭력으로 발전해나가는지도 함께 살펴보자.

---

1) 참조, Arjun Appadurai, *Fear of Small Number*, Duke University Press, 2006, 2쪽.

1. 냉전의 종식, 이후의 새로운 갈등들

1.1. 탈이념화된 분쟁들

지금의 국제 정세는 냉전의 산물인 이데올로기적 편가르기보다는 신자유주의적인 시장경제가 촉발시킨 약육강식의 경쟁체제 속에 강대국들이 자국 중심의 다국적 금융자본들이 약소국과 제3세계를 더욱 효과적으로 장악하기에 유리한 환경을 조성하도록 돕는 역할을 하고 있다. 전쟁과 자본의 결탁이 더욱 강화되고 있는 셈이다. 냉전체제가 종식되었다는 지금, 21세기에 들어 거의 준 전시상태(戰時狀態)에 달하는 갈등, 내전, 폭동 및 테러는 더욱 증가하고 있고 또 규모면에서도 예전보다 더 많은 피해를 가져오고 있다. 다만 전쟁의 양상이 이전과는 전혀 다른 갈등과 분쟁의 모습으로 나타날 뿐이다.

이데올로기의 전쟁이나 국가를 위한 애국심 등의 대의명분이 아닌, 특정 이익 집단들의 관심을 최우선시하는 다양한 형태의 분쟁들이 지구촌 곳곳에서 조장되고 있다. 분쟁에는 인종과 민족적 차이에서 비롯된 정체성 분쟁, 종교적 차이에서 비롯된 종교분쟁—혹은 9·11 사건에서 보았듯 이슬람인 세계가 말하는 지하드(Jihad; 聖戰)—, 인도주의를 수호하기 위한 예방적 차원의 분쟁 등 여러 종류가 있고, 전쟁의 형태와 동기가 변하는 것과 마찬가지로 분쟁의 형태와 동기 역시 변하고 있다.

분쟁은 분쟁의 기간, 분쟁의 주체, 분쟁이 벌어지는 전쟁터, 전술 등에 따라 달라지는데, 우선 기간을 기준으로 볼 때, 인도와 파키스탄 간의 카슈미르 분쟁이나 이스라엘 분쟁처럼 단기간에 끝나는 (적어도 지금은 전면적 충돌이 없으므로 끝났다고 볼 때) 분쟁이 있는 반면, 아프가니스탄처럼 오랫동안 이어지는 경우가 있다. 분쟁 주체를 기준으로 보면, 주체가 국가인 경우와 (요즘 분쟁의 다수를 차지하는) 게릴라가 주체인 경우가 있다. 이 경우 민병대나 외인부대를 포함한 '전쟁전문가'가 자주 거론된다. 특히 후자의 경우는 전쟁이 군벌들(Warlords)을 중심으로 '민영화' 되고 있음을 볼 수 있다. 분쟁은 또 2003년 미국과 이라크의 경우처럼 국가 간 전쟁의 모습을 띠기도 하고, 코트디부아르, 르완다, 시에라리온 등 아프리카의 수많은 국가들에서처럼 내전의 형태로 전개되기도 한다. 아니면 한 국가에 근거를 둔 게릴라들이 이웃 나라를 공격하는 경우도 있다. 레바논의 헤즈볼라가 이스라엘을 공격하는 경우가 이에 속한다.[2)]

아프리카 지역에 산재하는 수많은 민족해방전선들이 벌이는 부족 간의 지루한 내전, 이슬람 집단들의 대서방국가 테러공격, 그 밖에 인도판 9·11이라는 지난 2008년 12월 초의 인도 뭄바이 테러공격에서 보는 것과 같은 사조직화된 집단들의 대(對)국가 공격행위 등을 고려할 때, 이제 현대의 전쟁은 국가 간의 전쟁이 아니라 내전이나 분쟁의 형식으로 변하고 있고, 여기에 참여하는 자들 역시 정예군이라기보다는 군벌들을 중심으로 모인 민병대 같은 사조직에 가깝다.

한국국방연구원이 밝힌 분쟁 데이터베이스에 따라 탈냉전 시대에 발생한 주요 분쟁들만을 고려하더라도 그 숫자는 헤아릴 수가 없다. 중앙아시아의 러시아-체첸 분쟁, 아르메니아-아제르바이잔 분쟁, 유럽의 코소보 인종학살, 유고, 보스니아 내전, 세르비아와 크로아티아의 충돌, 아프리카의 나이지리아 내전, 라이베리아 내전, 르완다 분쟁, 모잠비크 내전, 부룬디 내전, 소말리아 내전, 시에라리온 내전, 앙골라 내전, 수단 내전, 중동의 팔레스타인 분쟁, 레바논 내전, 이라크 내전, 걸프전쟁, 이란과 이라크 전쟁, 쿠르드족 분리 독립운동, 아시아의 미얀마 내전, 아프카니스탄 내전, 동티모르 독립운동, 캄보디아 내전, 인도-파키스탄 분쟁, 티베트

---

2) 장 크리스토프 빅토르, 김희균 역, 『아틀라스 세계는 지금-정치지리의 세계사』, 책과함께, 2007, 164~165쪽.

독립운동, 그리고 중남미의 멕시코 내전, 콜롬비아 내전 등이 그 경우이다. 캄보디아는 내전이 지금 진행 중인지도 모를 정도로 우리의 관심 밖에 벗어나 있다. 간혹 언론에서 보도되는 캄보디아의 유혈사태는 이 나라가 여전히 내전 중임을 보여준다. 1997년 7월 훈센의 군사 쿠데타로 정국이 다시 혼미해지고, 동년 8월에는 훈센파와 라나리드파 간의 대규모 충돌이 발생했을 뿐만 아니라, 기타 세력들도 전력상 우세인 훈센파에 저항하기 위해 연합전선을 형성하였다. 1998년 4월에는 폴 포트가 사망하였고, 1998년 7월 총선에서는 훈센이 승리하였으나, 내전은 지속되고 있다.

위에서 나열된 바처럼 20세기 말부터 지금까지 있었던 많은 갈등들은 여전히 현재 진행형이며, 그중 상당수는 단순하게 표현한다면 굳이 외부세력이 개입하지 않더라도 위기로 치달을 수밖에 없는 경우들이다. 냉전 시대에는 이들 내전들이 '민족해방전쟁', '혁명을 위한 봉기'라는 식의 대의명분이라도 있었지만, 이제는 그렇지 못하다. 아프가니스탄 내전이 그에 대한 단적인 예이다. 이 나라에서 벌어진 분쟁은 미소 양측 모두에게 세력의 각축전이 되었다. 1979년 이래로 모스크바는 자신들이 내세운 대리인을 지원하고, 서방 진영은 공산주의 대항세력인 무자헤딘(mujahedin)[3]을 지원하였다. 그러나 정황이 바뀌었고, 미국은 급기야 2001년 알카에다 후원세력을 색출한다는 명분으로 과거에 자신들이 탄생시켰던 탈레반 정권과 전쟁을 벌이는 모순을 자행하기에 이르렀다. 여기서 이데올로기는 아무런 의미가 없다. 외세간섭 타파니, 민족통합이니, 이슬람 근본신앙의 회복 등은 단지 핑계거리일 뿐, 토마스 홉스(T. Hobbes)가 『리바이어던』(Leviathan, 1651)에서 표현한 대로 '만인 대(對)

---

3) 주로 아프가니스탄과 이란의 무장 게릴라 조직. 지하드(Jihad)를 수행하는 이슬람 전사를 뜻한다.

만인의 투쟁(bellum omnium contra omnes)'4)이 펼쳐지게 되었다.

이런 패턴의 분쟁들이 아프리카, 인도, 동남아시아, 라틴아메리카 등 세계 도처에서 관찰되고 있다. 한때 이데올로기적 신념을 쫓아 행동했던 투사들에게 부여했던 빨치산, 반란군, 게릴라 등의 영웅적인 호칭은 지금의 분쟁들에선 적절치 않아 보인다. 예전에는 게릴라나 반정부 단체들이 이데올로기로 무장하고, 다른 우방의 측면 지원을 받아 독자 세력으로 성장했으나, 지금은 무장 폭도세력이 우세해졌고, 자칭 해방군, 민족운동, 혹은 민족전선 등은 제3자가 볼 때 누가 누군지 분간할 수 없을 만큼 약탈이나 일삼는 무리들(bandit)로 전락해버렸다. 이들의 소속 단체를 나타내는 이름들은—FNLA, ANLF, MPLA, MNLF—일일이 나열하기도 힘들 정도이다.5) 분명한 것은 이 혼란스러운 단체명의 뒤에는 어떤 목표나 임무나 이념도 없고, 오직 한 가지 '전략', 즉 강도, 살인, 약탈만이 있을 뿐이라는 것이다. 분쟁의 최종 목표가 국가형태로서의 분리든, 혹은 자치권의 요구든 간에 지금의 갈등들을 원만히 해결할 수 있는 모범답안은 없어 보인다. 어쩌면 지금의 이 현상이 국제정치에서 하나의 새로운 패턴으로 고착되어가는 게 아닐까 싶다.

종래의 국가 간 전쟁이 국가를 여타의 체제보다 최우선시 한 반면에 내전에서는 규율이 느슨하고, 무장단체들이 독자적으로 행동한다. 분쟁 중인 무장 세력들에 대해 군 지휘부가 군사적인 통제를 가할 수 없고, 그렇다고 정부 역시 정치적인 통제를 할 상황이 못 된다. 과거 미국과 멕시코

---

4) 혹은 '인간은 인간에 대해 늑대이다(homo homini lumps; man is a wolf to man)'라고도 함.

5) FNLA(Front National de Liberation de Angola, 앙골라 민족해방전선), ANLF(Afghanistan National Liberation Front, 아프가니스탄 민족해방전선), MPLA(Movimento Popular da Libertaçao de Angola, 앙골라 해방인민운동), MNLF(Moro National Liberation Front, 필리핀 모로 민족해방전선). EZLN(Zaparista Army of National Liberation, 멕시코 사파티스타 민족해방군)

간의 전쟁이나,[6] 1930~40년대 중국공산당과 국민당 간의 내전에서는 언제나 당사자인 양측이 있어 이들이 전쟁의 승리 혹은 패배를 협상하였다. 그 협상의 결과로 새로운 정부가 들어서며, 이 정부는 중앙 집중적인 국가권력을 지닌 채 전쟁 지역에 대해 장차 통제력을 발휘했다. 그런데 오늘날의 내전들은 이런 조정과 통제력이 없다.

1.2. 빈곤과 갈등 상황의 인과관계
-영화 〈호텔 르완다〉(Hotel Rwanda), 〈블러드 다이아몬드〉(The Blood Diamond)

현 세계가 직면한 갈등 상황들은 19세기 말과 20세기 초 근대 국민국가들이 탄생하면서, 또 제1, 2차 세계대전을 전후해 서구의 강대국들이 자신들의 이해관계에 따라 다양한 인종과 종교, 문화 간의 이질성 등을 제대로 고려하지 않은 채 억지로 하나의 국가로 묶어두는 식으로 해서 '탄생'된 국가들이 본래의 존재형태로 돌아가려는 속성의 반영이기도 하다. 하지만 그보다 갈등의 더 근원적인 이유는 바로 이 지역들이 현재 가장 심하게 빈곤에 노출되어 있다는 점이 아닐까 싶다. 비록 한 사회를 구성하는 인종이 다양할지라도, 또 종교나 문화가 달라도 경제적인 삶이 만족스러운 곳에서는 구성원들 간에 이와 같은 차이들을 오히려 다양성으로 받아들이고, 그 혼종성을 깨트리지 않으려는 쪽으로 사회체제가 운영되어왔다.

자본과 전쟁의 인과관계, 다시 말해 빈곤과 전쟁 간의 상호연관성은 역사적으로도 신빙성이 있다. 1977년에 남북위원회(Nord-Süd

---

6) 1845~1848년의 전쟁. 멕시코의 텍사스 주가 멕시코로부터 독립을 선언한 후, 미합중국이 텍사스를 합병하자 멕시코-미국 전쟁이 발발한다. 멕시코는 이 전쟁에서 대패한다. 1848년 2월에 과달루페 히달고 협정(Treaty of Guadalupe Hidalgo)을 맺고, 애리조나, 캘리포니아, 텍사스, 뉴멕시코 등 영토의 1/3을 미국에 양도함.

Kommission)를 조직한 독일 수상 빌리 브란트(W. Brandt)는 역사를 통해 전쟁은 굶주림을, 대중의 빈곤은 다시 전쟁으로 귀결됨을 역설한 바 있다. 독일 대통령 호르스트 쾰러(H. Köhler) 역시 같은 입장을 피력한다.

> 전 세계적인 빈곤 퇴치가 없이는 장기적으로 어떤 안전도 보장될 수 없고, 마찬가지로 정치적 안정도 없을 것이다. 그러므로 제3세계의 개발 정책이야말로 분쟁을 예방하는 최선의 것이다.[7]

2002년도 기준으로 지구촌에서 총 18번의 무력충돌이 발생했는데, 이 중 17번이 연간 1인당 국민총생산(GNP)이 755달러 이하인—이는 곧 유엔(UN) 기준 최하위 빈민국에 해당한다—국가에서 발생하였다고 한다. 유엔(UN)의 주도하에 제3세계 지역들에서 분쟁을 억제하고 평화를 정착시키기 위한 여러 움직임들이 시도되는 것도 결국은 이 지역의 경제를 살리는 최상의 방도가 곧 평화와 질서의 회복이라는 인식을 지니고 있기 때문이다.

빈곤과 분쟁의 인과관계를 좀 더 생각해보자. 언젠가부터 국제 사회에서 큰 이슈가 되고 있는 소말리아 내전은 이제 그들만의 분쟁이라고 볼 수 없는 게, 이미 2006년 이래로 한국 국적의 화물선 및 한국인 선원이 포함된 선박들이 계속 납치되고 있고, 그들 중 일부는 거액의 몸값을 주고 풀려나기도 했다.[8] 소말리아는 1991년 독재자 무하마드 시아드 바레

---

7) 토마스 브루시히, 장희권 역, 「오늘의 빈곤과 전쟁」, 『평화를 위한 글쓰기』, 민음사, 2006, 755쪽.

8) 소말리아 해적들에 납치된 한국인들은 동원호(한국인 8명 피랍, 117일 억류, 2006. 4. 4), 마부노 1-2호(한국인 4명 피랍, 174일 억류, 2007. 5. 15), 골든노리호(한국인 2명 피랍, 44일 억류, 2007. 10. 28), 브라이트루비호(한국인 8명 피랍, 36일 억류, 2008. 9. 10), 쉠스타비너스호(한국인 5명 피랍, 2008. 11. 15), 삼호주얼리호(한국인 8명 피랍, 2011. 1. 15) 등이 있다.

(Barre)가 군벌들에 의해 축출된 뒤, 중앙 정부 없이 극도의 혼란이 계속되고 있다. 2004년에 유엔의 지원으로 잠깐 과도정부가 들어섰지만, 내분과 군벌들의 반란으로 무력화되었고, 현재까지 내전이 지속되어 나라 경제가 파탄에 이르렀다. 소말리아는 내전이 빈곤을 낳고, 빈곤 때문에 해적이 들끓으며, 내전을 벌이는 군벌과 손을 잡은 해적이 내전을 더 악화시키는 전형적인 경우이다. 게다가 해적의 납치행위는 국제 사회에서 소말리아에 대한 시선을 더욱 악화시켜 구호물품과 수입품에 의존해야만 하는 소말리아 경제를 더욱 어렵게 하는 '죽음의 악순환' 구조를 만들고 있다. 국내의 한 일간지에 실린 소말리아에 대한 묘사이다.

> 이곳 아이들의 꿈은 '해적'이 되는 것이다. 학교도 없고 좋은 직장도 없는 이 마을에서 해적이 된다는 것은 상류층이 되는 유일한 방법이다. (…) 해적은 이 동네에서 영웅 대접을 받는다. 해적은 마을의 소득원이자 마을의 자존심을 지켜주는 유일한 존재라고 영국 일간지 가디언이 전했다. (…) 해적이 될 수 있는 나이는 20세에서 35세. 그들은 바다를 잘 아는 전직 어부, 교전시 전투를 맡을 전직 군인, 첨단 기술을 다룰 기술자로 구성된다. (해적들이 벌어들인; 필자 첨가) 돈은 두바이의 금융인이 대신 관리하며, 담당 회계사도 있다. 일부 기업인들은 해적들한테서 돈을 대출받기도 한다.[9]

영화 〈호텔 르완다〉(2004), 〈블러드 다이아몬드〉(2006)는 아프리카의 내전 및 분쟁이 직간접적 배경이 된 영화들로서 아프리카에서 빈번하게 관찰되는 빈곤과 갈등의 악순환의 고리를 잘 드러내고 있다. 〈호텔 르완다〉는 영화 〈4월의 어느 날〉(Sometimes in April, 2005)과 더불어 20세

---

9) 「해적들 고급차 등 상류층 생활… 영웅대접 받기도」, 〈조선일보〉, 2008년 11월 19일.

기의 가장 참혹했던 사건이라는 르완다 내전을 매우 리얼하게 다룬 영화로 평가받는다. 이 영화는 르완다의 실존 인물인 폴 루세사바기나(P. Rusesabagina)의 이야기를 영화화한 것이다. 그는 르완다 내전 당시 르완다의 최고급 호텔인 '밀 콜린스 호텔'의 지배인으로 일하며 맹목적인 종족분쟁으로 대량학살의 희생이 될 뻔했던 동족 1,200여 명을 구해낸 자로 일명 아프리카의 '쉰들러'로 불린다.

이 영화의 배경은 100만 명 이상의 희생자를 냈던 1994년의 르완다 내전이다. 르완다는 후투족과 투치족, 이 두 부족이 한 나라를 이루고 살았다. 1919년 유엔(UN)은 벨기에의 르완다 통치를 인정하고, 벨기에는 통치의 편의를 위해 후투족에 비해 소수인 투치족과 손잡고 르완다를 지배한다. 이때부터 후투족은 차별을 받게 되고, 부족 간의 대립은 더욱 더 심해진다. 사실 후투족과 투치족은 겉모습만으로는 구별하기 힘들 정도로 별 차이가 없다. 그러나 벨기에인들은 자신들이 만든 기준—가령, 키의 크고 작음과 콧날이 오똑하거나 뭉툭함—으로 그들을 투치족 및 후투족으로 구별하고, 부족을 표시하는 신분카드를 소지하고 함으로써 종족 간의 반목을 더욱 키워놓았다.

그런데 1960년대에 벨기에가 떠나면서 상황은 역전되었다. 숫자가 많은 후투족이 혁명을 일으켜 정권을 잡으면서 투치족은 기득권을 내놓아야 했다. 두 부족은 극심한 대립으로 치달았고, 곳곳에서 폭력과 유혈 사태가 끊이지 않았다. 결국 1994년, 두 부족 간의 갈등은 내전으로 비화하여 불과 100일 동안 무려 100만여 명이 살해되는 인종학살(Xenocide)이 벌어지게 된 것이다. 이는 르완다 전체 인구의 1/8에 해당되는 숫자였다. 여기서 발생한 피난민은 무려 300만 명에 달했다. 제1세계 국가가 단지 식민지 통치의 편의성을 위해 인위적으로 나눈 에스닉의 구분이 이들에게 차이가 아닌 차별을 깊이 각인시켜놓았고, 수십 년의 세월이 흐르면

서 이는 큰 증오감으로 증폭되어 결국 미증유의 인종대학살이 벌어진 것
이다.[10)]

국제 사회는 수십 년간 지속된 르완다의 참상에 관심을 기울이지 않다
가 이 내전이 가공할 만한 사망자를 발생시키고, 피난민들이 이웃 국가
들로 탈주하는 등 해당 지역의 사회 문제까지 야기할 정도로 심각해지
자 비로소 반응을 보였다. 유엔(UN)은 르완다를 위한 국제형사재판소를
개설하여, 고위 후투족 관리들을 반인도적 범죄로 고소하고, 2003년까지
교육프로그램 등 다양한 방식을 이용해 르완다의 부족성에 대한 어떠한
언급도 피하도록 하는 개혁 조치를 취하는가 하면, 후투족이나 투치족과
같은 용어의 사용을 비롯해 일체의 차별적 행동을 금지하는 법을 시행하
고 있다.

〈블러드 다이아몬드〉 역시 아프리카
국가의 내전을 다룬 주제로 내세운 작
품으로, 1990년대 시에라리온의 내전이
그 배경이다. '피묻은 다이아몬드'는 분
쟁지역에서 불법으로 채굴된 다이아몬
드를 일컫는 용어이다. 정상적인 경로
를 통해 국제 거래 시장에 나온 다이아
몬드와 달리, 불법 다이아몬드는 국제
시장에서 밀거래되고, 그 판매비용의
일부가 군벌들이 로켓, 자동소총, 박격
포 등 엄청난 양의 무기들을 구매하는

〈블러드 다이아몬드〉의 영화포스터

데 쓰인다. 이는 다시 분쟁지역의 갈등상황을 더욱 악화시키는 악순환으
로 이어진다.

---

10) 이와 관련해 최호근, 『제노사이드. 학살과 은폐의 역사』(책세상, 2005)의 308~324쪽 참조.

시에라리온은 1961년에 영국의 식민지배에서 벗어난 뒤, 군사 쿠데타와 반(反)쿠데타가 반복되어왔다. 이 나라는 1인당 국민소득(GNP)이 900달러 정도인 세계 최빈국에 속하지만, 다이아몬드와 철광석 등 천연자원 매장량이 많은 곳이다. 그러나 광물 수출에 따른 부(富)가 극히 일부에 편재되는 등 부패가 극심하고, 빈부격차가 심해 국민들의 불만이 컸다. 영국으로부터 독립된 후 40년간 무려 다섯 번의 군사 쿠데타를 겪었고, 1991년 군장교 출신인 포다이 산코가 라이베리아의 지원을 받아 혁명연합전선(RUF)을 결성하고 정권 축출을 시도하면서 내전이 시작됐다. 그 후 1996년 평화협정을 체결, 처음으로 직접선거에 의한 민간정부가 탄생했으나, 1997년 혁명연합전선 반군과 군부가 쿠데타를 일으켜 카바 대통령 정부를 전복시켰다. 그러자 나이지리아 주도의 서아프리카 평화군(ECOMOG)이 무력 개입하여 카바 정권을 복귀시키고 내전이 재개됐다. 1999년 7월에 평화협상이 체결됐으나 강제성이 없는 상태다.

이 영화에서 다루는 시간적 배경은 1991년부터 2002년까지 11년 동안 서로 광산을 차지하기 위해 정부군과 반군이 지루한 내전을 벌이는 현장이다. 이 영화는 영화적 흥미를 유발하기 위해 다이아몬드를 둘러싼 몇 가지의 갈등구조들을 만들어 등장인물들 간에 서로 대립시키고 있지만, 영화의 전체적인 메시지는 아프리카 내전 지역에서 다이아몬드를 비롯한 부존자원들이 불법적으로 채굴되는 것, 이것들이 국제 밀거래 조직의 루트를 통해 서방 세계의 보석시장으로 흘러들어가는 것, 분쟁지역에서 돈을 버는 용병들, 어린 소년들을 색출해 적개심에 사로잡힌 병사로 만들어가는 과정 등을 묘사함으로써 내전의 수렁에서 헤어나지 못하는 아프리카의 현실을 고발하는 데 그 주안점이 있다.

특히 〈블러드 다이아몬드〉의 경우 서구의 자본주의 경제체제가 테러 경제와 얼마나 밀접하게 연계되어 있는지를 잘 보여준다. 무장집단의 군사적 지원과 금융 조달이 서로 잘 연계되어 작동하는 것을 가리켜 '테러의 신경제(New Economy of Terror)'[11]라고 부른다. 테러의 신경제는 오늘날 급속히 성장하는 국제적 경제 체제로서, 이 경제의 연간 매출이 1조 5000억, 즉 영국의 연간 GDP의 2배 규모에 이른다고 한다.

앞의 영화에서 보듯 평범한 시민들이, 특히 어린 나이의 소년병들이 생겨나는 까닭은 무엇보다도 가난 때문이고, 또한 미래에 대한 아무런 희망이 존재하지 않는 암울한 현실 때문이다. 학교라는 공공기관조차 없는 곳에서 아이들은 반군에 자원해 들어가거나(시에라리온) 해적이 되기를(소말리아) 소망한다. 이 목표를 달성한 소년들은 자기 또래들에겐 오히려 부러움을 산다고 한다. 이런 점에서 아프리카 지역에서―그 밖에 세계 다른 지역들에서도 유사하겠지만―발생한 폭력적 갈등들이 단지 내부의 원인 때문만은 아니라는 게 분명해진다. 아파두라이는 빈곤국의 내전에는 글로벌적인 요인들이 함께 작용하고 있다고 강소하며, 폭력에 노출된 아이들은 성인이 되어서도 민주적 방식이 아닌 폭력으로 일을 해결하는 데 익숙할 수밖에 없을 거라며 우려를 표한다.

이 모든 지역에서, 또 여기서 빚어지는 갖은 형태의 폭력들에서 몇 가지 본질적이고도 글로벌적인 요인들이 공통적으로 관찰된다. (…) 소년병을 모집하는 일은 특히 아프리카에서 두드러지고, 그 밖에도 내전을 겪고 있는 여러 지역에서 있는 일이다. 이들 소년병은 이후 전쟁 베테랑으로 성장해가고, 성인의 상태를 거의 겪어보지 못한 채 평화가 무엇인지조차 모른다. 아동 노동은 아이들을 대상으로 한 글로벌적인 폭력의 양상으로서 이미 나쁜 일이지만, 시민군으로 혹은 군인 갱단에 속해 전쟁을 강요하는 것은 이들을 어려서부터 폭력으로 유도하는 대단히 끔찍스

---

11) 공진성, 『테러』, 책세상, 2010, 112~113쪽.

러운 일이다.[12]

2. 소수와 다수의 상호작용

앞장에서는 세계화의 시대에 서유럽이나 북미 등과 같은 제1세계가
아닌 아시아, 아프리카, 남미 등 주로 제3세계 국가들에서 주로 발생하
는 갈등 상황들을 살펴보았다. 1990년대 초 구(舊)유고슬라비아와 르완
다, 인도 등지에서 대면하게 되는 여러 분쟁들은 냉전이 종식되었다고 해
서 세계가 저절로 진보하는 것은 아니라는 점과, '하나의 지구촌'을 모
토로 내건 세계화가 오히려 역설적으로 국가 및 국민적 정체성(national
identity)이라는 성스러운 이데올로기 앞에서 심각한 병리적인 요소들을
드러내었다는 점을 어느 정도 확인할 수 있었다.

그렇다면 제1세계 국가는 지구촌의 분쟁과 무관한가? 1992년 4월, 제
1세계 국가들 중에서도 번영과 권력을 상징하는 미국의 로스앤젤레스에
서 흑인들이 폭동을 일으켰다. 이 지역의 한인 타운이 특히 많은 피해를
본 탓에 우리도 잘 기억하고 있는 이 폭동은, 민주주의가 최고로 구현되
었다는 미국의 치부를, 즉 빈부격차, 인종 갈등, 복지정책의 결함 등을 발
가벗긴 사건이었다. 2001년에 오사마 빈 라덴이 이끄는 알카에다 테러집
단이 미국의 심장부를 강타한 9 · 11테러, 2005년 7월 영국 런던 지하철의
7 · 7테러, 2004년 11월에 네덜란드에서 테오 반 고흐 감독이 이슬람을 비
판한 영화를 만들었다는 이유로 근본주의자들에게 습격을 당해 사망한
사건, 2005년 11월 파리의 외곽지대 방리유(banlieue)를 비롯해 프랑스 전
역에서 아랍계 이주민들이 일으킨 대규모 폭동 등은 지난 1990년대 이후
제1세계에서 일어난 대표적인 폭력적 갈등들이다.

---

12) Arjun Appadurai, 앞의 책, 38~39쪽.

9·11테러 당시 세계무역센터(WTC) 빌딩을 폭파시킨 모하메드 아타라는 청년이 독일의 함부르크 공과대학에 재학 중이던 성실한 청년이었다는 점, 영국 7·7테러의 자살테러범인 모하메드 시디크 칸이라는 이슬람계 청년이 영국에서 자라 영국식 이념에 기초한 교육을 받았고, 테러 직전까지 영국의 초등학교 교사로 일했다는 점 등은 서방세계에 더욱 충격을 주었다. 자신들이야말로 통합과 관용정책을 잘 수행해왔다고 자부하던 서방세계는 바로 자신들의 앞뜰을 거닐던 청년들에게서 칼을 맞은 격이 되었다. 유럽인들은 자신들의 이주민 통합정책의 문제점들을 분석하겠지만, 동시에 유럽 사회에서 이슬람 종교를 가진 아랍계 이주민 및 그들 후손들을 경계하고 불신하는 태도는 더욱 강화되고 있다. 현재의 유럽은 적어도 외부인을 수용하는 태도에서 두 개의 유럽으로 나뉘어 존재한다. 하나는 포섭과 다문화주의를 표방하는 유럽이고, 다른 하나는 이방인에 대해 두려운 적대감을 보이는 유럽이다. 특히 오스트리아, 프랑스, 네덜란드 등이 후자에 해당되는데, 이들 국가는 '핌 포르트완의 유럽(Pim Fortuyn's Europe)'이라 불리기도 한다. 핌 포르트완은 네덜란드의 우파 정치인으로, 그는 외국인, 특히 이슬람계 이민자들의 증가가 네덜란드의 정체성을 심각하게 위협한다며 이주자에 대한 반대를 분명히 했다. 포르트완은 2002년 6월, 자신이 만든 정당의 압도적 승리가 예상되는 총선을 열흘 앞두고 한 환경운동가의 총격으로 사망하였다. 2004년 네덜란드 공영방송이 실시한 역대 최고의 정치인을 뽑는 설문조사에서 포르트완이 1위를 차지하였는데, 이는 네덜란드의 반(反)이슬람, 반(反)이민 정서를 드러낸 것이다.

 조금은 다른 맥락이지만, 2005년 9월 미국의 뉴올리언즈가 수해를 입었을 때 경찰이 약탈하는 자들을 막을 치안능력을 상실한 것과, 백인들이 고용한 사설경비대가 기관총을 든 채 백인들의 저택을 보호하는 장면은 지난 1993년의 LA 폭동사태와 더불어 다시 한번 제1세계의 이면을 확인시켜주었다. 이처럼 이제 지구촌 주민들은 과거의 세계대전 같은 대규모의 전쟁이 일어날 것을 두려워해야 되는 게 아니라, 새로운 형식의 분쟁 및 갈등의 발발 가능성을 염려해야 되는 상황에 직면하게 되었다.

바로 이러한 일련의 분쟁들로 인해 1990년대와 2000년대는 내전과 도심의 무력충돌이 일상적인 삶의 한 부분이 되다시피 했고, 그 횟수 또한 꾸준히 증가하였다. 폭력이 평범한 일상 속에서, 즉 제1세계 국가의 중심부에서—바로 내 집 앞에서, 내 사무실에서, 내가 매일 이용하는 지하철에서—불특정 다수를 대상으로 발생할 때 이는 내전보다는 피해 정도나 파급력이 상대적으로 작지만, 제1세계 사람들에겐 TV의 다큐멘터리 필름이나 연말의 자선바자회 같은 데서 틀어주는 아프리카의 내전의 참상을 담은 슬라이드보다 훨씬 더 큰 공포를 느끼게 하기에 충분하다. 이른바 공포의 극대화이다. 내가 사는 사회가 안전한 곳이 되지 못한다고 시민들 사이에 불안감을 야기시킴으로써 폭력을 도발한 자들은—이들은 테러리스트들이기도 하다—더 큰 목적을 달성하게 된다. 만일 테러리스트들이 테러를 감행한 후 붙잡히지 않으면, 우리는 그들이 무슨 의도로, 또 정확히 누구를 죽이려 했는지조차도 모르게 되고, 테러의 동기가 밝혀지지 않으면 사회는 더욱 큰 혼란에 빠진다.

분쟁, 갈등과 테러는 서로 맞물려 있다. 인종적, 이념적, 종교적인 면에서 다수를 차지한 세력이 소수에게 폭력을 행사하든지, 아니면 비대칭적인 싸움에 밀린 소수가 다수에게 테러를 가하든지, 서로 톱니바퀴처럼 맞물려 있다. 다수가 소수에게 폭력을 가하게 된 동기 중 하나가 소수들로 인해 사회가 불확실성(uncertainty)과 불안전성(instability), 불완전성(incompleteness)에 노출되게 된다는 우려가 작용한다. 그런데 이와 같은 불안요소들이 엄밀히 따지면 사실은 사회적 여건에서 생겨나고 정치적으로 부추긴 것으로, 부분적으로는 프로파간다의 결과이기도 하다. 또 불확실성은 지역적 특성이나 아니면 일상에서 겪는 사소한 상처들처럼 때로는 의외의 것에서 생겨나기도 한다. 분쟁 혹은 테러로 표출되는 에스닉의 갈등들에는 사회적 불확실성, 그리고 인위적으로 생성된 에스닉의 차이에서 기인한 다수(majority)와 소수(minority)의 관계성이라는 요소가 현 시대의 갈등 상황에서 서로 밀접하게 얽혀 작용하고 있다.

사회적으로 빈번하게 발생하는 폭력은 대개 다수에 의해 소수에게 가해진다. 지구상에서 가장 계몽된 정치조직체라 할 수 있는 서유럽 국가를 위시해, 포용정책과 민주주의를 실행하며, 세속화된 국민국가들이 인종주의에서 비롯된 민족주의 이데올로기와, 또 다수가 소수를 지배할 권리가 있다는 생각을 갖게 된 연유는 어디에 있을까? 여기에는 자유주의적 사회사상의 두 범주, 즉 '다수'와 '소수' 사이의 특수한 내적 상호관계를 주목할 필요가 있다. 이 내적 상호관계는 불완전함에 대한 두려움을 생산해낸다. 다수인 집단은 자신들이 더럽혀지지 않은 공동체, 즉 흠잡을데 없이 순수한 '민족적 종족집단(national ethnos)'으로 지위를 확립해가는 데—바로 이것이 종족의 정화(purification)를 추구하는 전형적인 논리이다—방해가 되는 존재들이 숫자상 얼마 안 되는 소수집단에 불과하다면, 이럴 때 다수는 소수집단에 대해 공격적이고 심지어는 살인적 행위까지도 서슴지 않는다. 바로 이처럼 불완전하다는 느낌은 일정한 조건하에서 다수가 소수를 공격하는 폭력 상황으로 몰아갈 수가 있다.

구(舊)유고슬라비아, 르완다, 인도네시아, 인도 등의 지역에서 일어난 종족학살은 치밀한 프로파간다와 더불어 진행되며, 지금까지 이웃으로 가깝게 지내던 자들이 어느 날 아침에 갑자기 말살되어야만 하는 이방인으로, 또는 몸에 침입한 이물질로 취급받는 데에는 미디어를 통한 왜곡이 중대한 역할을 하고 있다. 마찬가지로, 일부 이슬람 운동가들이 미국에 대해 가지는 증오심과, 또 반대로 많은 미국인들이 이슬람 민족들(이들은 곧 아랍인이자 무슬림이고 테러리스트라는 등식이 성립한다)에 대해 증오심을 품지만, 이 증오심의 근원을 추적해가면 이는 대단히 추상적이다. 대부분의 사람들에게 이 증오심은 사실 미디어와 프로파간다가 만들어낸 이미지이다.[13] 제2장에서 말한 르완다의 폭력사태가 이에 해당하는 전형적인 경우인데, 미디어와 프로파간다를 통해 소수들이 주류집단에게 끼칠 수도 있는 해악들이 강조되고, 이것이 일종의 신념으로 굳혀지면서 주류 집단 내에서 사회적 불확실성에 대한 두려움이 증폭되어간다. 국가가 주도하는 프로파간다와 다양한 방식의 근본주의적 이데올로기들은 에스닉상 타자인 자들에 대해 검증되지 않은 나쁜 이미지들을 마치 이것이 사실인 양 퍼트린다. 그럼으로써 그들을 반드시 말살시켜야 한다고 주장하는 것이다.[14]

3. 탈이념 시대를 지배하는 보이지 않는 이념들의 유령

냉전이 종식된 후 한동안 지식인들 사이에서 새뮤얼 헌팅턴의 『문명의 충돌』(1996)이 많이 회자되었다. 그의 저서는 탈이념화된 시대, 나아가 전 지구화의 시대에 끊임없이 새로운 갈등들이 발생하는 원인이 무엇인지를 분석하면서, 이를 문명 간의 충돌이라는 논리로 '명쾌'하게 진단하여 좋은 평가를 받았다. 헌팅턴은 현 세계가 국가 간 대립이나 이념적 대립이 아닌, 문명 간의 대립 단계로 들어섰다고 파악하였다. 이념의 차이가 피를 불러오고, 문명 간의 경계를 분명히 해두지 않으면 유교 문명권,

---

13) Arjun Appadurai, 앞의 책, 109쪽.
14) 미디어를 이용한 프로파간다와 공포의 확산에 관해서는 공진성의 『테러』, 28-29쪽, 76~77쪽 및 Arjun Appadurai, 앞의 책, 77쪽 참조.

이슬람 문명권, 서구 기독교 문명권 간의 충돌이 벌어질 것이라는 시나리오다.

이 책과 더불어 미국의 네오콘으로 분류되는 보수주의 성향의 정치경제학자인 프랜시스 후쿠야마(F. Fukuyama)가 이데올로기 대결의 역사에서—즉, 자유주의와 공산주의의 대결에서—자유주의의 승리를 선언한 『역사의 종언』(The End of History and the Last Man, 1992)은 서구와 비서구를 마니교적인 이분법에 기인해 선악 간의 대립구도로 몰아가고 있다. 특히 9·11테러를 이슬람 세계의 기독교 세계에 대해 지하드(Jihad)로—아니면 미국의 입장에서는 조지 부시의 말처럼 '악의 축(Axis of evil)'과의 싸움으로—이해하고자 하는 사람들은 헌팅턴의 『문명의 충돌』을 새삼 다시 주목하게 되었다.

그러나 이슬람권의 서구를 향한 테러 도발이나 제3세계 지역의 곳곳에서 일어나는 다양한 갈등 상황들은 그 사회의 경제적 빈곤이라는 측면에서 더 근본적인 원인을 찾아야 할 것이다.[15) 독일 프랑크푸르트대학의 국제관계학 교수인 하랄트 뮐러(H. Müller)의 『문명의 공존』(Das Zusammenleben der Kulturen, 1998)은 헌팅턴식의 문명충돌론이 실상은 철저히 미국 중심의 시각에서 관찰한 것으로, 동서 냉전이 종식된 뒤 공산주의라는 적을 잃어버린 서구 사회가 새로운 적을 통해 존재감을 확보하려한 데서 출발한 시각일 뿐이라며 이들의 흑백논리를 비판하고 있다.[16)

---

15) 참조, 「이슬람 분노의 뿌리는 그 내부에 있다」, 〈오마이뉴스〉, 2006년 2월 10일.
16) 오은경, 『베일 속의 이슬람 여성』, 프로네시스, 2006, 112~115쪽. 그 밖에 인도의 지식인 아룬다티 로이(A. Roy)는 정치평론집 『9월이여, 오라』(박혜영 역, 녹색평론사, 2005)에서 헌팅턴의 '문명의 충돌'이 의미하는 왜곡과 불합리성을 비판적으로 상세히 지적하고, 그와 반대되는 편에 노엄 촘스키를 두고 있다. 이 책에서 다섯 번째 장 '노엄 촘스키의 외로움'(89~111쪽)을 보라.

지금까지 세계화 시대에서 폭력과 갈등 상황들을 살피되, 제3세계 국가의 분쟁들, 또 제1세계 내의 에스닉 갈등들을 관찰 대상에 두고, 이를 (오해된) 민족주의와 종족 간의 갈등, 문화적 갈등 등의 측면에서 접근해보았다. 동시에 미디어를 통해 만들어지고 조작되거나 부추겨진 타자의 왜곡된 이미지들이 에스닉 차원의 갈등의 중요한 원인으로 작용하고 있음을 관찰해보았다. 앞서 언급하였듯이, 테러나 혹은 크고 작은 에스닉 상의 폭력 갈등들은 문명 간의 다툼일 수만은 없다. 한 문명에 속하는 종족들끼리 바깥의 문명에 대해서는 일단은 공동의 방어막을 쌓을 수는 있겠지만, 같은 문명권 내에서도 에스닉 차이를 부각시키며 다수가 소수를 억압하는 폭력은 더욱 우세하게 전개되고 있다. 이런 점에서 제노사이드(Xenocide)는 이제 이데오사이드(Ideocide, 이념학살), 혹은 에스노사이드(Ethnocide, 종족학살)로 그 성격이 변해가고 있다고 말할 수 있지 않을까 싶다.

2부

마르틴 발저와 아우슈비츠
보수혁명의 귀착점으로서의 나치즘
바이마르 공화국 시기 정기간행물의 여론형성과 보수우경화
회귀하는 보수주의
21세기 포스트휴머니즘 시대의 인간존재방식

마르틴 발저와 아우슈비츠[1]
-한 지식인의 문제적 역사인식

2002년 5, 6월 내내 독일에선 작가 마르틴 발저(M. Walser, 1927~)로 인해 다시 한 번 독일 사회의 반유대주의 정서를 놓고 각 방송과 신문지상 등 각종 언론매체에서 격론이 벌어졌다. 현재 독일을 대표하는 작가 중 한 명인 발저는 큰 사회적 논란 끝에 6월 말에 자신의 전속 출판사인 〈주어캄프 출판사〉에서 출간된 소설『한 평론가의 죽음』(Tod eines Kritikers, 2002)에서 한 허구의 인물을 평론가로 내세워 그의 행적을 비난하고, 마침내 그가 한 작가의 원한을 사 죽임을 당하는 것처럼 묘사했다. 그러나 그 소설에서 그려진 인물이 유대인 문학평론가인데다, 폴란드 발음이 심하게 섞인 말투를 사용하는 것을 보아 그 허구의 인물이 다름 아닌, 현재 독일에서 널리 알려진 대중적 문학평론가 마르셀 라이히-라니츠키(M. Reich-Ranicki, 1920~)임을 누구나 짐작할 수 있도록 묘사하였다. 평소

---

1) 본 글은 발저의 어느 특정 작품에 대한 분석보다는 주로 그의 사상적·정치적 입장을 문제 삼았다. 그런 이유로 나는 발저의 행보에 대한 관찰에서 중립적 입장을 견지하지 않았다. 발저의 사상적·정치적 변화가 필자에겐 매우 두드러졌기 때문이다. 이 글은 일종의 '논쟁적 글(eine Polemik)'이었고, 이 글 이후 독문학 연구자들 사이에서 이 글이 수차례 언급된 것은—그것이 어떤 입장을 취하는지 상관없이—매우 환영할 만한 일이었다.

라이히-라니츠키의 말투와 그의 특유한 몸짓들이 희화화(戲畵化)되어 허구의 인물의 모습에 거의 그대로 옮겨졌기 때문이다.

『한 평론가의 죽음』의 집필 동기를 놓고 벌어진 이 사건은 얼핏 보기에 한 대표적 작가가 한 유명 평론가의 문화 권력 내지는 언론 영향력을 비난하는 것일 수도 있고, 아니면 30여 년이 넘는 세월 동안 한 사람은 부지런히 쓰고 다른 한 사람은 그 글들에 대해 쓴소리를 마다하지 않기를 반복적으로 되풀이하는 과정에서 생겨난 두 사람간의 해묵은 감정 싸움이 비화된 것으로 비칠 수도 있겠다. 그러나 여기에서 보다 본질적인 것은 이 소설에서 이른바 독일의 대표적 지식인임을 자타가 공인하는 작가 발저의 최근 독일사에 대한 모호한 역사인식이 표출되었고, 나아가 이 사건을 계기로 독일 사회의 기저에 흐르고 있는 반유대주의적 경향이 또다시 수면 위로 고개를 내밀었다는 점이다.

발저의 역사인식과 반유대주의적 발언이, 비록 그것이 혹자들의 주장처럼 '오해'에서 비롯되었다 할지라도, 독일 사회 전체의 이슈로 대두된 것은 이번이 처음은 아니었다. 지난 1998년 발저는 자신의 유년시절의 추억을 회고한 일종의 자전적 소설『샘솟는 분수』(Ein springender Brunnen, 1998)로 그해 〈독일서적협회 평화상〉(Friedenspreis des Deutschen Buchhandels)을 수상하게 되었다. 그는 일요일 오전 독일 전역에 텔레비전으로 생중계되는 수상 답례 연설에서 마치 이 순간을 오랫동안 벼르고 있던 사람처럼 '도덕적인 몽둥이를 휘두르듯, 자신의 목적을 위해 홀로코스트(Holocaust)를 이용하는 일은 이제 그만하자'며 나치 과거와의 결별을 촉구하는 논지를 펼침으로써, 결과적으로 독일 국민 전체가 나치 과거에 대한 자신들의 입장과 관련하여 크게 양분되는, 이른바 '발저-부비스 논쟁(Walser-Bubis Debatte)'을 야기시켰다.

독일의 민주화 운동이라 할 수 있는 1960년대의 68운동 시기, 그리고

1970년대를 지나오면서 독일 작가들 중 어느 누구보다도 큰 목소리로 작가들의 정치적 연대를 주장하며 사회 참여를 외쳤고, 한때는 공산주의자라는 혐의까지 받을 정도로 활발했던 좌파 작가였던 발저는 대략 1980년도 초반을 전후로 당시 좌파 지식인들에겐 금기시되었던 민족(Volk), 국가(Nation), 독일인이라는 것(Deutschsein) 등의 개념에—이들 용어들은 독일에선 오늘까지도 금기 목록(Index)에 올라있다—유달리 집착하며 그 본래 의도가 무엇인지 모를 모호한 글들을 발표하기 시작함으로써 자신의 사상적 · 정치적 동지들로부터 이제 그가 우측으로 방향을 튼 게 아닌가 하는 의구심을 받기에 이르렀다.[2] 본 글에서는 발저의 1998년도 〈평화상〉 수상 연설과 또 소설 『한 평론가의 죽음』으로 인해 야기된 논쟁적 글들을 통해 '제3제국'에 대한 독일 전후 세대들의 견해와 특히 발저의 역사인식을 되짚어보고자 한다. 우선 그에 앞서 다음의 2장에서는 마르틴 발저가 걸어온 정치적 행로를 대략 소개한다. 그의 문학작품들이 그가 처한 시대적 상황과 또 실제 겪은 경험들에 따라 조금씩 다른 양상들을 보여주지만 지면상 이것까지 다루지는 않겠다.

1. 발저의 정치 에세이 「참여는 작가의 의무다」(1968)

발저는 동시대의 독일어권 작가들—가령 막스 프리쉬, 프리드리히 뒤렌마트, 하인리히 뵐, 페터 한트케, 귄터 그라스, 크리스타 볼프, 하이너 뮐러, 한스 마그누스 엔쩬스베르거 등—과 비교해 볼 때 국내의 독자들에게 상대적으로 덜 알려진 것은 물론이고, 국내 독문학계에서조차도 그가 독어권에서 차지하는 비중에 걸맞지 않게 매우 한정되어 연구되었다.
발저는 1951년에 튀빙엔 대학에서 카프카 연구자로 잘 알려진 프리

---

2) 참조, Reinhard Baumgart, Sich selbst und allen unbequem, *Die Zeit*, 1998년 12월 10일.

드리히 바이스너(F. Beißner) 교수에게서 역시 카프카의 소설의 서술 형식에 대한 논문『형식에 대한 기술. 카프카에 대해』(Beschreibung einer Form. Versuch über Kafka)로 문학박사 학위를 받았다. 그는 카프카의 문체를 연상시키듯이 그로테스크하면서도 환상적 분위기를 자아내는 단편들을 몇 편 발표하였고, 1955년에 단편「템플로네 씨의 종말」(Templones Ende)로 당시 독일 문단에서 기대주들에게 수여하던 권위의 〈47그룹 문학상〉을 받았으며, 2년 뒤인 1957년에는 첫 장편소설『필립스부르크의 결혼』(Ehen in Philippsburg)으로 〈헤세 문학상〉을 받았다. 이후 그는 지금까지 줄잡아 30여 권에 달하는 중·장편 소설[3]과 그 밖에 적잖은 정치에세이집, 문학에세이집, 드라마 등을 발표하였다. 발저는 드라마 작가로서는 그다지 주목을 받지 못하였고, 독일 현 사회를 무대로 하는 장편 사회소설이 그의 주 영역이라고 할 수 있다.

그가 받은 문학상 가운데 제법 알려진 것들만을 언급하더라도 〈47그룹 문학상〉(1955), 〈헤세 문학상〉(1957), 〈게하르트 하우프트만 문학상〉(1962), 〈쉴러 문학상〉(1965), 〈뷔히너 문학상〉(1981), 〈독일연방공로훈장〉(1987), 〈칼 추크마이어 메달〉(1990), 〈바이에른주 학술원 문학상〉(1990), 〈리카르다 후흐 문학상〉(1990), 〈횔덜린 문학상〉(1996) 등 헤아릴 수 없이 많다. 또 발저는 울름대, 콘스탄츠대, 드레스덴대 등에서 명예 박사학위를 받았으며, 70년대 초반부터 현재까지 워럭대, 미들베리대, 텍사스대, 웨스트 버지니아대, 다트마우스대, 캘리포니아대 등의 영

---

3) 이들을 연대순으로 대략 나열하자면『필립스부르크의 결혼』(1957),『전반전』(1960),『일각수』(一角獸, 1966),『픽션』(1970),『갈리스틀씨의 병』(1972),『추락』(1973),『사랑의 저편』(1976),『달아나는 말』(1978),『영혼의 위안자』(1979),『백조의 집』(1980),『리스트경에게 보내는 편지』(1982),『부숴지는 파도』(1985),『도를레와 볼프』(1987),『사냥』(1988),『유년시절의 정체성』(1991),『따로따로』(1993),『핑크씨의 전쟁』(1996),『샘솟는 분수』(1998),『사랑의 행로』(2001),『한 평론가의 죽음』(2002) 등이 있다.

미권 대학에 여러 차례에 걸쳐 객원교수로 초빙되거나 아니면 하이델베르크대 등에서 시학(詩學) 강의를 하기도 했다. 특히 영미권에서 발저에 대한 연구가 매우 활발한 편인데, 이미 1985년에 미국 웨스트 버지니아 주의 모건타운에서는 '국제 마르틴 발저 심포지움'이 개최되기도 하였다. 이쯤이면 한 작가로서, 그것도 생존하는 작가로서는 자부심을 가질 만한 대단한 경력이라고 말할 수 있겠다.

하지만 한국에선 발저의 중편소설『달아나는 말』(1978)이—그 내용은 중년에 접어든 한 고교 국어교사의 삶에 대한 권태와 중년의 위기감 등을 묘사하고 있다—1982년에 번역되었을 뿐, 그의 문학세계를 조명하는 전문적인 연구 논문이 쓰여진 경우는 드물었다. 2000년 전후로 가끔씩 발저에 대한 논문이 있기는 했지만, 그것들마저도 대개는『달아나는 말』에 관한 내용 분석이었다. 2001년에 들어서야『유년시절의 정체성』(Die Verteidigung der Kindheit, 1991),『샘솟는 분수』(Ein springender Brunnen, 1998)가 각각 번역되면서 그에 대한 연구의 폭이 조금씩 확대되었고, 특히 발저가 1998년에 행한 〈평화상〉 수상 연설이 이른바 '홀로코스트 논쟁'의 도화선이 되면서 독일 매스컴의 집중 조명을 받게 되자 국내에서도 그를 다루는 글들이 조금씩 나타나기 시작했다.[4]

앞서 언급했듯 발저는 두말할 나위 없이 현재 독일에서 귄터 그라스(G. Grass, 1927)와 더불어 대중적 지명도가 가장 높은 작가이다. 그라스가 1999년에 〈노벨문학상〉을 받게 된 이후로—〈노벨문학상〉 수상의 직접적 계기는 뭐니뭐니해도 그가 40여 년 전에 쓴 처녀작『양철북』(Die Blechtrommel, 1959)이다—독일 외의 국가에선 더 국제적 유명 인사가 되

---

4) 참조, 정시호, 「독일인의 '흘러가지 않는 과거' 문제-이그나츠 부비스와 마르틴 발저의 논쟁을 중심으로」, 〈한국독일어문학회〉 2001년 추계학술대회 (2001년 11월 2일-3일) 강연 초록.

었지만, 자국 내에서의 대중적 지명도에선 발저가 분명 그라스보다 우위를 점하고 있다. 90년대 중반 무렵, 시사주간지 〈슈피겔〉이 국민들에게 독일을 대표하는 인물을 지명해보라고 하여 '100인의 독일인'을 발표한 것을 필자가 읽은 적이 있는데, 그 명단에서 작가로서는 발저가 가장 상위에 랭크되었다. 그리고 해마다 〈노벨문학상〉 수여식 때가 다가오면 독일어권에서 마르틴 발저라는 이름이 늘 빠지지 않고 거론되곤 하였다. 최소한 1998년 이전까지는 그랬다. 하지만 발저가 이제 몇 번에 걸쳐 (결과적으로) 반유대주의 논쟁의 원인 제공을 함으로써 지난 수십 년간 발저의 문학을 동행했던 독자들 중 적잖은 수가 그의 문학관과 정치·역사관에 대해 한번 깊이 생각해보려고 할 것이다.

발저가 문단에 등장하던 1950년대 독일 사회는 한 지식인에게 어떤 식으로라도 자신의 정치적 입장을 표명할 것을 요구하던 시대였다. 독일 국가사회주의 노동당(NSDAP, 나치당)의 당수 히틀러가 1933년 수상으로 취임한 이래 독일 제3제국이 패망하는 1945년까지 독일이라는 국가는 12년 동안 하나의 집단 단위체로서 철저하게 통제되었다. 그러나 독일 국민이 피해자라고만은 할 수 없다. 국민의 대다수는 그들의 '영도자'인 히틀러에게 충성을 맹세하였을 뿐 아니라, 유대인, 나치당의 정책에 반대하는 반정부인사, 신체장애자, 정신박약아, 동성연애자 등 600만 명의 인간들을 대량 학살하는 데 앞장서거나 적어도 이를 방관했던 가해자이기도 했다. 전후 50년대의 독일 사회는 바로 이런 수치스럽고 어두운 과거의 상처가 미처 아물지 않은 시기였고, 그만큼 제3제국이라는 역사의 짐도 매우 무거웠던 시기였다.

콘라드 아데나우어(K. Adenauer)가 이끄는 기민당/기사당(CDU/CSU)의 보수 정부는 경제 재건이라는 국가적 최우선 과제의 실천에 걸림돌이 되는 것은 모두 방해 요소로 간주하였다. 빈부의 격차는 당연한 것으로 받아들여지고, 도덕적 요구는 한낱 바리새인적인 위선으로만 남게 되었으며, 사회 전반에선 소비 지상주의가 팽배했다. 그러나 지식인들을 특히 불안케 한 것은 무엇보다도 재계 및 정계에 나치주의자들이 재등장하는 이른바 정치의 복고화 경향과 미국의 결정에 따른 독일의 군사 재무장이었다. 당시 국방장관 프란츠 요젭 슈트라우스(F. J. Strauß)를 위시한 정치권의 반공 정책은 냉전 이데올로기를 더욱 첨예화시켰다.

1961년, 이러한 정치적 환경하에서 20인의 작가와 출판인들은 선거를 몇 주 앞두고 사민당(SPD)에 대한 지지를 선언하며 「대안, 혹은 우리는 새로운 정부가 필요한가?」(Die Alternative, oder brauchen wir eine neue Regierung?, 1961)라는 책자를 발간하였다. 작가의 직접적인 정치 참여를 공표하는 이 책자를 펴낸 사람은 발저였다. 그는 이 책에 서문을 썼고, 자신의 글 이외에 페터 륌코프, 한스 마그누스 엔첸스베르거, 귄터 그라스, 지그프리트 렌츠 등의 글을 함께 실었다. 발저는 자신의 글에서 현 정부의 경제 정책, 그리고 흑백 논리로 악용되는 반공 이데올로기를 비난하였다. 의회선거를 4주 앞두고 나온 이 책자가 무려 십만 권이나 팔려나간 것을 볼 때, 당시 국민들이 작가들의 정치 참여에 보인 반응은 대단한 것이었다. 사민당은 작가들의 선거운동에도 불구하고 1961년 선거에서 승리하지 못했다.

1965년 다시 의회선거가 다가왔을 때 일부 작가들은 다시 사민당의 선거운동을 돕기 위해 후원구좌를 개설하고 나섰다. 그러나 국내의 정치현안이나 외교 정책면에서 현 여당인 기민당/기사당이나 야당인 사민당 간의 차이를 발견할 수 없다고 생각한 발저는 이번에는 함께 선거운동에 나서기를 거부하였다. 특히 사민당이 미국의 베트남 정책에 대해 보인 애매한 태도에 크게 실망한 발저는 야당 수상 후보인 빌리 브란트(W. Brandt)의 개인적인 설득에도 불구하고 자신의 결심을 바꾸지 않았다. 그렇다고 발저가 정치에 대한 관심을 접은 것은 아니었다. 1966년, 그는 미국의 베트남 정책에 대한 독일 매스컴의 편향적 보도에 대한 반발로서 베트남전의 진상을 알리겠다는 취지하에 〈베트남 사무국〉(Büro für Vietnam)을 직접 열었고, 1968년까지 수차례에 걸쳐 미국의 베트남 정책에 대한 독일의 태도를 비난하는 강연을 하였다. 이 과정에서 발저는 오히려 더 급진적으로 재야와 독일공산당(DKP)에 가까워졌다. 발저는 비록 공산당원으로 가입하지는 않았지만 1972년에서 1974년의 기간 동안 독일공산당의 전체 총회에 참석하였다. 「참여는 작가의 의무다」(Engagement als Pflichtfach für Schriftsteller, 1968)라는 발저의 급진적인 정치 에세이가 나온 것은 이 시기였다.

　일 년 뒤에 발표된 발저의 또다른 정치에세이 「서독의 최근 분위기에 대해」(Über die Neueste Stimmung im Westen, 1969) 역시 발저의 좌파적 사고를 여실히 드러내고 있는데, 이 팸플릿은 당시 좌파 지식인들의 필독문이기도 했다. 발저는 이 글에서 (훗날 독일어권 문학에서 포스트모더니즘의 시초라고 평가되는) 롤프 디터 브링크만(R. D. Brinkmann)이나 페터 한트케(P. Handke)와 같은 작가들의 경우에서 보듯 사회의 변화를 위한 노력에 전혀 관심을 두지 않고 오히려 자기 내면화를 추구함으로써 사회적 현실로부터 멀어져가는 문학 전반의 경향에 대해 큰 우려를 표명하고 있다. 나아가 그는 당시 유행처럼 번져가던 대중문화나 사이언스 픽션, 포르노그라피 등이 민주적인 사회를 실현하려는 가능성을 제한할 뿐, 현실에 대한 실제적 구속성이 전혀 없다고 비난하였다. 그럼에도 불구하고 발저 스스로도 앞으로 작가가 사회 내에서 떠안게 될 역할에 대해 자신있게 말하지는 못하고 있다.

　우리는(=작가들, 필자 주) 후기자본주의 사회에서 레저생활을 제공하는 사람들이다. 우리는 다른 사람들이―대개는 언제나 임금노동자가 이에 속하는데―그들의 여가를 선용할 수 있도록 제품을 생산한다. (…) 우리는 순응하였다. 안 그러면 우리는 쓸모없게 될 것이고, 이 일로 먹고 살 수 없게 되기 때문이다. (…) 체제에 대한 우리들의 순응이나, 의존 그리고 우리가 감당해야 하는 기능들이 성찰의 과정을 거쳐 하나의 의식으로서 작품 속에 드러나야 한다. 그렇지 않을 경우 작품들은 눈먼 것에 불과하고, 또 기껏해야 남들마저 눈멀게 할 뿐이다.[5]

「서독의 최근 분위기에 대해」는 발저가 처해 있는 애매한 상황을 잘 드러내고 있다. 정치에 간섭할 것인가, 사인(私人)으로 살아갈 것인가? 뒤에 쓴소리를 듣더라도 자신의 의견을 개진할 것인가, 아니면 차라리 허구라는 예술의 세계에 침잠할 것인가? 발저가 처해 있는 모순적 상황은 이같은 질문 속에 잘 나타나 있다.

그는 노동현장의 민주화가 재야 투쟁의 최우선적 목표가 되어야 함을 인식하기에 이르렀다. 그리하여 1970년에 우선 자신이 몸담고 있는 문화계의 민주화를 위해 기존의 금속노조(IG Metall)를 본떠 문화노조(IG Kultur)를 설립하자고 제안하였다. 하지만 문화노조는 설립되지 않았고, 대신 그는 인쇄 및 제지업 노조(IG Druck und Papier)에 가입하였다. 한편, 독일공산당에서 자신의 정치적 신념을 펼쳐보고자 했던 발저의 의지는 뜻대로 되지는 않았다. 발저가 보기에 독일공산당은 이탈리아나 프랑스의 공산당과는 달리 독자적인 노선과 관심사를 확보하지 못한 채 모스크바의 지침을 따르고 있었기 때문에 독일의 상황에 맞지 않았다. 게다가 발저는 독일공산당이 노동자뿐 아니라 그들과 마찬가지로 노동착취와

---

5) Martin Walser, Über die Neueste Stimmung im Westen, 31쪽 이하, M. Walser, *Wie und wovon handelt die Literatur? Aufsätze und Reden*, Frankfurt am Main 1973, 7~41쪽.

인권 유린을 겪고 있는 소시민 계층도 지원해야 한다고 역설하였다.

발저는 두말할 나위 없이 60년대 후반과 70년대 전반기를 통틀어 독일의 좌파 지식인들 가운데 가장 적극적이고도 두드러지게 활동한 인물이었다. 그러나 발저는 70년대 중반에 접어들면서 직접적인 정치 참여에서 물러나기 시작하였다. 독일공산당과도 더 이상 노선이 맞지 않아 결별하였다. 돌이켜 보면 발저와 독일공산당의 동지적 관계는 처음부터 오래갈 성질의 것이 아니었다. 제도권 내의 정당들의 정책에 대해 실망한 그가 급진적 성향의 재야나 독일공산당에 관심을 기울인 것은 어쩌면 충분히 예상할 수 있는 일이었다. 하지만 나름대로 기득권이 있는 그가 국민 대다수의 관심권 밖에 있는 비주류인 공산당과 지속적으로 관계를 유지할 리는 만무하다. 그의 가장 큰 관심사였던 베트남 전쟁이 이 무렵 종결된 것도 그가 현실 정치에서 한걸음 뒤로 물러선 이유가 되지만, 한때 열렬한 참여 지식인들이 탈정치화로 접어든 것은 비단 발저에게만 국한된 것은 아니었다. 그들은 정치적 환경의 개선을 위해 집단적으로 거리에 나섰던 흥분의 시기가 지난 뒤, 자신들의 노력이 현실 정치의 개선에 거의 기여하지 못했다는 것을 깨닫게 되면서 실망감을 맛보게 되었다.

1980년도를 경계로 발저의 글에서 보수 우파 색채를 띠는 표현들이 점차 눈에 띄기 시작했다. 하지만 아직 당시로서는 발저의 역사인식에 대해 성급히 뭐라고 단정적으로 판단할 수 없었는데, 이는 그의 표현들이 대개 매우 모호했기 때문이다. 위르겐 하버마스(J. Habermas)는 〈주어캄프 출판사〉의 기획시리즈 1,000권째 간행을 기념하는 책『시대 정신』(Stichworte zur 'Geistigen Situation der Zeit', 1980)의 첫머리를 발저의 글로 시작하였다. 발저는 그 책에 실린 글에서 아직은 조심스레, 그럼에도 간간이 터부의 영역을 넘어서며 국가와 민족에 대한 고백을 기술하였다. 발저는 그때까지 아직은 친구 관계였던 하버마스의 눈앞에서 서서히 우측으로 발걸음을 떼기 시작하였다.

어떻게 생각하면 발저는 그가 이 무렵 특별히 방향을 튼 게 아니라, 그의 지속적인 관심사가 다른 국면을 맞았을 뿐이라고 여길지도 모른다. 그가 『필립스부르크의 결혼』으로 문단에 데뷔할 때부터 시종일관 그의 문학의 주제는 현 시대의 사회상을 그리는, 발저식대로라면 이를 통해 사회에 관여하는 것이었다. 경제적·사회적 성공에 대한 강한 압박감, 직장 동료들 간의 생존경쟁, 사회체제에 순응하지 못하는 낙오자의 절망, 중산층 지식인들의 무력감 등이 발저가 50년대에서 80년대 초까지 쓴 소설들의―『전반전』, 『일각수』(一角獸), 『추락』, 『사랑의 저편』, 『달아나는 말』, 『영혼의 위안자』, 『리스트경에게 보내는 편지』 등―주요 테마라면, 『도를레와 볼프』, 『유년시절의 정체성』, 『샘솟는 분수』 등의 1980~90년대의 소설들에서는 분단된 두 개의 독일이라는 현실보다는 분단 이전 하나의 독일 국가로 지내던 역사를 더 중시하는―그에겐 이것이 역사의 연속성일 수도 있다―, 다시 말해 분단 이전의 독일의 역사와 정체성의 회복을 꾀하는 것 같다.

발저는 독일의 지식인들이 제1차 세계대전에 패전한 1918년 이후 국민들과 결별했으며, 제2차 세계대전의 패전과 히틀러 정권하에 벌어진 행위들에 대한 죄의식 속에 그들을 그냥 방치하고 있다고 보았다. 〈프랑크푸르트 알게마이네 짜이퉁〉(Frankfurter Allgemeine Zeitung; 이하 FAZ)의 발행인인 프랑크 쉬르마허(F. Schirrmacher)가 1998년의 〈평화상〉 수상식에서(그때만 해도 발저와 쉬르마허는 돈독한 관계였다) 수상자인 71세의 노년 작가 발저의 업적을 기리는 축사에서 그를 가리켜 "전후 실종된 지식인들의 역할을 다시 회복시키려고 가장 노력하는 인물 중의 한 명"[6)]

---

6) Frank Schirrmacher, *Sein Anteil*. Laudatio auf Martin Walser bei der Preisverleihung vom Deutschen Buchhandel, 1998. 이 연설은 나중에 Martin Walser, *Erfahrung beim Verfassen einer Sonntagsrede*(Frankfurt am Main 1998)에 재수록됨.

이라고 아무런 거리낌 없이 추켜세운 것은 발저의 문학이 사회에 대한 관찰과 비판의 기능을 잘 수행해 내었음을 강조하고자 한 말이었을 것이다. 이 말은 듣기에 따라서는 다른 작가나 지식인들은 발저와는 달리 국민과 괴리된 문학을 추구하고 있음을 간접적으로 명시하는 셈이다. 그런데 발저는 국민들이 독일 역사의 가장 큰 죄책감을 떨쳐버릴 수 있도록 돕는 것을 지식인으로서의 자신의 의무이자 역할로 간주하는 것 같다. 그렇기에 그의 정치관과 역사인식의 한 가운데에는 언제나 아우슈비츠(Auschwitz)가 자리 잡고 있다. 아우슈비츠의 죄책감을 하루 속히 떨쳐내고, 동시에 그로 인해 야기된 분단국가라는 현실을 어서 극복하는 게 발저에겐 가장 시급한 과제였다. 그런 맥락에서 보면 1989년 베를린 장벽이 무너지고, 1990년 재통일이 이루어졌을 때—비록 그것이 흡수 통일이라 할지라도—귄터 그라스와 달리 발저는 이를 바람직한 일로 흔쾌히 환영할 수 있었던 것이다.

2. 발저, 부비스 그리고 홀로코스트 추모관

이그나츠 부비스〈Zeit〉

발저가 70년대 전반기에 독일공산당과 밀월 관계에 빠지며 급진좌파적 경향을 보였을 때나, 80년대 이후로 그의 정치 에세이들에서 분단된 독일에 대해 불편함을 내비치며 독일적 정체성을 강조하는, 이른바 보수 우익들이 즐겨 사용하는 용어들이 모호하게 등장하기 시작했을 때, 발저의 행보를 지켜보는 자들은 그의 태도의 변화를 탐탁치 않게 바라보았지만 그것이 어떻게든 구체적으로 문제가 되지는 않았기에 그것으로 그저 그만이었다. 그러나 1998년에 발저가 소설『샘솟는 분수』로 〈독일서적협회 평화상〉을 수상하는 자리에서 행한 연설은 늘 일정한 테두리 내에서 조심스레 진행되던 나치 과거에 대한 논의를 마치 다이너마이트가 터지듯이 한순간에 사회 전체의 이슈로 만들어버렸다. 이는 동시에, 필자의 판단으로는, 발저가 지금까지의 간접적 태도 표명에서 이제는 자신의 보수적 색채를 분명하게 드러내는 순간이기도 했다.

발저의 연설은 나치 과거에 대해 '숨죽이며 웅크리고' 지내던 시절은 이제 끝났다는 의미의 도발처럼 들리는데, 이런 예로서는 전후 독일에서 세 번째에 해당된다.[7] 유대인에 대한 인종차별적인 내용을 담고 있다는 이유로 전후 처음으로 사회적인 물의를 일으킨 사건은 우리에게 영화감독 겸 드라마작가로 알려진 라이너 베르너 파스빈더(R. W. Fassbinder)의 연극작품 〈쓰레기, 도시 그

마르틴 발저(www.google.de)

리고 죽음〉(Der Müll, die Stadt und der Tod, 1985)이었다. 이 작품은 1985년 가을 프랑크푸르트의 한 극장에서 초연될 예정이었는데, 프랑크푸르트에 있는 〈독일유대인협회〉는—이 협회의 회원은 집단수용소에서 살아남은 유대인들이 중심이다—그 작품이 반유대주의적이라며 공연이 성사되지 못하도록 무대를 점거하였다. 결국 연극은 공연되지 못하였고, 공연 전부터 이미 구설수에 올랐던 작품의 초연을 지켜보기 위해 극장을

---

7) 이하 언급되는 세 경우는 라이히-라니츠키의 책에서 얻어온 내용임. 참조, Marcel Reich-Ranicki, *Mein Leben*, München 1999. 540~551쪽.

찾았던 저명한 평론가와 언론사 기자들은 발길을 돌릴 수밖에 없었다. 이 사건은 파스빈더 작품의 예술성 유무를 떠나, 유대인에 대한 약간의 입장 표명일지라도 전후 독일에서 그것이 얼마나 위험을 수반하고 또 그 만큼 독일인들의 신경조직을 건드리는 예민한 문제인가를 여실히 드러낸 경우였다.

1986년 베를린의 보수 역사가 에른스트 놀테(E. Nolte) 교수의 강연에서 촉발된 이른바 역사가 논쟁(Historikerstreit)은 파스빈더 사건과 직접적인 연관성은 없을지라도 나치의 유대인 학살, 제3제국에 대한 독일의 입장 등을 놓고 역사학계를 비롯하여 사회 전반의 지식인들이 광범위하게 참여하여 논쟁을 벌였다는 점에서 파스빈더 사건의 연속선상에 놓여 있는 셈이다. 놀테는 1986년 6월 6일자의 〈FAZ〉에 「흘러가지 않으려는 과거. 썼지만 발표할 수 없었던 연설문」이라는, 얼핏 보기에 마치 주변으로부터 압력을 당하고 있다는 인상을 풍기는 제목을 달고서 글을 발표하였다. 그는 이리저리 돌려서 말을 하며 전혀 객관성이 검증 안 된 용어들을 사용하였는데, 그의 논지는 크게 세 가지로 요약이 된다. 첫째, 독일의 유대인 학살은 20세기에 자행된 다른 집단 학살과—가령 스탈린의 학살—견주어 보아 크게 다를 바 없다는 것이다. 스탈린이 히틀러보다 더 많은 사람을 죽였으면 죽였지 덜하지는 않다는 말이다. 둘째, 홀로코스트는 스탈린의 공포 정치로부터 독일을 보호하기 위한 조처였다는, 그래서 이해가 간다고 하였다. 셋째, 적군 점령지에서 희생당한 독일인과 나치수용소에서 죽은 유태인 희생자 간에 근본적인 차이가 없다는 것이다. 놀테는 나치즘을 두둔하며, 나치의 만행을 전쟁 중에는 으레 일어날 수 있는 일로 치부하고, 오히려 스탈린의 소비에트 공화국에게 죄를 돌리고 있다.

지극히 무책임하고 왜곡된 역사의식을 공공연히 드러내며, 극우파의 구호를 그대로 옮겨놓은 듯한 이 글이 (이러니저러니 하지만 그래도 '정론지'라 불리는) 〈FAZ〉에 인쇄될 수 있었던 것은 당시 〈FAZ〉의 발행인을 맡고 있던 요아힘 페스트(J. Fest) 때문이었다. 히틀러 평전의 저자로 큰 명성을 얻은 페스트는 역사가 논쟁의 전개 과정에서 지식인 동료들의 기대와는 전혀 달리 오히려 놀테를 지지하는 글을 씀으로써 그때까지 쌓아온 명성을 단번에 모두 날려버렸다. 페스트에 대한 자세한 이야기는 여기에서는 지면상 생략한다. 놀테의 왜곡되고 위험한 역사인식에 대한 하버마스의 반박으로 본격적인 궤도에 올라선 역사가 논쟁은 이후 한동안 독일어권 전 언론의 지면을 뜨겁게 달구었다. 하버마스의 글을 실은 〈디 짜이트〉(Die Zeit)를 필두로 하여, 〈슈피겔〉, 〈메르쿠어〉(Merkur), 〈프랑크푸르트 룬드샤우〉(Frankfurter Rundschau) 등에 연이어 놀테의 왜곡된 사고와 이를 두둔한 페스트의 불행을 지적하는 기사들이 줄을 이었다. 노년의 역사가 놀테는 결코 자신의 태도를 바꾸지 않았다. 그는 오히려 한 술 더 떠 독일 땅의 모든 유대인을 구금하고 유배시킨 히틀러의 행동은 옳았다고 했다. 유대인을 '벌레(Ungeziefer)'와 비교하는 것을 꺼리지 않은 그는 나치들이 유대인을 잔인하게 다루지 않았다고 했다. 벌레를 죽일 때 고통을 가한다는 생각은 하지 않는다는 게 그의 대답이었다. 많은 이들은 이 노년의 역사학자의 정신상태를 의심하였다.

　라이너 베르너 파스빈더, 에른스트 놀테. 이들로 인해 촉발된 반유대주의 및 나치과거 논쟁은 이후 한동안 잠수상태를 유지하다 1998년에 마르틴 발저로 인해 다시 수면 위로 튀어 올랐다. 발저는 『샘솟는 분수』로 인해 그해 10월 11일 프랑크푸르트의 바울교회에서 〈독일서적협회 평화상〉을 수상하게 된다. 바울교회(Paulskirche)는 말 그대로 전통과 위엄을 간직한 장소이다. 1848년 3월, 독일 최초의 시민혁명이 봉기했고 그 과정에서 선출된 585명의 의원들이 독일 통일과 민주적 헌법제정이라는 대의명분을 위해 5월 국민의회를 소집한 곳이 바로 이곳이다. 대개의 수상이 그러하듯 『샘솟는 분수』 하나 때문에 발저에게 〈평화상〉을 수여하자고 결정하지는 않았을 것이다. 미루어 짐작컨대, 심사위원들은 사회적 현실에 대해 늘 직·간접적으로 발언을 해온 노년의 작가 발저의 사회적 기여도를 더 심사기준으로 삼았을 것이다.

어린이의 시점에서 기술하고 있는, 작가의 자전적 소설 『샘솟는 분수』는 어떻게 읽느냐에 따라 평가가 엇갈릴 수 있다. 한편으론 순수했던 유년 시절의 애틋한 추억을 회상시켜주는 한 폭의 수채화처럼 독자들의 가슴에 잔잔한 감동을 줄 수가 있고, 다른 한편으론 비록 소극적 의미이긴 하지만 시대적 상황에 대한 왜곡과 호도가 될 수도 있다. 왜냐하면 이 소설에선 발저의 유년 시절과 정확히 포개질 수 있는 시간적 배경이 나치 시대이기 때문이다. 발저가 1927년에 태어났고, 히틀러가 수상으로 취임한 게 1933년, 제2차 세계대진의 패망이 1945년이니 한 어린이가 자신과 주변 세계를 의식하게 되는 5~6세의 나이에서 성인이 되는 18세까지의 기간이 바로 나치 치하이다. 그런데 발저의 소설에선 그 악명 높았던 아우슈비츠나 히틀러유겐트(Hitler-Jugend),[8] 히틀러 정권의 테러 정치 등이 간접적으로 다루어지거나, 아니면 아직은 그 심각성을 제대로 깨닫지 못하는 소년의 시각으로만 그려지고 존재한다. 물론 소년의 시각으로 기술된 자전적 소설에 이런 문제들을 담게 되면 이야기 전개가 불가능하다느니, 정치적 색채로 인해 문학성이 사라진다느니, 그 시대에 출생한 세대는 (아름다운) 유년 시절조차 마음대로 얘기하지 못하느냐 등의 논리가 이유가 되긴 하겠지만, 그래도 여기에는 뭔가 흔쾌히 함께 감동하지

---

8) '히틀러 소년단'. 나치정권이 여성들은 여성들대로 또 아이들은 아이들대로 거의 전 국민 모두를 예외없이 정치적인 단위체로 조직하여 정치선전, 인종적 우월감, 애국심 함양, 투쟁의욕 고취 등을 수행하였음은 잘 알려진 일이다.

못할 께름칙한 면이 분명히 있다. 인류의 최대의 만행이 애써 축소되거나 그리 해롭지 않은 것으로 희석될 소지가 있기 때문이다.

어쨌건 이 소설이 표면상의 계기가 되어 발저는 〈평화상〉을 수상한다. 성대하게 치장된 수상식장은 독일연방대통령 로만 헤르쪽(R. Herzog), 〈독일유대인협회〉 회장 이그나츠 부비스(I. Bubis)를 비롯하여 고위 정치인, 저명 언론인 등 발저의 수상을 축하하기 위해 초대된 유명 인사들로 꽉 들어찼다. 발저는 동독의 스파이 혐의로 현재 감옥에 수감 중인 죄수 라이너 룹(R. Rupp)이 분단 독일이라는 불행한 시대의 산물이니, 사면권을 가진 헤르쪽 대통령이 부디 그를 사면해주길 바란다고 요청하였다. 이는 그러나 그의 연설의 단순한 곁다리에 불과했다. 그는 연설의 대부분을 독일 역사에서 나치범죄를 어떻게 다루어야 할 것인가 하는 문제에 초점을 맞추었다. 그의 연설의 요지는 다음과 같다.

매스컴에서 쉬지 않고 유대인 학살에 대한 독일 국민의 죄를 강조하는 것이 이를 기억하자는 데에, 즉 잊지 말자는 데에 그 동기가 있는 것이 아니라 특정한 목적 때문이다. 일부 세력이 그 목적을 이루기 위해 독일 국민의 수치심을 도구로 삼고 있다. 아우슈비츠는 걸핏하면 남을 협박하는 수단이 되어서는 안 되며, 필요할 때마다 남을 의기소침하게 만드는 수단으로, 도덕적 몽둥이로, 아니면 무슨 방공 훈련하듯이 동원될 성질의 것이 아니다. 그는 나아가 말하길, 나는 매일 밤낮으로 나치 범죄를 들먹거리는 매스컴의 보도를 더 이상 견딜 수가 없다. 나는 텔레비전 화면에 그런 모습들이 비춰질 때마다 고개를 돌리거나 그것들을 잊으려 한다. 양심이란 혼자 조용히 가지는 것이지, 이렇게 공개적으로 드러내놓고 양심의 가책을 강요하는 것은 양심이 될 수 없다. 이는 오히려 '입술로만 하는 고백'일 뿐이다. 말하자면 지금 전개되는 상황은 국민들로 하여금 마치 어떤 제사 의식을 수행하듯 나치 범죄에 대해 양심의 가책을 받도록 만들

어놓았고 또 이를 하나의 수단으로 사용하고 있다.[9]

베를린 홀로코스트 추모관(2006년)

발저의 이 말은 너무나 심각한 오해의 여지를 남겼다. 어디까지가 발저의 본심이고, 어디서부터가 듣는 이의 오해인지는 작가 본인만이 알 일이지만, 조금 숨을 가다듬고 다시 생각해보면 발저의 진의는 분명했다. 그는 가깝게는 당시 수도 베를린에 세울 초대형의 〈홀로코스트 추모관〉(Holocaust-Mahnmal)에 대한 사회 전반의 논의나 홀로코스트 피해자의 물질적 보상 문제 등에서 유대인 단체 등이 협상에 유리한 고지를 점하기 위해 나치과거 문제를 이용하지 말라는 요구였다.

당시 독일에서는 이미 10년째 통일 독일의 수도 베를린의 한가운데에 축구장 두 배의 크기인 2헥타 규모의 유대인 희생자 추모관을 만들 것인지, 안 만들 것인지, 만든다면 어떤 형태를 취해야 할 것인지를 놓고 온갖 토론과 제안만 오고 갈 뿐 확실한 결정을 내리지 못한 상태였다.[10] 또 한편 사회 일각에선 유대인 희생자 본인이나 그들의 직계 가족들이 소송을 통해 독일 정부에 피해 보상을 요구하려는 움직임이 구체화되고 있었다. 희생자 본인들이 차츰 나이가 들어 죽어가고 있는데 아직껏 정부 차원에서는 공식적인 보상이 이루어지지 않은 게 현재의 상황이다. 그런데

---

9) Martin Walser, *Erfahrung beim Verfassen einer Sonntagsrede*, Frankfurt am Main 1998. 특히 17~20쪽.

10) 600억 원 규모로 예산을 잡고 있는 이 계획은 마침내 의회의 승인을 얻어 2002년 9월에 공사를 시작해 2005년 5월 12일에 개관하였다. 미국인 건축가 페터 아이젠만(P. Eisenman)이 총책임을 맡았다.

미국에 거주하는 유대인 생존자들을 중심으로 집단 소송이 전개되고 있었고, 또 부분적으로 승소를 하기도 하였다. 만일 독일 정부가 이들에 대해 보상을 하겠다면 그 액수는 엄청날 것이고, 그 돈을 실제 부담해야 될 자들은 다름 아닌 독일의 대기업들이었다. 아에게(AEG), 드레스덴 은행(Dresdener Bank), 크루프 (Krupp AG), 지멘스(Siemens AG) 등 독일의 쟁쟁한 대기업과 은행들이 나치 정권하에서 유대인 강제 노역을 통해 급성장했거나 강제로 몰수한 그들의 재산을 그대로 착복했기 때문이다. 이런 복잡한 정치적 메커니즘이 전제되어 있기에 유대인 배상 문제는 법적인 소송이나 독일 정부만의 결단만으로 해결될 수 있는 성질의 것이 아니었다. 거기에는 재원을 충당할 재계의, 그리고 무엇보다 국민들의 공감대가 형성되어야 했다.

이런 맥락에서 보면 발저의 연설 배경이 보다 구체화된다. 나치과거라는 역사의 짐이 지금 세대에게까지 마치 원죄(原罪)처럼 이어지는 것에 심한 거부감을 나타낸 그로서는 베를린의 중심부에 나치 과거를 떠올리는 유대인 희생자 추모기념관을 세우는 것을 흔쾌히 지지하고 나설 수가 없었다. 그는 이런 식의 기념관은 양심의 가책을 강요하는 것이고, 또 독일국가, 독일민족, 독일인 등의 자의식이 수치스런 역사의 영원한 볼모가 될 수는 없다는 입장이었다.

그런데 역사라는 것이 (발저의 표현대로) 텔레비전 채널을 돌려버린다고, 기억 속에서 밀어내 버린다고 그걸로 종결지어지는 걸까? 가해자의 입장에 있는 자가 그 역사에 종지부를 찍자는 것은 이제 잊자는 말로서 책임을 회피하겠다는 표현이고, 또 죄라는 것은 용서되기까지를 기다리는 것이지 한 세대가 지나갔다고 그것으로써 시효가 만료되는 것은 아닐 것이다. 동일한 대상을 놓고 '수치스럽다', '이제 그런 말이라면 신물이 난다'고 느끼는 것과 이런 일이 재발하지 않도록 경계로 삼자는 태도는 본질적으로 다르다. 예컨대 전자는 도덕적이길 강요받는다고 느끼는 것이고, 후자는 도덕적인 자세를 견지하는 태도이다.

발저는 이제 독일 역사에서 아우슈비츠라는 장(章)을 끝내버리자고 단도직입적으로 말하지는 않았지만, 그의 연설을 듣는 사람들의 대다수는 그렇게 이해했고 바로 거기에서 일종의 해방감을 느꼈다. 남녀노소 그리고 더 배우고 덜 배우고를 떠나 정말 많은 사람들이 발저를 두둔했다. 많은 사람들이 진작부터 하고 싶었던, 그러나 보수 우익으로 비칠까봐 주저했던 말을 이제야 누군가 한 사람이 공개적으로 속 시원히 발언했다고 생각하는 분위기였다. 그것도 소위 국민 작가이자 참여 지식인의 대명사격이던 발저에게서 이런 말이 나왔으니 많은 자들이 쾌재를 부를 만도 했다.

그의 연설이 많은 지지자를 얻은 만큼 충격도 컸다. 역시 적잖은 사람들이 발저의 연설을 듣고 경악을 금치 못했다. 그들은 발저가 극우파의 논리를 그대로 대변하고 있다고 비난했다. 발저가 『샘솟는 분수』를 낭독하기 위해 베를린으로 갔을 때 베를린의 학생들은 낭독회가 열리게 될 건물 앞에서 '극우주의자 발저'라는 전단지를 뿌리기도 했다. 발저는 유대인들이 강제노역에 대한 보상을 잘 받기 위해 나치 정권의 죄를 도구로 삼고 있다고 말함으로써 유대인은 언제나 돈만 밝힌다는—이 경우처럼 심지어 남의 양심을 미끼로—, 유럽에 퍼져 있는 유대인에 대한 편견을 다시 한번 들추어냈다. 또 나치 범죄 얘기는 더 이상 보기도 듣기도 싫다는 발저의 말은 나치의 학살 자체를 인정하지 않는 극우파의 논리와 맞닿아 있다. 발저의 진짜 의도가 어디에 있었든지 간에 그는 결과적으로 극우파의 입지를 크게 넓혀주었다. 수상식 연설이 있고 난 다음 날 〈독일 유대인협회〉의 회장 부비스는 발저의 연설을 "정신적 방화행위"라고 아주 강하게 비난했다. 발저의 〈평화상〉 연설 이후 독일의 거의 모든 방송매체와 신문지면은 서너 달이 넘도록 나치 범죄에 대한 전후 독일세대의 입장, 과거를 기억하는 방식, 도덕적인 것과 도덕에 대한 강요의 차이, 반유대주의 등의 주제를 놓고 격론을 벌였다.

발저의 〈평화상〉 수상 연설이 결국은 평화를 깨트린 상이 되고 말았는데, 필자는 이 사건을 접하면서 '보수 우익'이라는 위치가 한 국가의—독일만이 아닌 다른 국가에서도—구성원들 대다수에게 얼마나 편안한 자리인가를 다시금 인식하게 되었다. 한편 '발저-부비스 논쟁'의 한 축이었던 부비스는 논쟁이 촉발된 지 약 반 년 후인 1999년 7월에 사망했다. 몇달간 지속된 논쟁에서 부비스는 극우파나 그 밖의 적대세력으로부터 신체적 위협을 느끼는 많은 협박을 받았다. 이 과정에서 너무 체력을 소진한 것이 그의 건강을 급작스레 쇠약하게 했는지 모르겠다. 극우주의자들은 그가 죽은 후에도 그의 무덤을 가만히 내버려두지 않았다.

3. 발저, 라이히-라니츠키 그리고 『한 평론가의 죽음』(2002)

2002년 5월 말 독일의 자민당(FDP)은 시리아 태생의 전 녹색당(Grüne) 당원인 야말 카슬리(J. Karsli)를 자민당 당원으로 받아들였다. 그의 입당을 추진시킨 사람은 자민당의 대중적 정치인이자 90년대 초 경제부

야말 카슬리와 위르겐 묄러만(우)
〈슈피겔〉(2002년 5월 17일)

장관을 지냈던 위르겐 묄러만(J. Möllemann)이다. 녹색당원이었던 카슬리는 이 일이 있기 몇 주 전에 이스라엘의 팔레스타인 정책을 '나치적 행

태'로, 그리고 거대 언론들을 '시온주의의 로비스트들' 같다고 비난함으로써 구설수에 올랐는데, 그를 둘러싼 문제가 더 확산된 것은 전통적으로 자유주의와 관대함을 당의 근간으로 삼고 있는 자민당이 문제의 발언이 계기가 되어 4월 23일에 녹색당을 탈퇴한 카슬리를 당원으로 받아들였다는 점이다. 이 사건을 놓고 각 당의 지도급 인사들은 당면한 9월의 연방의회 및 수상 선거를 겨냥하여 서로의 정략에 유리하게 자민당 지도부를, 특히 카슬리의 입당을 추진한 위르겐 묄러만을 전격 비난하고 나섰다. 자민당의 명망 있는 원로 정치가들은 묄러만에게 이 스캔들이 당에 더 이상의 누를 끼치기 전에 어서 종결짓도록, 즉 카슬리를 제명하도록 공개적으로 요구하고 나섰다. 지난 5월 독일 정치계는 이 사건으로 인해 갑자기 반유대주의 논란에 휩싸였다.[11]

이 사건이 정치권이라는 한정된 범위에서 진행된 논란이었다면, 발저의 소설 『한 평론가의 죽음』을 둘러싼 논쟁은 유대인 혐오증(Antisemitismus)이라는 주제 혹은 소재가 독일에서는 여전히 가장 민감한 아킬레스건임을 다시 한 번 분명히 확인시켜주었다. 이 사건의 발단은 이러하다. 발저는 〈FAZ〉의 발행인인 프랑크 쉬르마허에게 조만간 출판될 소설 『한 평론가의 죽음』의 내용 소개 및 서평을 부탁하며 조판이 끝난 책을 보냈다. 쉬르마허는 1998년에 발저가 〈평화상〉을 받는 자리에서 발저의 업적을 기리는 축사를 한 사람으로서 두 사람은 매우 우호적인 사이였다. 쉬르마허는 이 책에 대한 서평을 쓰는 대신 5월 29일자 〈FAZ〉의 머릿면과 문화면에서 발저에게 보내는 공개서한의 형태로 『한 평론가의 죽음』을 실을 수 없다는 거부의 글과 더불어 그 이유를 자세히 밝혔다. 그는 발저의 소설은 발저가 유대인 문학평론가인 마르셀 라이히-라

---

11) 참조, Da sind wir mitten im Dritten Reich, *Der Spiegel*, 2002년 5월 16일; Möllemann und Friedman schlagen aufeinander ein, *Der Spiegel*, 2002년 5월 21일.

니츠키를 살인하고 싶은 환상을 드러낸 증오의 산물이라고 했다.

발저는 이 소설에서 평론가 안드레 에를-쾨니히(André Ehrl-König)를 등장시키는데, 그는 〈상담시간〉(Sprechstunde)이라는 텔레비전의 인기 있는 문학 프로그램을 진행하는 폴란드 출신의 유대계 문학평론가로서 문학계 내에서 거대한 영향력을 행사한다. 한편 작가 한스 라흐(Hans Lach)의 신작소설 『발톱 없는 소녀』(Mädchen ohne Zehennägel)는 〈상담시간〉에서 에를-쾨니히와 다른 출연자들로부터 쓰레기같이 형편없는 작품으로 취급당한다. 그 프로그램이 방송된 날 저녁, 늘 그랬듯이 에를-쾨니히의 전속 출판사의 사주인 루드비히 필그림(L. Pilgrim) 씨는 자신의 빌라에서 가든파티를 연다. 물론 이 파티는 에를-쾨니히를 위한 파티이기도 하다. 이 파티에 한스 라흐가 불쑥 나타나 에를-쾨니히에게 욕설을 퍼부었다. 관리인들이 그를 집 밖으로 내쫓자 그는 "참는 것은 끝이다. (…) 오늘 밤 자정 영시를 기해 반격할 것이다."[12]라고 소리쳤다. 그날 저녁 파티가 끝난 후 평론가는 흔적도 없이 사라져버렸다. 그가 타고 온 차는 필그림씨 집 앞에 그대로 세워져 있고, 다만 피 묻은 그의 스웨터가 눈길 위에 떨어져 있을 뿐이었다. 이로 인해 한스 라흐는 살인혐의로 체포된다. 대략 이쯤이 이 소설이 시작되는 구조이다. 발저는 살인사건을 추적하고 풀어가는 과정에서 에를-쾨니히(즉, 라이히-라니츠키)에 대해 기술하는데, 거기에는 발저의 사적인 감정이 그대로 담겨 있다.

사실 라이히-라니츠키의 문학비평은 작품의 좋고 나쁘고를 성급하게 결정짓는 탓에 종종 작품에 대한 충분하고도 진지한 접근이 결여돼 있다든지, 아니면 너무 주관적이라는 지적을 받고 있다. 이것은 아마도 그가 논문 등의 학술적 글보다는 짧게 짧게 승부를 거는 저널리즘을 위

---

12) Martin Walser, *Der Tod eines Kritikers*, Frankfurt am Main 2002, 10쪽. 이하 본 작품은 "TK"로 줄여 인용함.

한 비평을 써왔기 때문이 아닌가 생각한다. 그는 1960년부터 1973년까지 주간신문 〈디 짜이트〉에 지속적으로 문학비평을 써왔고, 1973년부터 1988년까지는 〈FAZ〉의 문화면을 책임졌으며, 88년부터 바로 최근까지 국영방송 〈독일 제2국영방송〉(ZDF)에서 두 날에 한 번꼴로 방송됐던 90분짜리 신간도서소개 프로그램 〈문학4중주〉(Literarisches Quartett)를 진행하였다.

라이히-라니츠키가 다른 두 신문에서 일할 때에도 문학비평계 내에서 어느 정도 영향력을 지니긴 했지만, 특히 〈문학4중주〉라는 텔레비전 프로그램의 진행을 하면서 문학비평계 내에서의 그의 영향력은 공룡처럼 거대해졌다. 〈문학4중주〉는 진행자 라이히-라니츠키 특유의 폴란드 억양과 더불어 고정 출연자인 세 명의 문학평론가들 간의 말싸움이 마치 이전투구처럼 연출된 효과로 인해 해를 거듭할수록 대단히 높은 시청률을 기록하게 되었고, 그럴수록 그 방송에서 다루어진 신간도서는 바로 다음 날 최소한 몇만 권에서 많게는 십만 권이 넘게 팔려나갔다. 반면에 그가 형편없는 졸작이라고 '사형선고'를 내려버린 작품은 곧바로 작가의 실패로 연결되었다. 비평의 질은 논외로 하고 대중에 대한 영향력만을 놓고 본다면 라이히-라니츠키는 분명 지난 20여 년간 독일 문학계에서 큰 영향력을 행사해온 인물이다.

이런 그의 영향력을 빗대어 독일에서는 그를 '문학계의 교황'이라 부른다. 대학의 독문학자들은 라이히-라니츠키식의 '직선적인' 비평에 대해, 그리고 문학비평이 일종의 '엔터테인먼트'로 전락하는 것을 우려했고, 그들 중 일부는 라이히-라니츠키의 문학비평을 강의실 안으로는 끌어들이지 않으려 했다. 사실 그의 비평은 진지함보다는 오락적이고 선정적이며 단순한 논리였고, 이 점이 일반 대중에게 크게 먹혀들어 갈 수 있었다. 라이히-라니츠키는 지난 30여 년간 발저의 작품들에 대해 대체로 비판적이었다. 70년대 발저가 정치적으로 급진적 성향을 보인 시기에 썼던 소설들에 대해선 형편없는 졸작이라고 평했다. 예외적으로 1978년도에 나온 『달아나는 말』에 대해 대가다운 작품이라 추켜세웠고, 발저가 이 책으로 인해 경제적으로 독립하는 데 한 몫 단단히 거들기도 하였다.

발저는 『한 평론가의 죽음』에서 라이히-라니츠키를 희화화(戱畵化)시키려 했다고 스스로 밝혔다. 그런데 문제는 발저가 단순히 한 평론가를 죽여버리고 싶은 욕망을 드러낸 데 있는 게 아니라, 그 평론가가 유대인인 점을 유독 강조한다는 점이었다. 아무리 유명인사라 할지라도 풍자의 대상이 되지 말라는 법은 없기에 라이히-라니츠키가 희화화되는 것을 문제 삼을 수는 없다. 그러나 그 과정에서 유대인에 대한 인종적 편견들이 아무런 여과 없이 드러나고 있다는 점은 발저와 같은 대작가에게서는 매우 안타까운 일이다.

〈DAS〉의 젊은 지식인들 가운데 특히 영민한 자들은 그가(=안드레 에를-쾨니히) 〈상담시간〉이라는 프로그램을 통해 지금까지 문학계에 만연해 있던, 형편없는 양비론적 비평에 종지부를 찍었다고 했다. 그는 양자 간에 확실한 입장을 취하는 사람으로 칭찬받았다. 그 이후로 송종 그는 '너희는 옳다 혹은 아니다 하라. 맥 빠진 미온적인 것은 너희들의 입에서 뱉어버리라'는[13] 그리스도의 실천을, 즉 결단성 있는 태도를 문학비평에 끌어들인 사람이라 불렸다. 그는 **자기 조상이 한 말을**(=필자 강조) 그대로 하기만 하면 되었다. (…) 하지만 비평이란 직업 때문에 육체의 피폐를 겪는 자는 누구나 한 가지 관점에선 나사렛 사람의 후계자인 셈이다. 예수가 인류의 죄 때문에 고통을 겪었다면, 평론가는 자자작가덜의 죄 때문에 고통을 겪는다.(TK: 40)

---

13) 신약성경 마태복음 5장 37절 참조.

앞에서 인용된 성경의 본래 구절에서는 "옳다든지 그르다든지 분명한 태도를 취할 것이며, 그렇지 않은 것은 모두 악에서 비롯된 것이라"고 적혀 있는데, 발저는 라이히-라니츠키의 주관적·독선적 비평이 '자기 조상'의 율법을 실천하기 때문이라고 비아냥거리고 있다. 쉬르마허가 보기에 발저의 책은 유대인에 대한 갖은 상투적인 편견을 다 동원하고 있으며, 심지어 히틀러가 유대인의 박멸을 선언했을 때처럼 이 소설 속에서 한스 라흐도(즉 발저도) 평론가 안드레 에를-쾨니히(즉 라이히-라니츠키)에 대한 극도의 적개심에 파묻혀 똑같은 어투를 사용하고 있다.("오늘 밤 자정 영시를 기해 반격할 것이다.") 발저는 신사답지 못하게 라이히-라니츠키의 폴란드식 독일어를 비꼬고 있다.[14] 심지어, 아마 이 점이 발저의 가장 비열한 태도였다고 생각한다, 라이히-라니츠키가 유대인 게토에서 살아남은 것을 비꼬고 있다.(TK: 183) 이는 거의 온 가족을 바르샤바의 유대인 게토와 집단수용소에서 잃은 사람에 대한 모욕이다. 너는 무슨 재주가 있어 살아남았느냐는, 재주도 좋다는 식의 공격은 분명 게임의 규칙을 벗어나도 한참 벗어난 행위이다.

앞의 장에서도 같은 맥락으로 언급되었지만, 이런 일들이 생겨날 때 우리가 그것을 단순한 해프닝만으로 받아들일 수 없는 까닭은 발저라는 작가의 대중성 때문이다. 그를 독일의 대표적 지식인 작가라고 보는 많은 국민들에게 발저의 일거수 일투족은 어떤 상징성을 지닌다. 말하자면 대

---

14) 발저는 소설 곳곳에서 에를-쾨니히의 대화를 서술할 때에는 라이히-라니츠키의 폴란드식 액센트를 흉내내어 소리나는 그대로 적는다. 가령, 'Schschscheriftstellerrr(작가들→자자작가딜)', 'Keritiker(평론가→팽론가)', 'Fereund(친구→칭구)', 'Pelatz(좌석→자석)', 'Gegenwartsliteratür(현대문학→현대무낙)', 'deritter Kelasse(삼류→삼루)', 'bescheränkte(제한된→제핸댄)' 등이 그 예이다. 독일어도 정확하게 구사하지 못하는 폴란드 출신 유대인이 독문학에 대해 논한다는 게 웃긴다는 것, 바로 이 말을 하고자 했던 것이 아닐까?

중의 역사 인식의 한 좌표로 읽힐 수 있다는 것이다. 물론 지금 시대엔 작가라고 곧 지식인이 될 수는 없다. 하지만 발저의 경우는 이 두 역할을 모두 수행하는 경우에 해당된다.

『한 평론가의 죽음』을 둘러싼 논란은 쉬르마허의 공개편지로 시작된 듯하지만 이를 부추긴 사람은 정작 발저였다. 발저가 라이히-라니츠키를 인신공격하는 글을 하필 〈FAZ〉에 서평을 요구하며 미리 소개해달라고 부탁한 것은 따지고 보면 계산된 도발이라고 볼 수밖에 없다. 라이히-라니츠키는 15년이 넘게 〈FAZ〉의 문화란을 이끌어온, 말 그대로 〈FAZ〉의 '간판스타'였고 현재도 여전히 그러하다. 그런 인물의 출신을 저열한 방법으로 비아냥거린 소설을 그의 후계자격인 쉬르마허에게 보내 '친절하게' 신간소개를 해달라고 요청한 것은 그런 부탁을 받는 측으로서 더더욱 불쾌한 일이다. 어쩌면 발저의 전속 출판사인 〈주어캄프〉사와 작가가 이 소설의 상업적 성공을 노리고 이 책이 일부러 매스컴에서 문제화되기를 바랐는지도 모른다. 결과적으로 이 책은 출간도 되기 전에 벌써 '반유대주의적 행태'라는 논란의 중심에 놓이며 세간의 관심을 충분히 끌었기 때문이다.

쉬르마허는 6월 3일자 〈슈피겔〉과의 인터뷰에서 지금 돌이켜 생각해보면 1998년에 발저가 〈평화상〉 수상연설을 할 때에 이미 "불행한 길"로 접어든 게 아닌가, 라고 말했다.[15] 작가 랄프 조르다노(R. Giordano)는 발저를 가리켜 "또 유대인을 공격하다니 그 사람은 제정신이 아니다. 내가 볼 때 이것은 우연이 아니다"[16]라고 말하는가 하면, 귄터 쿠네르트(G. Kunert)는 라이히-라니츠키에 대한 발저의 복수욕은 초라하기 짝이 없으며 발저는 늘 자신이 "못된 유대인 라이히-라니츠키의 희생자"라고 생각하

---

15) Ich war so angewidert. Frank Schirrmacher über Martin Walser, *Der Spiegel*, 2002년 6월 3일.
16) Walser unter Feuer, *Der Spiegel*, 2002년 5월 31일.

는 것 같다고 말했다. 발터 옌스(W. Jens)는 발저를 도무지 이해할 수 없다고 하였다. 문학평론가이자 베를린의 일간지 〈타게스슈피겔〉(Tagesspiegel)의 공동 발행인인 헬무트 카라섹(H. Karasek) 역시 쉬르마허의 편을 들며 발저의 책은 "당혹스럽고도 추잡한 팜플렛"에 불과하며, 그 책이 기술하고 있는 것은 오히려 발저의 "문학적 자살행위"에 지나지 않는다고 발저를 혹독하게 비판했다.[17]

이와 같이 발저의 역사인식을, 구체적으로 말해 그의 유대인 편견을 둘러싼 공박에 작가들과 문예학자, 역사학자, 사회학자 등 다양한 분야의 사람들이 자신들의 입장을 개진함으로써 이 사건은 더욱 크게 번져갔다. 이 사건을 지켜본 일반 독자들 역시 독일, 뉴욕, 워싱턴, 이스라엘, 옥스포드, 브뤼셀, 코스타리카 등 세계 각지에서 히틀러의 제3제국과 독일인의 죄, 마르틴 발저의 태도 등에 대한 자신들의 생각을 인터넷 게시판을 통해 올리거나 신문의 독자투고란을 통해 쏟아냈다. 사건이 일파만파로 확대되자 발저는 여기저기에서 날아오는 비난의 화살에 대해 〈중부독일방송〉(MDR)과의 인터뷰에서 아래와 같이 불만을 토로하며, 급기야는 독일을 떠날 것인지 진지하게 고민 중이라는 말까지 하기에 이르렀다.

나는 단지 문화계 내에서 행해지는 문화 권력을 고발하기 위해 이 소설을 썼을 뿐이다. 그런데 지금 내가 제일 먼저 겪는 것이 바로 이 권력의 실체이다.[18]

발저의 말처럼 그의 의도가 과연 문화 권력에 대한 비판이었는지, 아니

---

17) 여기서 간접 인용된 글들은 다음 기사에서 참조하였다. Walser unter Feuer, *Der Spiegel*, 2002년 5월 31일.

18) Holger Kulick, "So ein erbärmliches Buch". Reich-Ranicki über Walser, *Der Spiegel*, 2002년 5월 30일.

면 라이히-라니츠키에 대해 수십 년간 쌓인 개인적 원한(怨恨)이 인종적 편견까지 동원하도록 만들었는지 이에 대한 평가는 이 사건이 다소 진정되고, 또 많은 독자가 이 소설을—어쨌건 이것도 소설이라 하니—읽고 난 뒤에 객관적으로 이루어질 것이다.

4. 반복되는 역사와 역사의식

히틀러의 제3제국이 행한 죄가 전후 독일인들의 의식 속에 얼마만큼의 속박과 멍에로 남아 있는지 우리는 역사 교육을 통해서 미루어 짐작할 뿐이다. 전후 출생 세대가 이제 60세가 다 되어가는 시점에서 많은 독일인들이 왜 우리가 여전히 '집행유예' 기간에 있는 죄수처럼 유대인 이야기만 나오면 고개를 숙이고 함구해야 되느냐고 묻곤 한다. 혹자는 나치만행은 전 세대의 잘못이지 이후 세대가 원죄(原罪) 의식을 가질 필요는 없다고 한다. 나치 세대나 집단수용소에서 생존한 유대인이 점차 죽어갈수록 이런 식의 목소리는 더욱 높아질 것이다. 발저의 도발적 언행은 어쩌면 오늘의 독일의 시대적 징후들로 보아도 될 것이다. 필자는 한때 대표적 좌파 지식인이었던 발저의 정치적 색채가 제도권 내 야당인 사민당에서 급진적 좌파인 재야 및 독일공산당으로, 그리고 제도권 내 보수 여당인 기민당/기사당으로, 그리고 이것이 다시 극우파(NPD) 쪽으로 기울어지는 인상을 떨칠 수 없다. 게다가 1993년에 보토 슈트라우스(B. Strauß)가 〈슈피겔〉에 기고한 글 「커져가는 염소의 울음소리」에 깔려 있는 보수적 민족주의 성향 역시 독일 사회의 흐름의 한 단면이다.

역사상 독일과 정치적으로 한 번도 직접적인 관련을 맺지 않은 우리로서는 독일에서 벌어지고 있는 보수 우경화를 대수롭지 않게 바라볼 수 있다. 우리는 가끔씩 한국 사회에서 나치의 상징인 갈고리 모양의 십자

부산의 어느 가게 상호

를 새겨 넣은 로고를 접할 수도 있다. 어느 지하철 역 부근의 식당 겸 호프집 이름은 '정통 게르만식 비어가든 히틀러'(사진)였다. 쓸쓸한 해프닝 하나를 더 언급하면, 2007년 3월초 국내 일간지에는 2006년 11월 경기도 구리시와 〈한국방송프로듀서연합회〉, 사단법인 〈고구려 역사문화보전회〉 등이 주최한 '고구려 삼족오 대축제'가 기사로 다뤄졌다. 짐작컨대, 이들 단체는 사극 〈주몽〉의 인기를 바탕으로 이른바 '삼족오 소년소녀대'를 발족시켜 청소년들에게 고구려인의 진취적인 역사와 기상을 계승토록 하고, 민족 정체성을 함양토록 했던 것으로 보인다. 본래 취지야 그랬겠지만, 이 '청소년 지도자 육성프로그램'은 학생들이 입은 복장이나 구호 제창, 경례 제스처 등이 독일 제

삼족오 소년소녀대 발족식,
〈조선일보〉, 2007년 3월 20일

3제국의 나치 친위대(SS)나 히틀러유겐트(HJ)의 그것들과 너무나 유사한 탓에 국내 네티즌들 사이에서 논란이 일었고, 이 행사 영상은 바로 얼마 후에 미국 UCC에서 '네오나치즘'이라는 검색어로 등장하였다.

　이처럼 경악스러운 일이 벌어지는 것은 물론 역사에 대한 극단적인 무지 때문이다. 이는 마치 야스쿠니 신사를 한국의 도심에서 보는 셈이다. 사실 일본에서 어떤 정치인이나 지식인이 보수적 언동을 보였을 때 일본 국민들 다수가 별것 아니라고 생각하더라도 우리는 대단히 예민하게 반

응한다. 한때 일본이 한국 식민통치에 대하여 표한 사과성 발언이 '유감(有感)'인가 '통석(痛惜)'인가를 놓고—따지고 보면 말장난에 불과한 그 것을 가지고—국민들의 반응이 이리 쏠렸다 저리 쏠렸다 했던 것을 기억한다면, 그리고 일본의 교과서 왜곡에 한국민 전체가 분노하고, 일본 수상의 신사참배나 일본국가(國歌) 기미가요의 부활을 불안하게 바라보는 우리의 처지를 돌아본다면 최근에 두드러지게 진행되는 독일의 보수 우경화가 유럽의 주변국들에게 얼마나 민감하게 와 닿았을지 쉽게 짐작할 수 있을 것이다.

발저의 경우처럼 심히 우려할 만한 현상을 접하면서도 우리가 독일 사회에 대해 다소 안심할 수 있는 것은 이런 도발성 발언들이 아직까지는 자기비판적인 지식인들로부터 견제를 받고 있다는 점이다. 앞에서 말한 발저의 1998년 〈평화상〉 연설과 2002년 『한 평론가의 죽음』으로 비롯된 논란, 그리고 자민당 정치가 위르겐 묄러만의 경우에서 보듯 독일 사회의 밑바닥에 흐르고 있는 보수 우경화가 민족주의를 등에 업고 슬며시 고개를 쳐들었을 때 이것의 위험성을 재빨리 인식하고 단호히 반응하는 사회가 존재하고 그 구성원들이 건재하다는 것은, 그 사회가 아직까지는 정상적인 경로를 이탈하지 않았다는 증거라 할 수 있다. 그럼에도 우리는 함께 세계사를 써나가는 동반자라는 시각에서 유럽 국가의, 특히 독일의 보수 우경화를 예의주시할 필요가 있다.

보수혁명의 귀착점으로서의 나치즘

-보수 논객 루돌프 보르하르트의 글들을 중심으로

1920년대의 독일에 대한 평가는 극단적으로 엇갈린다. 이 시기를 정치적인 혼란 및 경제적 궁핍의 시기로 보는가 하면, 정반대로 다양한 정치 형태가 실험되었으며, 특히 문화예술 방면에서 전례를 찾아보기 힘들 정도의 창조적 자유를 누렸다는 긍정적 측면이 있다. 발터 키아울렌이 로베르트 무질의 소설 『특성 없는 사나이』(Der Mann ohne Eigenschaften, 1928~1943)를 연상시키는 글 『특성 없는 시대』(Die Zeit ohne Eigenschaften)에서 "20년대는 (한낱) 의식 없는 시대"[1])라고 말했듯이, 당시의 지식인들은 과연 자신들이 살고 있는 시대에 대해 비판적 의식이 없었을까? 국가라는 틀 안에서 거의 무정부 상태에 가까울 정도로 엄청난 자유를 만끽한 그들에게 있어 과연 민족, 국가, 공화국의 의미는 무엇이었을까? 바이마르 공화국(1919~1933)은 공화국 초기부터 14년 동안 끊임없이 지속된 온갖 혼돈 상황을 히틀러에게 정권을 넘겨주는 걸로 마무리한다. 인류 역사상 미증유의 사건으로 기록되는 독일 제3제국

---

1) Walther Kiaulehn, 201쪽, Leonhard Reinisch (Hg.), *Die Zeit ohne Eigenschaften. Eine Bilanz der Zwanziger Jahre*, Stuttgart 1961.

의 출현은 히틀러라는 한 인물의 개인적 카리스마만으로는 설명될 수 없다. 그렇다고 이를 우연한 '작업장 사고(Betriebsunfall)'라고 상대화시킴으로써 나치즘의 등장에 열광했던 자들에게 면죄부를 줄 수는 더더욱 없는 노릇이다.

이 글은 나치즘의 출현이 장기적으로 누적된 정치 및 사회적 구조에서 비롯된 필연적 결과라고 보고, 이를 가능케 했던 여러 원인 가운데 특히 바이마르 공화국 시기에 크게 위세를 떨쳤던 정치·문화의 보수화 경향을 살피려 한다. 사실 바이마르 공화국과 나치즘 간의 연관성은 자주 언급되었다. 그러나 대부분은 주로 정치·경제적 환경에서 그 이유를 찾으려 하고, 지식인들 사이에 팽배했던 보수 사상을 설명하는 데에는 상대적으로 소홀하였기에 그 부분을 보완하는 데 의미를 둔다. 이 글은 바이마르 공화국 시기에 사회 저변에 퍼진 정치·문화적 보수주의를 파악하기 위해 당시 지식인 그룹이 어떤 분파로 나뉘었는지, 보수혁명(Konservative Revolution)의 근원과 배경, 그리고 지향점은 무엇이었는지를 살피게 될 것이다. 이 과정에서 보수혁명과 나치즘이 서로 어떻게 접점을 찾게 되는지를 보게 될 것이다.

1. 왜 보르하르트인가?

바이마르 공화국 시기의 대표적 보수 논객인 작가 루돌프 보르하르트(R. Borchardt)는 당시 대개의 지식인들이 그러했듯이 시대와 민족, 국가, 독일성 등을 주제로 한 정치적 색채가 농후한 에세이, 연설문 등을 활발하게 발표했던 인물이다. 한국 독

루돌프 보르하르트(1877~1945)
(www.google.de)

문학계에서는 거의 알려진 바 없는 그이지만, 토마스 만이나 에른스트 윙어, 후고 폰 호프만스탈보다 훨씬 강도 높은 보수 문화를 주창한 보르하르트 「창조적 복고」(Schöpferische Restauration), 「문학에 있어 혁명과 전통」(Revolution und Tradition in der Literatur), 「고대와 독일민족정신」(Die Antike und der deutsche Völkergeist), 「문학에 대한 시대의 사명」(Die Aufgaben der Zeit gegenüber der Literatur) 등을 썼다. 1920년대와 30년대 초까지 발표된 그의 글들에는 당시의 시대성이 그대로 녹아 있다.

1920년대의 독일 정치와 문화를 이해하는 데 필수 불가결한 개념이며, 또 결과적으로 나치즘에게 길을 터준 이론적 토대가 되어버린 보수혁명론이 역사학자인 전진성의 글 『보수혁명』(2001)[2]을 통해 우리 학계에 소개된 것은 고무적인 일이다. 그는 개괄적이면서도 세밀한 연구를 통해 보수혁명이 앞으로 계속적인 심화 연구가 필요한 주제임을 확인시켜주었다. 그 밖에 이보다 훨씬 앞서 나온 오한진의 『독일참여작가론』(1989)은 바이마르 공화국 시기의 정치 에세이들을 중심으로 당시의 보수주의를 정통으로 다루었다는 점에서 분명 주목할 만한 역저(力著)이다. 그런데 아쉽게도 그 연구를 잇는 후속 작업이 독문학계에서 이루어지지 않은 듯하다.

그런데 전진성의 글에서는 당시 보수혁명의 대표적 논객이었던 보르하르트가 전혀 언급조차 되지 않고 있다. 『보수혁명』에서 여러 지면에 걸쳐 다루어지고 있는 에른스트 윙어는 보수혁명론만을 놓고 본다면 보르하르트와는 견줄 바가 못 된다. 그 점은 이렇게 설명 가능하다. 보수혁명론이 사회의 전반적인 영역을 지배하던 1920~30년대에 보르하르트 (1877~1945)는 40대 중반이었고, 윙어(1895~1998)는 불과 20대 중반의 청년이었다. 보르하르트는 1935년 7월에 쓴 편지에서 "윙어가 누군지 나

---

2) 전진성, 『보수혁명-독일 지식인들의 허무주의적 이상』, 책세상, 2001.

는 모른다"³⁾고 말했다. 그는 본 글의 뒷부분에서 자세히 다뤄질, 당시 보수세력의 대부(代父)격인 에드가 융(E. J. Jung)이나 하인리히 폰 글라이헨(H. v. Gleichen)과 긴밀한 교류를 하였고, 역시 보수 진영에 속하는 잡지 〈독일민족성〉(Deutsches Volkstum)의 편집인인 빌헬름 슈타펠(W. Stapel)에 대해 겨우 "독일에서 가장 명석하고 행동에 책임을 지는" 작가로, "비록 당원까지는 아니지만 (분명) 나치주의자"라고 간단히 언급했을 뿐이다.⁴⁾ 그 밖의 보수 진영의 인사들은 그의 관심사가 되지 못했다.

보르하르트는 매우 세련된 고답적 시들을 비롯해 여러 편의 소설을 썼고, 라틴어로 쓰인 고전 문헌들을 독일어로 옮기는 등 작가와 번역가, 문헌학자로서의 면모를 지녔다. 그는 또 당시 문화계의 권력자였던 베를린의 슈테판 게오르게 일파의 '에콜주의'를 앞장서서 비판했고, 빈에서 활동하는 평단의 거장 호프만스탈과는 경쟁적 친분 관계를 유지했다. 아도르노는 보르하르트의 시를 높이 평가했고, 벤야민은 글 「나의 이력서」(Curriculum Vitae Dr. Walter Benjamin)의 서두에서 자신에게 가장 큰 영향을 끼친 글로서 보르하르트의 글 「빌라」(Villa)를 꼽기를 주저하지 않았다.

> 학창시절 내게 결정적인 자극을 준 일련의 작품들은 부분적으로는 나의 전공 영역과는 거리가 먼 것들이었다. 예를 들면 알로이스 리글의 「후기 낭만주의의 예술 산업」, 루돌프 보르하르트의 「빌라」, 에른스트 페촐트의 횔덜린의 '빵과 포도주' 분석이 그에 속한다.⁵⁾

---

3) Rudolf Borchardt, *Briefe 1931-1935*, München, Wien 1996, 488쪽.

4) Borchardt, *Nachlaß*. 재인용, Stefan Breuer, Rudolf Borchardt und die "Konservative Revolution", 384쪽, Ernst Osterkamp (Hg.), *Rudolf Borchardt und seine Zeitgenossen*, Berlin, New York 1997, 370~385쪽.

5) Walter Benjamin, Curriculum Vitae Dr. Walter Benjamin, 11쪽, Benjamin, *Ein Lesebuch*, Hg. v.

보르하르트가 지닌 이와 같은 문학적인 역량에도 불구하고, 이 글에선 작가로서가 아닌, 지식인으로서 그가 지녔던 정치적 성향을 관찰하기 위해 그의 정치 에세이와 연설문들에 주목한다. 그리고 한 가지 더, 보르하르트의 생애와 보수주의, 나치즘을 다루는 데 간과해서는 안 될 것은 그가 기독교로 개종한 유대계 혈통이었다는 점이다. 나치의 인종 정책, 특히 반(反)유대주의가 급기야 노골적인 양상을 띠게 되었을 때, 그는 정체성의 갈등은 물론이고 바로 본인이 보수주의의 귀결인 나치즘의 희생자가 될 줄은 전혀 예상치 못했을 것이다. 보르하르트와 나치의 반유대주의는 참으로 역설적인 관계를 맺고 있다.

2. 바이마르 공화국과 보수혁명

2.1. 지식인의 시대적 의무로서 보수혁명

보수혁명이란 용어를 처음 사용한 사람은 호프만스탈이었다. 그는 1927년 1월 10일 뮌헨대학교에서 행한 연설 「국가의 정신적 공간으로서의 문헌」(Das Schrifttum als geistiger Raum der Nation)에서 문학을 "민족의 정신적 공간"이라고 선언하면서, 독일 문학이 나아가야 할 방향은 작가 자신의 개인적인 정신의 '자유'가 아니라 민족적 '결속'임을 강조하였다. 보수혁명이란 용어는 토마스 만이 호프만스탈에 앞서 1921년에 〈러시아 명시선집〉에서 잠시 사용한 적이 있긴 했지만, 이 용어가 본격적인 논의의 대상이 된 것은 아무래도 아르민 몰러(A. Mohler)의 『독일의 보수혁명 1918~1932』(1950)[6] 이후이다.

Michael Opitz, Frankfurt am Main 1996.

6) Armin Mohler, *Die Konservative Revolution in Deutschland 1918-1932*, 2 Bde., Darmstadt

이 용어는 앞서 언급된 작가들을 위시한 지식인들에 의해 그것의 뚜렷한 정치적인 의미는 여전히 모호성을 띤 채 사용되었고, 2차 세계대전 이후에는 〈나치당〉(NSDAP)과 〈독일민족당〉(Deutschnationalen) 사이의 우파 지식인들을 특징짓는 일종의 분류 개념으로 사용되었다. 호프만스탈의 연설문 내용을 한번 간략히 살펴보자. 20여 쪽에 달하는 그의 연설 원고는 당시의 시대적 상황과 징후를 짐작케 하는 글로서 독일문학사에서 자주 거론된다.[7]

호프만스탈에 따르면 독일인들을 하나로 묶는 것은 한 지역에 거주한다는 지역적·공간적 개념이 아니라, 정신적 결속감, 즉 국가의 정신이다. 프랑스 같은 로망어권에서는 문학이 이런 역할을 담당한다. 국가는 언어와 정신이라는 단단한 조직으로 연결되어, 일상적인 삶과 문화적인 삶을 아우르는 일종의 신앙공동체가 된다. 그러나 독일은 이런 결속된 민족 국가가 되지 못하고 분열을 보일 뿐이다. 독일어권의 문학은 교양인과 비교양인을 나누고, 프랑스와는 달리 문학을 통해 국가의 모든 생산적인 정신력을 결집하는 게 불가능하다. 그렇기에 독일에서는 문학이 전체를 대표하지 못한다. 하지만 독일에는 문학 외에 중요한 '정신적 활동'이 있다. 이것은 문학의 범주에는 속하기를 거부하지만, 한 국가의 정신적 삶을 결정할 수 있는 능력을 지니고 있다. 호프만스탈은 이런 독일적인 정신적 태도를 니체의 「비시대적인 고찰」(Unzeitgemäße Betrachtung)에서 차용해 '찾는 자들(Suchende)'이라고 표현한다.

이는 "독일 정신 가운데 고귀하고, 영웅적이며 또한 영원히 문제적인 것들을 요약한 개념으로, 배부르고, 게으르며, 축 늘어져 있거나 거만하

1989(초판은 1950).

7) 참조, Hugo von Hofmansthal, Das Schrifttum als geistiger Raum der Nation, 24~41쪽, Hofmannsthal, *Reden und Aufsätze III. 1925-1929*, Frankfurt am Main 1980.

고, 자기 만족에 빠진, 즉 독일적 속물 근성에 대한 대립 개념"[8])이기도 하
다. 이처럼 생산적인 아나키즘의 소지자인 이들 "찾는 자들"이 찾는 대상
은 하나의 정신적 공간이다. 영원히 한 국가를 대표하며, 그 국가를 진정
한 단일체로 묶을 수 있는 그런 공간 말이다. 호프만스탈은 당시 독일이
처한 분열상이라든가, 민족적 정체성 및 단일성의 확보에 시달리는 현실
을 목도하며 독일이 지금 가장 급히 필요로 하는 것은 자유가 아니라 구
성원들의 굳은 결속이라 믿었다. 이를 통해 비로소 전체성이 확립되고,
하나의 국가로서 굳건한 틀을 잡는 것이다. 그는 연설의 끝 부분에서 자
신이 추구하는 문학의 이념을 보수혁명이라 명명하며, 이의 실현을 위해
노력하는 것이 지식인들의 시대적 의무라고 하였다.

　왜 호프만스탈은 독일의 현실을 분열된 상태로 진단하였고, 결속된 민
족공동체를 구현할 해결책으로서 보수혁명을 들고 나오게 되었는지 시
대적 배경을 살펴보자. 1890년 이후 기존의 자유주의적 시민사회가 전혀
새로운 형태의 대중사회로 옮겨가면서 자유주의가 위기를 맞게 되었다.
이른바 '대중의 시대'가 도래하자 고전적 개념의 합리적 개인주의는 설득
력을 잃게 되었다. 이때까지만 해도 이성적(理性的)인 개인이 중심이 되
어, 이들 간의 상호작용과 의사소통, 결속 등을 통해 사회가 생겨났는데,
이제 대중 사회는 이성적인 개인들의 행위로는 설명될 수 없는 독특한 사
회적 진행과 질서를 지녔다. 대중은 이런 독특한 사회적 법칙을—이는 체
계적이면서 비합리적인 힘이기도 하다—따랐다. 이리하여 고전적인 국가
(Staat)라는 개념 대신에 민족, 계급, 국민(Nation), 인종 등이 등장하게 되
었다. 이런 변화 속에서 개인주의와 자유주의의 속성인 합리주의적 이념
을 고수하는 것은 구시대적일 수밖에 없게 되었다. 대중의 시대에 자유주
의적 개인주의는 극복되어야 할 대상이며, 그 대신 대중의 특성을 잘 반

---

8) Hugo von Hofmansthal, 앞의 책, 30쪽.

영하는 새로운 질서체계가 생겨나야 했다.

　이러한 사회적 변화 속에 1920년대 독일 사회의 정신적 지형도는 보수혁명론자들, 좌파 성향의 맑스 사회주의자들, 그리고 자유주의가 섞여 서로 삼각의 축을 이루고 있었다. 이들 세 분파는 완전히 동떨어진 그룹이라기보다는 일종의 교집합의 형세를 보였다. 자유주의자들의 시각엔 보수혁명론자나 맑스 사회주의자들이 전체주의적 색채를 띠었고, 맑스 사회주의자들은 보수혁명론자들과 자유주의 진영을 부르주아적이라 비판했으며, 보수혁명론자들은 자유주의나 맑스 사회주의가 공히 민족과 같은 자연적인 공동체의 해체를 주장한다고 보았다.[9]

　어떻게 보면 나치즘은 이들의 공통점만을 천박스럽게 조합한 정치 운동이었다. 에른스트 블로흐가 볼셰비키를 가리켜 "생각하는 걸 보면 못 배운 개 같지만 (…) 행동하는 건 철학적"[10]이라고 말했듯이, 보수혁명을 주장한 우파 지식인들이 초기 나치즘을 바라본 시각이 이와 크게 다르지 않았다. 보수혁명을 연구하는 그 밑바탕에는 그에 속했던 다수의 지식인들과 그들이 표방했던 입장이 나치즘의 앞잡이로 혹은 동조자로 비난받는 것을 막으려는 의도가 어느 정도 깔려 있음을 부인할 수 없다. 보수혁명론자들이 당시에 비록 '아웃사이더' 격이었지만, 지식인 사회 내에서의 영향력은 매우 컸다. 보수혁명에 대한 그들의 전방위적 요구가 바이마르 공화국에 부정적인 영향을 끼친 것도 사실이다. 그들은 정치적 비합리주의를 위한 정신적 배경을 제공했으며, 이는 결과적으로 나치의 성공에 적잖은 기반을 제공한 셈이다.[11]

---

9) 참조, Rolf Peter Sieferle, *Die Konservative Revolution*, Frankfurt am Main 1995, 22~23쪽.

10) 참조, Ernst Bloch, Aktualität und Utopie(1923), Bloch, *Geschichte und Klassenbewußtsein heute, Amsterdam 1971*, 164쪽; Sieferle, 앞의 책, 24쪽에서 재인용.

11) 참조, 박용희, 「바이마르 공화국의 지식인과 정치문화」, 131쪽, 오인석, 『바이마르 공화국-격동의 역사』, 삼지원, 2002, 106~135쪽..

2.2. 창조적 복고(復古)-보르하르트 방식의 보수혁명론

보르하르트는 바이마르 공화국 시기에 보수혁명을 주도한 인물들과 긴밀한 관계에 있었다. 앞서 언급한 하인리히 폰 글라이헨은 상류층의 결집을 위해 잡지 〈반지〉(Der Ring)를 간행한 인물로, 그 잡지를 중심으로 모인 '청년보수파(Jungkonservativen)'와 보르하르트는 매우 가까웠다. 그는 〈반지〉를 "독일에서 가장 우수한, 그리고 거의 유일한 정치 주간지"[12]라고 평했다. 뷔르츠부르크에서 보수 성향의 출판물의 간행을 맡았던 구텐베르크 남작 역시 보르하르트와 친밀했던 보수파의 인사이다. 그 외에 보르하르트와 친한 인물로는 에드가 융을 빼놓을 수 없다. 보르하르트와 막역지우인 융은 저서 『열등한 자들의 지배』(Die Herrschaft der Minderwertigen, 1927)에서 민주주의를 열등한 자들의 지배방식으로 규정했다.[13] 이 책은 그를 단번에 보수 진영의 유명인사로 만들었다. 특히, 그는 내각 수반인 프란츠 폰 파펜(F. v. Papen)의 참모로서 1933년의 총선거에서 파펜의 정치 연설문을 도맡아 작성하였다. 융은 뮌헨에서 변호사로 일하며 보수엘리트들의 모임인 〈6월회〉, 〈신사 클럽〉(Herrenklub)에 가입하고, 〈뮌헨신문〉과 〈도이체 룬드샤우〉에 많은 정치적 글들을 기고하였다. 그는 자신의 정치적 입지를 통해 보수혁명이란 용어를 광범위하게 파급시키는 데 한몫을 하였다. 그가 파펜의 연설문을 작성한 일은 그러나, 후에 히틀러가 정권을 잡은 뒤 그에게 숙청을 당하는 빌미가 되었다.

보르하르트와 융은 자유주의(=리버럴리즘)를 주적(主敵)으로 삼았고,

---

12) Borchardt, Nachlaß: Brief an Heinrich von Gleichen, 206쪽, Borchardt, *Prosa VI*, Stuttgart 1990.

13) 참조, Helmut Diwald, Literatur und Zeitgeist in der Weimarer Republik, 217쪽, Hans Joachim Schoeps (Hg.), *Zeitgeist der Weimarer Republik*, Stuttgart 1968, 203~260쪽.

사회주의적 정책들을 거부했으며, 여성 해방운동이 인구 감소와 더불어 인종과 민족의 멸망을 위협하는 원인이라는 견해에서 일치했다. 그들은 또 보수주의를 바라보는 관점에서는 그리스·로마의 전통과 기독교 전통을 높이 평가하고, 독일이 서구 사회에서 가진 사명을 믿었으며, 정치를 이끄는 자는 오로지 역사를 만드는 소수에게 있다고 확신했다. 무력 사용과 창조적 파괴를 용인했으며, 독재를 합법화하고, 질서의 회복을 위해서라면 나치즘도 괜찮다는 자세에서—이 부분은 그들의 판단 착오였다. 그러나 그것을 깨달았을 때는 이미 늦은 상태였다—역시 같은 입장이었다. 두 사람의 차이라면, 융이 현 시대를 부정하지 않은 데 비해 보르하르트는 시대를 과격하게 부정했다는 점이다. 그는 낭만주의 이래 독일 땅에서 벌어지는 정치·사회·경제의 진행이 잘못되었다고 말했다. 훗날 보토 슈트라우스가 그를 근본주의자라고 칭했을 때, 그것은 바로 이 점을 두고 한 말이었다.[14]

몰러는 『독일의 보수혁명』에서 보수혁명을 니체에게서 유래한 "귀환의 세계상(Weltbild der Wiederkehr)"이라는 정신 운동으로 규정하였다. 그는 당시 독일의 세 그룹, 즉 '청년보수파', '민족혁명자(Nationalrevolutionäre)', '민족주의자(Völkische)'가 이 정신을 표방한다고 기술했다. 그는 보르하르트를 이 세 그룹에는 넣지 않고 '시인 그룹'이라는 항목을 따로 설정해 호프만스탈, 슈테판 게오르게, 에른스트 베르트람, 파울 에른스트와 나란히 언급하였다. 그러나 이 책의 개정판에선 보르하르트를 훨씬 격상시켜 게오르게, 바그너 등과 함께 '독일 보수계의 대부(代父)'로 분류하였다. 보르하르트가 과거를 "창조적으로 재경험"할 것을 주장한 것은 분명하지만, 이는 니체적 의미의 반 기독교적인 "귀환의 세계상"은 아니었

---

14) 참조, Botho Strauß, Distanz ertragen, *Rudolf Borchardt. Das Gespräch über Formen und Platons Lysis Deutsch*, Stuttgart 1987, 109쪽; Breuer, 앞의 책, 384쪽에서 재인용.

다. 보르하르트는 독일 정신이 기독교라고 믿었다. 그에게 있어 "니체는 바그너, 게오르게와 더불어 나치즘의 말기에 독일이 남성성을·잃고 여성 화된 데 대해 공동 책임을 져야 할 악마 삼인방(das Trio infernale)"[15]이었 다. 이처럼 니체에 대해 분명한 거부감을 갖는 보르하르트를 니체적 개념 에서 도출해낸 보수혁명가에 넣는 것은 얼핏 오류로 보인다.

그렇다면 보르하르트에게 '보수'와 '혁명'은 어떤 의미일까? 그가 생각 하는 '보수주의' 혹은 '보수적'이라는 말은 어느 정당이나 단체의 것이 아 니었다. 알프레드 후겐베르크가 이끄는, 고루한 지주들과 속물적 기업가 들로 구성된 〈독일국가인민당〉(DNVP)은 물론이고, 그 당의 분파인 〈국 민보수당〉에도 그는 거부감을 표했다. 그는 보수주의를 두고 민족성, 국 가 등의 '집단적 존재'를 보존하는 것으로 이해했다. 이 집단적 존재는 본 성과 전통으로 이루어진 것으로, 본성은 종족이나 부모의 혈통, 땅, 국민 성 등의 자연적인 요소이며, 선통은 정신적인 것, 역사적으로 생성된 것, 또는 종교적 계시나 시적인 예지력, 정치가의 행동 등을 말한다. 이를 토 대로 볼 때, 보르하르트가 말하는 보수주의는 본성과 전통의 긴장관계를 통해 결정된 집단적 존재를 간직하는 것이다.

그런데 보르하르트 역시, 호프만스탈과 마찬가지로 프랑스나 이탈리 아 같은 로망어권 민족에게서나 간직할 만한 가치가 있는 본성과 전통 을 보았다. 그들은 긴 역사의 격변기를 지나오면서 그들만의 국가적 전 통이나 정치·사회적 제도, 그리고 대저택이나 토지의 소유에 기반한 가 족주의 등을 그대로 간직해왔다. 그러나 독일의 경우는 정반대였다. 본성 이 있어야 할 자리에는 본성이 박탈된 퇴폐(Entartung)가 있을 뿐이고, 성 별과 연령과 계층 간의 자연적인 구분이 전도(顚倒)된 상태였다. 나아가,

---

15) Borchardt, *Nachlaß. Aufzeichnung Stefan George betreffend*, Deutsches Literaturarchiv, Marbach, 53쪽.

여성 해방을 요구하는 거센 움직임은 결국 여성을 가족 단위에서 벗어나게 함으로써 인류의 유일한 안식처를 파괴시킬 것이며, 부부관계가 와해되고 성(性)과 출산이 분리되며, 출산이나 양육의 기피가 나타나 독일이 퇴폐적이 될 것이라 여겼다. 이 점에서는 보르하르트 역시 당시 대개의 지식인들처럼 귀족주의자였고 반여성적 시각을 지녔다.

당시 대도시를 중심으로 한 대중의 출현에 대해 지식인들이 품었던 부정적인 생각은 보르하르트에게서도 예외는 아니었다. 그는 민족 대신에 새롭게 나타난 대중이 역사를 모르는, 즉 아버지 없는 대도시의 프롤레타리아들로서 반쪽 인간에 불과한 "쓰레기 인류(Abfallmenschheit)"이자 "인류의 쓰레기(Menschheitsabfall)"라 칭했다.16) 이와 같은 그의 대중 혐오감은 그의 연설문 곳곳에 나타난다.

도덕적이고 위대한 민족이 하찮은 천민계급의 수준으로 변하는 것을 막을 수 없다. (…) 그들이(=독일의 대도시의 인간 군상, 필자 첨가) 니그로의 북소리에 맞춰 반나체로 춤을 추는 걸 보아도 낯설지 않을 정도로 그들은 '야수'가 되었다.17)

뭔가를 보존하자고(konservieren) 목청을 높인 그였지만, 그에겐 민족, 제국, 정치 지도자 등 어느 것 하나 보존할 만한 가치가 없었다. 이처럼 실제적인 세계에서 자신을 지탱해줄 만한 것을 찾지 못하자 그는 형이상학의 세계로 옮겨갔다. 보르하르트가 앙리 브리오-다르질레(H. Buriot-Darsiles)에게 보낸 편지(1925. 12. 7.)의 일부이다.

---

16) Borchardt, Schöpferische Restauration, 247쪽, Borchardt, *Reden*, Stuttgart 1995(1998), 230~253쪽.
17) Borchardt, 앞의 책, 242쪽 이하.

가엾은 내 조국처럼 왕조가 더 이상 민족의 역사적 연속성을 드러내지도 또 지니지도 못할 때, 공동체가 심하게 파멸되었을 때, 이를 지키기 위해선 시문학만이 유일한 피난처이고, 나아가 국가적 정신의 유일한 대변자가 된다.[18)]

　그는 보수주의를 포기한 게 아니었다. 단지 공화주의, 사회주의가 여전히 득세하고 있는 상황에서 보수의 총공세를 펼치기 위해 숨고르기를 하는 중이었다. 그의 보수주의 공세는 바이마르 공화국의 붕괴 시나리오로 시작된다. 1930년에 빌헬름 쉐퍼(W. Schäfer)에게 보낸 편지에서 그는 공화국의 극도의 혼란상을 두고, 독일에서 진행되고 있는 불행은 자연스러운 것으로서 이는 조만간 정점에 이르러 바이마르 체제의 종식을 가져올 것이기에 불만을 가질 하등의 이유가 없다고 했다. 역사적 전통과 국민성을 담보로 한 '자유'의 실험은 완전히 소진되어야 하며, 공화국이 과격하게 빠른 속도로 붕괴되는 것만이 지금의 사회적 혼란을 멈추는 길이라고 생각했다. 그가 「제국 개혁에 관한 서신」(Brief über die Reichsreform)에서 제국의 헌법을 고치려는 움직임을 비난한 것은 공화국 체제 내에서 개혁을 하려는 시도가 공화국의 존재를 어느 정도 인정하는 걸로 비쳤기 때문이다.

　1930년을 경계로 보르하르트의 정치적인 요구가 점차 구체화되고 과격해졌다. 그는 1931년 1월 브레멘에서 「지도력」(Führung)이라는 제목으로 행한 연설에서 드디어 반혁명의 때가 도래했으며, 독일은 더 이상 이대로 갈 수 없고 정복되어야 한다고, 말 그대로 군사적인 의미에서 정복

---

18) Werner Kraft, *Rudolf Borchardt, Welt aus der Poesie und Geschichte*, Hamburg 1961, 421쪽에서 재인용.

되어야 한다고 역설하였다. 틀을 벗어나 제멋대로 흐트러진 민족 전체를 통제하는 것은 오직 군대만이 가능하며, 지금은 복종과 섬김만이 있을 뿐인 질서체계가 필요하다고 했다. 이는 군사독재만이 지금의 난국을 해결하는 방법이라는 의미였다.[19] 다시 일 년 뒤인 1932년에는 국가에 대한 일말의 기대가 이른바 "독일 땅에서 종교개혁 이후의 최대의 정치적 운동"이라는 나치즘으로 옮겨갔다.

보르하르트가 추구한 보수혁명은 분명 당시의 보수혁명론과 여러 면에서 서로 맞닿아 있으면서도 독특한 점들이 많아 함께 묶기에는 다소 무리가 있기도 하다. 사실 그 자신도 보수혁명이라는 용어보다는 '창조적 복고(Schöpferische Restauration)'라는 표현을 선호하였다. 보르하르트는 유럽에서 독일 정신의 전통을 모든 수단을 동원해서 지키는 것이 자신의 의무라고 했다. 아나키즘에 대해서는 보수주의로, 아나키즘과 타협하는 안일한 관료주의에 대해서는 혁명으로 무장하고, 평화를 가장하고 슬그머니 다가오는 폭력주의는 오로지 폭력으로만 중단시킬 수 있다는 점에서 그와 호프만스탈은 서로 일치한다. 이 '폭력'을 호프만스탈이 '보수혁명'이라고 칭했다면, 보르하르트에겐 '창조적 복고'이다.[20] 그럼에도 불구하고 보르하르트의 '창조적 복고'를 광의의 의미의 보수혁명론의 한 축으로 간주해도 큰 무리는 없어 보인다.

2.3. 어서 오라, 나치즘이여, 조국의 메시아로서!

보르하르트가 한동안 나치즘을 환호하고 그에 대해 친화적 제스처를 보인 까닭은 보수혁명의 근본적인 속성이 나치즘이 궁극적으로 지향하는 바와 많은 점에서 일맥상통했기 때문이다. 예컨대 바이마르 공화국이

---

19) Borchardt, Führung, Reden, 424, 427쪽.

20) 참조, Borchardt, Brief an Max Brod, 1931년 11월 19일; 또는 Breuer, 앞의 책, 385쪽.

말기로 접어드는 1920년대 후반, 바이에른 공국의 왕위 계승자인 루프레히트(Ruprecht) 왕자를 중심으로 확산된 왕정제 회복 움직임이라든가, 강력한 카리스마를 지닌 지배자에 대한 숭배—힘 있는 제후(Fürst)의 상(像)은 분명 강한 영도자(Führer)의 모습과 일치되는 부분이 있다—, 바이마르 공화국에 대한 증오심 등은 그 실례이다.

바이마르 공화국이 총체적으로 실정(失政)을 거듭할수록 입헌 군주에 대한 보르하르트의 열망은 더 강렬해졌다. 그는 1918/19년에 일어난 빌헬름 제국의 몰락을 군주에 대한 신하들의 충성 서약의 파기로 이해했다. 그에게 있어 베르사이유 강화 조약의 서명은 곧 모반(謀反) 행위였다. 1926년에 쓴 한 편지에서 그는 당시 사회의 새 구성원들은 제후 가문들이 어떻게 생겨났는지조차 잊어버린 자들이라고 욕하였다.

> 그들이(=제후 가문돌, 필자 주) 수백 년 동안 이룬 문화적 업적들에 대한 감사의 표시가 고작 그들에 대한 충성의 맹세를 깨트린 것이다. 그 대가는 나라의 고작 2퍼센트 남짓한 사람들만이 베르사이유 조약의 굴레로부터 벗어날 수 있는 희망이었다.[21]

그는 공화주의, 민주주의, 자유주의, 사회주의, 의회주의라는 (그가 보기에 지극히) 혼란스러운 실험들을 완전히 종식시킬 수 있는, 정당성을 지닌 정치적인 비전을 희망했다. 보르하르트는 1930년 1월에 에드가 융 앞으로 쓴 편지에서 군주는 19세기 독일의 퇴락에 책임이 있는 것도 없는 것도 아니며, 더군다나 제1차 세계대전의 발발과 패전에는 결코 책임이 없다고 했다. 그는 오히려 자신들의 왕가를 적에게 내팽개치고, 군주와 함께 운명을 나누겠다던 서약을 파기한 독일인의 죄야말로 끔찍스러운

---

21) Borchardt, *Briefe 1924-1930*, München, Wien 1995, 150쪽.

것이라고 역설하였다.[22] 바이마르 공화국에 대한 보르하르트의 증오심은 거의 광분의 상태에 가까웠다. 1920년에 쓴 글을 보면 그가 독일을 단테의 『신곡』에 나오는 지옥과 같은 모습으로 그리고 있음을 알 수 있다.

내가 지금 속해 있는 독일은 (…) 마치 물에 빠졌다 간신히 구조된 선원들이 내팽개친, 물에 푹 젖은, 암초에 부딪혀 파선한 배와 같다. (…) 내가 지금 처해 있는 독일은 맘몬(財神, Mammon)이 돈에 탐닉한 손가락으로 썩은 시체의 가치를 평가하기 위해 휘젓는 창자 속과도 같다. 독일은 패전으로 권리가 박탈되었음을 선언한 후, 평화를 얻기 위해 명예를 박탈당하고 이제는 가치마저 박탈당한 후 마지막 약탈을 겪고 있다. 내가 지금 처한 독일은 하나도 남김없이 훼손되어 이제는 넝마처럼 너덜너덜해진 나라이다. (…) 이들은(=제1차 세계대전 승전국, 필자 주) 나의 마지막 한푼마저 깎아내리는 자의적(恣意的)인 권리를 행사하며, 벽에서 내 조상의 사진을 떼어내고, 나의 여자들을 사들이며, 내게 살인자를 보내고 이 살인자를 막고자 하는 충견(忠犬)의 권리마저도 내게서 갈기갈기 찢어버린다.[23]

이 인용문에 나타난 글쓴이의 심적 상태는 매우 흥분돼 있고 직설적이다. 바이마르 공화국에 대한 그의 적대적 태도는 시종일관 이러했다. 심지어 공화국이 상대적 안정감을 보였던 시기에도 이 태도는 누그러지지 않았다. 공화국 말기에 그는 마치 공화국을 상대로 내전(內戰)을 치르기라도 하듯 격앙된 목소리를 더욱 크게 높였다. 그가 〈도이체 알게마

---

22) "나는 지배자에 대한 충성의 맹세를 결코 깨트리지 않을 것이다. 심지어는 나의 군주조차도 이를 파기하지 못할 것이다."(Borchardt, *Briefe 1924-1930*, 421쪽 이하)

23) Borchardt, So rette das eigene Leben, *Prosa V*, Stuttgart 1979, 353쪽.

이네 짜이퉁〉(1932. 3. 12)에 다음 날 있을 대통령 선거에 관해 투고한 글은 마치 묵시록의 분위기를 담고 있다. 당시 후보자로 나선 자들은 〈중앙당〉, 〈사민당〉, 〈독일민주당〉(DDP), 〈독일국민당〉(DVP), 〈바이에른 국민당〉(BVP)으로부터 광범위한 지지를 받은 힌덴부르크 대통령, 〈나치당〉의 히틀러, 〈공산당〉의 텔만(Thälmann), 그리고 〈독일국가인민당〉의 뒤스터베르크(Duesterberg)였다.

> 이 나라는 지불 능력이 없다. 노상 강도와 약탈자들은 법을 비웃고, 무리
> 들은 거리를 활보한다. 정직한 사람들 뒤로는 교도소들이 꽉 차 있고, 청
> 소년들의 피가 흐르고 있다. 독일은 시민전 상태이다. 제국 대통령은, 내
> 가 비록 모든 경의를 표함에도 불구하고, 이 전쟁을 제압할 인물이 못 되
> 고, 그렇다고 이 전쟁을 이끌 자는 더더욱 못 된다.[24]

웅변을 하는 연사의 격정적인 모습을 떠올리게 하는 이 글에서 "거리를 활보하는 무리"들이란 그가 당시 심정적으로 기울었던 나치당원들을 가리킬 확률이 높다. 보르하르트는 힌덴부르크 대통령은 추천할 인물이 결코 못 된다고 단도직입적으로 말했는데 그렇다면 결국은 누구를 지지하라는 말일까? 그는 자신이 희망하는 군주제를 실현시켜줄 어떤 군주도—가령 바이에른 왕국의 후계자인 루프레히트 왕자처럼—입후보하지 않은 상황에서 과연 누구를 택해야 현재 독일에서 벌어지고 있는 내전의 상태를 종식시키거나 아니면 이를 이끌어갈 수 있다고 보았을까? 텔만이나 뒤스터베르크의 영향력은 어차피 미미했으므로 그들은 아니었다. 그렇다면 남는 인물은 히틀러밖에 없다. 보르하르트는 국민들에게 히틀러를 지지하라는 말은 우회적으로 피하고 있지만, 여기서 그가 지지를 당부하는

---

24) Borchardt, Wem unsere Stimme?, *Prosa V*, 451쪽.

인물은 분명 히틀러였다.

보르하르트는 〈뮌헨신문〉(1933. 1. 8./15.)에 두 차례에 걸쳐 게재한 「국가 동맹 혹은 연방 동맹」(Staatenbund oder Bundesstaat)이라는 글에서 당시 횡행(橫行)하던 극우파의 테러를 두둔하는 글을 쓰기도 하였다.

에르쯔베르거의 혼이 다시 배회하고 있다. 국민재판정의 총알은 단지 한 명의 해로운 사람만을 맞혔을 뿐이다. 해악한 권력은 여전히 살아서 준동하고, 세력을 규합하며, 서로 연합하고 밀담을 나눈다. 또 그들은 위협하거나 압력을 가하고, 사고파는 행위를 하며, 사람들을 구타하고 고자세로 다니며 건축물에 불을 지른다.

마티아스 에르쯔베르거(M. Erzberger)는 중앙당의 국회의원으로서, 1918년에 체결된 베르사이유 조약에 서명을 한 사람이다. 그는 산책 도중 이제는 공식적으로 해체된 의병단들로 구성된, 극우파 세력들 중의 분파인 〈에어하르트 여단〉(Brigade Ehrhardt)의 전직 장교 2명에 의해 암살되었다. 당시 암살자들은 이미 바닥에 쓰러진 에르쯔베르거를 향해 계속 총을 난사하였다. 그들은 에르쯔베르거 외에도 필립 샤이데만이나 발터 라테나우 같은 정치적 인사들에 대해 종교 재판식의 불법 테러를 서슴지 않았다. 그런데 보르하르트는 대중적인 언론매체에서 이 테러 행위를 "국민재판정이 가한 총격"이라고 표현함으로써 극우파 세력들의 테러 행위를 역사적인 행위로 정당화시켰다.

보르하르트처럼 위협받는 국가의 질서를 위해서라면 테러도 정당하다고 보는 견해는 당시 나치당원 여부를 떠나 사회 각계에 만연해 있었다. 가령 개신교의 총감독인 디벨리우스는 1933년 제국의회 개원을 기념하기 위해 히틀러와 힌덴부르크가 동석한 자리에서 국가 역사의 새로운 장은 언제나 폭력과 더불어 열리고, 국가 질서를 파괴하는 자들이나 더럽고 비열한 언어로 국가의 명예를 실추시키고, 또한 조국을 위해 희생한 목숨을 비방한 자들에게 국가가 권력을 행사하는 것은 신의 이름으로 행동하는 것이라고 말함으로써 나치의 테러가 온당한 조처임을 역설한 바 있다.[25]

3. 보수주의자의 이상(理想)과 나치즘의 불안한 동거

보르하르트가 보인 군주제 및 정통성에 대한 옹호, 공화국에 대한 증오는 그 강도 그대로 제후나 지도자(혹은 영도자)와 같은 카리스마적 인물에 대한 강한 숭배로 이어졌다.[26] 그런데 여기서 특이한 점은 군주와 독재적인 지도자에 대한 상(像)이 모호하게 서로 엉켜 있어 이를 구분지어 관찰하기가 쉽지 않다는 점이다. 이는 비단 보르하르트 개인에게만 국한되어 나타난 현상은 아니었다. 그의 글 「지도력」(Führung, 1931)과 「제후」(Fürst, 1933)를 꼼꼼히 비교 관찰해보면 그가 생각하는 지도자 상(像)이 어떤 것인지가 분명해진다.

먼저 연설문 「지도력」에서 보르하르트는 자신과 자신의 동료들에게 정서적으로 가까운 '정당들'에 대해 말하고 있다. 여기서 그는 '자신을 포함한 동료들'이 공감대를 느끼는 '정당들'이라고 주체와 대상 모두를 복수로 표현하지만 이는 가리키는 대상을 모호하게 만들고, 상황을 일반화시키기 위한 전형적인 수사법일 뿐이다. 그의 말을 분명하게 표현한다면, '자신이 심정적으로 편을 들고 있는 어느 한 정당'이라고 말해야 하고, 그

---

25) 참조, 데틀레프 포이케르트, 김학이 역,『나치 시대의 일상사』, 개마고원, 2003, 302쪽.
26) "보수혁명이 요구했던 지도자론은 (…) 몰락한 군주제에 대한 보상으로 나타났다." (Martin Greiffenhagen, *Das Dilemma des Konservatismus in Deutschland*, Frankfurt am Main 1986, 269쪽)

당은 전후 문맥으로 보아 나치당으로 귀결된다. 보르하르트는 국민 전체를 흡수하고, 국가와 정당을 고차원적인 영역에서 통합시킬 수 있는 당을 원한다고 했다. 나아가 현재 결여된 것은 영도자가 아니라, 영도자를 위해 존재할 수 있는 국민의 능력이라며, 자신이 기대하는 독재자 상(像)을 그려 보였다.

> 독재자는 굳건한 의지를 지닌 단 한 사람의 개인만이 권력을 쥐는 것이거나, 정치인으로서 개인적인 환상을 지닌 자가 권력을 쥐는 경우이다. 그는 국가 전체의 얼굴을 새롭게 그리겠다는 (…) 의지를 지녀야 한다.27)

보르하르트는 이어서 곧바로 독재자들의 이름을 언급하는데, 그중 무솔리니에 대한 언급이 두드러진다. 여기서 그가 바라는 독재자의 모습이 어떠한지가 분명해진다. 그는 앞으로 독일을 지배하게 될 독재자가 무솔리니의 모습을 닮기 원했다. 보르하르트가 품었던, 강한 카리스마를 지닌 남성상에 대한 갈망은 물론 그의 개인적인 관심사만은 아니었다. 당시 사회가 그런 카리스마의 출현을 기내했다. 그러나 보르하르트의 개인적 성장 배경 또한 이런 강한 남성상에 대한 동경심의 형성에 일정한 역할을 담당하였다. 그가 쓴 자서전적 기록에는 어머니에 대한 언급이 거의 없다. 대신 매우 혹독하고 강했던 아버지에 대한 기억은 뚜렷하게 각인되어 있다. 그 스스로도 프로이센적 남성상을 닮으려고 노력했음은 그가 남긴 여러 편지들에서 확인된다.

그는 나치즘에 대해 동질성을 느끼면서 그 속에서 보수혁명의 실현 가능성을 보았고, 1930년도를 기점으로 그의 글 속에서 나치즘에 대한

---

27) Borchardt, *Reden*, 412쪽 이하.

공감이 서서히 구체화되고 있다. 그는 나치즘의 정치적 강령에 대해선 공감을 느꼈지만, 히틀러라는 인물에 대해서는 여전히 확신을 갖지 못했다. 그는 무솔리니를 몸소 접견한 뒤 그의 지도자적인 능력을 높이 평가하였다.

> 충만하고 강한 의지와 선(善)에 대한 절대적인 확고함이 그가 움직일 때마다 둥글고 아름다운 모습을 지배했다. 그는 마치 강한 권위를 지닌 교회의 대주교나 아니면 대 시인의 모습과도 같았다. 그가 완숙한 괴테를 묘사한 여러 그림들의 모습과 일치한 것은 우연이 아니었다. 그것은 남자의 정신적 사랑이 이룰 수 있는 온갖 가능성 중 최고의 것이 그의 몸에 들어앉은 것 같았기 때문이다.[28]

이에 반해 한낱 "불쌍한 징사꾼(cin armer Hantierer)"이라고 표현했던 히틀러는 그가 생각하는 이상적인 독재자의 모습에—예컨대 무솔리니처럼 강인한 모습에—부합하지 않았다. 만일 그가 무솔리니를 직접 보았던 것처럼 히틀러를 직접 대면하였더라면 히틀러에 대한 그의 평가가 완전한 확신으로 바뀌었을 가능성을 배제할 수 없다. 1903년 이래로 줄곧 이탈리아에서 살았던 그였기에 그는 히틀러와 무솔리니를 비교는 하되 히틀러를 무솔리니의 능력에는 미치지 못하는 열등한 자로 보았다.

비록 히틀러 개인에 대한 그의 견해는 회의적이었지만, 보르하르트는 나치즘 자체는 군주적인 사고로, 즉 왕정제로 바뀔 수 있으며—'군주'와 '지도자'의 상(像)이 매우 유사했기에—, 큰 세력을 지닌 카톨릭의 한 분파로 발전할 수 있다는 (곧 치명적 오판으로 드러날) 환상을 지녔다. 보르하르트는 〈뮌헨신문〉(1932. 5. 18.)에 바이에른 공국의 루프레히트 왕

---

28) Borchardt, Besuch bei Mussolini, *Prosa VI*, 212쪽 이하.

자의 생일을 축하하는 글을 썼다. 그는 그 글에서 루프레히트 왕자에 대한 기대감을 담았지만, 이는 사실은 그가 나치즘에 거는 기대감의 우회적 표현이기도 했다. 그는 루프레히트 왕자가 "독일에서 가장 강력하고 희망찬 정당과 (…) 교회 간의 쓸모없고 절망적인 갈등을 나라의 위정자답게 해결해줄 것"을 바랐다. 여기서 말한 "가장 강력하고 희망찬 정당"은 두말할 여지없이 나치당이다.[29] 보르하르트는 공개석상에서 말할 때는 언제나 나치당이나 그 당의 지도자를 직접 언급하는 것은 피했는데, 이는 그가 완전한 확신이 없기 때문이었다. 그러나 1932년을 전후로 비공식 석상에서는 나치즘에 대한 기대를 구체적으로 드러내기 시작하였다. 1932년 무렵, 보르하르트는 자신이 후에 뭐라고 말하든 분명 나치주의자였다. 그에게 나치즘은 보수혁명의 이념이 실현될 수 있는 장(場)이었다.

4. 보르하르트, 그리고 나치즘의 반(反)유대주의

보르하르트는 동프로이센에서 태어난 유대계 혈통이지만, 개종을 통해 기독교인이 되었고, 누구보다도 독일의 언어와 문화, 즉 독일 정신에 지식이 깊었으며, '독일적' 혹은 '동프로이센' 기질을 지니는 등 본인 스스로는 자신을 결코 유대인으로 간주하지 않았다. 그에게 민족은 피나 인종의 차원이 아니라, 언어, 문화, 정신적 공동 가치를 지니고 있는가의 여부였다. 자신의 유대적 뿌리에 대해 알려고 하지 않았다는 점에서 보르하르트와 벤야민은 유사하다. 그런데 그럼에도 불구하고 벤야민이 유대주의와 떼어놓을 수 없을 정도로 유대주의로부터 많은 영향을 받은 것과는 달리, 보르하르트는 철저히 유대주의와 관계하지 않았다. 그러나 인종과 피가 인종 분류의 준거였던 나치주의자들에게 보르하르트는 결국은 유

---

29) Borchardt, Ruprecht von Bayern, *Prosa V*, 470쪽.

대인이었다. 이 장(章)은 이런 배경을 염두에 둔 관찰이다.

보르하르트가 환상과 착각에서 깨어나 현실을 직시하고, 나치즘으로부터 완전히 등을 돌린 것은 1933년 2월에서 3월 사이였다. 이 무렵은 「제후」라는 글을 쓴 때이다. 1933년 1월에 히틀러가 권좌에 오른 뒤, 바이에른에서는 주 장관을 포함한 일련의 정치가들이 루프레히트 왕자를 중심으로 베를린의 간섭을 받지 않는 독립적인 지위를 요구하였고, 힌덴부르크 대통령이나 히틀러도 이를 암묵적으로 승인하는 제스처를 보낸 상태였다. 당시 오직 루프레히트 왕자만이 독일 내의 다른 군주들과는 달리 폐위를 선언하지도 인정하지도 않았고, 왕위 계승을 포기하겠다고 말한 적이 없었다. 그러나 바이에른에 군주국을 수립하려는 움직임이 구체화되려 하자 베를린의 중앙 정부는 간단한 재판을 거쳐 이를 불법으로 규정하고, 무력으로 관계자들 모두를 순식간에 잡아들였다. 이때 보르하르트는 나치당의 본 모습을 보았다.

그는 독일에서 순수한 왕정파는 정당으로서는 전혀 기회를 갖지 못할 것이므로 차선책으로 나치즘에 공감을 표명했던 것이다. 그는 나치주의자들은 대중적 기반을 바탕으로 우파적 보수 운동을 성공적으로 수행할 것이며, 실제로 권력을 장악한 뒤에는 "불쌍한 장사꾼"에 불과한 히틀러를 끌어내리고 그 자리에 군주를 복위시킬 줄로 믿었다. 그러나 나치당의 지도자들이 바이에른의 군주 복위 움직임을 단숨에 잔인하게 짓밟는 것을 보고는 지금껏 나치당에 품었던 환상이 순식간에 무너지게 되었다. 그가 1933년 8월에 마르틴 보드머(M. Bodmer)에게 쓴 편지이다.

독일에서 현재 진행되고 있는 정치적인 상황은 내게 두 가지 방향으로 새로운 형국에 접어들었다. 첫째는, 개인적으로 융합하거나 객관적으로 직업을 수행하기에 필요한, 이론적이고 실제적인 전제 조건들을 나의 가족사적 배경이 만족시킬 수 없으므로 내게는 독일에서의 일체의 문학적 활동이 가시적으로는 불가능하게 되었다. (…) 나는 침울해지지 않을 것이며 질식하지도 않을 것이다.[30]

여기서 보르하르트에게 개인적으로 갑자기 새로운 최대의 갈등 요소로 떠오른 것은 나치당의 반유대주의 정책이다. 위에서 말한 "가족사적 배경"이란 그의 유대적 배경을 말한다. 이 글에서는 그가 갑자기 자신의 출생 배경과 직면하게 되는 것으로 보인다. 그러나 반유대주의는 이때 갑자기 나타난 것이 아니라 나치주의자들이 처음부터 공공연하게 내세운 정책이었다.[31] 하지만 처음부터 보르하르트는 나치당이 반유대주의적 선동을 부추기는 것을 크게 문제 삼지 않았다. 그가 볼 때 반유대주의 정책은 나치당이 단순한 대중들을 자기 편으로 만들기 위한 전술적 책략이었고, 권력을 잡고 나면 곧 수그러들 것으로 보았다.

그런데 여기서 분명히 강조되어야 할 것은 종국에는 위험스럽기 그지없는 환상으로 드러난, 이런 심각한 오인과 착각이 그에게서만 국한되어 나타난 게 아니라는 점이다. 당시 많은 독일인들이, 심지어는 유대인들조차도, 그리고 보르하르트처럼 이달리아가 아닌 독일 내에 거주했던 유대인들 중에도 이런 생각을 한 자들이 많았다는 것이다. 아래의 인용문은

---

30) Borchardt, *Briefe 1931-1935*, 262쪽.

31) 이와 관련해 포이케르트의 『나치 시대의 일상사』의 12장 '사회정책으로서의 인종주의'를 참조하라. 유전형질을 우성 및 열성 인자로 나누는 우생학이 어떻게 '과학적'인 근거를 얻게 되어 '객관적' 학문으로 자리 잡게 되고, 나아가 지배자들의 인종주의 정책에—반유대주의를 포함한—정당성을 부여하게 되는가가 자세히 나와 있다. 또 스벤 린드크비스트의 『야만의 역사』(김남섭 역, 한겨레신문사, 2003)는 나치의 유대인 학살이 갑작스런 돌발 현상이 아니라, 19세기를 거치며 대다수의 유럽인들 사상 속에서 보편화되었고 제국주의의 식민지 확장정책을 이념적으로 충실히 뒷받침해주었던 우생학적 사고에 기인한다고 적고 있다.

1933년에 칼 야스퍼스가 마르틴 하이데거와 히틀러에 관해 주고받은 대화다.

 -어떻게 그런 못 배운 사람이 독일을 지배할 수 있단 말인가?(야스퍼스)
 -교양은 전혀 상관없네. (…) 그의 놀라운 손을 한 번 보게나!(하이데거)[32]

 그래도 보르하르트가 혹시나 하며 나치당에 품었던 일말의 희망은 1934년 여름의 이른바 '룀 사건(Röhm-Putsch)'을 계기로 완전히 소멸되고 말았다. 6월 30일과 7월 1일 양일 간 히틀러는 친위대 행동 부대로 하여금 돌격대의 간부와 지휘자 에른스트 룀(E. Röhm)을 폭동음모 혐의로 체포, 처형토록 하였다. 그는 이것을 많은 반정부 인사들을 포함해 좌우 양파의 반대파와 유대인들을 제거하는 기회로 삼았다.[33] 이 사건으로 보르하르트는 오랜 친구였던 에드가 융을 포함한 네 명의 친구를 잃었다.

 보르하르트는 자신의 실수를 깨닫기까지—실수를 깨닫는 것과 인정하는 것은 다르다—정말 오랜 시간을 필요로 했다. 이 점에서 그는 시인(이자 의사이기도 한) 고트프리트 벤(G. Benn)과 비교될 수 있다.[34] 독일에서 자행되는 사건은, 특히 전쟁은 보르하르트로 하여금 자신의 정체성을 파악하는 데 혼란을 가져왔다. 아직 제2차 세계대전 중이던 1943년에 그는 「독일 국가의 몰락」(Der Untergang der deutschen Nation), 「독일 유대인 문제에 대해」(Zur deutschen Judenfrage)라는 두 편의 글을 집필하기 시작하였다. 계획은 했지만 주변의 제약 때문에 미완으로 끝난 이 글들에서 그는 나치주의자들의 '모반(謀反) 행위'는 마지막 남은 국가적·윤리

32) Victor Farías, *Heidegger und Nationalsozialismus*, Frankfurt am Main 1989, 175쪽.

33) 참조, 이민호, 『새 독일사』, 까치글방, 2003, 288~289쪽.

34) 참조, Gottfried Benn, Der neue Staat und die Intellektuellen(1933), Kunst und Drittes Reich (1941). 이 밖에 오한진의 『독일 참여작가론』(기린원, 1989) 중 179쪽 이하.

적 질서를 파괴했다고 진단하고 있다. 지식인으로서 시대적 사건을 평가하는 것도 중요하지만, 더 중요한 것은 그간 나치즘에 대해 보였던 자신의 입장에 대한 솔직한 정리일 것이다. 그런데 그에게선 이것이 빠져 있다. 그는 차라리 벤이나 토마스 만처럼 자신의 실수를 인정할 수 있었지만 그렇게 하지 않았고, 그렇다고 하이데거가 그랬듯이 애써 그 사실을 감추려고 하지도 않았다. 잘 알려진 바대로 토마스 만은 저서 『어느 비정치인의 고찰』(Betrachtung eines Unpolitischen, 1915~1918)에서 보수적인 태도를 표명했고 나치즘의 등장에 대해 애매한 입장을 취했지만, 이후 자신의 판단이 틀렸음을 시인하고 나치즘의 타도에 그 누구보다도 앞장선 경우이다.

공화국 시기 내내 누구보다도 강한 목소리로 짓밟힌 민족적 자존심과 수치와 치욕을 말했고, 나아가 당한 모욕을 꼭 되갚아야 한다는 분개심을 드러내며, 극우파의 살인 테러를 역사적으로 옹호하는 등 보수혁명을 주도했던 자신의 글들이, 비록 정치인의 직접적인 행위에 비하면 그 영향력은 적을지언정 자신이 저주하는 나치주의자들의 '모반 행위'를 가능케 하는데 한 축을 담당했음을 보르하르트는 인정하려 들지 않았다. 1934년에 어머니한테 쓴 편지에서, 그는 1903년부터 1933년까지 이탈리아에서 살면서 독일에서 자행된 어리석은 짓들에 동참하지 않으려 했다고 적었다. 그 글을 쓴 시점을 전후로 지난 10여 년간 많은 연설문과 정치 에세이 등에서 자신이 주장한 보수 우파적 논리는 애써 도외시한 채, 자신이 히틀러의 정책에 나서지 않은 것을—그도 그럴 것이 그의 태도는 대개 모호했기에—'현명한 판단'으로 미화하고 있다.[35]

보르하르트가 사망 이 년 전에 쓴 글 「독일 유대인 문제에 대해」에서 전개한 그의 견해는 여러 면에서 매우 부적절하다. 이 글에서 그는 1920

---

35) 참조, Borchardt, *Briefe 1931-1935*, 347쪽.

년대에 지녔던 입장에서 전혀 벗어나지 못하고 있다. 이는 그가 유대인 학살의 정확한 규모를 몰랐기 때문에 비롯된 것이다. 비록 그가 독일 거주 유대인에게 자행된 학살과 축출에 대해 말하고 있긴 하지만, 그는 죽기 전까지 나치주의자들의 반유대주의가, 그가 생각한 것처럼 일부 현상이 아니라 그들의 중심 사상이었음을 깨닫지 못했다. 나치즘에 대한 보르하르트의 태도 중 가장 큰 오류는 아마 독일 유대인에 대한 그의 판단이 완전한 착각이었다는 것일 게다. 그는 1932년경에는 장래 나치주의자들이 지배하는 때가 오면 유대인 박해가 완전히 사라질 것이라고 믿었다. 그러나 1936년에는 막스 브로트(M. Brod) 앞으로 쓴 편지에서 자신은 독일 거주 유대인에게 어떤 박해들이 가해지는지를 잘 알고 있다고 말하면서도, 유대인들 스스로가 그 원인을 제공했으며, '피', '인종', '유전' 등에 관한 싸움에 책임이 있다고 하였다. 또 반유대주의의 근간이 된 19세기의 인종 이론 및 유전 이론이 유대인 학자들의 발견인 것처럼 기술하고 있다. 유대인이었으나 세례를 받음으로써 개종한 자신은 종교적으로나 문화적으로, 그리고 정신적으로 전혀 유대인이 아니라고 강변한 그이지만, 인식의 한계는 어쩔 수 없었다.

5. 여전히 유효한 보수 논쟁

본 글은 보수 논객 보르하르트 한 사람에게 포커스를 맞추고 있다. 하지만 그가 당시 보수진영의 대표적인 인사들과 활발한 교류를 하였고, '창조적 복고'라는 나름대로의 보수혁명론과 더불어 많은 정치 연설과 에세이를 통해 보수담론을 이끌었다는 점에서, 그를 통해 바이마르 공화국 시기의 보수혁명론을 살피는 작업은 충분히 대표성을 지닌다. 보수진영에 속한 여러 지식인들 중에서 하필 보르하르트를 주목하게 된 까닭은 그의 비극적 인생 때문이었다. 아니 아이러니컬하다는 게 더 적합할지도 모르겠다. 앞에서 말한 바처럼 보르하르트는 정신과 문화, 문학 등을 놓고 볼 때 그 누구보다도 철저한 독일인이었다. 나치가 인종을 분류하는 기준이 '피'가 아니었다면 아마 그는 끝까지 나치즘에 대해 확신을 가졌을지도 모른다. 그는 나치즘의 인종 정책이라는 화살의 끝이 바로 자신에게 겨누어질 줄은 꿈에도 상상하지 못했을 것이다. 그 스스로가 보수혁명의 귀결인 나치즘의 희생자가 되었다는 점이 필자가 그에게 관심을 가지게 된 이유이다. 2003년 가을에 출간된 보르하르트의 자전적인 글 『아나바시스』(Anabasis, 2003)에서 그는 나치정권 말기(1943~1945)에 자신이 유대인이라는 이유로 나치들에 의해 잡혀갔다 연합군에 의해 겨우 풀려난 과정, 제3제국의 야만성, 자신의 절망감 등을 기록하고 있다.

제1차 세계대전의 패배와 더불어 군주가 사라진 뒤 대중이 급작스레 사회의 전면에 나서서 정치의 '대상'이 아닌 '주체'가 되고자 했을 때, 그들은 아직 민주주의에 익숙하지 못했으므로 사회적 혼란은 충분히 예견된 일이었다. 그러나 이런 정치·사회적 혼란상이 기득권을 지닌 보수진영의 지식인들과 부르주아 계층에게는 대단히 못마땅했다. 유럽인들은 고대로부터, 지배란 특권을 지닌 일부가 전체를 대표하는 것이라고 생각해왔다. 이 생각은 보수혁명을 떠받친 중요한 축이기도 하다. 당시 지식인들 중 다수는 나치즘이 점차 악마적 본성을 드러내는데도 불구하고 혹시나 하는 일말의 기대감 때문에 과감하게 대응하지 못했고, 얼마 후 모든 게 분명해졌을 때에는, 저항하기에는 이미 돌이키기 어려운 상황이었다.

그렇다면 이 글은 한국 사회에 어떤 적용 가치를 지닐까? 현재의 한국 사회는 과거 어느 때 못지않게 이른바 진보세력과 보수세력 간의 갈등으로 소란스럽다. 한국에서 이른바 '보혁(保革) 대결'은 여전히 현재진행형이다. 2004년도에도 대통령 탄핵이라는 동일한 사건을 놓고 국민들의 한

쪽에서는 열렬한 지지를 보내는가 하면, 다른 한편에서는 개탄해마지 않았다. 2002년도만 해도 이 땅에서 월드컵이라는 전 세계인의 축제가 열리고, 온 국민 모두가 '아시아의 자존심(Pride of Asia)'임을 자부하며 하나된 마음으로 들뜬 채 지냈던 일이 기억 속에 뚜렷이 남아 있는데 말이다. 동원되었든 자발적이었든 한자리에 모인 군중들은 동일한 사안을 놓고 동일한 장소에서 경쟁적으로 집회를 열면서, 서로 자신들이야말로 나라를 위하는 개혁 혹은 보수 세력이라 목소리를 높인다. 이를 접할 때 보수와 개혁의 의미는 물론이고, 그 구분조차도 모호해진다.

기득권을 빼앗기지 않으려 한다고, 과거 지향적이라고 곧 보수가 아니듯이, 과거의 패러다임과 결별하고 새로운 구도를 짜는 게 진보의 기준은 아닐 것이다. 보수냐 진보냐 하는 대립이 탄탄한 이념적 정체성을 기반으로 한 생산적 대립이 되기보다는, 단기적인 이득을 최우선시하는 세력들이 상대방을 부정적으로 규정하는 폭력적 도구의 모습으로 나타나고 있다고 말하면 이는 나만의 지나친 기우(杞憂)일까? 한 사회의 구성원들 간의 이념적 대립은 그것이 건전한 형태로 진행된다면, 그리고 언젠가는 거쳐야 할 단계를 뒤늦게라도 밟는 것이라면 우리 사회가 당면한 이념 대립은 충분히 생산적 담론이 될 수 있다. 우리 사회의 이념적 논쟁들이 여태껏 하지 못한 숙제를 하는 장(場)이라면 모를까, 그것이 사회의 화합에 장애물이 되어서는 안 될 것이다. 본 글이 한국이 아닌 독일을 대상으로, 그것도 1920년대를 다루고 있기에 혹자는 이 글의 시사성이 떨어진다고 말할지도 모른다. 하지만 당시의 사회적 혼란기 속에서 지식인들의 행보를 살피는 작업은 한 사회의 이념적 대립을 관찰하려는 자에게는 분명 유용한 예가 될 것이다.

바이마르 공화국 시기 정기간행물의 여론형성과 보수우경화

바이마르 공화국 시기에 간행된 정기간행물들은 그 종류와 숫자를 제대로 파악조차 할 수 없을 정도로 넘쳐났다. 지식인들은 자신들의 의견을 적극적으로 개진하기 위해 대화의 장(場)이 필요했고, 이에 부응하듯 잡지의 발간은 크게 성행했다. 당시의 정기간행물들 중에는 하루살이처럼 불과 몇 호만 나오고 중단되는 경우도 있었지만, 이 시기의 잡지들은 심지어 '하루살이' 잡지들까지도 생동감에 차 있었다. 〈도이체 룬드샤우〉(Deutsche Rundschau), 〈노이에 룬드샤우〉(Neue Rundschau), 〈구조〉(Die Hilfe), 파울 코스만(P. N. Cossmann)이 창간한 〈남독일 월간〉(Süddeutsche Monatshefte), 〈노이에 메르쿠어〉(Neue Merkur), 〈호렌〉(Horen), 〈세계무대〉(Weltbühne) 그리고 칼 크라우스의 〈횃불〉(Die Fackel) 등이 당시 여론 형성에 주도적 역할을 한 대표적인 잡지들이다. 이 무렵 정기간행물들 대부분은 이미 수년 혹은 십수 년의 역사를 지녔다. 그렇다고 당시 갓 생겨난 신생 잡지들이 대수롭지 않다는 말은 아니다. 〈횡단면〉(Querschnitt), 〈문학세계〉(Die literarische Welt) 등은 신생지이면서도 중요한 잡지이다.

다른 한편, 요한네스 베혀(J. R. Becher)가 1929년 이후부터 발행한 〈좌측선회〉(Linkskurve), 키퍼(W. Kiefer)가 1917년부터 발행한 〈독일국민성〉(Deutsches Volkstum)처럼 드러내놓고 급진과격을 표방한 잡지들도 있었다. 후자의 경우 이미 발행 초기부터 반유대주의, 소시민적 사회주의, 배타적 민족주의를 내세웠다. 이 잡지는 얼마 뒤에는 빌헬름 슈타펠(W. Stapel)이 발행인 자리를 계승하였다. 1931년에는 콜벤하이어, 쉐퍼, 슈트라우스가 〈독일국민성〉의 지면에 자신들은 '프로이센 학술원'을 탈퇴하겠노라고 떠들썩하게 입장을 밝히기도 했다. 이들 잡지들은 나치즘의 전령으로서 그들의 세계관은 나치당의 정치 강령이나 히틀러의 『나의 투쟁』과 크게 다르지 않아 분석 대상으로 삼기에는 문제가 있다. 나치즘 계열의 잡지나 공산주의 계열의 잡지들도 부적절하기는 마찬가지이다. 이들 잡지들의 정치적 성향은 바이마르 공화국의 특성이라고 볼 수 없다. 이 잡지들은 공화국을 이해하려는 태도는 전혀 없이 오히려 부정하고 파괴하고자 하는 의도가 더 강했다. 이들은 민족주의적(völkisch)[1]이며 나치적인 문학, 그리고 '종족 고유(arteigen)'의 예술을 표방하였다. 아르투어 딘터(A. Dinter)의 『피를 거스리는 죄』(Sünde wider das Blut, 1919), 한스 그림(H. Grimm)의 『터전 없는 민족』(Volk ohne Raum, 1926), 로젠베르그(Rosenberg)의 『20세기의 신화』(Mythos des zwanzigsten Jahrhunderts, 1930) 등은 이와 같은 이념들이 정점을 이룬 예이다. 민족, 피, 인종과 더불어 '삶의 터(Lebensraum)'는 나치의 중요한 프로파간다 어휘 중 하나였다. 이런 종류의 문학은 그 시대의 프로필을 그려보려는 자에게 크게 도움이 안 된다. 단행본이나 정기간행물이 보수적 색채를 드러낸다고 할지라도 최소한의 수준은 유지해야지, 단순히 지극히 편향적인 이데올로기

---

1) Duden 사전은 이 용어가 'national'의 의미로서 나치즘의 인종 이데올로기가 개입되어 있다고 한다.

만을 확대 재생산하는 경우 이를 학문적 관찰의 대상으로 삼기에는 무리가 있다.

본 글에서 살펴보려는 시기인 1920년대의 독일은 세계대전 패배, 전제군주제 몰락, 베르사이유 강화조약에 따른 막대한 재정적 압박, 그리고 특히 굴욕적 체험—특히 이 점이 강조되어야 한다—등으로 점철되었다. 이처럼 혼돈의 시대에, 급박한 변화의 시대에 사회 밑바닥에 흐르는 기류를 감지하는 데에는 잡지처럼 적합한 척도는 아마 없을 것이다. 이 글에서는 당시의 대표적인 (문학)잡지에 실린 글들에 묻어나 있는 논조나 어투, 아니면 저널리스트들의 정치 에세이 등이 어떤 변화를 보이는지 그 추이(推移)를 살피게 될 것이다. 나는 앞 장에서[2]에서 당시 보수 담론이 우세했음을 지적했는데, 어느 시점부터 보수 담론이 조심스레, 그러다 곧 노골적으로 드러나기 시작했는지, 즉 어떤 경로를 거치며 이들 정기간행물들이 히틀러와 나치즘의 정책을 옹호하게 되고 우익을 대변하는 보수의 길로 들어서게 되는지 등을 살피게 될 것이다.

1. 보수 계열의 잡지

1.1. 모두 함께 우향 우!
- 〈도이체 룬드샤우〉(Deutsche Rundschau)의 오해된 진실, 감춰진 진실

오한진의 『독일 참여작가론』(1989)에는 다음과 같은 내용이 실려 있다. 나는 앞 장에서 『독일 참여작가론』이 그 학술적 가치에 비해 충분히 주목받지 못했다고 말했는데, 그 생각에는 변함이 없다. 그 책의 내용에서 도움을 받은 필자가 이 자리에서 그 책의 일부 내용에 이의를 다는 일

---

2) 앞 장의 「보수혁명의 귀착점으로서의 나치즘-보수논객 루돌프 보르하르트의 글들을 중심으로」.

이 '흠집 내기'로 받아들여지지 않기를 바란다.

보다 더 적극적으로 제3제국에 대해 정치적으로 저항했던 잡지는 〈도이체 룬드샤우〉이다. 국가사회주의의 선전성 및 비밀경찰의 비인도적 비정신적 행위에 대한 비판과 증오를 인도적 지혜와 윤리 및 정신적 대항으로 표현했기 때문이다. 이는 '진리와 자유 권리를 위한 투쟁으로 무장된' 잡지로 실제적 참여문학의 필법으로 집필되었다. (…) 〈도이체 룬드샤우〉가 프랑스 '몽테스큐 사상을 모범'으로 받아들여 인도주의적 정신적 유산을 쟁취하려 투쟁한 바와 같이 (…).[3]

오한진은 팔크 슈바르츠 및 루드비히 뢰너를 인용하여[4] 〈도이체 룬드샤우〉를 제3제국의 정치 프로파간다, 비인도적 야만성 등에 저항한 대표적인 정기간행물로 분류하고 있다. 이 상(章)에서는 이런 판단에 대해 이견을 제시하려 한다. 이 잡지가 여타의 잡지들처럼 처음에는 이와 같은 정신을 모토로 출범했을지 모르지만, 경제공황과 정치적 혼란을 겪으며 논조가 완전히 바뀌었다.

1919년부터 1933년 사이에 29권이 나온 〈도이체 룬드샤우〉는 매우 저명한 잡지로서 약 1930년까지는 정치운동으로서의 나치즘을 분명하게 반대했음에도 불구하고, 창간 초기부터 줄곧 민족주의, 베르사이유 조약에 대한 끝없는 반대, 수구적 보수주의 그리고 현대 문학, 특히 표현주의 문학에 대한 거부를 드러낸 점에서 나치즘 운동과 대단히 밀접한 연관성을 보였다. 〈도이체 룬드샤우〉의 역사에서 창간인 율리우스 로덴베

---

3) 오한진, 『독일 참여작가론』, 기린원, 1989, 26쪽.

4) Falk Schwarz, *Literarisches Zeitgespräch im Dritten Reich, dargestellt an der Zeitschrift 〈Neue Rundschau〉*, Frankfurt a. M. 1972, 1309쪽 이하; Ludwig Löhner, *Der deutsche Essay*, Neuwied/Berlin 1966, 371쪽.

르크(J. Rodenberg) 다음으로 비중 있는 인물인 루돌프 페헬(R. Pechel)은 1919년 창간호에서 이 잡지가 추구할 향후 과제를 다음과 같이 밝히고 있다.

> 민족적 치욕과 모멸을 겪는 이 시대에, 우리는 이 잡지의 이름을 우연히 〈도이체 룬드샤우〉로 정한 게 아님을 고통스럽지만 긍지를 지니며 강조한다. 이 잡지는 이제 그 어느 때보다도 견디기 힘든 거만함과 성급함에서 벗어나, 독일 정신이 능히 민족성을 일깨울 수 있음을 행동으로 입증해 보이고자 한다. (…) 독일은 외부의 혹은 자신의 손에 의해 더럽혀지고 비참해진 (이 나라가) 멸망할 수 없다는 신념에 차 있다. 그것은 (…) 독일성이 없이는 문화국가 전체가 더 피폐해지고 어두워질 것이기 때문이다.

이와 같은 강령에도 불구하고 1920년대 말 이 잡지는 점차 정치적인 색채를 띠었다. 1924년 이전까지는 정치적인 글이 별로 없었다. 공화국에 대한 근본적인 논의는 물론이고, 보수·민족주의 진영에서 기대했을 법한 비판조차도 실리지 않았다. 설령 정치적인 글이 실린다고 하더라도 이는 비스마르크의 제국설립이나, 황제 프란츠 요셉의 독일적 특색 등에 대한 글들이었다. 그리고 문학이나 예술이론 측면에서도 19세기의 관심사가 여전히 우세했다.

〈도이체 룬드샤우〉는 이른바 '렘브란트 독일인(Rembrandtdeutsche)'[5]의 계보로서 루터, 괴테, 엑카르트 선사(禪師), 뒤러, 바그너 등을 모범적

---

[5] 율리우스 랑벤(J. Langbehn)의 표현. 그는 『교육자로서의 렘브란트』(1890)라는 저서에서 렘브란트가 귀족주의적인 루벤스의 화풍과 달리 개신교 정신에 입각해 독일인들의 영혼을 잘 나타내고 있다고 했다. 그는 렘브란트를 예로 들면서 독일인들은 외면이나 물질을 반대하는 경향을 지닌다고 강조한다.

〈도이체 룬드샤우〉
(www.google.de)

독일인으로 내세웠고, 서구(프랑스)의 예술에 독일의 목판화와 벽돌로 쌓아올린 고딕 양식을 대비시켰다. 이미 1919년에는 로망족의 퇴폐성에 분격하며 게르만족의 재현을, 즉 '옛적의 금발머리 강도들(blonde Räuber der Frühe)'을 이상적인 인물들로 그렸다. 나아가 독일 영웅의 이상화를 현재적 관점으로 변화시키기 위해 '전투 불패'라는 독일군의 모습을 체계적으로 찬양하였다. 국내의 혁명세력이 등 뒤에서 비수를 꽂았다는, 그래서 제1차 세계대전에서 패했다는 이른바 '비수전설(Dolchstoßlegende)'[6]이 이제는 기억에서조차 사라진 1928년에도 〈도이체 룬드샤우〉는 여전히 이 입장의 연속신상에서 논조를 펼치며,[7] 복수전이니 '건방진 프랑스'를 굴복시켜야 하느니 등을 말했다. 이 잡지는 또 유럽 국민들을 개별적으로 상세히 비교해 보였는데, 그들이 사용한 유형학적 분류기준들은 이후 나치주의자들이 사용했던 인종 선별 기준과 크게 다르지 않았다.

이 관찰을 근거로 볼 때 〈도이체 룬드샤우〉가 공화국에 대해 비록 회의감을 품긴 했어도 관망하며 용인하는 태도를 보인 점은 의아스럽다. 본 잡지에 관여했던 인사들 중 적잖은 숫자가 제국 및 주정부에서 고위관료

---

6) 전쟁 중 야전사령관이었던 힌덴부르크는 독일이 패배한 원인을 규명하기 소집된 의회 청문회에 증인으로 나서서 "독일군은 등 뒤에서 비수에 찔렸다"고 말했다. 이는 전쟁 패배의 책임이 공화국의 제1당인 사민당을 포함하여 국내 사회주의 세력에 있다는, 더 정확히 말해 '11월 혁명'을 일으킨 반역자들에게 있다는 주장이다. 사실 힌덴부르크의 이 발언은 그 자신의 견해라기보다는 당시 사회에 널리 퍼져 있던 생각들을 말한 것에 지나지 않았다.(참고, 이민호, 『새 독일사』, 까치글방, 2003, 245쪽)

7) 참조, H. v. Metzsch, *Deutsche Siegesaussicht 1918*, 1928, 625쪽.

로, 군인으로 혹은 학자로서 일하게 되었다는 것만으로는 설명이 안 된다. 초창기에 이 잡지는 정치면을 주로 공지사항으로 채웠으나, 점차 구스타브 슈트레제만(G. Stresemann)이나 빌헬름 쿠노(W. Cuno) 같은 정부 관료 개개인들의 인간적인 면들을 칭찬하기 시작했다. 어쨌든 〈도이체 룬드샤우〉는 세계관의 차이에도 불구하고 20년대에는 공화국에 적대감을 갖지 않았다. 20년대 말에는 〈구조〉보다는 좀 미온적이었지만 국가의 정치 상황이 위험한 대치 국면에 들어섰음을 감지하기도 했다. 페헬은 1928년에 공화국 수호를 위한 법안을 요구하는가 하면 파펜이나 슐라이허에게 희망을 걸기도 했다.

보수주의자 에드가 융은 「우파의 봉기」(Aufstand der Rechten, 〈도이체 룬드샤우〉 58호, 1931)에서 사회민주주의는 독일의 속물 시민계층과 동일하다고 한 반면에, 야당—즉 나치당—은 "병상에 누워 있는 독일 국민에게 고통에 대한 저항력을 키워줌으로써 마침내 죽음을 이기게 해주는" 의사로 보았다. 그는 히틀러의 정치 운동을 "용감하고, 비정치적이며, 혁명적인 야당"으로 여겼다. 그는 당시 많은 지식인들과 마찬가지로 바이마르 체제는 종결되어야 한다고 주장하며, 나치즘이 지닌 윤리적 본질을 찬양했다. 그에게 있어 히틀러는 "새로운 사회적·정치적 품성을 선포"하는 자였다. 심지어 1932년에는 그가 히틀러를 두고 "이 시대의 유일한 창조적 정치가요 대중의 지도자"라고 평한 글이 실리기도 했다.(〈도이체 룬드샤우〉, 1932년 11월, 81쪽)[8]

---

8) 에드가 융은 자신을 보수진영의 유명인사로 만들어 준 저서 『열등한 자들의 지배』(1927)에서 민주주의를 열등한 자들의 지배방식으로 규정했다. 융은 〈뮌헨신문〉과 〈도이체 룬드샤우〉에 정치적 글을 많이 기고함으로써 '보수혁명'이란 용어를 광범위하게 파급시키는 데 큰 역할을 하였다. 나치가 권력을 쥔 뒤, 융이 예전에 프란츠 폰 파펜의 정치연설문 원고를 작성했다는 이유로 나치에 의해 처형된 사실은 역사의 아이러니이다.(참조, 앞의 글 「보수혁명의 귀착점으로서의 나치즘-보수논객 루돌프 보르하르트의 글들을 중심으로」, 2.2)

페헬의 태도는 이보다는 신중했지만, 히틀러를 비난하는 게 현 상황에서 올바르다고 보지 않았다. 이로써 〈도이체 룬드샤우〉는 처음부터 공화국에 대해 적대감을 품지는 않았지만 한 번도 공화국을 수호하기 위해 노력을 기울인 적이 없는 '보수혁명' 세력들과 보조를 맞추었다. 이들 보수혁명론자들은 겉으로는 군주에 충성했다. 옛 고위관리들이 특히 그랬는데, 그 계층의 상처 입은 충성심은 공화국에 대한 혐의를 떨칠 수 없게 했다. 갈수록 심해지는 정당들 간의 반목, 내각의 잦은 교체, 공화국이 붕괴할 것이라는 끝없는(비록 그것이 과장된 것이었다 할지라도) 위협, 심지어는 사회주의 그 자체에 대한 혐오감은 이들과 공화국 정부와의 거리를 더욱 벌어지게 했다.

〈도이체 룬드샤우〉가 가장 관심을 기울인 지역은 북부 독일이었고, 그 중에서도 교양지식인층에 관심을 쏟았다. 특히 이들 교양지식인층은 19세기의 사고에서 벗어나지 못했다. 제1차 세계대전 패전 후 새롭게 설정된 국경선의 변화는 물론이고 판이하게 변한 사회 계층의 새로운 유형도 인정하려 들지 않았다. 〈도이체 룬드샤우〉에서 다소 흥미로운 것은 이 잡지가 유대인들에 대해 유달리 우호적인 태도를 보였다는 점이다. 예를 들어 이 잡지는 〈독일학생조합〉이 독일 유대인들을 배척한 것을 두고, 독일 유대인들은 독일의 정신적 재산에 커다란 기여를 했으며 앞으로도 그럴 것이라며 〈독일학생협회〉의 처사를 비난한 바 있다. 잡지에 주요한 기고자였던 에드가 융 등이 유대인이었음을 감안한다면 설명이 가능하다.

1920년대를 전후로 〈도이체 룬드샤우〉의 기고문들에 나타난 정치·사상적 입장을 중간 결산하자면, 이 잡지는 나치즘이 지닌 비정신성(Ungeistigkeit)에 대해 분명한 거부감을 보이면서도 다른 한편으로는 상통하는 점도 적잖았다. 그런 배경 때문인지 이 잡지는 1929년의 경제공황과 그 여파를 겪으며 공화국에 대한 입장을 바꾸기 시작했다. 1931년에는 '영도자(Führer)'의 출현을 바라는 글이 실린다. 크리스(W. v. Kries)는 '정치 결산 1931'이라는 제목의 권두언에서 나치즘의 정신적인 옷차림은 너무 초라해서 독일인으로서 부끄러울 지경이지만, 실제 행동과 자세, 인 간적인 관점 등을 놓고 보면 나치즘은 독일 국민성이 지닌 힘의 근원을 사로잡는다. 독일 근대사에서 모든 그룹과 계층을 파고든 민족적 운동은 이것이 처음이라고 적고 있다.[9]

1932년에는 〈도이체 룬드샤우〉에서 국민은 자기가 무엇을 원하는지를 분명히 알고 있고, 그리고 국민들이 신뢰하고 자신을 내맡길 수 있는 '사 나이'들을 보고 싶다고 적고 있다. 그러면서도 북을 치며 선동하는 자는 그런 인간이 될 수 없다며 스스로 다소 절제하는 모습을 보인다. 그러나 이런 절제도 이내 자취를 감춘다. 파울 페히터(P. Fechter)가 〈도이체 룬 드샤우〉의 새 편집인이 된 후 펴낸 이 잡지의 첫머리 기사 제목이 '빌헬 름 마이스터에서 친위대로(Vom Wilhelm Meister zur SA)'인 것을 보아도 이 잡지의 논조가 얼마나 많이 변했는지 알 수 있다. 이 제목은 사실 당시 사회의 분위기를 상당히 정확하게 반영한다.[10]

1.2. 다수가 일으킨 개인적 착각?
- 〈남독일 월간〉

뮌헨에서 발행된 정기간행물인 〈남독일 월간〉(Süddeutsche Monats-hefte)이 1910~20년대를 지나며 변화해가는 모습 역시 크게 보면 〈도이 체 룬드샤우〉가 걸어온 길과 별로 다르지 않다. 이 잡지는 창간하던 해인 1904년 의식적으로 〈도이체 룬드샤우〉와 경쟁하고자 했고, 빠른 시일 내

---

9) 참조, 〈Deutsche Rundschau〉, Jg. 58, 1932, 1쪽 이하.
10) 언급한 에드가 융의 저서 『열등한 자들의 지배』가 〈도이체 룬드샤우〉의 출판사에서 간 행되었고, 융은 페헬의 친구였다.

에 이 분야에서 가장 유명한 정기간행물 가운데 하나로 올라서게 되었다. 잡지의 영향권을 보면 〈도이체 룬드샤우〉가 베를린을 중심으로 북부 독일을 기반으로 하는 데 비해, 〈남독일 월간〉은 뮌헨을 중심으로 한 남부 독일에 집중하고 있다. 이 지역은 카톨릭 신앙의 보수우익 성향을 지닌 곳이다. 〈남독일 월간〉은 베를린을 문명(Zivilisation)의 상징으로 보고, 이에 대립하여 뮌헨을 문화(Kultur)의 거점으로 삼고자 했다. 19세기 이래로 독일의 지식인층이 지니고 있는 서구 문명—주로 프랑스를 가리킴—에 대한 반감과 이에 맞서는 문화의 개념 간 대립은 왜 지식인층이 보수 성향을 띠게 되는가를 이해하는 데 중요한 단초가 된다. 문명이 대도시의 등장과 여기 거주하는 대중과 밀접한 관계를 맺는다면 문화는 국가(Nation) 혹은 민족(Volk)이란 개념에 집착하고, 도시보다는 자연을 선호한다.

비수 습격의 영향 〈남독일월간〉
(1924년 5월)

〈남독일 월간〉은 발행인 코스만의 체재 아래 비교적 빠르게 활동 영역을 넓혀갔다. 그렇지만 문화철학적인 기본 방향은 그대로 유지했다. 〈횃불〉를 말할 때 칼 크라우스(K. Kraus)를 말하지 않거나 〈행동〉(Tat)지를 말할 때 편집인 한스 째러(H. Zehrer)를 생략할 수 없듯이, 〈남독일 월간〉과 코스만은 불가분의 관계이다. 코스만은 본래 유대인이었으나 1905년에 카톨릭으로 개종하였다. 그를 도운 사람은 요젭 호프밀러(J. Hofmiller)였다.

이 잡지가 제1차 세계대전 중 표방했던 극단적 민족주의는 1918년 이후에도 수그러들지 않았다. 거의 매호마다 지치지 않고 독일을 가능한

한 흠 없고 모범적 국가로 묘사하였다. 특히 바이마르 공화국 시기에는 독일의 정치와 역사에서 이런 주제들을 택하였다. 〈남독일 월간〉 역시 1918년 겨울에—제1차 세계대전이 독일군의 휴전조약 서명으로 종결된 것은 1918년 11월이다—이미 조국으로 귀환하는 장교의 입을 빌어 '비수전설'을 말하고 있다:

> 우리가 패한 것은 군사적인 이유 때문이 아니다. 그보다는 오히려 조국이 우리를 비겁하게 배반함으로써 우리는 무기를 빼앗긴 것이다.(〈남독일 월간〉, Jg. 16, 145쪽)

패전에 대한 평가와 원인은 코스만의 이른바 '비수 소송(Dolchstoß-prozeß)' 보도기사에서 정점을 이룬다.[11] 국민을 부추기고 선동한 것은 정작 '비수전설' 그 자체보다는, 패전의 원인을 거기서 찾게끔 몰고 간 당시의 분위기였다. 앞서 언급한 1918년 겨울호에서 호프밀러는 「전쟁의 승리」라는 기고문에서 앞으로 〈남독일 월간〉의 편집팀이 새 공화국 내에서 어떤 콘셉트를 가지고 임할 것인지를 일종의 강령처럼 선언하고 있다.

> 남독에는 산업시설을 보내지 말라!—산업화를 이렇게 오랫동안이나 가로막고 있는 적에게 감사하라—우리는 정치를 혐오한다—우리가 원하는 건 최소한의 국가—의회민주주의는 헛소리![12]

이후 몇 년 동안 이 잡지는 일체의 정치적인 것들에 대해 혐오감을 보

---

11) 상세한 것은 E. Beckmann, *Der Dolchstoßprozeß in München*(1925)을 참조.

12) "Keine Industrie nach Süddeutschland!—Dank dem Feind, der die Industrialisierung so nachhaltig aufhält—Wir verabscheuen Politik.—So wenig Staat wie möglich.—Parlamentarisierung ist Unsinn!" (〈Süddeutsche Monatshefte〉, 1918, Jg. 16)

인다. 그러나 이는 결코 정치적 무관심이 아니었다. 오히려 잡지의 횟수를 더해가면서 〈남독일 월간〉은 볼셰비키주의, 범슬라브주의, 사회주의, 반유대주의 등의 정치적인 이념들에 대해 광범위한 자료를 제시해가며 입장을 표명하였다. 그러나 그 내용을 자세히 들여다보면 대개는 '좋은 독일인'과 '나쁜 적들(외국인)'이라는 판에 박힌 이분법적 사고의 확대 재생산에 불과했다. 다시 말해 히틀러가 '아리안족/비(非)아리안족'이라는 이분법을 통해 시도한, 내 편이 아니면 적이라는 유치한 편 가르기 방식과 하등의 차이가 없었던 것이다.

이 잡지는 바이마르 공화국의 정치인들에 대한 거부감을 굳이 감추려고 하지 않았다. 특히 육군 중위 메취(Metsch)가 카프 폭동[13])에 대해 〈남독일 월간〉(Jg. 17, II., 183쪽 이하)에 수차례에 걸쳐 게재한 편지는 이를 분명히 해준다. 메취는 카프 폭동을 지극히 주관적으로 평가하면서 마티아스 에르쯔베르거(M. Erzberger)를 강하게 비난했다. 당시 우익의 단체와 정당들은 그에 대해 심한 악감(惡感)을 품고 있던 터였다. 메취는 에르쯔베르거가 "가장 증오스러운 인물이 된 것은 당연하다"고 했다. 독일 군대의 조직이 형편없게 된 원인은 오로지 그의 탓이며, 국방장관 노스케(Noske) 때문이 아니라고 했다. 에르쯔베르거가 일체의 개선안들을 거부하거나 무위로 만들었기 때문이라는 것이다. 또 매우 주목할 글은 남작 아레틴(Aretin)이 히틀러 쿠데타[14])에 대해 쓴 사설이다.(Jg. 21, 78쪽 이하) 이 글에서 그는 베를린 정부의 정치력 무능력에 대해 말하고 있다. 히틀러가 주도한 정치 운동의 동기는 전적으로 타당했으나, 단지 그 운동

---

13) 1920년 3월 12일에 베를린에서 일어난 쿠데타. 볼프강 카프(W. Kapp)가 중심이 되어 공화국 정부를 전복시키기 위해 일으킨 쿠데타로 실패로 끝남.
14) 제1차 세계대전에 참전했던 퇴역 군인의 신분 히틀러가 역시 제1차 세계대전의 영웅인 에리히 루덴도르프(E. Ludendorff)와 함께 이끈 나치당(NSDAP)을 발판으로 1923년 11월 뮌헨에서 주도했던 사건.(참조, 이민호, 249~250쪽)

을 이끈 지도자의 능력에 문제가 있었을 뿐이라고 평가하였다.

　이전부터 존재했던 서구, 특히 프랑스에 대한 반감은 〈도이체 룬드샤우〉를 비롯한 여타의 많은 잡지들에서도 충분히 확인된다. 이와 같은 반서구적인 태도가 〈남독일 월간〉에서는 반문명적인 태도와 결합하고 있다. 이런 걸 염두에 두고 보면 이 잡지에 기고한 문학 논문의 투고자들이 유난히 민족주의 계열의 작가들임을 간과할 수 없을 것이다. 〈남독일 월간〉은 이들 작가들을 선호했고, 한스 그림의 『터전 없는 민족』(1926)과 더불어 '진실'된 독일 문학에 귀의하는 것을 환영하고 찬양했다. 〈남독일 월간〉이 1933년 3월의 히틀러 총선 승리를 가리켜 권위주의적인 국가 지도자들에 대한 바이마르 정신의 승리라고 사설을 쓴 것을 후대 일부 역사가들의 평가처럼 단지 '개인적인 착각'15)에서 비롯되었다고 받아들이기는 힘들 것이다. 그것은 이와 같은 식의 소위 '개인적 착각(들)'이 당시의 각종 정기간행물 도처에 실렸으며, 그것도 자신은 나치즘의 찬성자가 아니라고 주장한 작가들에 의해 쓰였기 때문이다. 당시 문학잡지에 투고한 글들로 여론을 형성했던 작가, 지식인들은 자신들이 현존하는 공화국 정부에 대해 드러낸 근본적인 거부감이 공화국을 뿌리 채 흔들었을 뿐만 아니라, 큰 관점에서는 자신들의 스스로의 존립 기반까지 썩게 했음을 전혀 인식하지 못하였다는 게 바이마르 공화국의 정신사의 특징이다. 다수의 개인적 착각은 1933년 이후 순식간에 비참한 현실이 되어 그들의 눈앞에 펼쳐졌다. 〈남독일 월간〉에 히틀러 총선 승리를 바이마르 정신의 승리라고 한껏 치장하는 사설을 썼던 코스만 자신은 정작 1942년에 체코의 집단수용소인 테레지엔슈타트(Theresienstadt)로 끌려가 처형된다. 그러나 단지 코스만 개인의 착각이었다고 치부해버리고, 그 밖의 동시대인들은 떳떳하였노라고 말할 수 있을까?

---

15) 참조, Fr. Schlawe, *Literarische Zeitschriften II*, Stuttgart 1962, 72쪽.

1.3. 정치기관지로 변신한 문학잡지
- 〈행동〉(Die Tat)

보수파 출판인 오이겐 디데리히스(E. Diederichs)가 한동안 혼자 이끌다시피 한 〈행동〉은 그 성격에서 〈남독일 월간〉과 비슷한 행태를 보였다. 디데리히스는 1908년에 '자유로운 인간성으로 나아가는 길'—이것이 1915년 이후로는 '문화의 미래를 위한 잡지'로 바뀜—이라는 슬로건 아래 창간호를 펴냈다. 이 잡지가 표방하는 기본 태도 내지는 강령은 그가 사망하기 전인 1927/28년에 〈행동〉에 기고한 글에서 읽을 수 있다. 그는 이 잡지는 "특정 집단의 정치적 이해관계에 얽매이지 않은 채, 대체적으로 우리 시대가 모색할 바를 의논하는 장(場)"의 역할을 하며, "평소 발언할 기회가 없는 자들에게 말할 수 있는 기회를 제공"하려 했노라고 술회한 바 있다.[16]

디데리히스가 정신적 아버지로 천명한 인물은 '태초의 현상'의 탐색자인 괴테, 그리스 정신을 구현했다고 본 횔덜린, 그리고 인생에 담긴 비밀스러움을 다룬 노발리스, 야콥 뵈메, 파라셀수스 등이었고, 반면에 바우하우스(Bauhaus) 건축 양식에서 엿보이는 즉물주의(卽物主義)는 전적으로 그릇된 것으로 보았다. 디데리히스의 말이다. "예술은 (…) 총체적인 삶이고, 학문은 부분적인 삶이다. 어떻게 총체적인 삶이 부분적인 삶에 지배당하겠는가?" 여기서 그는 미국화를 비판한다. '미국주의'라는 것은 그에겐 집단의 군중적 사고와 동격으로서, 이는 내면의 정신적인 요구에서 우러나오는 일체의 독자적인 사고와 행동을 말살시키는 것이다. 그는 구성의 의지를 지닌 파우스트적인 독일의 영혼, 즉 "대지와 우주 사이의 긴장관계 속에서 살고자 하는 신화적인 동경"은 '인류공동체'로, '민족

---

16) 〈Die Tat〉, Jg. 19, 1927/28, 966쪽.

공동체'로 옮겨가야 한다고 역설하였다. 디데리히스는 이와 같은 미래관을 바탕으로 독일이 유럽에서 특별한 지위를 차지하고, 다른 민족들로부터 사랑 받기를 기대하였다.[17]

이 같은 발행인의 사상과 가치관은 〈행동〉에 그대로 반영되었다. 하인리히 만이나 칼 슈테른하임 같은 작가들은 원칙적으로 거부하였고, 심지어 당시에 이미 잘 알려진 카프카나 브레히트 역시 거의 언급하지 않았다. 대신 우리에게는 오히려 낯선 칼 브뢰거(K. Bröger, 1886~1944), 발터 폰 몰로(W. v. Molo, 1880~1958), 파울 에른스트 등이 종종 다루어졌다. 〈행동〉가 추구한 이상은 그들이 많은 지면을 주로 국

〈행동〉(1926)
(www.google.de)

민의 교화와 관련된 기사에 할애했음을 보아 쉬 짐작할 수 있다. 〈행동〉은 통속 문학의 보급, 시민대학, 노동자 아카데미 등을 통해 지금껏 문화정책에서 경시되었던 프롤레타리아들을 문화공동체로 고양시키고자 했다. 그러다 보니 자연히 '예술을 위한 예술'은 거부되었다. 예술은 민속적이어야 하고, 민속적인 개개인들에게 맞추어야 한다고 했다.[18]

---

17) Die geistigen Aufgaben von heute, morgen und übermorgen, 〈Die Tat〉, Jg. 19, 647~654쪽.

18) 민속학은 이데올로기적 색채로 덧씌워진 경우가 많았다. 특히 나치시대의 민속학은 (아르투어 묄러 판 덴 브룩이 사용한 용어인) '제3제국'의 역사적인 연속성을, 즉 제3제국이 존재해야 하는 명분을 세워주는 데 크게 소용되었다. 1930~40년대는 물론이고, 1950년대에 기술된 일련의 민속학 관련 저서들마저도—가령 빌 에리히 포이케르트(W. E. Peukert)의 〈대전환〉(Die große Wende, 1948), 빌 에리히 포이케르트/오토 라우퍼(O. Lauffer)의 〈민속학〉(Volkskunde, 1951)—객관성이 결여된 나치 시대의 허황된 기술로부터 아직은 자유롭지 못했다.(참조, 콘라드 쾨스틀린, 장희권 역, 「민속학의 역사주의 방법과 노베르트 엘리아스의 『문명화 과정』」, 『오늘의문예비평』, 2004년 봄호, 229쪽 이하)

〈행동〉은 일종의 '정신적 사회주의'를 표방했다. 디데리히스는 정신사적 발전을 경제 논리로만 바라보는 맑스주의 이론을 비난했다. 아래에 인용한 그의 글은 우파적 보수혁명론자, 좌파적 맑스 사회주의자, 자유주의자가 서로 혼재되어 있는 1920년대 독일의 정치적 지형도를 비유적으로 말한 것으로서, 그가 희망하는 독일 혁명의 지향점이 사회주의 국가임을 분명히 하고 있다.

> 자유주의(즉, 개인주의)는 흙에서 수분을 빨아들이는 뿌리이고, 보수주의는 이 수분을 가지로 나르는 줄기이며 (이야말로 법에 따른 질서이다), 사회주의는 꽃과 열매가 번창하도록 보호해주는 잎사귀이다.[19]

〈행동〉의 창간 20주년이 되는 1928년에 아담 쿡호프(A. Kuckhoff)가 디데리히스의 자리를 넘겨받았다. 발행인의 교체와 더불어 편집인도 청년 운동 출신의 한스 쩨러로 바뀌었다. 이들의 등장과 더불어 이 잡지는 시사적인 내용에 비중을 두며 매우 급진적인 목소리를 내기 시작하였다. 이 잡지는 1929년에서 1931년까지 불과 2년 새에 발행부수를 1,000부에서 20,000부로 늘렸으며, 1932년에는 추가로 10,000부가 더 늘었다. 경제난으로 허덕이던 당시 그 어떤 잡지도 〈행동〉보다 더 많은 부수를 발행하지 못했고, 어떤 언론 기관도 시대사적인 의미나 파급효과 면에서 〈행동〉을 따라잡을 수 없었다.

쿡호프는 1929년에 쓴 기고문 「문화극장에서 의지의 극장으로」(Vom Kulturtheater zum Theater des Willens)를 통해 1914년에서 1924년까지 10년의 기간이 독일 연극계에는 재정적으로나 이념적 실천이라는 측면에서 과거 200년간 전혀 겪어보지 못한 최고의 전성기를 구가했다고 평가하며

---

19) 〈Die Tat〉, Jg. 11, 69쪽 이하.

바이마르 공화국 시기를 긍정적으로 보았다. 바이마르 체제에 대한 긍정적인 평가는 그러나 매우 예외적인 경우에 속했다. 왜냐하면 이 무렵부터 〈행동〉은 전적으로 편집인 쩨러가 설정한 목표대로 움직이기 시작했기 때문이다. 그의 목표는 곧 바이마르 공화국의 파괴였다. 에드가 융이 공화국을 뿌리 채 뽑아버리자고(ausrotten) 주장했던 요구를 쩨러는 저널리즘이 할 수 있는 모든 수단을 동원해 실현시키고자 했다. 그는 자신의 지성(知性)과 이성(理性)을 화려하고 격렬한 말재주와 광적인 신념으로 변화시킴으로써 독자들에게 크게 어필할 수 있었다. 그는 「국내의 정치 상황」이란 글에서 바이마르 공화국이 외형만 갖추었을 뿐 알맹이 없는 빈껍질에 불과한 무능한 정부임을 역설하고 있다.

> 이 국가는 형식상 민주주의라는 건물을 세우는 데는 성공하였다. 정확성과 세속주의 그리고 형식상의 법 정의에 있어 최고 중의 최고를 보여주고 있다. 단지, 이 국가에는 이념이 없다. (…) 이 국가는 자유주의를 표방하고, 경제는 사회주의이다. 하지만 사회주의 경제는 강하고 권위 있는, 또한 뿌리가 단단한 전능한 국가형태를 필요로 한다.[20]

쩨러는 1929년 1월, 이십만 명의 철도노동자가 일자리에서 쫓겨나고, 정부 내에서 긴장 국면이 조성되는가 하면, 농민들이 폭동을 일으키는 상황을 나열하며 공화국에 암운이 몰려오고 있다고 말한다. 그해는 반동적 기업가인 알프레드 후겐베르크(A. Hugenberg)가 우익 정당인 〈독일국가인민당〉(DNVP)의 당수가 된 해이기도 하다. 〈독일국가인민당〉은 슈트레제만과 같은 온건파 인물을 배출하기도 했지만, 근본적으로 공화국에 대단히 적대적이며 민주주의를 불신하고 범게르만주의를 제창하며, 영

---

20) 〈Die Tat〉, 1929, H. 1, 112쪽.

안(Young Plan, 독일이 향후 전쟁배상금 1,210억 라이히스마르크를 어떻게 갚을지를 규정한 조정안)[21]을 거부한 극보수 정당이었다. 마침내 공화국은 심각한 위기에 당면하게 되었다. 이는 경제만의 위기는 아니었다. 하지만 쩨러는 에드가 융과 마찬가지로 위기를 다르게 해석했다. 그는 혼란을 오히려 환영했다. 그는 혼신의 힘을 다해 민주주의의 근간을 무너뜨리려는 일체의 혁명적인 시도들에 더욱 힘을 실어주었다. 공화국의 해체과정은 그에겐 필연적인 수순이었다.

(공화국의, 필자) 시스템 그 자체는 합리적일지 몰라도 우리는 더 이상 그것을 원치 않는다. 이에 대해서는 어떤 반대의 논리도 설득력이 없다.[22]

쩨러 편집 체제하의 〈행동〉은 우익 민족주의 진영과 좌익 사회주의 진영이 통일된 새로운 민족공동체(Volksgemeinschaft)를 만들 것을 요구하면서도,[23] 그것이 실제 정치 현실에서 구체적으로 어떤 모습을 띨 것인지에 대해선 답하지 못했다. 1930년 9월 14일에 있은 제국의회선거에서 〈국가사회주의당〉이 크게 약진한 것을 쩨러는 익명의 투고를 통해 매우 긍정적으로 평가하였다.(참조, Die kalte Revolution, 1931/32, H. 2, 941쪽) 하지만 나치의 권력 장악이 쩨러의 기대와는 다른 방향으로 진행될 것이고, 그 역시 다른 많은 지식인들과 마찬가지로 한참 시간이 흐른 후에

---

21) 영 안은 독일 내 우익세력들이 규합하는 계기가 되었다. 영 안 거부운동을 가장 적극적으로 펼친 정치세력은 〈독일국가인민당〉이었지만, 이 운동의 최대 수혜자는 〈국가사회주의당〉, 즉 〈나치당〉이었다.(참조, 이민호, 『새독일사』, 까치글방, 2003, 256~258쪽)

22) Rechts oder Links?, 〈Die Tat〉, 1931년 10월, Jg. 23, 526쪽.

23) "목표는 새로운 민족공동체이다. 이는 독일식 사회주의를 말한다. 그에 이르는 길은 혁명이다."(〈Die Tat〉, 1931/32, H. 2, 941쪽)

야 이를 깨닫게 될 것이었다. 어쨌건 그의 관심은 독일식 사회주의를 기초로 한 권위 있는 국가의 건설이었다. 그러기 위해선 국가 및 경제체제에서 자유주의를, 달리 표현하자면 의회주의와 자본주의를 근절시켜야 했다. 째러는 1934년 4월호에 쓴 「우로부터의 혁명」(Die Revolution von Rechts)에서 기존 정당들이 분쇄되고 해체된 것을 환영하며, 이제 "자유주의 인간형은 존재하지 않는다. 그의 미래는 없다"고 말했다. 6월호에선 독일이 "세계를 위해 국가사회주의(nationaler Sozialismus)의 완결된 형태를 창조할 사명을 부여받았다"[24]고 함으로써 나치당에 대한 굳은 신뢰를 보여준다.

〈행동〉에 대한 위의 관찰은 저널리즘이 어떤 방식으로 논조를 펼침으로써 나치즘에게 길을 터주었는가에 대한 분석이기도 하지만, 이보다는 한 언론지가 특정 정치 노선(여기선 극우)에 쉽게 동조해버림으로써 결과적으로 바이마르 공화국을 파멸로 몰고 갔음을 살피고 있다. 본래 문학적 성격으로 출발했던 〈행동〉은 째러의 편집 체제하에서 잡지의 성격이나 강령을 새로 규정하는 어떤 형식의 절차도 거치지 않은 채 전적으로 정치적인 기관지가 되어버렸다. 이는 어찌 보면 비단 〈행동〉에만 국한된 것이 아닌, 당시의 선반적 특징이기도 하다. 큰 파급력을 지녔던 〈행동〉은 국가가 중심이 되는, 권위 있는 사회주의(Nationaler Sozialismus)와 히틀러가 주창하는 국가사회주의(Nationalsozialismus) 사이를 진동추처럼 왔다 갔다 하면서 모순적이게도 정작 히틀러 운동의 실상은 알지 못했다.

---

24) Außenpolitik oder nationaler Sozialismus, 〈Die Tat〉, 1933년 6월.

2. 중도 노선의 잡지
-시민주의에 근거한 비판적 언론 〈구조〉(Hilfe)

당시의 (문학)잡지들이 국가(Staat)와 민족(Nation), 정부, 문화, 예술 등에 대해 견지했던 입장에는 시대정신(Zeitgeist)이 드러나 있다. 당시의 정치 상황을 살피기 위해선 시민주의적인 중도 성향의 잡지가 적절한데, 가령 프리드리히 나우만(F. Naumann)이 간행했던 잡지 〈구조〉가 그 경우이다. 이 잡지의 부제는 '정치, 경제 및 정신적 운동을 위한 잡지'였다. 이 잡지에는 테오도 호이스(T. Heuss), 안톤 에르켈렌쯔(A. Erkelnz) 등이 발행인으로 관여했다. 1920년도 중반에는 한 달에 3회씩, 1923년부터는 2회씩 나왔다. 에르켈렌쯔는 나우만이 창당한 〈독일민주당〉(Deutsche Demokratische Partei)의 가장 널리 알려진 인사로서 1919년에는 바이마르 비상의회의 국회의원이었고, 1920년에서 1930년까지는 제국의회의 의원직을, 1922~1929년 사이에는 당수를 지냈다.

〈구조〉는 기독교 사회주의와 순수 시민주의를 표방했으며, 이 잡지에 실린 글들 역시 이 노선에 충실하였다. 이는 또 〈독일민주당〉의 정체성이기도 했다. 〈독일민주당〉은 바이마르 비상 의회에 총 74명의 의원을 등원시켰는데, 그 가운데 프로이스, 라테나우, 게슬러 등이 유명 인사이다. 이 당은 또 당시의 대표적 일간지인 〈베를린 타게스자이퉁〉(Berliner Tageszeitung), 〈포쉬세 자이퉁〉(Vossische Zeitung), 〈프랑크푸르터 자이퉁〉(Frankfurter Zeitung) 등에도 자신들의 정치적 견해를 밝혔고, 1919년 이후로는 이전보다 더 강하게 의견을 내세웠다.

〈구조〉는 바이마르 시대의 예술 전반에 대해 완전히 거부 반응은 아닐지라도 매우 유보적인 입장을 취했다. 가령 게르트루트 보이머(G. Bäumer)—그녀는 1912년에 〈구조〉를 인수해 1922년부터는 발행인을 겸

직했다—는 혹독한 평가를 내렸다.

신뢰를 잃고 절망한 우리 민족의 끔찍한 내면적 투쟁 위로 이른바 지식인들의 진실되지 못하고, 책임감 없으며 교만한 정신이 마치 깨끗하지 못한 구름과도 같이 떠 있다. 그들 지식인들은 결코 이상적인 일상(日常)을 겪은 적이 없기 때문에 어떤 급진주의에도 놀라지 않는다. (…) 오늘날 이 지식인들보다도 더 비열하면서도 특이한 유형은 없을 것이다. 과거에는 이와 같은 자들이 없었다.[25]

여기서 우리는 당시의 잡지들이 매우 모순적인 상황에 놓여 있음을 확인할 수 있다. 정치적으로는 분명히 반(反)민족주의적이며 철저히 민주주의를 지향하는 수준 높은 잡지가 문학 영역에 있어서는 민족주의자나 나치주의자들과 마찬가지로 지성과 정신을 중시하는 모더니즘의 실험 문학에 대해 거부적 태도를 보였다는 것이다. 〈구조〉는 성치면에선 공화국 초기의 부드러운 이미지에서 벗어나,

〈구조〉(1934)
(www.google.de)

1925년 이후로 분명하고도 날카로운 결단성을 보였다. 가령 게르트루드 보이머는 라테나우가 암살된 것을 계기로 〈구조〉(1922. 7. 15, Jg. 28)에서 「사상가 라테나우」란 기사하에 그의 업적을 기렸고, 에르켈렌쯔의 글 「라테나우와 독일의 외교정책」 등도 이에 해당하는 예이다. 하지만 문학에 대한 부정적 태도는 여전했다. 바로 이러한 상황이 당시의 특수성을 잘 대변한다.

---

25) Gertrud Bäumer, *Die seelsche Krisis*, Berlin 1924, 33쪽 이하.

가령, 아숍(L. Aschoff)은 기고문 「공화국과 정신노동자」(Die Republik und die Geistesarbeiter, 〈Hilfe〉, Nr. 15, 1925)에서 현재의 '국민국가 (Volksstaat)'는 이전의 '관헌국가(Obrigkeitsstaat)'와는 달리 스스로 포기 하지 말아야 하며, 지금의 국가가 비록 연속선상에 있지는 못할지라도 결국은 발전된 국가임을 역설했다. 1927년에 하인리히 만이 함부르크에 서 개최된 〈독일민주당〉 전당대회에서 행한 연설 「공화국의 심오한 의 미」(Der tiefere Sinn der Republik, Nr. 9, 224쪽 이하)는 공화국이 붕괴 하게 되면 최악의 경우 모든 것을 잃을지도 모른다는 인식을 담고 있다. 1930년에는 에르켈렌쯔가 의회 민주주의, 특히 바이마르 공화국에 대한 무조건적인 신뢰를 말하기도 했다.(〈Hilfe〉, Nr. 18, 449쪽 이하) 1931년 에는 헤텐바흐(E. Hettenbach)가 「위험에 처한 공화국」(Die Republik in Gefahr!)이란 글에서 9월에 나치당이 선거에서 승리한 것을 가리켜 "그처 럼 명백히 형편없는 것이 놀랍게도 어쩌면 그리 엄청난 성공을 거둘 수 있었을까?"라고 직설적인 표현을 하기도 했다.(Nr. 9, 207쪽) 그해 6월, 보이머는 공화국의 운명이 한 가닥 실에 매달려 있으며, 독재자가(=히틀 러) 이미 저변을 넓히고 있음을 인정했다.[「우리에게 무엇이 중요한가?」 (Um was geht es uns?), Nr. 25, 585쪽]

얼마 후 코흐 베저(E. Koch-Weser)는 국내에서 외채의 탕감을 요구하 는 목소리가 점점 더 커져가자 승전국에게, 특히 프랑스에게 이성적 조 치를 취해 줄 것을 마지막으로 호소하기도 했다.(〈Hilfe〉, Nr. 49, 1162 쪽) 그리고 마침내 그해(1931) 말, 보이머는 히틀러의 출현과 제국의회 수상의 미온적 태도에 대해 경고하기에 이르렀다.[「큰 모험」(Das grosse Wagnis), 1931년 12월 12일] 보이머는 〈구조〉에 긴 지면을 할애하여 나치 즘의 천박한 세계관과 원시성 등을 세밀하게 분석해 보인 뒤, 체념적으로 다음과 같이 단정하였다.

어떻게 수백만 명의 독일인들이 전혀 목표 없는 운동(나치즘, 필자 주)의 물살에 자신들의 희망을 내던지는 게 가능했는지 수년이 지난 후 아무도 이해하지 못한다고 해서 그것이 오늘날 위로가 될 수는 없다.[26]

이와 같은 체념은 바로 목전에 다가온 독재자의 출현에 대해 경악하는 토마스(E. Thomas)의 글 「혼돈의 비극」(Tragödie der Irrungen, Nr. 21, 1932, 481쪽)에서도 확인된다. 〈구조〉는 세계경제공황이 발생하기 전부터 공화국의 기반이 무너진다면 무슨 일이 생길 것임을 아주 정확하게 꿰뚫고 있었다.

3. 공화국을 적극적으로 옹호한 잡지
-범유럽주의를 지향한 〈노이에 룬드샤우〉(Neue Rundschau)

〈노이에 룬드샤우〉의 역사를 말하기 전에 우선 이 잡지의 전신을 살펴보자. 1889년에 협회 〈프라이에 뷔네〉(Freie Bühne)를 설립한 오토 브람(O. Brahm)은 이듬해에 〈현대의 삶을 위한 프라이에 뷔네〉(Die freie Bühne für modernes Leben)란 이름의 잡지를 만들었다. 이는 자연주의 계열의 젊은 시인들과 비평가들을 위한 것이었다. 이것이 1894년에 〈노이에 도이체 룬드샤우〉(Neue deutsche Rundschau)로 개칭되

〈노이에 룬드샤우〉(1904)
(www.google.de)

---

26) Deutschland erwache, 〈Hilfe〉, Nr. 10, 1932, 221쪽.

었다가, 1904년에 최종적으로 〈노이에 룬드샤우〉로 확정되었다. 〈노이에 룬드샤우〉로 개칭한 사유에 대해 편집인은 일단 듣기가 좋고, 또 다른 잡지와의 혼동을 피하기 위해서였다고 말하고 있다.

피셔 출판사에 의해 지금도 간행되고 있는 〈노이에 룬드샤우〉는 간행 초기부터 투고자나 기사 내용에서 과거에 의존하는, 전통 지향의 잡지가 아니었다. 이 잡지는 내적으로 한번도 빌헬름 제국에 기대지 않았고, 처음부터 바이마르 공화국을 현존하는 가능성 중에선 최상의 것으로 간주하며 거기서 희망을 찾으려 했다. 이 잡지가 중시한 것은 무엇보다 자유주의적인 예술·정신적 활동들과 사상이었다. 이 잡지가 1944년에 일시적으로 중단된 것을 제외하고는 현재까지 100년이 넘게 간행되었다는 점에서 출판의 연속성도 대단하지만, 이 잡지의 정신이 초지일관 이어진 것은 더욱 놀라운 일이다. 이 같은 꾸준함을 가능케 한 것은 독자들의 굳은 결속력 때문이었다. 아방가르드적인 성향을 지닌 학생 클럽, 예술가 그리고 문학 카페 옹호자들이 이 잡지의 독자의 한 축이었고, 다른 한 축은 1889년 이후 〈프라이에 뷔네〉 협회의 회원들이었다. 교양시민계층으로서 시민적 예술을 지향한 이들은 〈노이에 룬드샤우〉를 지탱시켜준 주요한 축이 되었다.

〈노이에 룬드샤우〉는 알프레드 되블린을 비롯한 표현주의 작가 일부를 제외하고는 표현주의 운동 자체를 분명히 거부했다. 이 잡지가 선호한 작가들로는 헤르만 헤세, 게르하르트 하우프트만, 토마스 만, 야콥 밧서만, 슈테판 쯔바이크를 들 수 있다. 이들 작가들은 독일만의 민족적(national) 또는 민속적(volkstümlich) 관심보다는 범유럽적인 사고와 감각을 지닌 자들로서, 이들의 관심은 다른 유럽 국가의 문학 영역에만 한정되지 않았다. 하인리히 만은 에세이 「유럽, 국가들 위의 국가」(Europa, Reich über Reichen, 〈Neue Rund-schau〉, 1923년 7월)에서 어떤 진보적인 정신이나, 또는 진리에 대한 의지나 고백도 인터내셔널리즘이 없이는 거의 불가능하다고 말하며, 독일인과 프랑스인이 함께 민족주의적인 음모들을 극복해야 한다고 역설하였다.

대략 이 시기를 기점으로 〈노이에 룬드샤우〉는 잡지의 비중을 문학적인 것에서 정치·세계관의 문제로 옮겨가기 시작했다. 하지만 예술에 대한 태도에서는 이 잡지가 예술을 반대한 것이 아니라, 예술의 다른 편에 있는 것들에 우선 관심이 갔기 때문이었다고 훗날 술회하고 있다.

새로운 삶의 스타일과 느낌에서 비롯된 거친 바람이 목가적인 편안함에 젖어들려는 일체의 욕망을 쫓아버렸다. 정치와 세계관을 논하는 장(場)에서 비판과 투쟁적인 목소리들이 주변을 꽉 메운다.[27]

이리하여 문학적인 글들과 나란히 시사성을 띤 글들이 발표되기 시작하였다. 작가들은 글을 통한 정치적인 교화와 여론형성의 불가피성을 깨닫고, 점차 동시대의 현상들과 사건들에 대해 관심을 갖게 되었다. 본래 문학지임을 분명하게 선언했던 잡지가 현저히 정치성을 띠어간다는 것은 분명 내부적인 동요기 있있음을 짐작케 한다. 당시의 편집인 루돌프 카이저(R. Kayser)가 말했듯이 "정신과 삶이 서로 자신의 존재 권리를 주장하는" 상황이 전개된 것이다.

1919년에 되블린이 〈노이에 룬드샤우〉에서 '좌파 포트(Linke Poot)'라는 이름으로 「야만적인 것」(Kannibalisches)을 기고함으로써 아직 출범한 지 몇 년 안 되는 젊은 공화국의 소아병적 태도를 비판적으로 분석했다면, 〈노이에 룬드샤우〉는 1929년부터는 민주주의에 기반을 둔 채 특히

---

27) 〈Neue Rundschau〉, 1929년 4월.

극우세력들을 맹렬히 비난하였다.[28] 그러나 자신들의 높은 수준은 잃지 않았다. 이 잡지는 좌파 세력에 대해서도 대수롭게 평가하지 않기는 매한 가지였다. 1920년대 말에 이르러 비로소 〈노이에 룬드샤우〉는 여태껏 사회민주주의에 공감을 보이기만 하던 태도를 적극적인 지지로 바꾸었다. 사무엘 쟁어(S. Sänger, 1919~1921년 체코 대사)는 1930년에 초에 지금 이 순간 독일에서 전개되는 민족주의 운동이 공산주의보다 훨씬 더 위험 하다는 것은 의심할 바 없다는 글을 실었다.

나치 프로파간다를 통해 대중을 몽롱하게 만들고, 자신들조차도 실현 가능성을 믿지 않는 온갖 약속들을 떠들어대는 행위들은 브뤼닝 내각을 내부 및 외부에서 심각한 해를 끼치기 시작한다.[29]

이 무렵부터 〈노이에 룬드샤우〉는 민주주의를 구하기 위해 거의 총력 을 기울이다시피 한다. 하인리히 만은 다시 한번 이 잡지에 「초(超)국가 주의에 대한 신봉」(Bekenntnis zum Übernationalen, 1932)을, 하롤드 라스 키(H. J. Laski)는 「민족주의, 그리고 문명의 미래」(Nationalismus und die Zukunft der Zivilisation, 1932)를 게재하였다. 프릿츠 운루(F. v. Unruh)의 말이다.

나치당(NSDAP)이 지닌 위험은―이는 분명 보통 그 이상이지만―지금 어느 당을 가릴 것 없이 청소년들의 마음에서 끓고 있는, 거센 민족주의 에 비하면 미약하다. 무엇에도 굴복하지 않는 힘을 얼마만큼 생산적으로

---

28) H. Heller, Rechtsstaat oder Diktatur?(1929), W. Hellpach, Demokratie und Autorität(1930), 쩨러 중심의 〈행동〉 멤버들을 겨냥한 E. R. Curtius, Nationalismus und Kultur(1931), E. v. Aster, Metaphysik des Nationalsozialismus(1932) 등이 있다.

29) 〈Neue Rundschau〉, 1931년 2월, 271쪽.

변화시키느냐에 독일의 운명이 달려 있다.[30]

결과적으로 보아 독일은 불굴의 힘을 생산적인 힘으로 변화시키지 못하였다.

한편, 〈노이에 룬드샤우〉의 공화국 수호 노력은 1920년대에 크게 사회적인 이슈가 되었던 전기체(傳記體) 소설 논쟁을 통해서도 확인된다. 당시 슈테판 쯔바이크, 베르너 헤게만(W. Hegemann), 에밀 루드비히(E. Ludwig) 등이 저술한 일련의 전기체 소설들은 엄청난 성공을 거두었고, 영국과 미국을 비롯한 외국에서는 이들 작가들이 독일 정신사를 대표하는 몇 안 되는 중요한 사상가로 언급되기도 했다. 특히 에밀 루드비히가 쓴 전기소설『빌헬름 황제 2세』(1925),『나폴레옹』(1925),『비스마르크』(1926),『괴테』(1920) 등은 총 130만 부가 팔렸다고 한다. 이에 빌헬름 몸젠(W. Mommsen)을 위시한 대학의 역사학자들은 이들 작가군을 '정당치 못한(illegitim)' 역사 기술가 혹은 무자격자로 지칭하며 오직 자신들만이 정당한 역사를 기술할 수 있다고 주장했다. 이 논쟁의 원인은 사실 매우 복잡하다. 다만 여기서 언급할 것은 이 논쟁이 표면적으론 역사 기술을 둘러싼 논쟁이었지만, 그 이면에서는 왕정제를 선호하는 보수주의 역사가들과 민주주의와 공화정을 지지하는 공화주의 및 사회주의 계열의 작가들 간의 국가 체제 싸움이 펼쳐졌다는 사실에 있다. 그렇기에 논쟁의 와중에서 로스톡 대학의 역사학자 빌헬름 쉬슬러(W. Schüßler) 같은 경우, 전기를 쓰는 작가들이 유대계임을 언급하며 유대주의 정신이 독일 민족성을 말살하려고 획책하고 있다는 말을 서슴지 않았던 것이다. 역사학자들이 작가들을 비판하기 위한 장으로 〈역사학회지〉(Historische Zeitschrift) 지면을 이용한 데 비해, 이에 대한 작가들의 반박은 대개 〈노

---

30) 〈Neue Rundschau〉, 1932년 5월, 591쪽.

이에 룬드샤우〉지면을 통해 이루어졌다.[31]

4. 시대정신으로서의 정기간행물

문화와 예술만을 놓고 보면 바이마르 공화국 시기의 예술가와 작가들은 실험성과 정신적 모험으로 가득 찼지만, 그들의 창조력과 역동성이 정치·사회적 인식으로까지 바뀌지 못한 것에는 아쉬움이 남는다. 1919년에서 1932년까지의 기간 동안 예술에 대한 역동적인 분출은 20세기에는 두번 다시 되풀이되지 않았다. 당시의 정치 상황이 결과적으로는 재앙으로 귀결되었다 하더라도 이 시대의 예술성은 충분히 평가받을 가치가 있다.

당시 사람들은 불과 몇 달 앞을 내다보기 힘든 급변하는 정치적 소용돌이 속에서 냉철한 평가를 하기가 쉽지 않았을 것이다. 그에 대한 단적인 예가 아마 토마스 만의 경우가 아닌까 싶다. 만은 서구적 사고인 민주주의와 문명에 대한 거부를 선언한 저서 『한 비정치적 인간의 고찰』 (1918)과 연설문 「독일공화국에 관하여」(Von deutscher Republik, 1922) 등을 통해 우파의 인사들로부터 열렬히 환영받았다. 반면에 자유주의 및 사회주의자들에게는 보수반동가, 변절자 등으로 낙인찍혔다. 그런 그가 「독일 연설-이성에 호소함」(Deutsche Ansprache. Ein Appell an die Vernunft, 1930)을 발표했을 때, 그는 십여 년 전 자신이 견지했던 입장에서 이미 저만치 멀어져 있었다.

공화국 초창기의 사회주의와 반동 보수운동 간의 대립은 점차 자유주의와 전체주의의 대립 양상으로 발전해갔다. 이러한 정치·사회적인 흐름은 문학 영역에도 그대로 반영되었다. 공화국에 대해 무조건 적대적인

---

31) 참조, 장희권, 「전기체(傳記體) 소설의 범람에 대한 사회적·문화적 접근-한국과 독일의 경우를 비교 고찰함」, 『독일어문학』 18집, 한국독일어문학회, 2002, 101~107쪽.

세력으로는 〈저항〉(Widerstand) 동인들, 즉 에른스트 니키쉬(E. Niekisch)를 중심으로 한 민족주의적 볼세비키스트들과 에른스트 윙어(E. Jünger)를 중심으로 뭉친 우파세력들이 있다. 앞서 언급된 째러 편집 체제하의 〈행동〉을 중심으로 한 세력들도 이 그룹에 속한다. 그 반대편에는 자유주의, 개인의 자유, 인도주의를 중시한 세력이 포진했다. 이들의 선봉에는 (이제는 공화국 초기의 모호함에서 완전히 탈피한) 토마스 만과 그의 형 하인리히 만, 이 두 형제가 있었다. 잡지 〈횡단면〉, 〈문학세계〉도 이 그룹에 속하고, 소위 '전통주의'를 중시한 후고 폰 호프만스탈이나 (시대상을 오인했던) 루돌프 보르하르트, 루돌프 알렉산더 슈뢰더(R. A. Schröder), 그리고 작가 헤르만 헤세도 후자에 속한다.

  당시 지식인들이 각종 정기간행물에 기고한 글들은 쉽게 짐작하듯이 정치적 성향을 띠면서 문화 및 사회비평에 역점을 두었다. 잡지를 통해 자신의 정치적 견해를 밝히는 일은 새롭게 등장한 대중과의 의사소통 방식으로, 당시 매우 활기를 띠었다. 신문과 잡지라는 매개체를 이용한 이들의 글은 역시 새로운 매체인 방송과 영화만큼 대중적 파급력이 컸다. 이 시기에는 시나 소설, 연극 무대보다도 오히려 정기간행물에 시대정신(Zeitgeist)의 단면들이 보다 분명하고 구체적으로 드러나 있다. 이 글에서는 이 잡지들의 내용과, 호황을 누릴 수 있었던 원인 그리고 대중의 성향도 함께 관찰해보았다. 정기간행물은 당시의 정보를 담고 있다. 비록 문학잡지라 할지라도 이들 잡지들의 프로그램은 문학영역뿐만 아니라, 공공의 삶까지도 함께 다루고 있다. 정기간행물의 본질은 동시대성이다. 정기간행물이 더욱 강화된 방식인 일간지는 그 시대의 정신의 진실된 반영이다. 그것은 신문과 잡지들이 그 시대 안에서 생겨나는 것이기 때문이다. 정기간행물들은 언제나 이를 훗날 읽는 독자들에게는 인간들의 삶이 빚어낸 정신사, 문화사, 취향사, 풍속사를 직접적으로 들여다보는 걸 가능케 한다.

바이마르 공화국은 정치·사회 영역에서 국가를 이끄는 정치가나 공화국의 시민 모두에게 공화국 체제를 연습하는 기간이 너무 짧았다. 그 당시 사회엔 공화국에 대한 차가운 시선이 팽배했을 뿐이다. 지식인들은 공공의 삶에서 거의 무한한 자율을 지녔고, 문화적으로도 제한 없는 자유를 만끽했음에도 불구하고 그 어느 것도 제대로 시작하지 못했다. 오히려 끔찍스러운 무질서 상태가 이어졌을 뿐이다. 이들은 공화국 체제에 대해 쉽게 싫증을 토로하며 자유주의를 거부하기 위해 함께 뭉치면서도, 정작 정치적으로는 여하한 의식도 제대로 형성하지 못했다. 서로가 서로에게 반대의 목청만 한껏 높이는 상황에서 이들 지식인들은 정기간행물들을 통해 공개적으로 혹은 심정적으로 공화국의 적대자가 됨으로써 분열된 당파들만큼이나 공화국의 붕괴에 적잖이 기여한 셈이 되었다.

회귀하는 보수주의
-보토 슈트라우스 논쟁으로 본 1990년대 독일의 정신사적 지형도

    1990년대 독일 문학/문화계엔 유난히도 논쟁이 많았다. 그 이전에도 물론 주목할 만한 논쟁은 늘 있어왔다. 1970년대에는 하인리히 뵐의 정치적 참여를 둘러싼 격렬한 이념적 논쟁이, 그리고 1980년대 중반에는 파스빈더의 드라마 〈쓰레기, 도시 그리고 죽음〉(Der Müll, die Stadt und der Tod, 1985)의 프랑크푸르트 상연을 둘러싼 반유대주의 논란 등이 얼른 떠오르는 사건들이다. 그런데 1990년대로 접어들면서 독일 문학/문화계에서는 다수의 논쟁들이, 그것도 매우 광범위하고 심도 깊게 펼쳐진다. 사회 각계의 인사들이 참여해 다양한 견해들이 표출된 이른바 '총체적'인 논쟁들이다. 1990년대 초반 통독 직후 불거진 크리스타 볼프 논쟁을 시발점으로 1993/1994년의 보토 슈트라우스 논쟁, 1995년의 귄터 그라스 논쟁, 1998년의 마르틴 발저 논쟁, 1999년의 페터 슬로터다이크 논쟁 등이 그 예에 속한다.

    본래 성찰과 사색, 토론 문화를 즐기는 독일인이라고는 하지만, 1990년대에 펼쳐진 일련의 논쟁들은 논쟁의 중심에 섰던 작가/철학가들의 지명도 못잖게 논쟁의 강도도 대단히 셌다. 하필 이 무렵에 큼지막한 논쟁들

이 줄을 이은 것은 문학/문화계를 넘어 독일 사회 전반의 관심사가 되는 쟁점들이 많아졌음을 반증하는 것이기도 하다. 다시 말해, 독일의 재통합이라는 민족적 과제가 해결된 상황인데다, 21세기라는 세기 대전환기를 맞아 그간 이런저런 이유로 논의 자체가 유예되어왔거나 아니면 이제 새롭게 발생한 시대적 변화에 맞춰 반드시 한번은 꼭 되짚고 넘어가야 할 역사적·사회적·정치적 사안들이 많아졌음을 의미한다.

이들 90년대의 논쟁들은 세부적으로 들어가면 작가의 슈타지 전력(크리스타 볼프), 외국인 적대감을 풍기는 듯한 잡지 기고문(보토 슈트라우스), 헬무트 콜 정부의 재통일 정책을 비난하는 작가의 정치관(귄터 그라스), 반유대주의를 선동하는 듯한 문학상 수상 답례 연설문(마르틴 발저), 혹은 한 대중 철학가의 위태로운 생명공학 윤리(페터 슬로터다이크) 등이 각 논쟁들의 유발 동기였으나, 논쟁의 과정 중에 드러난 큰 줄기를 보면 지배권력, 정치체제 및 나치 과거에 대한 독일 지식인들의 입장들이 그 중심에 놓여 있다. 그리고 이들의 입장은 결국은 좌파와 우파, 보수 세력과 진보 세력의 대립으로 귀결되는 듯하다. 여기에는 또 이제는 구세대가 된 '구 68세대(Alte 68er Generation)'와 재통일을 기점으로 형성된 '신 89세대(Neue 89er Generation)' 간의 헤게모니 싸움도 작용하고 있다. '신 89세대'는 비록 정당처럼 뚜렷한 행동 강령을 공유하진 않더라도 느슨하게나마 1989년의 독일 재통합을 계기로 싹튼, 이전과는 다른 어떤 새로운 시대정신이 이들의 구심점이다. 새로운 89세대들이 진보, 좌파적 성향의 68세대의 가치관에 대해 새로운 가치관과 역사의식을 대립시키며 이를 주류로 관철시키려는 데 비해, 지난 수십 년간 독일 사회의 주류를 이루었던 68세대는 자신들의 입장을 지키려는 싸움이라는 것이다.

보토 슈트라우스를 둘러싼 논쟁에서도 이와 같은 입장들이 서로 첨예하게 대립하였다. 그런데 필자가 여러 논쟁들 중 특히 슈트라우스의 경우

를 주목한 것은 그가 공공연히 자신의 보수주의 사상의 계보를 낭만주의

작가 노발리스(Novalis)와 특히 루돌프 보
르하르트(R. Borchardt)에게서 찾고 있다는
점이다. 슈트라우스는 자신을 비난하는 자
들이 '우파(Rechte)'가 이렇고 저렇고 하고
말하는 데 대해 자신이 말하는 '우파'와 자
신을 비난하는 자들이 말하는 '우파'가 본
질적으로 다름을 설명하는 중에 이들 두 사
람을 언급한다.

보토 슈트라우스
(http://www.google.de)

아직도 싸움이 계속 중인 이 '우파'가 (내게 있어 우파란 무엇보다 노발
리스에서 비롯되어 보르하르트로 이어지는 반혁명적인 타입의 우파를
말한다) 이제는 지적인 습관성 질병이 되어버렸다. 그것은 이 우파가 국
가와 민족을 파멸로 끌고 간 혁명적이고 전체주의적인 그 우파와 특히
긴밀한 긴장관계 속에 놓여 있기 때문일 것이다. 좌파 진영에서는 어떤
문인이 민주적인 사회주의를 옹호하기만 하면 그가 스탈린식의 피비린
내 니는 살육이 다시 자행되도록 일조하고 있다는 비난은 결코 제기할
수 없다. 이처럼 우파 내에서도 '우파' 간의 본질적인 구분이 제대로 이
루어지지 않고 있다.[1] (강조 부분은 필자)

대중과 엘리트를 구분하는 이분법적 대립을 내세우고, 엘리트 중심의
미학적 보수주의를 견지한 슈트라우스의 입장은 여러모로 보르하르트를
계승하고 있다. 독일 보수주의의 계보에서 1920~30년대의 바이마르 공
화국 시기 '창조적 복고(Schöpferische Restauration)'라는 모토 아래 보수

---

1) Botho Strauß, Der eigentliche Skandal, *Der Spiegel*, 1994년 4월 18일.

혁명을 주창함으로써 보수주의의 선봉에 서서 나치즘의 길을 터주었던 보르하르트, 그러나 문화가 아닌 인종을 기준으로 한 나치의 인종 분류 방식에 따라 그 자신이 유대인으로 분류되어 나치의 박해를 받았던 비운의 문사(文士) 보르하르트, 그의 사상이 1990년대의 한 시인에게서 다시 부활한 것은 매우 흥미로운 일이다. 이런 배경 아래 본 글에서는 보토 슈트라우스 논쟁을 다양한 각도에서 조명하고, 슈트라우스가 보르하르트의 어떤 사상을 부활시키고 있는지 살펴보며, 슈트라우스 논쟁과 90년대의 다른 문학/문화 논쟁들을 함께 묶을 수 있는 공통분모들을 도출해내고자 한다.

1. 대중을 경계하는 보토 슈트라우스의 미학적 보수주의
-'커져가는 염소의 울음소리'(Anschwellender Bocksgesang)

슈트라우스는 〈슈피겔〉 1993년 2월 8일자에 문화비평 에세이 「커져가는 염소의 울음소리」를 발표하였다.[2] 이 에세이가 냉소적이며 혼란스럽고도 모호한 이른바 '시인의 언어'로 씌어진 탓에 독자들이 이해하기에 혼란을 느끼는 부분이 있다. 이 글에서 슈트라우스는 아도르노나 벤야민의 세례를 받은 좌파주의자가 아닌, 보수적인 신우파의 관점에서 민주주의와 자본주의를 근간으로 하는 복지사회 및 매스미디어 사회를 맹렬히 비난하였다. 나아가 글이 발표될 당시 독일에서 벌어지는 극우파의 외국인 적대 행위들, 정치에 대한 젊은이들의 철저한 무관심, 또 오락산업으로 치닫는 대중매체의 폐해상 등에 대한 책임이 전적으로 68세대가 주축이 된 좌파 지식인들에게 있다고 주장함으로써 독일 사회에 큰 논란을

---

2) Botho Strauß, Anschwellender Bocksgesang, *Der Spiegel*, 1993년 2월 8일. 이 글을 인용할 때 AB로 약식 표기하고, 이 글이 재수록된 *Deutsche Literatur 1993. Jahresüberblick*(Stuttgart, 1994, 255~269쪽)의 페이지 수를 병기함.

불러일으켰다.

　슈트라우스는 1960년대 말 이후로 연극전문지 〈오늘의 연극〉(Theater heute)의 편집인으로 알려지기 시작했고, 〈베를린 샤우뷔네〉(Berlin Schaubühne)에서는 아주 재능 있고 독창적인 연극연출가로서 일했다. 그는 또 드라마 작가로서 동시대인들이 겪는 감정의 위기나 단절된 대화의 상황, 의미의 혼란 등을 아주 세심하게 진단하고 이를 효과적으로 연출해냈고, 특히 신화적 소재에 새롭게 생명력을 부여함으로써 포스트모더니즘과 관련해서도 큰 관심을 끌었다. 그는 자신의 드라마 작품과 산문들을 통해 독자들을 늘 자극해왔다. 수년 후인 1998년에 있게 될 '마르틴 발저 논쟁'에서도 그랬듯이, 한 특정 작가의 문학작품을 높이 평가하며 늘 애정 어린 마음으로 그의 작품들을 동행했던 일반 독자들은 이런 일을 겪으면 그 작가의 지금까지의 작품들에 대해서도 의구심에 찬 시선을 보내게 된다. 이전까지 슈트라우스의 작품을 비교적 꾸준히 찾았던 독자들 중 다수 역시 그에게서 등을 돌렸다. 에세이 「커져가는 염소의 울음소리」 이후로 그에게는 '미학근본주의(Ästhetischer Fundamentalismus)'라는 부정적 용어가 붙여졌다. 이러한 '미학근본주의'가 1993년 이전의 작품인 『헌정』(Die Widmung, 1977), 『공원』(Der Park, 1983), 『젊은 남자』(Der junge Mann, 1984)에서도 나타나는지, 또 이전까지 그의 작품 세계를 긍정적으로 평가했던 비평가들은 자신들의 견해를 수정해야 하는지 고민해야 할 상황에까지 이르게 되었다. 앞으로 슈트라우스에 대한 연구에서 그의 보수주의의 흔적들을 살피는 작업이 많이 생겨날 것으로 예상되는 것은 바로 이런 이유 때문이다.

1.1. 좌파 지식인들의 실패한 계몽작업?

　슈트라우스의 글은 우선 서구민주주의 체제의 근간인 민주주의와 자본주의 경제체제에 대한 냉소적인 비판으로 시작된다. 그가 이 체제를 비난하는 방식은 사실 엄밀히 읽어보면 정치학이나 경제학 등 학문적 논리로는 대응할 가치가 없어 보인다. 그의 논리가 너무 포괄적이고 추상적이며 비약을 보이기 때문이다. 하지만 슈트라우스와 같이 대중적 지명도가 꽤 높은 작가가 왜 이러한, 어찌 보면 황당하기 그지없는 인식에 이르게 되었는가에 대해서는 충분히 고민해볼 필요가 있다. 그를 둘러싼 논쟁들 속에서 독일 정신사의 흐름 및 변화가 감지되기 때문이다. 문학/문화 논쟁들이 중요한 것은 이것이야말로 한 특정한 시대의 정신사적 바로미터가 되기 때문이다.

그가 민주주의와 자본주의를 비난하는 이유는 다음과 같다. 그는 민주주의(Demokratie)가 일종의 사이버네틱 모델로, 학문적 담론이나 또는 정치·과학적인 '자기감시연합'으로서만 그 기능을 수행할 뿐인 (숱한 '○○주의' 중의 하나인) 민주주의(Demokratismus)로 전락했고, 그리고 자본주의 '경제(Ökonomie)'는 역시 같은 맥락에서 '경제주의(Ökonomismus)'로 전락하고 말았다고 개탄한다. 그런데도 민주주의가 여전히 통용되는 것은 아직까지 이에 대적할 만한 체제가 나타나지 않았고, 전체주의나 신정체제(神政體制, Theokratie)가 다수의 복지를 위해 더 나은 것을 주지 못하고 있기 때문이라는 것이다.(AB: 256) 서구 민주주의 체제의 근간인 이 두 축은 공적인 모럴에 있어 위선을 부추기고, 사람들로 하여금 뻔뻔스러운 자기중심주의에 빠지는가 하면, 이기적인 현대판 이교도주의가 횡행하게 했다고 비난하며, 주체 없는 교육은 청소년들에게 무관심만 증폭시켰다고 한다. 그리고 이 사회는 어찌된 일인지 사랑, 군인의 의무, 교회, 전통, 권위 등의 개념에 대해 냉소적일 뿐이라는 비판도 있다.(AB: 257)

그의 비난의 화살은 미디어 산업으로도 향한다. 지극히 사적인 흥미위주의 오락물이 범람하는 TV 프로그램에 수백만 명의 사람들이 멍청히 넋을 놓고 바라보는 지금의 현실은, 공공 영역이 민주적 원칙에 따라 운영되던 정부가 이제는 "공공 영역을 TV 매체에 의존해 이끄는 정부 (Regime der telekratischen Öffentlichkeit"(AB: 268)가 되어버렸다는 것이다. 이런 정부는 비록 직접적인 살상을 하지는 않아도 무력이 지배하는 사회나 마찬가지고, 역사를 통틀어 가장 광범위한 전체주의를 행사한다고 한다. 이 정부하에서는 "생각이 불필요하게 되어 전혀 머리를 쓸 필요가 없다. 신하도 적도 없다. 오로지 협력자와 체제순응자만 있을 뿐이다." (AB: 268)

일찍이 아도르노/호르크하이머가 주도한 〈프랑크푸르트 학파〉는 후기산업사회에서 대중매체의 광범위한 파급력과 관련하여 '문화산업 (Kulturindustrie)'이라는 개념을 사용했고, 1960~70년대에 이른바 급진 좌파의 수장 격인 엔젠스베르거는 보다 적극적이고 보다 비판적인 입장에서 '의식산업(Bewußtseinsindustrie)'이라는 용어를 도입함으로써 대중매체의 기능과 역할을 환기시킨 바 있다.[3] 아도르노/호르크하이머가 '문화산업'이라는 개념에 주목한 것은 대중의 계몽에 앞장서야 할 미디어가 오히려 거대한 자본에 지배 잠식당함으로써 대중의 계몽에 역행하고 기존의 지배관계를 고착화시키고 있음을 보았기 때문이다. 엔젠스베르거는 대중이 이런 의식산업의—아도르노식이라면 문화산업의—숨겨진 의도를 알아차리지 못하고 있다고 하며, 그 이유로 대중, 즉 소비자의 "생활수준의 향상이 정신적인 퇴보를 가져왔기 때문"이라고 한다.[4]

후기산업사회에서 미디어 산업이 갖는 폐해에 관한 한 좌파 지식인들

---

3) 엔젠스베르거의 미디어 분석은 Enzensberger, Bewußtseins-Industrie, *Einzelheiten I*(1962) 및 *Baukasten zu einer Theorie der Medien*(1970) 참조.

4) 참조, 김경란, 「엔젠스베르거의 언론매체에 대한 비판적 자세」, 『오늘의문예비평』, 2005년 겨울호, 156~189쪽.

역시 동일하게 비판적 자세를 견지하고 있으며, 또 거대 자본의 논리에 따라 좌우되는 대중매체가 좌파 지식인들의 간섭영역 바깥에 있음에도 불구하고 보토 슈트라우스는 수천만 명의 국민들이 'TV 채널이라는 하수구(die Kloake, der TV Kanal)'(AB: 269)에 파묻혀 지내는 것이 좌파들의 실패한 계몽작업 때문인 듯이 말하고 있다.

> 대중의 지능은 이제 포만감에 도달했다. 지능이 더 발달하고 새로운 차원으로 변화한다든지, 천만 명의 RTL(=독일의 대표적 상업방송, 필자 주) 시청자가 하이데거 애호가가 될 것 같지는 않아 보인다. 이 시대에는 명석함이 곧 고루함이다. (…) 과거에 둔감한 대중은 오늘날에는 둔감하게 계몽된 대중이 되었다.(AB: 267)

좌파 지식인들과 또 그들이 지난 수십 년간 독일 사회의 민주화와 대중의 계몽을 위해 경주해 온 노력에 대한 슈트라우스의 폄하는 계속 이어진다. (종교의 권위를 무너트리는) 세속적이고, (온갖 권위에 대한 반항으로서) 반권위주의적이며, (대중의 가장 효과적인 계몽 수단으로서 중시했던) 미디어에 탐닉한 좌파 지식인들은 자신들이 계몽을 주도했다는 거만함에 빠져 있지만, 바로 이들이야말로 현재 독일 사회가 직면하고 있는 모든 악덕들을 자초한 장본인이라는 것이다. 좌파가 '설친' 탓에 사회 도처에 퇴폐성과 문화의 퇴락이 나타났고, 멀지 않은 미래에 독일 땅에서 전쟁이 있을 수밖에 없게 되었다는 것이 좌파에 대한 슈트라우스의 혹독한 비판이다. 그는 '좌파'라는 용어가 어디서 연유하는지 누구보다도 잘 알면서도 '왼쪽(links)'이 예부터 '그릇된 것(das Fehlgehende)'에 대한 동의어였노라고 비꼬고 있다.(AB: 259)

1.2. 신화의 복원을 노리는 반(反)계몽가

슈트라우스는 도대체 어떤 전쟁을 예언하고 있고, 또 그 전쟁의 직접적인 원인제공자가 좌파 지식인들이라고 하는 논리적 근거는 어디에 있는 걸까? 슈트라우스의 견해는 이러하다. 좌파들은 '민족(Volk)' 혹은 '민족성(Volkstum)'이라는 용어를 지극히 경계토록 했고, 이방인들에게 독일의 풍습을 주장하는 걸 사악한 것이라 가르쳤으며(AB: 256), 이방인에 대한 친절과 타문화에 대한 관용을 대단히 강조하였다.(AB: 258) 이는 결과적으로 독일인들에게 독일인으로서의 정체성을 그리고 독일적인 것을 증오하도록 만들었다.

> 우리는 쫓겨나거나 고향을 잃은 무리들에 대해 동정심과 자비를 지닐 것을 강요받는다. 우리는 착해야 된다고 법으로 규정되어 있다. 이 계율을 (유권자는 물론이고) 사람들의 가슴 속에 깊이 새겨두기 위해서는 이기적인 이교도 문화에 젖은 우리들이 다시 기독교도로 교화되어야 할 것이다. (…) 지식인들이 이방인들에게 친절한 것은 이방인들 때문이 아니라, 우리 것에 대해 거부감을 느끼기 때문이다. 이들 지식인들은 우리 것을 파괴하는 것이라면 뭐든지 환영한다.(AB: 25/쪽 이하)

68운동으로 대변되는 좌파 지식인들이 계몽이라는 미명하에 시도한 '사회 변혁'에도 불구하고 다양한 갈등들이 고조되어 곧 독일 땅에서 전쟁이 있을진대, 그 전쟁은 일차적으로는 전통을 수호하려는 세력과 (지금 있는 우리의 것을) 늘 쫓아내고 제거하며 말소시키려는 세력들 간의 전쟁이고, 그 다음 단계로 독일인과 외부에서 유입되어 온 이주민들 사이에 전쟁이 있을 것이라고 슈트라우스는 예언한다. 슈트라우스는 수차례에 걸쳐 반복적으로 독일 문화의 정체성으로 수렴될 수 있는 그룹과 이 그룹의 경계선 너머의 것을 대립시키고 있다.(AB: 257쪽 이하) 그가 말하는 독일적 정체성은 '우리 것(das Unsere)'(AB: 257), 곧 '본래의 것(das Eigene)'이고, 이것의 경계선 바깥의 것은 '타자(die Anderen)' 혹은 '타자성(das Andere)'이다. 여기서 '경계'는 영어권의 'boundary'처럼 국가 간은 물론이고, 문화, 성별, 계급 등의 경계도 포함하는 포괄적인 의미로 이해되어야 할 것이다. 다문화사회를 긍정적으로 받아들이는 경우라면 원래 다른 문화와 인종들이 함께 뒤섞여 형성된 문화를 역시 하나의 새로운 문화로 보겠지만, 슈트라우스는 독일적 정체성을 주장하지 못한 결과 민족 국가가 붕괴될 위험에 처했고, 독일 문화만의 고유한 특성 역시 사라질 것이라고 우려한다.

이런 배경하에서 그는 에세이 제목 "커져가는 염소의 울음소리"처럼 한 발자국씩 가깝게 다가오는 비극적 참사를 경고하는 광야의 선지자를 자처하고 나선다. 독일 민족성을 수호하기 위해 스스로 우익의 선봉에 서고자 하는 슈트라우스는 계몽은 다시 종교로, 후기 산업사회의 소비행태는 다시 형이상학과 신화로 복원시키고자 한다. 그럼으로써 피상적 삶과 대중미디어에 의존되어 허우적거리는 인간들을 심오한 역사 속의 존재로 다시 이끌고자 한다.

> 현재의 총체적인 지배에 맞서야 한다. 이 시대는 개인들이 계몽되지 않은 과거의 흔적이나 아니면 역사적으로 형성된 그 무엇을, 혹은 신화의 시대의 흔적들을 조금이라도 지니고 있으면 이를 강탈해서 근절시키려 한다. 예수의 구원의 역사를 패러디하는 좌파의 상상력과 달리 우파의 상상력은 (…) 어떠한 유토피아도 필요로 하지 않는다. 그 대신 고정되어 있는 먼 과거에—본질상 심층의 기억이기도 한—다시 회귀하고자 한다.(AB: 259)

좌파 지식인들의 계몽작업이 종교적 신비주의와 신화에 '예속'되어 있던 사람들을 해방시키는 데 주력한 데 비해, 다시 역사를 계몽 이전의 신화 상태로 되돌리려는 슈트라우스의 태도는 시대착오적이거나 아니면 계몽 적대적으로 여겨질 수 있다. 그런데 신화의 복원을 꾀하는 시도가 20세기 초에 파시즘 이데올로기와 결부되어 큰 폐해를 가져온 적이 있듯이, 이는 매우 조심스럽게 구별되어 다뤄져야 할 사안이고, 그렇지 않을 경우엔 자칫 오해를 받기에 쉽다.

2. 보수의 회귀
-루돌프 보르하르트와 보토 슈트라우스

2.1. 혁명과 개혁이 아닌 전통의 복고(復古)로!
슈트라우스는 종교와 신화, 역사성을 회복시키려는 자신의 입장을 '계몽 적대적'이 아닌 '반계몽(Gegenaufklärung)'이라 표현함으로써 극우파와는 분명 거리를 유지하려 한다. 독일 언론으로부터 슈트라우스가 극우파의 논리를 내변하고 네오나치들의 외국인 적대 행위를 합리화시킨다는 비난을 받고 있지만, 다른 한쪽에서는 슈트라우스의 글이 네오나치적인 포퓰리즘과는 분명 차이가 있음을 인정하기도 한다. 다음의 인용문에서 보듯 슈트라우스는 홀로코스트를 상대화시키거나 나치 독일의 죄를 축소 및 은폐시키려는 의도가 없기 때문이다.

나치의 범죄는 너무나 심각해서 도덕적인 수치심이나 그 밖의 다른 시민적인 감정으로는 보상되지 않는다. (…) 인간의 상상을 넘어서는 이 죄는 한 세대 혹은 두 세대가 지난다고 쉽게 '처리'되지 않을 것이

다.(AB: 261)

슈트라우스는 축구팬이 훌리건과는 전혀 다르듯이 자신이 말하는 우파 역시 네오나치들과는 전혀 별개임을 강조한다.(AB: 259) 그는 1990년대에 독일에서 네오나치들에 의해 저질러진 반유대주의적 및 외국인 적대적인 행동들이, 가령 1991년 호이어스베르다, 1992년 로슈톡, 1992년 묄른, 1993년 졸링엔에서 일어난 사건들이 1968년 무렵의 "서투른 무정부 청년 1세대"들에게서 유래한 것이라며, 전후 독일 사회 좌파 지식인 그룹의 주축이 된 68세대를 심하게 비난한다.

> 1968년 무렵의 서투른 무정부 청년 1세대들이 저지른 수치스러움을 건드리는 행위들이 이제 우파에게 그대로 전수되었다. 이들 새로운 청년들이 하는 일이라곤 고작 앞 세대의 행동을, 예컨대 짤린 체히고, 터부를 깨트림으로써 자신들만의 비밀스러운 의식을 행하는 것을 답습하는 것이다.(AB: 261)

비판적 폭로행위를 일삼는 전략가들—슈트라우스는 하버마스를 위시한 68세대 좌파 지식인을 가리킴—에게는 "묻기 어려운 것, 금기 영역, 부끄러운 것"을 깨트리는 게 오랜 기간 동안 그들의 강령이었다면, 슈트라우스가 지향하는 반(反)계몽은 이 영역이 무너지지 않도록 그대로 지켜내고자 한다.(AB: 261쪽 이하) 반(反)계몽은 곧 왜곡되지 않은 휴머니즘의 최후 보루이고, "바른 방향을 유지하고 있는 우파(der Rechte in der Richte)"(AB: 260)를 구현하는 셈이다.

기고문 「커져가는 염소의 울음소리」에 나타난 슈트라우스의 태도는 엘리트 보수주의자에 가깝다. 그 스스로가 대중(大衆)과 대립된 개념으로 사용한 "흩어져 나온 자들(die Versprengten)"(AB: 269)은 선택된 소수로서, 이들은 간직할 만한 것들을 자신의 세대와 미래의 세대를 위해 '간직하는(konservieren)' 사명을 맡은 보수주의자이다. 보토 슈트라우스는 자신이 지향하는 보수주의를 독일 낭만주의의 노발리스, 그리고 '창조적 복고'를 제창했던 루돌프 보르하르트의 사상으로 환원시키고 있다. 그렇다면 보토 슈트라우스를 18세기 말에 시작되어 20세기 중반으로 이어진, 계몽주의 및 합리주의를 비판하는 문화철학적 전통의 연장선상에 놓는 게 정당할까? 또 노발리스나 보르하르트가 공히 반(反)계몽적인 흐름의 대표자로 지칭될 수 있을까? 이 두 개의 물음을 염두에 두고서 슈트라우스가 어떤 경로를 통해 시대의 흐름에 역행하는, 니체의 용어를 빌자면 '비시대적인 관찰'에 이르게 되었는지, 또 그에게 있어 우파는 무엇인지 구체적으로 살펴보자.

보토 슈트라우스가 볼 때 현재 독일의 지성사에서 우세를 점하고 있는 '좌파주류들(Linkskonformisten)'은 거의 절대적으로 계몽적인 진보사상을 확신하고 있고, 그 결과 예술적대적인 모더니즘의 도그마가 생겨났다. 그는 이에 맞서기 위해 루돌프 보르하르트라는 정신적 유산에 근거힌 나름대로의 미학석·정치적 견해를 주장한다.[5] 슈트라우스에게 있어 보르하르트는 자신의 사상을 뒷받침해줄 인물로서 적절했을 것이다. 1920~30년대, 보르하르트는 모더니즘을 극단적으로 혐오스러워했고, 또 독일 민족주의적인 색채를 강하게 띠었었다. 에세이 「커져가는 염소의 울음소리」(1993)와 보르하르트의 에세이 「창조적 복고」(1927)를 직접 비교해보면 두 사람이 내세우는 논리에서 일치하는 부분이 놀라우리만치 많음을 보게 된다. 먼저 보르하르트가 대중을 규정한 말이다. 그는 1920년대를 전후로 대도시를 중심으로 등장한 대중(大衆)의 실체를 목도하면

---

5) 참조, Richard Herzinger, Werden wir alle Jünger? *Kursbuch*, H. 122, 1995, 93~118쪽.

서 이들 대중에 대해, 구체적으로 이들의 몰취미와 무교양에 대해 혹평한다. '민족(Volk)' 대신에 새롭게 나타난 '대중(Masse)'은 역사를 모르고, 뿌리를 모르는 대도시의 프롤레타리아들로서 반쪽 인간에 불과한 쓰레기 인류라고 표현했다.

> 낭만주의 시대의 민족은 더 이상 존재하지 않는다. (…) 대도시들은 예외 없이 낭만주의 시대에는 없었던 프롤레타리아들로 이루어져 있다. 이들 프롤레타리아는 (…) 이천 년 역사의 오랜 독일 문화에서 보면 쓰레기 인류이자 인류의 쓰레기이다. (…) 이들은 오로지 자본주의와 센서이셔 널리즘, 그리고 상품광고들의 먹잇감에 불과하다. 국적이 없고, 역사에 대한 기억도 없으며, 아버지도 없는 거나 다름없는 반쪽 인간, 아니 반의 반쪽 인간들이다. 이들에게 주어진 자격이라곤 고작 투표권과 납세의무 밖에 없다.[6]

오늘날의 시각으로 이해하려 든다면 보르하르트의 발언 수위는 지나치다 못해 엄청난 중압감을 준다. 그러나 그의 에세이가 나온 시기가 정치적 혼란이 극에 달했던 바이마르 공화국 시기라는 점을 감안하면 충격이 어느 정도 상대화된다. 「창조적 복고」는 보르하르트가 1927년에 뮌헨대학교에서 행한 강연 원고이다. 이 인용문만 해도 슈트라우스의 글과 논리가 매우 비슷하다. 슈트라우스 역시 현대의 대중 민주주의의 주체인 대중의 문화 수준에 대해 혹독한 평가를 내렸지 않은가? TV 매체라는 '하수구' 앞에 앉아 있는, 의식이 마비된 천만 명의 RTL 시청자들, 좌파의 계몽작업으로 인해 심층 기억이, 즉 서로 공유하는 역사가 결여된 사람들, 외국인/이주민들에 대해 관용을 보이도록 강요받은 결과 독일 문

---

6) Borchardt, Schöpferische Restauration, 247쪽, Borchardt, *Reden*, 230~253쪽.

화 고유의 정체성을 잃은 사회, 오로지 유권자로서만 또는 소비산업사회의 소비주체로만 존재하는 자들 등 슈트라우스의 표현은 보르하르트의 그것과 별반 다르지 않다. 보르하르트가 "어중간하게 과학적인 기술, 어중간하게 기술을 갖춘 엔터테인먼트, 그리고 어중간하게 엔터테인먼트를 띤 여론조성이나 유포" 등이 교양으로 자처하고 나선 시대정신으로는 서양 문화의 근원에 이를 수 없다고 말할 때, 슈트라우스의 용어 "인포테인먼트 유령(ein Gespenst des Infotainments)"(AB: 265)이 자연스럽게 오버랩된다.

> 이 민족의 정신적 가치는 끝없이 추락하고 공허하게 될 것이다. 어중간하게 과학적인 기술, 어중간하게 기술을 갖춘 엔터테인먼트, 그리고 어중간하게 엔터테인먼트를 띤 여론조성이나 유포 등을 담당하는 영역들은 정신적으로 도덕적인 본질을 확산시키는 데 소홀할 경우 한 순간에 몰락할 것이다.[7]

슈트라우스는 현재 승리감에 도취해 있는 좌파 진영의 이성적 계몽은 피상적인 지식만으로 모든 것에 통달한 양 행세하고 역사나 전통을 잊고 있다고 말한다. 문화적 전통이라는 소중한 자산을 부정하고 비방하며 의식의 개조에만 치중한 결과 "대중의 지능은 이제 포만감에 도달"하고, "예전의 둔감한 대중이 오늘날에는 둔감하게 계몽된 대중"(AB: 267)이 된 지금의 참담한 상황을 슈트라우스는 그저 바라볼 수만은 없다. 대중문화의 유혹에 의해 공공성이 무너진 지금의 상황—"공공 영역을 TV 매체에 의존해 이끄는 정부"(AB: 268)—이 계속된다면 소중한 문화적 자산을 후대에 물려줄 수 없는 처지가 되기 때문이다. 이리하여 슈트라우스는 문화

---

7) Borchardt, 앞의 책, 242쪽.

염세주의자가 되고, 한 예지자(叡智子)가 되어 경멸스러운 현 상황이 필연적으로 파국으로 치달을 것이라고 경고하는 것이다. "의미를 마비시킬 수는 있어도 완전히 없애지는 못한다. 의미를 기만하는 행위에 대항해 언젠가 한 번은 큰 사태가 벌어질 것이다."(AB: 267)

슈트라우스는 이 날을 앞당기기 위해서 광범위한 국민 계층을 대상으로 한 설득의 노력이나, 아니면 엘리트 지식인들에게 희망을 걸지 않는다. 대신 구별된 극소수의 사람들의 인내력에 희망을 걸 뿐이다. 이들만이 전래의 순수한 정신을 내면에 간직한 채, 이 정신을 철저히 부패한 여론시장의 유혹으로부터 수호하며 또 '어두운 계몽'이 지배하는 시대를 참고 견뎌낸다는 것이다. 슈트라우스의 말이다. "소수이다! 그렇다! 그것도 이미 너무 많다! 흩어진 개인들의 무리만이 있을 뿐이다. 그들의 유일한 방법은 다수를 배제하는 것이다."[8] 슈트라우스에 있어 이 소수의 사람들은 권위, 즉 장인정신을 통해 개인의 능력을 더욱 신장시킬 수 있는 자들로써, 현재의 부패한 시대정신으로부터 스스로 거리를 둘 수 있는 자들이기도 하다. 슈트라우스는 누가 이런 막중한 사명을 부여받은 소수의 그룹이 될 수 있는가를 되묻고는, 비록 완벽하지는 못할지라도 시인들이 바로 그 역할을 수행할 사람들로 보았다.

주로 시인(Poet)이 시대정신을 미리 내다본 경우는 늘 있어왔다. 하지만 이처럼 오직 그들만이 그 역할을 떠맡으며, 또 이처럼 대중들과 괴리된

---

[8] 이 부분은 연구자들을 위해 독일어 원문을 싣는다. 웅변술에 매우 능한 자의 어투가 귓가에 들린다. "Die Minderheit! Ha! Das sind bei weitem schon zuviele! Es gibt nur das Häuflein der versprengten Einzelnen. Ihr einziges Medium ist der Ausschluß der vielen."(AB in Pfahl: 20) 슈트라우스는 「커져가는 염소의 울음소리」를 처음 〈슈피겔〉에 싣고 난 뒤 얼마 지나지 않아 내용을 일부 덧붙여 잡지 〈Pfahl〉에 기고하였다.(*Der Pfahl*, 1993, 9~25쪽) 여기 실린 인용문은 〈슈피겔〉 기고문에는 없는 부분이다.

경우는 아마 결코 없었을 것이다.(AB in Pfahl: 20)

2.2. 독일 낭만주의의 계승

바로 위의 슈트라우스 글은 역시 보르하르트, 그리고 노발리스를 강하게 떠올리게 한다. 먼저 노발리스와의 연관성이다. 노발리스의 정치적 에세이 「기독교 또는 유럽」(Christenheit oder Europa, 1799)은 낭만주의에 입각한 보수주의를 설파한 글이다. 이 글이 나온 시기는 프로이센과 오스트리아가 차례차례 프랑스와 굴욕스러운 강화조약을 맺은 때로서, 노발리스는 "지리멸렬 상태에 빠진 독일"이 신성로마제국의 정신과 종교를 통해 지금의 "퇴폐한 세계를 갱신하고 재건할 사명을 지닌 미래의 성스러운 제국"[9]이 되어야 한다는 신념을 부어넣고 있다. 나아가 대립 없는, 시를 통한 유토피아 사회라는 비전을 제시하고 있다. 노발리스의 이 에세이는 본래 〈아테네움〉(Athenäum)에 실릴 예정이었으나, 괴테가 이 글에 담긴 노발리스의 사상이 계몽주의의 성과를 공격하는 것으로 보고 실리지 못하도록 막았다 한다.[10] 계몽에 근거한 역사관이 계몽 작업을 통해 인간들을 무지(無知)와 비도덕성에서 합리적인 인식 및 도덕적인 성찰로 인도하고자 한다면, 또 그래야만 비로소 인류가 정신적으로나 도덕적인 완결 상태에 이른다고 본다면 노발리스는, 이는 존재했었던, 그러나 이제는 점점 잊혀진 지고(至高)의 지식으로부터 멀어져가고 있다고 보았다.[11] 혼돈의 시대를 예지자(叡智子)로서의 시인들이 시문학(Poesie)을 통해 구원할 것을 강조한 점에서 노발리스의 사상이 보르하

9) 지명렬, 「낭만주의」, 『독일문학사조사』(지명렬 외), 서울대출판부, 1987, 269쪽.

10) 참조, Viktor Zmegač/ Zdenko Skreb/ Ljerka Sekulič, *Kleine Geschichte der deutschen Literatur*, 159쪽.

11) 참조, Richard Herzinger, Kulturautoritarismus. 85쪽, Kai Kaufmann (Hg.), *Dichterische Politik*, Bern, Berlin, Bruxelles, Frankfurt a. M. 2001.

르트에게, 그리고 다시 슈트라우스에게 계승된다. 보르하르트는 민족, 제국, 정치 지도자 등 어느 것 하나 보존할 만한 가치가 없는 시대에 독일성을 간직하고 구원해줄 희망을 형이상학의 세계, 즉 시문학의 세계에서 찾으려 했다.[12]

　보르하르트는 당시 사회에 만연한 '비정신성(Ungeist)'에 맞서 활발한 정치개혁이나 혁명을 추구하기보다는—이는 오히려 타락한 시대정신에 감염될 수 있으므로—독일 국민이 정신적으로 전면 쇄신되는 과정이, 예컨대 신뢰할 만한 가치와 이념들을 다시 회복하여 국가를 재구성하는 일이 선행되어야 한다고 보았다. 독일의 시문학은 독일의 복고(復古)를 대중이나 군중들의 힘이 아닌 소수의 힘으로 이루어야 하고, 이들 소수가 사실상 이미 예전부터 국가의 지도자들이라고 역설하였다.[13] 독일의 시문학에 이와 같은 임무를 부여한다는 것은 분명히 낭만주의 사상을 계승하는 것이다. 그런데 독일의 현 상황을 쇄신시켜줄 정신적 버팀목으로서 낭만주의의 전통을 복원하려는 보르하르트의 태도는 슈트라우스보다 훨씬 더 직접적이고 강하다. 사실 슈트라우스는 「커져가는 염소의 울음소리」에서 독일 낭만주의의 전통이 해결책일 수 있음을 직접적으로 드러내지는 않았다. 그런데 보르하르트에게서는 낭만주의의 유산에 담긴 민족적·국민적(national-völkisch)인 요소들이 대단히 강조되고 있다. 슈트라우스의 경우 다소 불명확하게 '우리 것(das Unsere)'(AB: 257)을 다시 우리 것으로 체화시켜야 한다고 말할 뿐이다. 이 경우 앞에서 언급한 바처럼 그가 사라져버린 독일 문화의 본질을 지칭하는지, 아니면 일반적으로

---

12) "가엾은 내 조국처럼 왕조가 더 이상 민족의 역사적 연속성을 드러내지도 또 지니지도 못할 때, 공동체가 심하게 파멸되었을 때, 이를 지키기 위해선 시문학만이 유일한 피난처이고, 나아가 국가적 정신의 유일한 대변자가 된다."(Werner Kraft, *Rudolf Borchardt*, Hamburg 1961, 421쪽에서 재인용)

13) Borchardt, *Schöpferische Restauration*, 250, 253쪽.

이제는 인정받지 못하는 과거 위대한 시인이나 사상가들의 지혜를 말하는 것인지가 분명치 않다. 슈트라우스는 지금 독일의 초라하기 그지없는 정신적 상태가 외부에서 비롯된 것이 아니라, 독일 사회 내부의 위기의 결과로 본다. 그 대표적인 경우가 나치즘의 폐해를 극복하지 못했다는 점이다.

보르하르트의 경우, 독일인들이 내적으로 무력하고 굳건하지 못함으로 인해, 또는 독일 민족의 질이 끝없이 추락함으로 인해 경제적인 이득을 보는 사업가들이 문제라고 말한다. 이들은 백화점이나 극장, 혹은 대중신문을 통한 대량소비 시스템에서 이윤을 취하기 때문에, 그들의 관심사는 광고를 동원해 사회의 근본이 되는 계층을 정신적으로 가능한 한 프롤레타리아의 천박한 수준으로 떨어뜨림으로써 자신들의 소비자 또는 독자층을 늘 확장시키는 데 혈안이 되어 있다고 적고 있다.[14]

슈트라우스는 시문학에 집단적·민족적 기억을 수호하는 성스러운 지위를 다시 부여하고자 하는 그의 미학 강령이, 갑자기 대두된 것이 아니라 독일 정신사의 전통에 맞닿아 있음을 보이고자 독일 낭만주의 이래로 독일 땅에서 행해진 반(反)모더니즘의 중심 사상을 계승하고 있다. 하지만 그가 이를 통해 얻은 것은 과연 무엇일까? 그의 사상적 전범(典範)이었던 보르하르트의 보수주의 및 복고주의는 결과적으로 히틀러의 나치즘과는 서로 양립할 수 없는 것이었다. 나치주의자들은 권좌에 오르기까지는 보수 우익들의 논리를 크게 필요로 하였으나, 보수진영이 의도한 보수혁명과는 사실 거리가 멀었다. 바이마르 공화국 시기의 활발한 보수 담론은 오히려 나치즘이 싹트고, 또 원했든 원하지 않았든 나치즘이 대중성을 얻도록 크게 이바지한 셈이다. 정작 보수진영을 대표하는 논객이었음에도 나치의 박해를 받은 보르하르트가 슈트라우스에 의해 미학

---

14) Borchardt, 앞의 책, 242쪽.

적·시적으로 또 정치적으로 더럽혀지지 않은 "바른 방향을 유지하고 있는 우파(das Rechte in der Richte)"(AB: 260)의 대변인으로 과거 속에서 이 시대로 다시 불러내졌다는 사실과, 오랜 동안 거의 잊혀졌던 보르하르트에 대해 1990년대 중반 이후로 여러 편의 연구물들이 나오는 사실은 분명 흥미롭다.

한편, 슈트라우스의 문화 보수주의로의 전환은 1980년대 중반에 이미 시작된 것이 아닐까 싶다. 예로써 소설 『젊은 남자』(Der junge Mann, 1984)에서는 10년 뒤 「커져가는 염소의 울음소리」에서 본격적으로 드러낼 생각들을 이미 내비치고 있다. 그는 여기서 일체의 '비밀스러운 것들을 공공성이라는 빛으로 끌어냄'으로써, '전체가 공공 의식을 가질 것을 조장하는 정부'를 탄핵하였다. 지그리드 베르카(S. Berka) 역시 보토 슈트라우스 논쟁을 중간 결산하는 특집 기획을 마련한 학술지 〈바이마르 기고문〉(Weimarer Beiträge, 1994)의 서문에서 슈트라우스의 초기 작품들과 「커져가는 염소의 울음소리」에 나타난 작가의 일관된 태도를 지적한다.

> 계몽주의 및 그에 따른 변증법의 물신주의, 계몽을 신화처럼 떠받들고 (열외를 허용 않는, 필자 주) 전체주의로 몰아간 점들을 슈트라우스는 이미 아주 초기 작품부터 주제로 다루어왔다. 이미 『혼잡』을 비롯하여 (…) 나중에는 『짝, 행인들』에서, 그리고 그 후에는 특히 『젊은 남자』에서 (좌파들의, 필자 주) 비판적·폭로적인 태도에 대한 작가의 거부감이 명확해지고 있다.[15]

아래 글은 『젊은 남자』에서 슈트라우스가 서독의 정신사적 상황에 대

---

15) Sigrid Berka, Botho Strauß und die Debatte um den "Bocksgesang", 165쪽, *Weimarer Beiträge* 40, 1994, 165~178쪽.

해 한 말이다.

  그들은(=좌파 지식인들, 필자 주) 정신을 완전히 말살시키는 지식을 유
  포시켰고, 그들이 하는 일이라고는 오로지 생각이 다른 사람들을 힐난
  하거나, 또는 찾아내어 포위하는 일밖에 없었다. 이같이 모양만 그럴싸
  한 민주주의자이고 직업으로 반 파시스트 노릇을 하는 자들을 두 그룹
  의 젊은 청년들이 (사상적) 중심으로 삼았고 또한 그들의 발자취를 따랐
  다. (…) 불쌍한 인간들 중에는 지나치게 많이 아는 사람들과 지적인 멍
  청이들이 포함되어 있다. 이들은 모든 것을 내팽개치거나 아니면 서로
  혼동하였다. 게다가 TV 시청용 소파의 목 받침대에 고개나 기대고 있는,
  계몽이 과도한 자들도 이들 불쌍한 인간들 속에 포함되어 있다.16)

  슈트라우스는 1989년 통독 이후에는 민족공동체(nationale
Gemeinschaft)라는 이념을, 심지어 국민공동체(Volksgemeinschaft)를 신
봉하고 있음을 내비친다. '민족공동체'라는 용어는 「커져가는 염소의 울
음소리」에서 그대로 사용되고 있다. 그는 시집 『단 하루 손님으로 머물렀
던 어떤 사람에 대한 기억』(Diese Erinnerung an einen, der nur einen Tag
zu Gast war, 1985)에서 집요하게 독일의 정체성 문제를 제기했다. 1986년
에는 폴커 하게(V. Hage)와의 대화에서 자신은 민족주의 작가(nationaler
Schriftsteller)임을 분명히 밝혔다. 그러다 1989년 독일은 재통일하게 되
고, 그로 인해 새로운 세기가 펼쳐지리라는 기대감 속에 슈트라우스는
'민족적 집단주의'로 귀의하게 된다. 이는 다름 아닌, 자신이 꾸준히 주장
했던 낭만주의로의 환원이라는 이념적인 도피처이기도 하다. 그는 1992
년에 『시작 없는』(Beginnlosigkeit)에서 오늘날 독일 민족의 개개인의 영혼

---

16) Botho Strauß, *Der junge Mann*, München 1984, 297쪽.

속에는 더 이상 비밀스러운 보석이 담겨 있지 않다고 불평하고 있지 않은가?

문예학자 존 캐리(J. Carey)는 낭만주의의 핵심인 보편 시학(Universalpoesie)이 곧 "대중에 대한 증오"[17]라고 표현하였다. 미학 보수주의를 표방한 슈트라우스가 지금 시대의 자유주의(Liberalisierung) 물결 속에서, 또 광범위하게 맹위를 떨치는 "인포테인먼트 유령"(AB: 265) 앞에서 갈수록 저급해지는 대중을 바라보며 이에 대항할 필요성을 느꼈을 것이고, 이런 상황을 만든 장본인인—정확히 말해 슈트라우스가 그렇다고 단정한—68세대가 주축이 된 좌파 지식인들을 향해 분노하는 건 어쩌면 그에게는 당연한 귀결이었다.

3. 세대 간의 문화권력 주도권 싸움

슈트라우스의 에세이 「커져가는 염소의 울음소리」는 문화/문학 분야에서 일어난 논쟁이지만, 본질적으로는 종전 이후 약 50년에 걸쳐 유지되어오던 질서가 1989년을 계기로 와해되고 새롭게 재편성되는 과정에서 지식인들이 독일 사회의 그간의 정치·사회적 기조에 대해 완전히 밑바닥부터 뒤집어서 의문들을 제기해보고, 또 이와 관련해 그 과정에서 지식인 자신들의 정체성에 대해서도 다시 한번 방향정립을 하려는 작업이기도 하다. 슈트라우스는 좌파 지식인들의 금기사항을 거의 모두 깨트리는 식으로 도발을 가하고 있다. 외국인들에 대한 독일인의 친절함이 가식에 지나지 않고, 68세대로 표현되는 구좌파와 네오나치가 같은 계보라고 하며, 민주주의, 리버럴리즘, 사회주의적 시장경제, 계몽 작업, 미디어 등을 모두 싸잡아 비난하고 있다. 물론 자본주의 시장경제체제의 맹점과

---

17) John Carey, *Haß auf die Massen. Intellektuelle 1890-1939*, Göttingen 1996.

'인포테인먼트'로 치닫는 미디어 산업의 폐해를 지적하는 그의 지적에는 상당 부분 공감이 간다.

토마스 아스호이어(Th. Assheuer)는 좌파와 민주주의, 미디어를 모두 비난하는 슈트라우스의 발언이 옛 서독 시절에는 상상도 할 수 없는 일로서, 지식인의 위기가 머리 꼭대기까지 다다른 증거라고 말하는가 하면,[18] 페터 글로츠(P. Glotz)는 민족주의를 용인하는 슈트라우스의 경박스러운 태도가 위험하다고 한다. 그는 우익 스킨헤드들이 어떻게 1968년의 혁명청년세대의 산물이 될 수 있느냐고 반문하고, 슈트라우스처럼 르네 지라르(R. Girard)의 글을 앞세워 한 공동체의 질서를 회복하기 위한 수단으로서 린치 살인을 공공연히 두둔한다면(AB: 263) 이는 드레스덴에서 발생한 만행—달리는 전차에서 앙골라인을 전차 밖으로 떠밀어버린 사건—을 정당화시키는 거나 똑같다고 말한다.[19] 〈독일유대인 협회〉 회장인 이그나츠 부비스(I. Bubis)는 슈트라우스식 발언이 극우파가 자라날 수 있는 토양을 제공한다고 비난의 강도를 높였다. 부비스는 슈트라우스의 글이 형태는 다를지라도 방화범의 행위나 진배없다고 말했다가(〈타게스슈피겔〉, 1994년 4월), 곧 비난의 수위를 낮추었다.

독일의 지식인들이 새롭게 극우로 기울고 있다. 잡지 〈신 자유〉(Junge Freiheit)를 비롯해 놀테의 후계자이자 〈디 벨트〉(Die Welt) 편집인인 라이너 찌텔만이 그 사례에 해당한다. (…) 내가 문제 삼는 것은 슈트라우스나 엔쩬스베르거의 고백 등에서 보듯 (사회) 전반의 분위기의 변화이다. 나는 물론 프라이나 쇤후버, 덱케르츠 같은 부류의 정신적 방화범들

---

18) Thomas Assheuer, Was ist rechts? Botho Strauß bläst ins Bockhorn, *Frankfurter Rundschau*, 1993년 2월 10일.

19) Peter Glotz, Freunde, es wird ernst, *Wochenpost*, 1993년 2월 25일.

과 놀테같이 극우 지식인들의 정신적 리더들을 분명히 구별한다. 나는 슈트라우스는 물론이고 특히 엔쩬스베르거가 이들 중 어느 한 그룹에 속한다고 하지 않았다. 슈트라우스와 그 밖의 다른 좌파들의 변신 그 자체를 내가 뭐라 하겠는가? 다만, 나는 과거의 온건 보수주의가 새로 극단주의로 치닫는 것을 경계하는 것이다.[20]

이 인용부를 보면 부비스가 비록 한 발짝 물러서긴 하지만, 그의 속내는 사실 분명하다. 단지 완곡한 화법을 사용했을 뿐이다. 주지하다시피 부비스는 1998년에 독일의 극우주의 발흥(勃興)에 대해 다시금 비판하고 나섬으로써—그것도 1993년도보다 훨씬 강하게—매스컴의 집중적인 조명을 받게 된다. 이 때의 논쟁 상대는 마르틴 발저이고, 계기는 그의 〈독일서적협회 평화상〉 수상 연설에서 비롯되었다.[21] 부비스는 마르틴 발저의 수상식 답례연설의 내용을 두고 '정신적 방화행위'라고 직선적 표현을 했다. 위의 글에서 보듯 정신적 방화범 혹은 그런 행위가 가장 조야(粗野)한 극우주의라면, 극우주의의 정신적 리더 노릇을 하는 것은 그 다음으로 위태로운 행위임을 알 수 있다. 이때만 해도 부비스는 슈트라우스나 엔쩬스베르거를 두 번째 경우라고 말하지 않았다고 했다. 하지만 1998년에는 발저를 그의 평화상 수상 연설과 관련하여 곧바로 '정신적 방화범'으로 규정해버렸다. 그만큼 발저의 발언 수위가 극우주의의 논리에 많이 가까워졌거나, 아니면 독일에서 보수 우익 지식인들의 입지가 점점 넓어지고 있음에 대한 반증일 수도 있겠다.

보토 슈트라우스가 '미학 보수주의'를 견지한다면, 역시 보수 우파를 지향하는 발저이지만 그가 보수 우파로 기울게 된 배경에 미학적인 측면

---

20) Ignatz Bubis, Wegbereiter wie Nolte, *Der Spiegel*, 1994년 4월 18일.

21) 이 책의 글 「마르틴 발저와 아우슈비츠-한 지식인의 문제적 역사인식」 참조.

은 부차적이라는 점에서 슈트라우스와 굳이 다르다면 다르다고 할 수 있다. 발저에겐 독일인들의 강박적인 '자기혐오증(Selbsthaß)'이 더 큰 문제였다. 이른바 '부친혐오증(Vaterhaß)'이다. 아우슈비츠라는 과거가 마치 원죄처럼 독일인들에게 틈만 나면 수치심을 조장함으로써 자유로운 독일성이 회복되지 못하고 계속 억눌리게 되었다고 말한다. 여기서 발저가 한 유명한, 아니 큰 논란을 야기시킨 말이 바로 '수치의 도구화'이다. 더군다나 발저는 독일에서 극우파가 생겨나는 까닭이 독일적인 것을 배척하거나 소홀히 한 결과이고, 또 넘쳐나는 난민들 때문에 외국인 폭력사태가 빚어졌다고 주장한다.

우리 모두는 우리에게 와 사는 이 사람들한테서 이익을 보았다. 이익을 보는 동안에는 항의하지 않았다. 이제 위기가 닥친 지금, 우리가 지난 수년 동안 탐닉했던 것들이 원인이 되어 끔찍스러운 사건들이 발생했다.[22]

이와 같은 맥락의 슈트라우스의 글이다. "이방인을 공격하는 것은 이론의 여지가 없이 사악한 일이다." 하지만 "정주(定住)할 수 없는, 떠돌아다니는 무리들을 아무 생각 없이 이 땅에 불러들인 것 (역시) 사악한 일이다."[23] 이런 '무리'들에 대해 친절이라는 위선을 강요한 게 좌파의 '계몽'이었다고 슈트라우스가 비난하듯이, 발저 역시 좌파들에 대한 불편함을 숨기지 않는다.

만일 자신의 반대자에 대해서 자기가 옳다고 생각하지 않는다면 그는

---

22) Martin Walser, Deutsche Sorgen, *Der Spiegel*, 1993년 6월 28일.

23) "Es ist verwerflich ohne jede Einschränkung, sich an Fremden zu vergreifen-es ist verwerflich, Horden von Unbehausbaren, Unbewirtbaren ahnungslos hereinzulassen."(AB in Pfahl: 21)

아마 좌파가 아닐 것이다. 그러나 좌파의 가장 특징은 이들은 자기가 옳다고 여길 뿐만 아니라, 더 나은 인간이라고 여기기까지 한다는 점이다.[24]

마르틴 발저 외에 또 에세이 「커져가는 염소의 울음소리」와 비교해볼 만한 대상으로 페터 슬로터다이크(P. Sloterdijk)를 들 수 있다. 앞에서 슈트라우스가 독일 낭만주의의 전범을 따라 소수의 예지자(叡智者)들에게서 이 혼돈의 시대의 희망을 보았다고 밝힌 바 있다. 흥미롭게도 역시 보수 우파로 비난을 받은 바 있는 슬로터다이크 또한 강연 「인간 농장의 규칙」(Regeln für den Menschenpark, 1999)에서 프랑크푸르트 학파를 중심으로 한 좌파의 계몽 작업이 인간의 야수성을 휴머니즘으로 전환시키는 데 실패한 지금, 인간을 길들이기 위해서는 유전자 개입을 통한 방식만이 최상의 방법이라 주장하고, 이를 주도할 세력으로 철학자로 대표되는 엘리트 집단을 언급하고 있다는 점이다. 슬로터다이크는 대중을 지극히 경계하며, 니체의 사상에 기대어 선별된 소수의 엘리트가 지배하는 사회를 꿈꾸고, 하버마스를 중심으로 한 68세대 좌파 지식인들의 비판이론이 죽었음을 선언하기까지 하였다.[25] 슬로터다이크 논쟁은 일차적으로는 인간의 유전자 조작을 포함한 생명공학을 우리 사회가 어느 선까지 용인할 것인가를 다루고 있지만, 그 논쟁에서도 역시 현재 독일 정신사의 두 축이—하버마스를 중심으로 한 비판이론 진영 한 축과, 좌파이론에 맞서 (혹은 좌파이론을 넘어) 포스트모던적 형이상학으로 나아가려는 우파 진영이라는 다른 축이—맞부딪쳤다.

슈트라우스와 발저, 슬로터다이크 이들의 공통점은 모두 68세대이지

---

24) Walser, Deutsche Sorgen, *Der Spiegel*, 1993년 6월 28일.
25) Peter Sloterdijk, Die Kritische Theorie ist tot, *Die Zeit*, 37, 1999.

만, 68세대의 노선에서 이른바 '전향'을 했다는 점이다.[26] 어떤 계기에서 비롯되었건 간에 68세대 대열에서 떨어져 나와 보수 우파로 전향한 이들은 68의 이념을 여전히 고수하는 좌파 지식인들과 각종 사회 현안을 놓고 번번이 갈등을 빚고 있다. 한편, 울리히 그라이너(U. Greiner)는 이들을 둘러싼 논쟁들에서 좌파와 우파간의 이데올로기 못잖게 그 속에 감춰진 세대 간의 싸움을 읽어내고자 한다. 68년에서 출발한 보토 슈트라우스나 발저, 페터 한트케, 빔 벤더스 등이 구서독을 대표하는 인물들이라면, 사회주의가 붕괴한 1989년을—이는 곧 구서독이 끝나는 시기이기도 하다—기점으로 형성된 일군의 젊은 지식인들은 '89세대'로 지칭될 수 있고, 이들이 독일 문화/문학계에서 주도권을 쟁취하기 위해 이전 세대에 공세를 취한다는 것이다.[27]

4. 보수 논쟁의 순기능과 역기능

지금까지 슈트라우스의 에세이 「커져가는 염소의 울음소리」를 계기로 촉발된 논쟁을 보수의 회귀라는 관점에서 살펴보았다. 이 글은 동시에 필자가 보수담론과 관련해 앞서 발표한 몇 편의 선행논문을 결산하는 의미도 함께 지닌다. 어떤 사안들이 한 사회의 구성원들 간에 큰 논쟁거리가 된다는 말은 찬반양론이 팽팽하게 대립하기 때문이다. 만일 슈트라우스, 발저, 슬로터다이크 등의 글들이 타블로이드판 전단지에 인쇄되어 나눠지는 네오나치들의 글처럼 근거 없고 황당한 내용에 지나지 않았다면 사회 전체의 이슈로까지 확대되는 논쟁은 존재하지 않았을 것이다. 대신 그

---

26) 여러 비평가들에 의해 엔첸스베르거, 페터 슈나이더 역시 '전향'한 68세대로 분류되고 있다.(Jens Schneider, *Deutsch sein*, 323쪽)

27) 참조, Ulrich Greiner, Die Neunundachtziger, *Die Zeit*, 1994년 9월 16일.

런 글을 쓴 작가나 지식인에겐 극우주의자, 선동가 등의 주홍글씨만 낙인될 뿐이다. 다시 말해, 이들의 주장과 논리 중에는 분명 타당한 점들이 있었고, 그래서 이들은 논쟁 속에서 자신의 편들을 만들 수 있었다. 현재 독일 문화/문학계에서 논쟁의 쟁점들은 역사학에서 말하는 '독일의 특수한 길(Deutscher Sonderweg)'로 환원된다고 본다. '독일의 특수한 길'은 바이마르 공화국, 나치 정권의 탄생과 떼어놓을 수 없는 인과관계를 맺고 있고, 주변국인 프랑스나 영국과는 다른 과정을 거쳐 독일이라는 국민국가의 성립, 문화와 문명의 대치 상황, 독일 지식인층의 형성 과정 등에도 크게 영향을 끼쳤다. 1990년대의 문화/문학 논쟁들에서 제3제국의 경험 혹은 멍에가 여전히 핵심 논점 중의 하나이므로, '독일의 특수한 길'은 지금까지도 여전히 유효한 셈이다.

슈트라우스는 슈피겔 에세이에서 동유럽이나 중부아시아지역의 민족주의 경향을 언급하면서, 진보적이고 자유주의적인 자기중심적 태도에 사로잡힌 독일인들은 타지키스탄에서 이들 민족이 자신들의 언어를 간직하는 것을 정치적인 사명이라고 말하거나, 또 한 민족이 다른 민족으로부터 자신들의 풍습이나 관습을 지키기 위해 죽을 각오를 하는 것을 두고 오히려 잘못되고 사악한 것으로 간주한다고(AB: 256) 말하고 있다. 그의 말의 요지는 왜 독일은 민족적 정체성을 지키기 위한 국가의 노력을 사악하다고 보느냐 하는 것이었다. 마르틴 발저의 경우 독일의 정체성, 즉 하나된 독일의 정체성을 많이 강조하였다. 엄밀히 말하면, 민족적 정체성에 관한한 지구상의 어느 나라—영국이나 프랑스, 미국, 일본 그리고 한국 등—도 독일보다 더하면 더했지 결코 덜하지 않을 것이다. 〈메르쿠어〉(Merkur)지의 발행인이자 오랜 기간 동안 〈프랑크푸르트 알게마이네 자이퉁〉(Frankfurter Allgemeine Zeitung)의 문예란을 책임졌던 빌레펠트 대 독문학과 교수 칼 하인츠 보러(K. H. Bohrer)는 통독 직후 쓴 신문 기고문에서 역사적·문화적 기억 공동체로서의 국가를 옹호한 바 있다.[28] 이런 글들이 있는 그대로 받아들여지지 않고 보수 우파의 발언으로 받아들여지는 게 '독일만의 특수한 길'인 것이다.

슈트라우스의 글, 발저의 글들 중 네오나치들의 입지를 강화시켜주는 표현들, 선동적인 흑백논리 등이 곳곳에 발견되고 있는데, 이는 그들의 지금까지의 위상과 역할에도 맞지 않을 뿐더러 분명 비판받을 일이다. 지금의 스킨헤드는 68혁명 세대가 금기사항들을 깨트린 결과라는 터무니없는 비방을 비롯해, 극단적 상업성으로 치닫는 대중매체가 좌파 지식인들 탓이라는 그의 주장에서 슈트라우스의 자질을 의심하게 된다. 그러나 독일적 자존심과 자부심, 민족성을 회복하자는 주장은 여타 다른 나라의 상황을 볼 때 꼭 비난받을 일은 아닌 것 같다. 유독 독일에 대해서만 엄격한 잣대를 댈 수는 없기 때문이다. 보수주의 그 자체는 극우주의와는 분명 다르다. 건전한 보수도 엄연히 존재하기 때문이다. 다만 사회가 스스로 경계하는 태도를 소홀히 한다면 보수주의의 논리는 민족주의와 결합하여 파시즘으로 혹은 배타적 민족주의로 발전할 소지가 다분히 있다.

필자는 독일에서 보수와 진보, 좌파와 우파로 갈린 논쟁이 1990년대 들어 빈번해진 것을 긍정적으로 바라본다. 이 시기는 구서독의 수도 본을 떠나 베를린으로 정부를 옮긴 신독일이 어떤 식으로 자신의 정체성을 만들어갈 것인지 기본 틀을 짜는 시기이므로, 독일사를 재평가하는 문화/문학 논쟁은 긍정적인 것이고, 또한 논쟁이 있다는 것은 자기검증시스템이 작동하고 있다는 증거이기 때문이다. 여론이 일방적으로 한 군데로 쏠리는 사회는 구성원들이 일방적 주장에 함몰되기 쉽고, 이 경우 반대자의 목소리는 나올 수 없게 된다. 빈번한 논쟁은 정치적으로 또는 역

---

28) Karl Heinz Bohrer, Warum wir keine Nation sind. Und warum wir eine werden sollten, *Frankfurter Allgemeine Zeitung*, 1990년 1월 13일.

사적·사회적으로 갇혀 있던 문제들을 표면으로 나오게 해 치료하는 역할을 한다고 본다. 번개가 치면 대기가 정화되듯이, 논쟁하는 사회는 균형을 유지하고 있는 사회이다.

21세기 포스트휴머니즘 시대의 인간존재방식
-이성적 계몽은 유전자를 통한 사육으로 대체되는가

2004년 10월 말, 독일 철학자 페터 슬로터다이크(P. Sloterdijk)가 〈한국 철학회〉가 주관하는 '다산기념철학강좌'의 초청 연사로 며칠간 한국을 방문한 적이 있다. 현재 독일에서 네임밸류만으로도 그의 행보가 매스컴의 큰 관심을 끄는 터라, 국내 언론에서도 독일만큼은 아닐지라도 적잖은 관심을 표명하며 그의 방한 일정과 더불어 현대 독일 철학계에서 그가 차지하는 위상 등을 비교적 상세히 다루었다.[1] 철학자이며 칼스루어 조형대학교의 총장으로 있는 그는 수년 전 어느 학술대회에서 「인간 농장의 규칙」(1999)이란 강연을 통해, 기존의 고전적 인문주의를 동원한 교육으로 실패한 이상(理想)적 인간형을 이제 생명공학의 시대를 맞아 유전자 조작을 통한 '인간 사육'을 통해 달성할 것을 주장하는 요지를 펼침으로써 독일 사회 전반에 큰 논란을 야기했었다.[2]

---

1) 그의 방한에 맞춰 나온 기사로는 〈한겨레〉(2004. 10. 28)의 「21세기판 '니체' 슬로터다이크의 '도발'」, 〈한국일보〉(2004. 10. 28)의 「독(獨)철학자 페터 슬로터다이크 방한」, 〈동아일보〉(2004. 10. 28)의 「독(獨)슬로터다이크, '생명공학시대 휴머니즘은 죽었다'」 등이 있다.
2) 슬로터다이크는 이 원고에 주석을 달아 단행본으로 펴냈다.(*Regeln für den Menschenpark*.

인간 사육을 꿈꾸는 슬로터다이크의 주장은 유전자 조작에 의한 인간 종자의, 말하자면 DNA의 선별, 그리고 그 이면에 도사릴 수도 있는 위험한 파시즘적 발상 등과 관련해 문제가 되었다. 「인간 농장의 규칙」으로 촉발된 당시의 생명공학 논쟁에서 오고간 주장들 가운데에는 독일이라는 특수한 맥락하에서 더 잘 수긍이 가는 부분들이 분명 있다. 예컨대 나치주의자들이 그토록 열망했던 '아리안족의 세계 지배'라는 야욕은 바로 우생학적 사고에 기인한 일종의 인종적 간섭이었다. 인간이 유전자 조작을 통해 인간종(人間種)의 진화에 적극적으로 개입할 가능성이 점차 커지고 있음은 이제 SF 영화에 등장하는 공상만도 또 어느 특정 국가에만 국한된 국지적인 현상도 아닌 게 되었다.

슬로터다이크의 한국 방문에 즈음하여 그의 강연 원고 「인간 농장의 규칙」을 포함해 두 편의 글 「대중을 경멸함」(Die Verachtung der Massen, 2000), 「복음의 개선에 관해. 니체의 다섯 번째 '복음서'」(Über die Verbesserung der guten Nachricht. Nietzsches fünftes 'Evangelium', 2000)가 함께 엮여 『인간 농장을 위한 규칙』(2004)이란 제목으로 번역 출간되었다. 인간복제, 구체적으로 인간개체복제와 인간배아복제라는 용어는 사실 지금의 우리들에게는 아주 친숙하면서 낯설다. 황우석 교수 연구팀이 2004년 5월에 인간배아복제를 위한 줄기세포 배양에 세계 최초로 성공함으로써 한국인들 대다수는 어느 날 갑자기 모든 언론매체가 흥분된 목소리로 배아줄기세포 복제가 인류에게 가져다 줄 축복들—치매, 당뇨병, 암, 신장 등 장기(臟器)의 기능장애로 비롯된 난치병의 치료와 같은—을 열거하는 것을 되풀이해서 듣고 또 들었지만, 비전문인들로서는 황우석 교수가 정확히 무엇을 성취했는지 어렴풋이 짐작만 했을 뿐이다. 게다

Ein Antwortschreiben zu Heideggers Brief über den Humanismus, Frankfurt am Main 1999) 이 글에서 「인간 농장의 규칙」을 인용할 시 RM으로 약어를 병기하고 이 텍스트를 따른다.

가 배아줄기세포 생성 실험에서 필연적으로 대두되기 마련인 생명윤리
상의 문제점들은 장밋빛을 띤 미래의 청사진 아래 파묻혀버린 감이 있다.
이런 한국의 분위기를 고려해볼 때 슬로터다이크의 강연 「인간 농장의
규칙」과 더불어 생명공학, 생명윤리를 둘러싼 철학적 논란들은 매우 시
사적이다.

　이러한 배경하에 아래에서는 슬로터다이크에 대한 소개와 더불어, 그
의 강연 「인간 농장의 규칙」의 내용과 문제가 된 부분들, '슬로터다이크
논쟁'을 통해 드러난 생명윤리 및 문화권력 논쟁을 살펴보고자 한다. '슬
로터다이크 논쟁'은 처음엔 유전자 조작을 통한 인간사육이 갖는 생명공
학의 윤리성에 대한 논란으로 시작되었지만, 논쟁의 과정에서 계몽을 중
시하는 고전적 인문주의와 인문주의의 효용성 상실을 주장하는 슬로터
다이크식의 포스트휴머니즘 간의 대립으로 비화하였다. 특히 슬로터다이
크는 하버마스의 문화권력 독점을 비난하며 프랑크푸르트 학파의 비판
이론(Kritische Theorie)이 사망했다고 공개적으로 도발적인 선언을 함으
로써,[3] 자신의 강연을 둘러싼 생명윤리논란을 문화권력 논쟁으로 유도
해가기도 했다. 끝으로 영화 〈가타카〉와 〈아일랜드〉를 통해 슬로터다이
크와 인간사육, 황우석과 인간배아복제, 생명공학과 생명윤리에 대해 생
각해보려 한다.

1. 선구자적 철학자, 혹은 도발적인 몽상가
－슬로터다이크의 연설 「인간 농장의 규칙」(1999)

슬로터다이크는 1992년에 오스트리아의 빈 대학과 그의 고향인 칼스

---

3) Peter Sloterdijk, Die Kritische Theorie ist tot. Peter Sloterdijk schreibt an Assheuer und
　Habermas, *Die Zeit*, 37, 1999.

루어에 대학교수로 초빙된 이후 파리, 취리히, 빈, 뉴욕 대학 등에서 객원 교수직을 지냈고, 국내외를 넘나드는 활발한 강연활동을 펼치고 있다. 그가 매스컴에서 최고의 각광을 받는 이른바 대중적 스타가 된 계기는 무엇보다도 2000년부터 저널리스트인 뤼디거 자프란스키(R. Safranski)와 더불어 독일 제2국영방송 〈체데에프〉(ZDF)의 시사토론 프로그램인 〈철학사중주〉를 진행하기 시작하면서다. 자프란스키는 니체, 하이데거, 쇼펜하우어, E. T. A. 호프만 등 철학적 성향의 인문교양서를 다수 집필한 바 있다. 〈철학사중주〉라는 이름의 유래는 독일 사회를 조금만 아는 사람이면 쉽게 짐작할 것이다. 이 프로그램은 같은 채널에서 문학평론가 라이히 마르셀 라니츠키(M. Reich-Ranicki)가 수년간 진행했던 인기 있는 문

자프란스키(좌)와 슬로터다이크(ZDF 홈페이지)

학비평 프로그램인 〈문학사중주〉를 계승했음을 넌지시 암시한 것이다. 슬로터다이크가 1993년에 탁월한 에세이스트에게 수여하는 〈에른스트 로베르트 쿠르티우스상〉(Ernst Robert Curtius)을 받은 것은 그의 작가적 역량에 대한 인정이기도 하다.

문화철학자로 분류되는 슬로터다이크는 원래 철학자이지만 지금은 오히려 생명공학 관련 전문가로 인정받고 있다. 예로서 독일의 연합뉴스는 수년 전에 생명공학을 통해 변형된 인간배아세포 실험이 특허권을 받았다는 보도를 내면서 가장 먼저 슬로터다이크에게 견해를 물었다. 슬로터다이크는 이 소식을 접하고 이는 인간 문명사의 당연한 진보라고 평했다. 그는 전통적인 유럽의 지식 문화에 따르면 육체란 자연에 의해 형성된 기계에 불과하고, 유전자는 단지 일종의 단백질 덩어리라고 말한다.

그는 한 걸음 더 나아가 동식물은 물론이고 인간들도 항상 사육되었음을 지적하며, 만일 '유전자 조작을 통한 신종 노예(Gensklaverei)'의 출현에 대한 막연한 공포감이나 의혹이 해소된다면 인간들은 유전공학의 발전 상을 훨씬 더 담담하게 바라볼 수 있다고 말했다.[4]

슬로터다이크는 현 시대가 당면하고 있는 다양한 문제들을 주로 정신 사적으로 파악하며, 인간의 존재와 관련한 새롭고도 흥미로운 관점들에 대해 학자적 태도보다는 예술가적 입장에서 접근하기를 선호한다. 1천여 페이지에 달하는 방대한 분량의 그의 책 『냉소적 이성비판』(Kritik der zynischen Vernunft, 1983)은 전후 독일어권에서 가장 많이 팔린 철학서라는 기록을 세우며, 그를 일약 유명 인사로 만들었다. 이 책의 속표지에 인용된 서평을 보면 〈프랑크푸르터 룬드샤우〉(Frankfurter Rundschau)는 "이 책은 (…) 문학적으로 화려한 서술을 보이며, 일상에서 부딪히게 되는 어리석은 이성에 대해 지적으로 접근하고 있다. 이 점에서 이 책을 능가하는 책은 현재 없을 것이다"라고 적고 있고, 프랑크푸르트에서 발간되는 월간지 〈아스팔트해안〉(Pflasterstrand)에서 하버마스는 "슬로터다이크의 책을 통해 계몽 이후의 냉소주의적 성향을 인식하게 된다. (…) 철학적인 에세이와 시대적 진단을 문학적으로 훌륭하게 결합한 경우는 본래는 프랑스에서나 흔한 일이다"라고 말하며 역시 호의적으로 다루고 있다.

지금까지 20여 권이 넘는 책을 쓴 슬로터다이크의 지명도는 독일 사회 내에서 위르겐 하버마스와 견줄 정도가 되었다. 특히 그는 오락을 중시하는 텔레비전의 속성을 다른 어떤 철학자들보다도 잘 알고 그에 성공적으로 적응한 경우에 속한다. 그는 초대받은 토론회에서 언제나 상대의 의표를 찌르는 화술로 그 자리를 빛낸다. 평론가 울리히 그라이너(U. Greiner)는 이러한 그의 언어를 가리켜 슬로터다이크가 내뱉는 문장들은

---

4) 참조, 'Menschenpark' als 'Scherz', www.information-philosophie.de

때때로 서로 병렬적으로 결합해서 아주 진지하고 멋진 문장들을 만들어 낸다고 경탄했다.5) 어떤 이들은 슬로터다이크가 마치 언어 연금술사처럼 매혹적인 언어를 구사하지만, 내용 면에서는 "깊이가 없으며 피상적 인데다, 정치학적인 관점에서 보면 순진"(Horstmann)할 뿐이라고 말하기도 한다. 그럼에도 불구하고 늘 대중적 스타를 찾는 매스컴에게 그의 존재는 큰 관심이 대상이 될 수밖에 없다. 지난 1999년 가을, 인간배아복제 논쟁을 촉발시켰던 그의 강연 「인간 농장의 규칙」이 정론지인 주간신문 〈짜이트〉(Die Zeit)에 무려 네 쪽에 걸쳐 전재된 것은 이 신문의 역사상 전례가 없는 일이었다.

자신의 도발적 태도가 매스컴에서 어떤 효과를 불러일으키는지를 잘 알고 있는 슬로터다이크는 정작 전공철학자들 사이에서는 철저히 무시되고 있다. 슬로터다이크가 쓴 방대한 분량의 저서와 그의 대중적 지명도에도 불구하고, 철학계에서 그의 글 인용도는 하버마스와 비교해 70대 1에 불과하다. 슬로터다이크에게서는 논리를 찾을 수 없다는 게 철학계 사람들의 생각이다. 그러나 슬로터다이크 역시 전공철학자들에 대해 혐오감을 지니기는 마찬가지다. 그가 철학자들 중 경의를 표하는 자는 오직 하버마스뿐이다. 사회적 논란의 진원이 된 엘마우 성(城)의 강연 「인간 농장의 규칙」이 있기 얼마 전까지만 해도 슬로터다이크는 하버마스가 1983년에 자신의 문체를 두고 "철학적인 에세이와 시대적 진단이 문학적으로 훌륭하게 결합"한 예라며 자신을 하이네와 하이데거 사이에 자리매김 해준 데 대해 상당한 자긍심을 지니고 있었다. 그러나 이제는 상황이 변하였다. 하버마스와 슬로터다이크의 우호적 관계는 '라이벌 관계'가 되어버렸다. 그 밖에도 슬로터다이크의 전방위적 활동은 〈주어캄프〉 출판사의 기본 정책에도 큰 영향을 미치고 있다. 슬로터다이크는 현재 하버마

---

5) Ulrich Greiner, O Sophie—Peter Sloterdijk und die Elite, *Die Zeit*, 37, 1999.

스와 더불어 〈주어캄프〉 출판사의 출판기획 자문위원으로서 적잖은 영향력을 발휘하고 있다. 그는 순수 철학이론서들에 대해서 부정적인 견해를 표명하고, 에세이식으로 철학담론을 전개하는 방식, 말하자면 자신이 지금까지 늘 해왔던 방식으로 출판기획의 기본틀을 바꾸었다. 그 일로 인해 이 출판사의 이론서 기획담당부장이 사표를 던진 일이 있다.

1997년 6월 스위스 바젤에서는 인문주의를 기리는 행사에서 〈인문주의의 새로운 방향들〉이란 주제하에 학술대회가 열렸다. 이 학술대회 참석자 중의 한 명이었던 슬로터다이크는 학술대회의 취지에 걸맞게 「인간농장의 규칙」이란 제목으로 강연을 함으로써 바젤의 청중들을 매료시켰다. 그 강연의 부제이기도 한 '하이데거의 인문주의 서신에 대한 (슬로터다이크의) 답신'은 서적과 우정을 다루었다. 그는 독서를 통해 인간이 지닌 어둡고 희미한 요소들을 극복할 수 있다고 본 인문주의야말로 희망이라고 말했다. 이날 그의 강연의 큰 주제는 그러했지만, 강연 내용 곳곳에 도발적인 언어들이 스며들어 있었다.

그로부터 2년 후인 1999년 7월, 독일 바이에른 주의 엘마우 성(城)에서 기업인 디트마 뮐러가 예루살렘의 〈판 레어 연구소〉(Van-Leer-Institut), 히브리 대학의 〈프란츠 로젠바이크 센터〉(Franz-Rosenweig-Center)와 공동으로 주최한 국제학술대회가 열렸다. 엠마누엘 레비나스와 마르틴 하이데거를 기리기 위해 독일, 프랑스, 이탈리아, 미국, 이스라엘 등지에서 총 18명의 신학자와 철학자를 초대한 이 학술대회의 주제는 "존재의 피안. 하이데거 이후의 철학"이었고, 부제는 '하이데거의 존재 신학의 붕괴 이후 철학의 윤리·신학적 전환'이었다.

이 자리에 초대된 슬로터다이크는 2년 전 바젤에서 행한 하이데거 관련 강연을 반복하였다. 그는 이 강연에서 프랑스 혁명이 발발한 1789년에서 제2차 세계대전이 끝난 1945년까지는 고전 및 근대 문헌학자들이 최고의 전성기를 구가한 민족인문주의의 시기였노라고 말한다. 그런데 이제는 장거리통신수단이 생겨나게 되어 지금까지 교양의 모델로 기능하던 근대 인문주의를 대체했다는 것이다.(RM: 12~13쪽) "학교나 교육을 모델로 삼던 근대 휴머니즘의 시대는 끝났다. 정치 · 경제적 거대구조들이 (책이나 서한 중심의, 필자 주) 문학 사회의 우호적인 모델을 따라 조직될 수 있다는 환상은 더 이상 유지될 수 없기 때문이다."(RM: 14쪽) 그러면서 그는 "하필이면 민족인문주의 시기의 찬란한 종말에 이르러, 즉 1945년 이후의 유래 없이 암울했던 시절에 인문주의적 모델은 다시 한 번 부흥하게 되었다"(RM: 15쪽)고 말한다. 슬로터다이크는 휴머니즘의 목표를 인간의 야만화의 억제로 본다. 전쟁이나 제국주의적인 침공처럼 직접적인 야만성과, 미디어의 고삐 풀린 오락에서 인간들이 헤어나지 못한 채 매일같이 야수가 되어가는 것을 휴머니즘이 막아야 한다는 것이다.(RM: 16쪽 이하)

이런 기조로 시작된 슬로터다이크 강연의 핵심은 이러하다. 하이데거의 인문주의 서신은 인문주의를 통해 야수성을 탈피하는 것을 넘어 인간을 길들이는, 즉 사육하는 것에 일차적 관심을 기울이고 있다. 하이데거는 인간을 존재에 일치시킴으로써 인간의 사육이 가능하다고 본다.(RM: 19쪽) 이로써 하이데거는 존재를 모든 본질적인 편지들의 저자로, 그리고 자신은 그 저자들의 말을 받아 적는 현재의 기록자로 고양시킨다.(RM: 28쪽 이하) 하지만 슬로터다이크가 보기에 하이데거는 '존재의 이웃(즉 인간, Nachbarn des Seins)'(RM: 30쪽)에서 어떻게 그와 같은 사회가 생겨날 수 있는가를 전혀 설명하지 못하고 있다고 보았다. 그럼에도 불구하고 하이데거가 인간에게 일체의 인문주의적 교육의 목표를 훨씬 넘어서는 명상적인 절제를 지시한 것 자체는 의미 깊은 일로 간주하였다.

하이데거에게 있어 인문주의는 인간의 행복과 번영이라는 미명하에 자행되는 일체의 야만성의 자연스러운 공범자였다. 이로써 하이데거는 "만일 인문주의가 인간을 길들이는 학교로서 실패한다면 무엇이 인간을 길들일 것인가? (…) 인류를 교육시키고자 하는 일체의 실험들에도 불구하고, 누가 교육을 담당할 것인지 혹은 교육자들은 어떤 목표를 위해 무엇을 교육할 것인지가 불명료하다면 무엇이 인간을 길들일 것인가?"(RM: 31쪽 이하)라고 이른바 시대적 물음을 던진다. 그러나 하이데거는 인간이 열린 환경으로서의 세계를 차분히 인식할 수 있는―마치 목자가 숲 속 한가운데에 사방이 뚫린 풀밭에서 양떼를 바라보는 모습처럼―빈 터(Lichtung)로 나오게 되는 역사를 간과했다.(RM: 27쪽) 이는 곧 인간이 언어를 지니게 되기까지의 자연적인 진화로서, 하이데거의 어휘를 빌리자면 "유인원이 인간으로 진화하는(Hominisation) 모험"(RM: 33쪽)이다.

계속하여 슬로터다이크는 니체의 짜라투스트라 사상에 기대어 인간 역시 인간의 사육자였으며, 이로써 인문주의의 틀을 떠났다고 말한다. 그것은 인문주의는 단 한 번도 인간을 사육하거나 교육한다는 것을 상상해본 적이 없고, 또 그래서도 안 되었기 때문이다.(RM: 39쪽) 슬로터다이크는 여기서 한 걸음 더 나아간다. 인간은 이와 같은 사육을 통해 인간도 가축들의 경우처럼 친밀성을 터득하는 쪽으로 사육의 방향을 정하였다. 그런데 이 목표에 대해 생각해보아야 한다는 것이다. 인간을 길들인다는 사고는 깊게 생각하지 못한 것이다. 왜냐하면 사육만으로는 길들인다는 것이 가능하지 않기 때문이다. 그러면서 다음과 같은 해결 방안을 제시하였다. 60여 쪽에 걸친 강연원고의 핵심 부분이다.

기술주의 및 인간공학(생명공학) 시대의 특징은, 인간들이 비록 본인은 선별자의 역할을 원하지 않았을지라도 자신의 의사와는 무관하게 점점 선별의 능동적이고 주체적인 측에 서게 된다는 점이다. 여기서 분명한 것은, 선별하는 권한은 꺼림칙한 마음을 유발시키지만 인간이 실제로 갖게 된 선별 권한을 행사하기를 분명히 거부한다면 결백을 유지할 수 있을 것이다. 그러나 어느 영역에서 지식의 힘이 긍정적으로 발전하게 된다고 할 때, 그런데도 인간들은 무능했던 이전 시대처럼 우월적인 권력에게—그것은 신(神)이든 혹은 우연이든—자신의 역할을 내주고 있다면 이는 인간의 좋은 모습이 될 수 없다. 단순히 선별을 거부하거나 그 역할에서 물러난다고 해서는 아무런 의미가 없을 것이기 때문에, 미래에는 이 게임(Spiel)을—즉 생명공학에 기반한 조처들을(필자 주)—적극적으로 받아들이고 생명공학의 규범(Codex)을 정하는 것이 중요하게 대두될 것이다.(RM: 44쪽 이하)

슬로터다이크는 이런 규범이 고전적 휴머니즘의 의미를 변화시킬 것인데, 그 이유인즉, '인간애(人間愛, humanitas)'라는 용어 속엔 본래 인긴이 (다른) 인간에 대해 우월적인 권력을 행사한다는 의미가 내포되어 있음이 이제 분명해지기 때문이라는 것이다. 특히 인간이 다른 인간에 대해 우월적 권력을 지닐 수 있다는 인식은 대단히 위험한 우생학적 사고로 간주되면서 거센 항의를 불러일으킨, 이른바 '슬로터다이크 논쟁'의 시발점이 된 부분이다.

〈짜이트〉의 기자 토마스 아스호이어(T. Assheuer)가 '짜라투스트라 프로젝트'라 명명한[6] 이 강연은 새로운 인간형을 창조하는 데 유전 공학을 적극 활용해야 한다는 주장을 담고 있다. 스스로 플라톤, 니체, 하이데거의 계승자임을 자처하는 슬로터다이크는 인간의 야만성을 교육 등을 통

---

6) Thomas Assheuer, Das Zarathustra-Projekt. Der Philosoph Peter Sloterdijk fordert eine gentechnische Revision der Menschheit, *Die Zeit*, 36, 1999.

해 극복하려 했던 인문주의 이상이 실패한 지금, 미래의 새로운 인간상을 창조하기 위해 결단을 해야 될 시기가 올 수도 있다는 것이다. 그리하여 태아의 선별적 출산, 유전자 조작 등을 통한 '바람직한' 특성을 가진 태아의 형성 등의 조치에 대해 심각히 고려해보아야 한다고 말한다. 또한 이를 위해서는 인간의 어떠한 특성이 유지되고 촉진되어야 할 바람직한 특성인지 그 기준을 정할 수 있는 엘리트 그룹이 있어야 한다면서 플라톤을 인용했다.[7]

2. '슬로터다이크 논쟁' 혹은 '하버마스-슬로터다이크 스캔들'
-생명윤리 논란, 그리고 문화권력싸움

'슬로터다이크 논쟁'보다 일 년 앞선 1998년의 '마르틴 발저 논쟁'이 그랬듯 논쟁이 촉발되면 당사자의 맨 처음 발언은 대개, 자신의 원고의 진의가 전달되지 못했거나 아니면 특정인들이 고약한 심보를 가지고 오독(誤讀)했다는 말이다. 슬로터다이크의 경우에도 사람들이 그의 글을 오독했을 가능성은 충분히 있다. 슬로터다이크는 강연 원고「인간 농장의 규칙」을 책으로 내면서 후기에서 "엉터리로 글을 읽는 사늘의 후안무치한 전략"(RM: 59쪽)이라는 말을 했다. 그는 또 황색 신문에나 있을 기사가 일간지의 문예란에까지 밀치고 들어오는 위기현상을 보며, 이는 미디어가 정보제공의 기능에서 말초신경을 자극하는 수단으로 탈바꿈을 하는 징후라고 비난했다. 또 독일의 언론카르텔이 독자에게 판단력을 제공하는 대신 자극적인 선동 저널리즘을 통해 단순화라는 대중적 정신병을

---

7) 새로운 인간상의 도래를 강조한 니체의 우생학적 사고와 슬로터다이크의 엘마우 강연을 비교 관찰한 글. 참조, 권의섭,「니체의 초인과 복제인간」,『인간복제에 관한 철학적 성찰』(이진우/이유택/권의섭/박미애 편), 문예출판사, 2004, 202~256쪽 .

유발하고 있다고 비난했다.(RM: 57쪽 이하) 그가 말하는 언론카르텔의 중심인물은 하버마스를 가리킨다.

하이델베르크대 철학 교수 엔노 루돌프(E. Rudolf)는 슬로터다이크가 입증해 보이려는 '존재의 목자(Hirte des Seins)'는 인간의 선별 능력에 관여하는 것을 전제로 한다고 말했는데,[8] 슬로터다이크는 선별하지 않는 자는 선별된다는 원칙을 내세우고—이는 마치 잡아먹지 않으면 잡아먹힌다는 약육강식의 논리와 같다—, 생명공학에 의한 인간사육을 통제하는 역할은 지식인 엘리트, 특히 철학자의 것으로 간주하고 있다. 그는 철학자와 생명공학자 간의 연합을 모색하며, 생명공학(Biotechnik)에서 생명정치(Biopolitik)로의 전환을 꾀하고 있다. 인간공학(생명공학)의 규범을 마련해야 한다는 주장이 그 근거이다.

슬로터다이크의 테제가 충격을 준 것은 첫째, 그가 점차 현실로 다가오는 인간복제 문제를 정면으로 건드린 점이다. 둘째는 인간을 선별(Selektion)한다는 발상이 바로 나치주의자들의 인종주의적 신념이자 과학이었기 때문이다. 물론 슬로터다이크가 우리를 적절하게 각성시켜주었다고 말하는 학자도 있었다. 엘마우 성의 학술대회의 학술담당 책임자였던 이스라엘의 크리스토프 슈미트(C. Schmidt)는 슬로터다이크가 이스라엘의 사상가들을 경악시켰다는 〈프랑크푸르터 룬드샤우〉의 기사가 전적으로 옳은 것만은 아니라며 슬로터다이크를 비호했다.

그의 강연을 둘러싸고 문제가 불거지자 모두가 앞 다투어 슬로터다이크의 강연 원고를 보고자 했으나, 슬로터다이크는 처음엔 원고를 내놓지 않았다. 이에 〈짜이트〉의 아스호이어가 그 강연을 간단히 요약하여 소개했다.

---

8) Enno Rudolf, Züchter im Menschenpark: Peter Sloterdijks Morgenröte der antihumanistischen Vernunft, *Frankfurter Rundschau*, 1999년 8월 20일.

슬로터다이크는 진짜 철학자들과 그들과 뜻이 맞는 생명공학자들로 이루어진, 비민주적인 연구단체를 꿈꾸고 있다. 이들은 더 이상 도덕적인 질문들에 매달리지 않고, 그 대신 실제적인 조치들을 취한다. 이들 엘리트 집단은 선별과 사육의 도움으로 종(種)의 역사에 대해 유전학적인 이의를 제기해야 된다고 의무감을 느끼고 있다. 이로써 초인(超人)에 대한 짜라투스트라의 환상을 주장했던 니체의 꿈은 현실로 나타날 것이다.[9]

그는 이 기사에 슬로터다이크가 점차 니체로 변해 가는 모습을 담은 합성 사진을 덧붙였다. 라인하르트 모어(R. Mohr)가 〈슈피겔〉에 쓴 기사는 이보다 더 미묘한 문제를 건드렸다. 니체의 초인(超人) 사상을 유전공학 시대에 맞게 계승한 슬로터

니체의 모습으로 변해가는 슬로터다이크
〈Die Zeit〉 36호(1999년)

다이크에게서 파시스트의 냄새가 난다는 것이다.[10]

다시 슬로터다이크를 두둔하는 자들이 나타났는데, 옌스 예센(J. Jessen)은 〈베를린 신문〉(Berliner Zeitung)에서 슬로터다이크가 말하지 않았거나 의도하지 않은 것에 그를 결부시키지 말 것을, 그레고르 도짜우어(G. Dotzauer)는 〈베를린 타게스슈피겔〉(Berliner Tagesspiegel)에서 슬

---

9) "Ihm schwebt eine demokratiefreie Arbeitsgemeinschaft aus echten Philosophen und einschlägigen Gentechnikern vor, die nicht länger moralische Fragen erörtern, sondern praktische Maßnahmen ergreifen. Diesem Elitenverbund fällt die Aufgabe zu, mithilfe von Selektion und Züchtung die genetische Revision der Gattungsgeschichte einzuleiten. So wird Nietzsches schönster Traum bald wahr: die Zarathustra-Fantasie vom Übermenschen." (Assheuer, *Die Zeit*, 36, 1999)

10) Reinhard Mohr, Züchter des Übermenschen, *Der Spiegel*, 1999년 9월 6일.

로터다이크를 이해하지 않으려 하는 사람들이 있다고 하며, 이는 아마 그의 니체적인 제스처 때문일 것이라고 말했다. 하이데거에 푹 빠진 슬로 터다이크의 니체적 태도가 많은 사람들에게 반사적으로 정치적인 경계심을 불러일으켰다는 것이다.

언론의 파상적 공세에 대해 슬로터다이크는 어떤 식으로든 자신의 분명한 입장을 표명해야 되었다. 그는 자신을 비난하는 사람들이 자신의 강연 원고를 제대로 읽기나 했느냐고 되물으며, 지금까지 공개를 거부했던 원고를 전속 출판사인 〈주어캄프〉에서 간행했다. 이와 동시에 〈짜이트〉에 두 편의 공개서한 형식으로 반박문을 실었는데, 하나는 기자 아스호이어에게 보내는 것이고, 다른 하나는 훨씬 긴 장문의 글로서 하버마스를 수신자로 지목한 것이었다.[11] 슬로터다이크가 세계적 지성이며 석학인 하버마스를 이 일에 연계시킨 것은 하버마스가 자신의 추종자들에게 자신(슬로터다이크)에 대한 '파트바(Fatwa)'[12]를 선언했기 때문이라는 것이다. 그 결과 그의 영향권하에 있는 학계와 언론계가 자신에게 적대적인 여론을 조성하고 있다는 것이다. 슬로터다이크는 배후에서 영향력을 행사하는 하버마스의 태도가 스스로 주장해온 민주적 토론 방식에 정면으로 위배되는 것이라고 비판했다. 그는 후기비판이론이 자신만이 윤리적이라고 여기는 독선을 보임으로써 오히려 민주주의의 적이 되었다고 비난했다. 나아가 독일의 과거사에 대해 좀 더 자유로울 수 있는 전후 세대가 주도권을 잡아가고 있는 독일에서 이제 독일의 원죄 의식을 담고 있는 비판이론이 설 땅은 없다며, 1999년 9월 2일 프랑크푸르트 학파의 비판이론은 이제 사망했다고 선언한다. 하버마스에게 보내는 슬로터다

---

11) Peter Sloterdijk, Die Kritische Theorie ist tot. Peter Sloterdijk schreibt an Assheuer und Habermas, *Die Zeit*, 37, 1999.

12) 이슬람의 종교지도자가 율법을 어긴 자에게 내리는 처단 판결. 가령 샐먼 루시디에 대한 처형 판결, 미국에 대해 지하드를 선언한 오사마 빈 라덴의 판결이 바로 파트바이다.

이크의 서한은 정작 논쟁의 시발점이었던 생명공학에 대한 자신의 '인간사육론'에 대해선 언급하지 않고, 하버마스로 대표되는 프랑크푸르트 학파의 지식 권력에 화살의 방향을 겨누었다.[13]

슬로터다이크가 〈짜이트〉를 통해 하버마스에게 공개서한을 보낸 뒤 일주일 후, 하버마스가 같은 지면을 통해 답했다. 하버마스는 자신이 언론을 배후 조종하고 있다는 슬로터다이크의 주장을 '재미있는 유령 이야기'로 일축해버리고, 슬로터다이크의 논쟁 방식을 보면 '헛웃음이 난다'고 비꼬았다. 슬로터다이크의 강연 내용에 대해서는 "그는 해(害)가 안 되는 생명윤리학자인 것처럼 가장하고서 우리들의 눈에 모래를 던지고 있으며, 이 상황에서 더 이상 할 말이 없다"고 일갈했다.

다시 한 번 엘마우 성에서 뤼디거 자프란스키가 사회를 본 가운데 문화학자, 분자유전학자, 신학자, 철학자 등이 함께 토론하는 자리가 성사되었다. 이 자리에서 슬로터다이크는 자신의 했던 발언 중에 '운명적 출생(Geburtfatalismus)', '선택적 출생(optionale Geburt)', '출생 이전의 선별(pränatale Selektion)'(RM: 59쪽 이하) 등이 정확히 무슨 말인지 구체적으로 설명해줄 것을 요청받았다. 이에 대해 슬로터다이크는 자신은 하이데거의 견해를 비판적으로 계승하는 입장에서 '태어나게 되는 것(Geborenwerden)'과 '세상 속으로 들어오는 것(In-die-Welt-Kommen)' 사이의 존재론적 차이를 모색하고 있다고 대답한다. 그는 인간유전학(Humangenetik)은 우리들로 하여금 인간이 되는 과정을 추적할 수 있게 하고, 이로 인해 그 "유희에 같이 참여할 수 있는" 기회를 가져다주는 것으로 이해한다고 말했다.

이날 토론회에서 슬로터다이크는 타인들이 자신의 강연 원고를 너무 피상적으로 읽는 것에 대한 분노를 표명하면서, 엘마우 성 강연이 있고

---

13) Jürgen Habermas, Post vom bösen Geist, *Die Zeit*, 38, 1999.

난 후 자신에게 집중된 비난들은 일종의 "해석학적으로는 훈족의 침입 (hermeneutischer Hunnensturm)"과 다름없다고 비난했다. 그는 이 자리에서 또다시 하버마스의 역할에 대해 성토했다. '라인강의 권력자' 하버마스가 푸코의 사상이 독일에서 받아들여질 수 없도록 차단하고 있다는 것이다. 그는 푸코의 철학이야말로 인문주의적인 사고의 발전이 미래의 인문주의에 대한 하나의 정언적(定言的) 명령을 드러낼 수 있다는 인식을 가능케 한다고 보았다. 사실 슬로터다이크의 강연에 대한 프랑스의 반응은 독일 쪽과는 많이 달랐다. 〈르 몽드〉는 「인간 농장의 규칙」 전문을 게재하면서 그 강연 내용에 대한 프랑스 지식인들의 견해를 실었다. 그들은 독일의 지식인들과는 달리 슬로터다이크의 강연 내용에 대해 충격을 받은 듯한 태도는 없었다. 예로써 브루노 라투어(B. Latour)는 슬로터다이크의 과감한 테제는 프랑스 철학계를 훨씬 앞서고 있다며 그의 강연을 긍정적으로 평가했다.

이 장(章)의 부제에서 짐작하겠지만, 슬로터다이크 논쟁은 확연히 생명윤리를 둘러싼 논쟁과 문화권력싸움이라는 두 가지의 차원에서 전개되는 양상을 보였다. 슬로터다이크의 '인간 농장' 강연을 둘러싼 논란이 커지자 저널리스트 로저 드 벡(R. de Weck)은 〈짜이트〉의 타이틀 기사를 통해 독일에 '문화투쟁'이 벌어졌다고 평하는가 하면,[14) 〈프랑크푸르터 알게마이네 짜이퉁〉의 편집인인 크리스티안 가이어(C. Geyer)는 "독일의 정신적 근간에 혁명을 일으킬 최종적이고 총체적인 토론"이 다가오고 있다고 하였다.[15) 슬로터다이크에 의해 점화된 철학적 논쟁은 이른바 '문화국

---

14) Roger de Weck, Der Kulturkampf. Günter Grass, Jürgen Habermas-und ihre Widersacher, *Die Zeit*, 41, 1999.

15) Christian Geyer, Mord der Großen Mutter. Peter Sloterdijk gibt Jürgen Habermas den Abschied, *Frankfurter Allgemeine Zeitung*, 1999년 9월 10일.

가'임을 자처하는 독일 사회 전체를 뜨거운 논쟁으로 몰고 갔고, 어쩌면 이는 전후 독일사회의 방향을 바꾸어놓을 수도 있는 전환점이 될지도 모른다. 그리고 이것은 슬로터다이크가 의도한 것이기도 하다. 그는 「인간 농장의 규칙」에서 플라톤과 니체가 말한 '사육(Züchtung)'을 근거로 우리의 사고에 일대 전환을 요구하였다. 예컨대 대화와 이성으로서 인간을 우호적으로 부드럽게 길들인다는 인문주의적 믿음에서 벗어나 "인간이 다른 인간에게 우월적 힘(die höhere Gewalt)을 발휘할 수 있다"(RM: 45쪽)는 것을 인정할 것을 요구했다. 이런 맥락에서 '인간사육', '생명공학', '선택적 출생', '출생 이전의 선별', '사육을 통한 재출생의 통제' 등에 대해 개방적인 자세로 임할 것을 요구하였다.

독일은 물론이고 인근 국가인 이탈리아와 프랑스까지 그의 강연 내용의 속내를 놓고 온갖 추측이 난무하는 가운데, 한편에서는 그의 연설에 파시즘적인 사고와 수사학이 담겨 있다는 냉혹한 비난을 쏟아냈는가 하면, 다른 한편에선 생명공학이 하루가 다르게 발전해가는 지금 이 시대에 생명윤리에 대해 진지하게 토론할 수 있는 분위기를 조성해준 데 대해 뒤늦게나마 다행이라는 입장이 대두되면서 서로 대립각을 세웠다. 전통적으로 좌파 성향을 띤 진영에서는 의외로 그 강연 자체를 크게 문제 삼지 않는다는 태도를 보였다. 이는 어찌 보면 좌파 진영에서는 슬로터다이크의 발언에 개입하지 않음으로써 그의 발언이 매스컴의 조명을 받는 것 자체를 원치 않았을 수도 있다. 사실 슬로터다이크의 강연이 아니라도 생명윤리는 생명공학의 눈부신 발전에 직면하여 이미 심각한 위협을 받고 있지 않은가.

흥미롭게도—바로 이 점이 우리가 특히 주목할 부분이다—우파 진영은 '슬로터다이크 논쟁'을 전혀 다른 관점에서 접근하며 이를 적극 환영했다. 이들은 이 논쟁을 계기로 독일 내의 '문화권력싸움'에서 공세의 기회를 잡은 것으로 보았고, 이 논쟁이 '베를린 공화국'을 형이상학적으로 건설하는 데 기여하길 바랐다. 이는 68운동 이후 좌파가 독일 사회의 사상·문화적 흐름을 주도하고 있는 데 대해, 우파 진영이 이를 재편성하고자 하는 바람이었다. 이들은 1870년대 독일 제국 건설기를 빗대어, 이제 다시 베를린이 수도가 된 지금 독일 사회의 문화적 주도권 싸움에서 하버마스로 대변되는 프랑크푸르트 학파의 좌파 이론을 넘어(혹은 극복하고) 포스트모던적인 형이상학으로 나아가고자 했다.

지금 우리가 사는 시대는 기술의 눈부신 발전이 경제, 사회, 문화의 패러다임을 빠른 속도로 변화시켜놓고 있다. 새로운 노동기술을 비롯해, 생명공학의 급격한 발전 등 기존의 가치체계로는 받쳐줄 수 없는 직업모럴이 계속 생겨나면서 새로운 가치기준의 설정은 필수불가결해 보인다. 어찌 보면 슬로터다이크 논쟁은 생명공학과 같은 미래지향적인 산업을 이끄는 기업의 기능엘리드들이나 과학자들이 실험실에서 이미 시작한 변화를 이제 철학적 담론을 통해 사회적인 추인(追認)을 받으려는 시도가 아닐까 하는 생각이 든다. 슬로터다이크 같은 철학자들은 미래지향적인 기술산업체의 소유주들과 동일한 관심사를 갖고 생명윤리라는 예민한 문제를 건드림으로써, 지난 수십 년간 독일을 이끌어온 고전적인 문화 및 철학 패러다임이 이제는 효용성이 상실된 것으로 낙인찍으려 하는 게 아닐까 한다. 이 과정에서 철학가들은 자신들의 담론을 이 시대의 지배담론으로 관철시킬 수 있는 것이다. 만일 슬로터다이크의 강연에 이런 생각들이 작용했다면, 「인간 농장의 규칙」은 스스로를 메타철학이라 일컫는 새로운 철학파의 공격의 시발점에 불과하다.

슬로터다이크가 자신은 니체를 계승했다고 말하는데, 그가 독일 제국 건설기에 니체가 취했던 공세적 태도를 21세기를 목전에 둔 베를린 공화국 건설기를 맞아 비록 시대 조건과 상황은 다를지라도 동일한 전략을 펼친 것은 아닐까? 당시 니체는 '권력에의 의지(Wille zur Macht)'를 천명한 채 공격적으로 형이상학을 설파함으로써 당시의 주류 담론이었던 비판적 인식론을 무너뜨렸다. 니체의 철학은 결국 학문적 철학의 한계를 넘어 정치와 경제에도 영향력을 뻗칠 수 있었다. 니체에 의해 자극받은 혁신적인 엘리트들은 곧이어 전개된 포디즘(Fordism)과 테일러리즘(Taylorism)의 경제 시스템에서 지도적인 역할을 맡게 되었다.

3. 황우석과 생명공학시대의 인간 군상(群像)
-영화 〈가타카〉(1997) 그리고 〈아일랜드〉(2005)

2004년 5월 국내에선 황우석 교수팀이 인간배아복제를 위한 줄기세포 배양에 성공함으로써 생명공학 연구에서 세계적인 성과를 이루었으며, 그의 연구가 난치병의 치료에 희망을 줄 수 있는 획기적인 전환점이 될 것이라 했다. 그 밖에 당시 뉴스 기사의 대부분은 그의 연구가 가져올 산업적 부가가치가 엄청나다는 등 생명공학의 장밋빛 미래를 강조하는가 하면, 앞다투어 그를 국가적 영웅으로 만들었다. 이런 사회 분위기 속에서 인간배아복제를 위한 실험 그 자체가 아직까지는 세계의 많은 국가에서 생명윤리적인 차원에서 금지된 것임을 알리는 보도는 접하기 힘들었다. 유전공학을 제대로 모르는 사람으로서 황 교수팀의 대단한 연구 결과에 경의를 표하면서도, 다른 한편으로는 유럽 국가들과 미국 등에선 금지된 실험이 한국에선 큰 걸림돌 없이 진행될 수 있었다는 데 대해 개운치 못했다.

인간배아복제실험에서 중요한 부분인 난자의 채취과정이나, 난자 제공을 한 여성들이 불임이나 사망에 이를 수 있다는 점, 여성의 인권이 존중되지 않는다는 점 등의 이유를 내세워 독일은 '태아보호법'으로 그리고 범유럽 차원에서는 유럽 회의에서 체결한 '인권 협약'으로 생식 세포 유전자의 개입을 금지하고 있다. 독일 본 대학 철학과 루트거 혼네펠더(L. Honnefelder) 교수의 우려처럼, "수많은 태아들이 장기를 배양/생산하는 중간단계로 이용"[16]되는 상황이 발생한다면, 이는 곧 인간의 도구화에 다름 아니기 때문이다. 국내에서도 이런 점들을 우려하여 〈한국생명윤리학회〉 등이 나서서 인간배아복제실험의 윤리성 문제를 지적하며 먼저 사회적인 논의와 협의가 이루어질 것을 요구하지만; 이미 정부가 황 교수팀의 배아복제연구를 지원하기로 한 이상(〈한겨레〉, 2004. 8. 10; 〈교수신문〉, 2004. 5. 28.) 생명공학이 앞으로 가져올 일들에 대해 윤리가 개입할 여지는 현저히 줄어든 것으로 보인다.

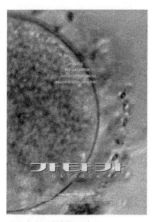

〈가타카〉 영화포스터

영화 〈가타카〉(GATTACA, 1997)는 멀지 않은 미래에 인류가 생명공학의 발달에 힘입어 시험관 수정은 물론이고 유전자 조작을 통해 우성 인자만을 결합시킨 완벽한 인간을 만들게 된다고 설정한다. 주인공 빈센트(에단 호크)는 유전자 조작을 거치지 않고 태어난 이른바 '신의 아이'이지만, 이미 태어날 때 그가 31세에 사망할 운명이고 심장 및 두뇌까지도 우성 인자의 50%에도 미치지 못하는 많은 유전적 결함을 가지고 있는 아이로 판명난다. 이에 실망한 그의 부모는 유전자 조작을 통해 완벽한 둘째 아이를 낳는다. 유전자에 의해 신분과 직업이 결정되는 탓에, 열성인자를 가진 주인공은 자신의 꿈인 우주항공사의 꿈을 이루기 위해 '가타카'라는 우주항공사에 청소부로 취직하게 되고, 우성인자

---

16) Ludger Honnefelder, Der Mensch droht zu stolpern, *Der Spiegel*, 1999년 9월 27일.

를 몰래 사들여 자신의 신분을 위조하게 되는 과정이 주된 내용이다.

한편 영화 〈아일랜드〉(Island, 2005)는 우리에게 더 '리얼하게' 와 닿는다. 이 영화는 정작 영화를 만든 미국에서는 저조한 흥행 성적을 보였지만, 유독 한국에서만은 400만 명 이상이 관람함으로써 그해 외화 중 흥행 실적 1위를 기록했다. 추정컨대 황우석 효과를 톡톡히 본 셈이다. 이 영화의 광고카피는 제작자 월터 F. 파크스가 "처음 이 영화를 구상했을 때는 미래를 배경으로 한 SF 영화였으나, 한국에서 인간배아줄기세포

〈아일랜드〉 영화포스터

복제에 성공해 허구가 아닌 사실이 되었다"고 말한 부분을 강조하고 있다. 아닌 게 아니라, 이 영화의 스토리는 갑자기 황우석 교수의 인간배아 복제실험이 성공했다는 뉴스 보도들로 인해 미래가 아닌 오늘의 이야기가 되어버렸다. 〈아일랜드〉의 시간적 배경은 2019년이지만, 배아복제 문제는 현재 우리의 당면한 관심사이지 않은가?

생명공학자인 메릭 박사가 설립한 '메릭 바이오테크사(社)'가 마침내 인간 복제를 성공시킨다. 2015년 미국 정부는 복제 인간은 자율신경을 가지되 수면상태를 유지해야 한다는 우생관련법(Eugenic Law)을 전제로 '(복)제품 생산'을 허용한다. 그러나 메릭 박사는 상품 가치를 높이기 위해 배양이 끝난 복제 인간에게 조작된 기억을 주입시킨 후 제한된 공간 내에서 움직이게 함으로써 활동성을 유지케 한다. 임상실험 결과 복제인간에게 인간의 의식과 감정, 활동이 동반되지 않으면 이식된 장기가 거부반응을 일으킨다는 사실을 발견했기 때문이다.

바이오테크사가 (복)제품을 공급하는 방식은 다음과 같다. 자신의 복

제에 관심이 있는 구매자—영화에서는 이를 스폰서라 부른다—가 제품을 주문하면, 구매자의 DNA를 토대로 복제 인간 제품이 제작된다. 영아가 아닌 성인 상태로 배양이 되고, 배양 시작 후 12개월이 지나면 사용이 가능하다. 이들 구매자들은 현재 장기(臟器)가 필요하거나, 아니면 장차 있을 질병을 대비해 일종의 보험 상품에 가입한 것이다. 물론 이는 경제력을 갖춘 부유한 자들만이 누리는 과학의 혜택이다. 구매자가 요구할 때면 언제든지 주문한 제품을 '쓸 수 있도록' 복제 인간들을 항시 최상의 상태로 대기시킨다. 그러나 정작 복제 인간들은 자신들이 복제된 것을 모른 채, 지구 전체가 오염되었다고 믿고서 자신들 중 일부만이 낙원인 아일랜드로 가는 행운을 얻는다고 착각한다. 아니, 그렇게 믿도록 조작된 기억과 의식이 그들의 뇌에 주입되어 있다. 아일랜드가 한꺼번에 많은 사람을 수용할 수 없으므로, 제한된 소수만이 추첨을 통해 선택되어 갈 수 있다고 하지만, 이는 사실 해당 제품을 사용하겠다는 스폰서의 통지가 있을 때에 장기(臟器)를 추출하기 위해 복제인간을 수술실로 데려가는 것을 은폐한 것에 불과하다. 그리고 장기추출이 끝난 복제인간은 곧 폐기처분된다.

영화는 복제품 링컨 6-에코(이완 맥그리거)가 복제 인간들 중 처음으로 자신의 존재에 대해 의문을 품게 되고, 뇌신경에 입력된 정보 이상의 것을 기억해내는 이른바 불량제품이 되면서 사건이 전개된다. 사실 이 영화는 생명윤리의 부각에만 치중하지는 않았다. 영화의 중반부를 넘어가면 복제 문제 대신, 마치 〈인디애나 존스〉를 보듯 스펙터클한 액션물로 변하고 만다. 하지만 인간배아복제가 불러올 수 있는 잠재적인 문제를 환기시켰다는 점에서 충분히 관심을 끌 만하다.

4. 변형된 문화논쟁 혹은 하나의 막간극

본 글에서는 슬로터다이크의 강연 「인간 농장의 규칙」으로 인해 촉발된 논쟁의 쟁점들을 여러 각도에서 조명해보았다. 논쟁의 현장에 있지 않은 채 강연원고와 언론의 보도, 독일 인터넷 기사들만으로 쟁점을 관찰하다 보니 놓친 쟁점들도 있을 것이다. 세부적인 면에서 미비한 점은 향후 보완하기로 하고, 적어도 '슬로터다이크 논쟁' 혹은 '하버마스-슬로터다이크 스캔들'에서 큰 줄기는 비교적 명확히 드러난 것 같다.

나는 슬로터다이크 논쟁을 에른스트 놀테(E. Nolte)나 보토 슈트라우스, 마르틴 발저 등 이른바 신 우파(Neue Rechte)―한때 우리 사회에서 유행했던 '뉴라이트(New Right)'―지식인들이 촉발한 논쟁들과 연결 짓는 독일의 일부 글에 대해 공감이 간다. 마르틴 발저는 슬로터다이크가 수세에 몰리는 것을 보면서 자신도 그의 원고를 읽어보았지만 파시즘을 떠올리게 하는 흔적은 없다고 하였다. 또한 그는 이런 유의 발언만 나오면 파시즘으로 몰고 가는 게 지금 독일의 "시대정신의 산물"이라며 관용이 결여된 독일 사회를 비꼬았다. 하버마스를 위시한 좌파들과 수차례 부딪쳤던 발저는 1968년 이후 독일의 문화계가 스스로를 '좌파적 자유주의(links-liberal)'라 일컫는(그러나 자신이 보기에는 결코 자유주의적이지 않은) 세력들에 의해 장악되었다고 말한다.[17]

1980년대 이후 독일 사회에서는 페터 한트케나 보토 슈트라우스, 마르틴 발저, 크리스타 볼프, 위르겐 묄러만 같은 작가나 정치인 등 사회 여론을 선도하는 지식인들이 행한 강연이나 문학작품, 혹은 시사평론지에 투고한 기고문이 계기가 되어 몇 년마다 주기적으로 사회적 논란이 있어왔다. 이 논란들은 크게 보면 사상적으로 좌파와 우파, 진보와 보수 진영

---

17) 참조, Martin Walser zur Sloterdijk-Debatte, *3sat.online*, 1999년 10월 4일.

간의 갈등으로 엮일 수 있지만, 이를 좀 더 파헤쳐보면 독일의 현대사 평가와 '제3제국'이라는 과거 청산 문제, 독일의 대(對) 이스라엘 정책, 통독 후 동·서독 간의 이념 논쟁, 외국인 정책 등으로 세분화가 가능하다. 이들 논쟁들은 지난 몇 년간 한국 독문학계 내에서도 제법 심도 있게 다루어졌다. '슬로터다이크 논쟁' 역시 앞서 언급된 논쟁들과—물론 차별화되는 점이 있긴 해도—연속선상에서 전개되었다는 점에서 우리가 아울러 관심을 가질 사안이라고 여겨진다.

초인(超人, Übermensch)의 출현을 꿈꾼 니체의 형이상학이 결과적으로 메시아의 출현에 비견되는, 강력한 카리스마를 지닌 히틀러의 등장으로 실현되었음을, 그리고 1920~30년대 바이마르 공화국 시기에 수많은 지식인들이 보수혁명담론에 매료되어 민족주의적·우파적 보수주의를 견지하다 1938년 이후 만시지탄(晩時之歎)에 빠졌음을 역사는 우리에게 가르쳐준다. 21세기판 '보수혁명(Konservative Revolution)'을 추구하는 이들 신보수주의자들의 향방이 어디로 이어질지 지금은 아무도 단언할 수 없다. 20세기의 막바지에 점화되어 21세기로 이어진 슬로터다이크 논쟁이 독일 사회의 사상적·문화적 흐름을 변화시킬 만한 기폭제가 될지, 아니면 소리만 요란한 막간극에 불과했는지는 가까운 미래에 확인하게 될 것이다.

참고문헌 · 찾아보기

1. 국내문헌

A. J. 니콜스, 오인석 역, 『바이마르 공화국과 히틀러』, 과학과인간사, 1980.

EBS 〈지식채널ⓒ〉 제작팀, 『지식ⓒ』, 북하우스, 2007.

강내희, 『한국의 문화변동과 문화정치』, 문화과학사, 2003.

강상중, 임성모 역, 『내셔널리즘』, 이산, 2004.

고경희, 「인도의 사회균열과 정당체계」, 『한국정치학회보』 제35집, 2002.

공진성, 『테러』, 책세상, 2010.

권경우, 『신자유주의 시대의 문화운동』, 로크미디어, 2007.

김경란, 「엔첸스베르거의 언론매체에 대한 비판적 자세」, 『오늘의 문예비평』, 2005 겨울호.

김택현, 『서발턴과 역사학 비판』, 박종철출판사, 2008.

나렌드라 자다브, 강수정 역, 『신도 버린 사람들』, 김영사, 2007.

남송우, 「지역문학 연구에 나타나는 탈근대성의 양상」, 부산대 한국민족문화연구소 제1회 학술심포지움 〈로컬리티, 인문학의 새로운 지평〉 자료집, 2008.

데틀레프 포이케르트, 김학이 역, 『나치 시대의 일상사』, 개마고원, 2003.

레이 초우, 장수현 외 역, 『디아스포라의 지식인-현대문화연구에 있어서 개입의 전술』, 이산, 2005.

로버트 J. C. 영, 김택현 역, 『포스트식민주의 또는 트리컨티넨탈리즘』, 박종철출판사, 2005.

마르크스 파우저, 김연순 역,『문화학의 이해』, 성균대학교 출판부, 2008.

마이클 하트, 「포스트식민연구의 모호한 의식」,『트랜스토리아』, 2002, 1호.

문재원, 「이주의 서사와 로컬리티」,『한국문학논총』 40, 2010.

박수경, 「재일 코리안 축제와 마당극의 의의-生野民族文化祭를 중심으로」, 『일본문화학보』 45, 한국일본문화학회, 2010.

베네딕트 앤더슨, 윤형숙 역,『상상의 공동체-민족주의의 기원과 전파에 대한 성찰』, 나남, 2004.

비카스 스와루프, 강주헌 역,『슬럼독 밀리어네어』, 문학동네, 2005.

새뮤얼 헌팅턴, 이희재 역,『문명의 충돌』, 김영사, 1997.

설동훈 외, 「국제결혼 이주여성 실태조사 및 보건복지 지원정책 방안」, 2005년 보건복지부 연구보고서.

성경륭, 「세계화의 딜레마. 세계주의와 국지주의의 갈등」,『한국사회학』 35집, 한국사회학회, 2001.

송승철, 「문화유물론-맑스주의와 탈구조주의의 갈등」(남송우/정해룡 편), 『전환기의 문학론』, 세종출판사, 2001.

스벤 린드크비스트, 김남섭 역,『야만의 역사』, 힌겨레신문사, 2003.

심광현/이동연,『문화사회를 위하여』, 문화과학사, 1999.

아룬다티 로이, 박혜영 역,『9월이여, 오라』, 녹색평론사, 2005.

아르준 아파두라이, 차원현/채호석/배개화 역,『고삐 풀린 현대성』, 현실문화연구, 2004.

아리프 딜릭, 황동연 역,『포스트모더니티의 역사들』, 창비, 2005.

안토니오 네그리/마이클 하트, 윤수종 역,『제국』, 이학사, 2001.

_____, 조정환/정남영/서창현 역,『다중-제국이 지배하는 시대의 전쟁과 민주주의』, 세종서적, 2008.

앙투안 콩파뇽, 「문화, 유럽의 공통된 언어」,『문화란 무엇인가 I』(이브 미쇼 외 편), 시공사, 2003.

에드워드 사이드, 박홍규 역,『문화와 제국주의』, 문예출판사, 2005.

_____, 성일권 편역,『도전받는 오리엔탈리즘』, 김영사, 2001.

에드워드 소자, 이무용 역,『공간과 비판사회이론』, 시각과 언어, 1997.

오은경,『베일 속의 이슬람 여성』, 프로네시스, 2006.

오인석,『바이마르 공화국의 역사』, 한울, 1997.

오한진,『독일 참여작가론』, 기린원, 1989.

윌리엄 카, 이민호/강철구 역,『독일근대사』, 탐구당, 1986.

이덕형, 「통일 독일 문학논쟁(2)-Botho Strauß 논쟁」,『독일어문학』18집, 한국독일어문학회, 2002.

이동연,『아시아 문화연구를 상상하기』, 그린비, 2006.

이부용,『공긴의 문화정치학』, 논형, 2005.

이민호,『새 독일사』, 까치글방, 2003.

이상봉, 「디아스포라와 로컬리티 연구-재일코리안을 보는 새로운 시각」,『한일민족문제연구』18집, 한일민족문제학회, 2010.

이성욱, 「문화운동은 바뀌어야 한다」,『문화과학』13호, 1997년 겨울호.

이옥순,『인도 현대사』, 창비, 2007.

이진우/이유택/권의섭/박미애,『인간복제에 관한 철학적 성찰』, 문예출판사, 2004.

이탈로 칼비노, 이현경 역,『보이지 않는 도시들』, 민음사, 2007.

이현식,『왜 지역문화인가?』, 로크미디어, 2003.

장 크리스토프 빅토르, 김희균 역,『아틀라스 세계는 지금-정치지리의 세계사』, 책과함께, 2007.

장수한, 「뉘른베르크 전범재판과 서독의 자본주의」,『역사비평』26호, 1994

년 가을호.

전진성, 『보수혁명-독일 지식인들의 허무주의적 이상』, 책세상, 2001.

정병호, 「민족국가 이데올로기의 변화와 소수민족 아이덴티티의 부활-일본 홋카이도의 선주민 아이누민족의 사례를 중심으로」, 『민족학연구』1, 한국 민족학회, 1995.

정시호, 「독일인의 흘러가지 않는 과거문제-이그나츠 부비스와 마르틴 발 저의 논쟁을 중심으로」, 한국독일어문학회 2001년 추계학술대회 강연 초록.

정정호, 「인문학의 미래와 '문화연구'의 가능성」, 『영미문화』, 제6권 2호, 2006.

_____, 『탈근대와 영문학』, 태학사, 2004.

제임스 프록터, 손유경 역, 『지금 스튜어트 홀』, 앨피, 2006.

조나단 프리드먼, 오창은/차은정 역, 『지구화시대의 문화정체성』, 당대, 2009.

존 스토리, 박모 역, 『문화연구와 문화이론』, 현실문화연구, 1999.

존 톰린슨, 김승현/정영희 역, 『세계화와 문화』, 나남출판, 2004.

지명렬 외, 『독일문학사조사』, 서울대출판부, 1987.

천정환, 「지역성과 문화정치의 구조」, 『국제한국문학문화학회』2008.

최원식, 「로컬, 문화, 로컬리티」, 부산대 한국민족문화연구소 초청강연회 원 고, 2008.

최호근, 『제노사이드. 학살과 은폐의 역사』, 책세상, 2005.

콘라드 쾨스틀린, 장희권 역, 「민속학의 역사주의 방법과 노베르트 엘리아스 의 '문명화 과정'」, 『오늘의문예비평』, 2004년 봄호.

토마스 브루시히, 장희권 역, 「오늘의 빈곤과 전쟁, 평화를 위한 글쓰기」, 『제 2회 서울국제문학포럼 논문집』, 민음사, 2006.

토마스 슈뢰터, 유동환 역,『세계화』, 푸른나무, 2007.

패트릭 브랜틀링거, 김용규/전봉철/정병언 역,『영미문화연구』, 문화과학사
  2000.

페터 슬로터다이크, 이진우/박미애 역,『인간농장을 위한 규칙』, 한길사,
  2004.

프란츠 파농, 이석호 역,『검은 피부, 하얀 가면』, 인간사랑, 2003.

프랑수아 드 베르나르 외, 김창민 외 역,『세계화 시대의 문화논리』, 한울아
  카데미, 2005.

피터 차일즈/패트릭 윌리암스, 김문환 역,『탈식민주의 이론』, 문예출판사,
  2004.

하르트무트 뵈메/페터 마투섹/로타 뮐러, 손동현/이상엽 역,『문화학이란 무
  엇인가』, 성균대학교출판부, 2004.

하름 데 블레이, 유나영 역,『분노의 지리학』, 천지인, 2008.

헨리 지루, 변종헌 역,『신자유주의 테러리즘』, 인간사랑, 2009.

2. 외국문헌

Abbas, Ackbar/John Nguyet Erni (ed.), *Internationalizing Cultural Studies, An Anthology*, Oxford 2004.

Appadurai, Arjun, *Fear of small number-An Essay on the Geography of Anger*, Duke University Press 2006.

_____, The production of locality, Richard Fardon, *Counterworks. Managing the Diversity of Knowledge*, London 1995.

Arbogast, Hubert, *Über Rudolf Borchardt*, Stuttgart 1977.

Bäumer, Gertrud, *Die seelsche Krisis*, Berlin 1924.

Beck, Ulrich (Hg.), *Perspektiven der Weltgesellschaft*, Frankfurt am Main 1998.

Beck-Gernsheim, Elisabeth, *Wir und die Anderen*, Frankfurt am Main 2004.

Beckmann, Ewald, Der Dolchstoßprozeß in München, vom 19. okt. bis 20. Nov. 1925, *Süddeutsche Monatshefte*, 1925.

Benjamin, Walter, *Ein Lesebuch*, Hg. v. Michael Opitz, Frankfurt am Main 1996.

Benn, Gottfried, *Essays und Reden*, Frankfurt am Main 1989.

Berka, Sigrid, Botho Strauß und die Debatte um den 'Bockgesang', *Weimarer Beiträge* 40, 1994.

Bhabha, Homi, *The Location der Culture*, London and New York 1994.

_____, The Other Question, Difference, Discrimination and the Discourses of Colonialism. Francis Barker et al,(eds), *The Politics of Theory*, Colchester, University of Essex, 1983.

Bielefeld, Ulrich (Hg.), *Das Eigene und das Fremde. Neuer Rassismus in der*

Alten Welt?, Hamburg 1998.

Bladensperger, F., Ist die Literatur Ausdruck der Gesellschaft?, *Deutsche Vierteljahrzeitschrift für Literaturwissenschaft und Geistesgeschichte*, Jg. 7, 1929.

Borchardt, Rudolf, *Briefe 1924-1930*, München, Wien 1995.

_____, *Briefe 1931-1935*, München, Wien 1996.

_____, *Prosa V*, Stuttgart 1979.

_____, *Prosa VI*, Stuttgart 1990.

_____, *Reden*, Stuttgart 1955 (1998)

Braziel, Jana Evans/Mannur, Anita, Nation, Migration, Globalization. Points of Contention in Diaspora Studies, dies. (ed.) *Theorizing Diaspora*, London, Blackwell 2003.

Breidenbach, Joana, Global, regional, lokal-Neue Identitäten im globalen Zeitalter, K. Hanika/B. Wagner (Hg.), *Kulturelle Globalsierung und regionale Identität*, Bonn 2004.

Breuer, Stefan, Rudolf Borchardt und die "Konservative Revolution", Ernst Osterkamp (Hg.), *Rudolf Borchardt und seine Zeitgenossen*, Berlin, New York 1997.

Bronfen, Elisabeth/Marius, Benjamin/Steffen, Therese(Hg.), *Hybride Kulturen*, Tübingen 1997.

Carey, John, *Haß auf die Massen. Intellektuelle 1890-1939*, Göttingen 1996.

Castro Varela, Maria Do Mar/Dhawan, Nikita, *Postkoloniale Theorie*. Bielefeld, 2005.

Childs, Peter/Williams, Patrick, *An Introduction to Post-Colonial Theory*, 1997.

Dahrendorf, Ralf, *Gesellschaft und Demokratie in Deutschland*, München 1965.

Dirlik, Arif, The Global in the Local, R. Wilson/W. Dissanayake (ed.), *Global/ Local, Cultural Production and the Transantional Imaginary*, Duke Uni. Press 1996, 21~42.

Diwald, Helmut, Literatur und Zeitgeist in der Weimarer Republik, Hans Joachim Schoeps (Hg.), *Zeitgeist der Weimarer Republik*, Stuttgart 1968.

Easthope, Anthony, *Literary into Cultural Studies*, London 1991.

Enzensberger, Hans Magnus, *Aussichten auf den Bürgerkrieg*, Frankfurt am Main, 1993.

_____, Baukasten zu einer Theorie der Medien, *Kursbuch* H. 20, 1970.

_____, Bewußtseins-Industrie, *Einzelheiten I*, Frankfurt am Main 1962.

Eshel, Amir, Vom eigenen Gewissen. Die Walser-Bubis-Debatte und der Ort des Nationalsozialismus im Selbstbild der Bundesrepublik, *Deutsche Vierteljahrzeitschrift für Literaturwissenschaft und Geistesgeschichte*, 2000, H. 2.

Farías, Victor, *Heidegger und Nationalsozialismus*, Frankfurt am Main 1989.

Fetz, Gerald A., *Martin Walser*, Stuttgart 1997.

Franz-Willing, Georg, *Die Hitlerbewegung, Der Ursprung 1919-1922*, Berlin 1962.

Glaser, Horst Albert (Hg.), *Rudolf Borchardt*, Frankfurt am Main 1987.

Greiffenhagen, Martin, *Das Dilemma des Konservatismus in Deutschland*, Frankfurt am Main 1986.

Gupta, Akhil/Ferguson, James, Beyond Culture: Space, Identity, and the Politics of Difference, *Cultural Anthropology* 7, 1992.

Haacke, W., *Die Zeitschrift–Schrift der Zeit*, Essen 1961.

Hall, Stuart, Cultural Studies, Two Paradigms, *Media, Culture and Society* 2, 1980, 57~72.

_____, *Rassismus und kulturelle Identität*, Hamburg 1994.

_____, The Local and the Global, Globalization and Ethnicity, A. D. King (ed.), *Culture, Globalization and the World–System*, London 1991.

Hannerz, Ulf, Flows, Boundaries and Hybrids, *Transnational Communities Programme*, University of Oxford, 2002.

Heitmeyer, Wilhelm (Hg.), *Deutsche Zustände*, Frankfurt am Main 2006.

Herrmann, Britta, Cultural Studies in Deutschland, Chancen und Probleme transnationaler Theorie–Importe für die (deutsche) Literaturwissenschaft, A. Nünning/R. Sommer (Hg), *Kulturwissenschaftliche Literaturwissenschaft*, Tübingen 2004.

Herzinger, Richard, Kulturautoritarismus. Von Novalis über Borchardt bis Botho Strauß, Zyklische Wiederkehr des deutschen Antimodernismus?, Kai Kaufmann (Hg.), *Dichterische Politik*, Bern, Berlin, Bruxelles, Frankfurt am Main 2001.

Herzinger, Richard, Werden wir alle Jünger?, *Kursbuch* H. 122, 1995.

Hofmansthal, Hugo von, Das Schrifttum als geistiger Raum der Nation, 23–41 Hofmannsthal, *Reden und Aufsätze III. 1925–1929*, Frankfurt am Main 1980.

Huntington, Samuel, *Who We Are, Challenges to American National Identity*, 2004.

Hütting, H., *Die politischen Zeitschriften der Nachkriegszeit in Deutschland. Von der ersten Milderung der Pressezensur bis zum Locarnovertrag*, Diss. Leipzig 1928.

Johnson, Richard, What is Cultural Studies Anyway? *Social Text*, No. 16, Winter 1986/87.

Kraft, Werner, *Rudolf Borchardt. Welt aus der Poesie und Geschichte*, Hamburg 1961.

Krings, Matthias, Diaspora, historische Erfahrung oder wiessenschaftliches Konzept? Zur Konjunktur eines Begriffs in den Sozialwissenschaften, *Paideuma. Mitteilungen zur Kulturkunde* 49, 2003.

Lefebvre, Henri, Reflections on the Politics of Space, *Antipode* 8, 1976.

Ludwig, Emil, Historie und Dichtung, *Die Neue Rundschau*, H. 40, 1929.

Lützeler, Paul Michael, Nomadentum und Arbeitlosigkeit-Identität in der Postmoderne, K. H. Bohrer/ S. Scheel (Hg.), *Postmoderne-Eine Bilanz*, Berlin 1998(Sonderheft Merkur).

Mandaville, Peter G., *Territory and Translocality. Diskrepant Idioms of political Identity*, Los Angeles 2000.

_____, *Transnational Muslim Politics. Reimagining the Umma*, London 2001.

Mann, Thomas, Betrachtungen eines Unpolitischen, Th. Mann, *Politische Schriften, Bd.1*, Frankfurt am Main 1968.

Margedant, Udo / Meyer zu Natrup, Friedhelm, *Die Weimarer Republik*, Berlin 1988.

Mayer, Ruth, *Diaspora*, Bielefeld, 2005.

Metzsch, H. v., *Deutsche Siegesaussicht 1918*, 1928.

Mohler, Armin, *Die Konservative Revolution in Deutschland 1918-1932*, 2. Bde., Darmstadt 1989 (초판 1950).

Mommsen, Wilhelm, "Legitime" und "illegitime" Geschichtsschreibung, *Zeitwende*, 5. Jg. 1929.

Mönch, Walter, *Weimar*, Frankfurt am Main 1988.

Morley, David/Robins, Kelvin, *Spaces of identity, global media, electronic landscapes and cultural boundaries*, London 1997.

Noske, Gustav, *Aufstieg und Niedergang der deutschen Sozialdemokratie, Erlebtes Aufstieg und Niedergang einer Demokratie*, Zürich 1947.

Omvedt, Gail. Die Globalisierungsdebatte in Indien. Rainer Teztlaff (Hg.), *Weltkulturen unter Globalisierungsdruck*, Bonn 2000.

Osterkamp, Ernst (Hg.), *Rudolf Borchardt und seine Zeitgenossen*, Berlin, New York 1997.

Petzinna, Berthold, Wilhelminische Intellektuelle. Rudolf Borchardt und die Anliegen des 'Ring'-Kreises, Kai Kauffmann (Hg.), *Dichterische Politik. Studien zu Rudolf Borchardt*, Bern, Berlin etc. 2001.

Pfahl-Traughber, Armin, *Konservative Revolution und Neue Rechte: rechtsextremistische Intellektuelle gegen den demokratischen Verfassungsstaat*, Opladen 1998.

Pries, Ludger, *Internationale Migration*, Bielefeld 2000.

Pross, Harry., *Literatur und Politik. Geschichte und Programme der politisch-literarischen Zeitschriften im deutschen Sprachgebiet seit 1870*, Olten u. Freiburg/Brsg. 1963.

Ramelsberger, Annette, Alltag in der Parallelwelt. Über den alltäglichen Kampf um die Integration, Heitmeyer (Hg.), *Deutsche Zustände IV*, Frankfurt am

Main 2006.

Räthzel, Nora, *Gegenbilder-Nationale Identität durch Konstruktion des Anderen*, Opladen 1997.

Reich-Ranicki, Marcel, *Mein Leben*, München 1999.

Reinisch, Leonhard (Hg.), *Die Zeit ohne Eigenschaften. Eine Bilanz der Zwanziger Jahre*, Stuttgart 1961.

Robertson-von Trotha, Carolina Y, *Die Dialektik der Globalisierung*, Karlsruhe 2009.

Rosecrance, Richard, *The Rise of the Virtual State*, New York 1999.

Rushdie, Salman, *Imaginary Homelands*, London 1991.

Rusinek, Bernd-A., Deutsche Eliten im 20. Jahrhundert, *Kursbuch*, H. 139, März 2003.

Safran, William, Diaspor as in Modern Societies. Myths of Homeland and Return, *Diaspora* 1.1, 1991.

Schacherl, Lillian, *Die Zeitschriften des Expressionismus. Versuch einer zeitungswissenschaftlichen Analyse*, Diss. München 1957.

Scheibelhofer, Elisabeth, *Migration und Individualisierung*, Frankfurt am Main 2003.

Schlawe, Fritz, *Literarische Zeitschriften, 1910-1933*, Stuttgart 1962.

Schneider, Jens, *Deutsch sein*. Frankfurt am Main 2001.

Schoeps, Hans Joachim (Hg.), *Zeitgeist der Weimarer Republik*, Stuttgart 1968.

Schuller, Wolfgang, Nation und Nationen bei Rudolf Borchardt, Kauffmann (Hg.), *Dichterische Politik. Studien zu Rudolf Borchardt*, Bern, Berlin, 2001.

Shiva, Vandana, *Biopiracy, The Plunder of Nature and Knowledge*. 1997.(류지
한 역, 『자연과 지식의 약탈자들』, 당대, 2000)

Sieferle, Rolf Peter, *Die Konservative Revolution*, Frankfurt am Main 1995.

Sloterdijk, Peter, *Regeln für den Menschenpark*, Frankfurt am Main 1999.

Soja, Edward, *Third Culture*, Blackwell, 1996.

Spivak, Gayatri Chakravorty, *A Critique of Postcolonial Reason. Towards a
History of the Vanishing Present*. Calcutta/New Delhi 1999.

_____, Can the Subaltern Speak?. Patrick Williams/ Laura
Chrisman(ed.), *Colonial Discourse and Post-Colonial Theory*, Columbia Uni.
Press, New York 1994. (태혜숙 역, 『하위주체가 말할 수 있는가?』, 세계사
상, 1998, vol. 4.)

Stappenbacher, Susi, *Die deutschen literarischen Zeitschriften in de Jahren
1918-1925 als Ausdruck geistiger Strömungen der Zeit*, Erlangen 1961.

Strauß, Botho, Anschwellender Bocksgesang, *Der Pfahl.*, Bd. 7. München
1993.

_____, *Der junge Mann*, München 1984.

Terkessidis, Mark, Globale Kultur in Deutschland, *parapluie. elektronische
zeitschrift für kulturen, künste, literaturen*, Nr. 6, Sommer 1999.

Thompson, John, *Media and Modernity, A Social Theory of the Media*,
Stanford University Press 1995.

Tormin, Walter, *Die Weimarer Republik*, Hannover 1977.(11판)

von Srbik, Heinrich, *Historische Zeitschrift*, H. 138, 1928.

Wägenbaur, Thomas. Globalisierung und Interkulturalität. *parapluie*, 2000,
Nr. 8.

Waine, Anthony, *Martin Walser*, München 1980.

Walser, Martin, *Der Tod eines Kritikers*, Frankfurt am Main 2002.

_____, *Ein springender Brunnen*, Frankfurt am Main 1998.

_____, *Erfahrung beim Verfassen einer Sonntagsrede*, Frankfurt am Main 1998.

_____, *Wie und wovon handelt die Literatur? Aufsätze und Reden*, Frankfurt am Main 1973.

Weber, Max, *Wirtschaft und Gesellschaft*, Tübingen 1921/1972.

Wiesberg, Michael, *Botho Strauss. Dichter der Gegen-Aufklärung*, Dresden 2002.

Young, Robert, *Colonial Desire-Hybridity in Theory, Culture and Race*, London and New York 1995.

Şenocak, Zafer, Gefährliche Verwandschaft, Ursula E. Beitter (Hg.), *Literatur und Identität*, New York 2000.

:: 산지니에서 펴낸 책 ::

인문 · 사회

인도의 두 어머니, 암소와 갠지스 김경학 · 이광수 지음

인도사에서 종교와 역사 만들기 이광수 지음

무중풍경 중국영화문화 1978~1998 | 다이진화 지음 | 이현복 · 성옥례 옮김 *2009 대한민국학술원 우수도서

무상의 철학 다르마끼르띠와 찰나멸 | 타니 타다시 지음 | 권서용 옮김

사회생물학, 인간의 본성을 말하다 박만준 외 지음 *2008 문화체육관광부 학술도서

힌두교, 사상에서 실천까지 가빈 플러드 지음 | 이기연 옮김

바다가 어떻게 문화가 되는가 곡금량 지음 | 김태만 · 안승웅 · 최낙민 옮김

표절의 문화와 글쓰기의 윤리 리처드 앨런 포스너 지음 | 정해룡 옮김

침묵의 이면에 감추어진 역사 우르와쉬 부딸리아 지음 | 이광수 옮김

부산근대영화사 영화 상영자료 1915~1944 | 홍영철 지음 | 부산대학교 한국민족문화연구소 엮음

만들어진 점령서사 미국에 의한 일본점령을 어떻게 생각할 것인가 | 조정민 지음

인도인의 논리학 문답법에서 귀납법으로 | 카츠라 쇼류 지음 | 권서용 외 옮김

논어, 그 일상의 정치 정천구 지음

파멸의 묵시록 과학적 패러다임과 일상의 사유양식 | 에롤 E. 해리스 지음 | 이현휘 옮김

한권으로 읽는 중국문화 공봉진 · 이강인 · 조윤경 지음 *2010 문화체육관광부 우수학술도서

고전시가 사랑을 노래하다 황병익 지음

한국의 사랑채 윤일이 지음

발트3국의 역사, 문화, 언어 발트3국의 문화와 문학1 | 이상금 · 박영미 · 윤기현 · 이현진 · 허남영 지음

독일발트문학과 에스토니아문학 발트3국의 문화와 문학2 | 이상금 지음

불교와 마음 마음을 공부하는 능엄경 이야기 | 황정원 지음

에스토니아어 알기와 공부하기 이상금 외 지음

지식의 윤리성에 관한 다섯 편의 에세이 윤여일 지음 | 크로스크리틱 1

정신분석적 발달이론의 통합 필리스 타이슨 · 로버트 타이슨 지음 | 박영숙 · 장대식 옮김

도서관 인물 평전 이용재 지음

영상문화의 흐름과 서사미학 정봉석 지음

진보와 대화하기 김석준 · 김외숙 · 송성준 지음 | 이광수 엮음 *2006 문화관광부 우수학술도서

아메리칸 히로시마 데이비드 J. 디오시니 지음 | 정성훈 옮김

이주민과 함께 살아가기 이주노동자와 연대하는 전일본 네트워크 지음 | 이혜진 · 이한숙 옮김 *2007 한국간
행물윤리위원회 청소년도서

단절 칭화대 쑨리핑 교수가 진단한 90년대 이후 중국 사회 | 쑨리핑 지음 | 김창경 옮김 *2007 한국간행물윤리위
원회 11월의 책 *대한민국학술원 우수도서

글로벌 차이나 글로벌 차이나 시대와 한국의 길 | 이종민 지음

이데올로기와 미국 외교 마이클 H. 헌트 지음 | 권용립 · 이현휘 옮김